KB259754

KB259754

집요한 자유

집요한 자유

초판 1쇄 발행 2013년 12월 30일

지은이 정미숙
펴낸이 강수걸
편집주간 전성욱
편집 윤은미 권경옥 손수경 양아름
펴낸곳 산지니
등록 2005년 2월 7일 제14-49호
주소 부산광역시 연제구 법원남로15번길 26 위너스빌딩 203
전화 051-504-7070 | 팩스 051-507-7543
홈페이지 www.sanzinibook.com
전자우편 sanzini@sanzinibook.com
블로그 http://sanzinibook.tistory.com

ISBN 978-89-6545-238-6 03810

*본 도서는 2013년 부산문화재단 지역문화예술육성지원사업의 일부지원으로 시행됩니다.
*책값은 뒤표지에 있습니다.
*이 도서의 국립중앙도서관 출판시도서목록(CIP)은 e-CIP 홈페이지
 (http://www.nl.go.kr/ecip)에서 이용하실 수 있습니다.
 (CIP 제어번호: CIP 2013028852)

산지니평론선 · 10

집요한 자유

정미숙 평론집

산지니

차례

1부 소외와 사랑의 사회학

2부 기억과 욕망의 서사

3부 생명과 희망의 서정

평론집을 내면서

첫 평론집 제목을 '집요한 자유'라고 한다. 이는 라깡의 이론에 기대어 여성시인들의 (무)의식을 추적한 평문 「집요한 자유」에서 취한 것이다. 남성언어와 제도의 억압을 뚫고 자신의 존재와 언어를 지키고 부리려는 여성시인들의 도발적 몸부림에서 오롯한 존재를 향한 열망을 느낄 수 있었다. 그러하나, 무릇 '자유'란 것이 여성 혹은 여성의 실존에만 국한되는 것일까. 내가 읽고 쓴 작가의 텍스트 결마다, 호흡의 마디마다 자유를 향한 내달음으로 들끓고 있었다. 이러한 열망을 끌어안고 생동하는 '자유'의 의미, 의지를 새삼 강조하며 『집요한 자유』를 내놓고자 한다.

사이토 준이치에 의하면 "자유란 가치가 있다고 스스로 판단한 것을 달성, 향유할 수 있는 것"을 말한다. 일테면 '자유'란 스스로 취한 생을 기꺼이 사는 것이다. 내가 취한 '자유'는 작가와 텍스트에 대한 정확한 독해와 온전한 해석을 실현하는 길, '문학평론가'로 사는 것이다. 왜 문학일까. 고답적이나 한 번은 짚고 넘어가야 할 이 대목은 문학의 위기란 작금의 분위기와도 무관하지 않은 것이리라. 언어로 빚은 문학은 삶과 철학을 담을 수 있는 그릇으로, 진지하고 낮은 목소리로 사람을 모으고 만날 수 있게 하는 소통의 도가니라고 믿는 까닭이다. 문학이 아니라면 그 무엇으로 갈등과 분열, 모순과 변명으로 일관하는 세상의 난삽한 담론 속에서, 공감하고 분노하며 다시 새로운 희망을 지펴 꿈꿀 수 있을까. 나는 '이것' 외에는 다른 것을 생각할 수 없다.

신춘문예 당선작인 「여성, 환멸을 넘어선 불멸의 기호-서영은론」은 문학 안에서 진정 말하고 세상 속에서 교감하고 싶은 '자유'를 위해 탄생되었다. 그간 지속된 여성 소설에 대한 관심을 이은 서영은의 자리에 대한 탐색은 여성에서 타자로, 페미니즘에서 젠더로 문학에서 문학들로 관심의 저변을 넓힐 수 있는 계기가 되었다. 등단 이후 장르의 경계를 넘나들며 문학적 지평을 과감히 넓혀갈 수 있었다. 지난 여정은 힘들었으나 행복하였다고 말하고 싶다.

책의 구성을 살펴보면, 1부는 "소외와 사랑의 사회학"으로 필자의 관심사를 집약하고 있다. 소설 속의 동성애, 노동시와 젠더, 여성시에 대한 정신분석학적 시도, 현대 시인들의 시적 경향을 추적하면서 경계의 묵계와 위계를 서서히 밀어내며 반동의 탄력을 즐기는 자신을 발견할 수 있었다. 페미니즘에서 젠더로 시각을 확장하며 시와 소설을 함께 넘어가는 즐거움은 이론과 텍스트의 상호작용을 통해 얻는 선명한 이해를 수행하는 시간이었다. 2부 "기억과 욕망의 서사"는 소설평론을 담았다. 소설과 소설가를 상대적으로 많이 다루지 못했다는 아쉬움이 든다. 소설에 대한 글쓰기는 논문을 통하여 이루고 있다고 자족하면서 시/시조 평론에 골몰한 것이다. 앞으로는 스스로 기획, 선택하여 소설을 재바르게 읽고 정리할 계획이다. 다음엔 소설과 영화, 시/시조 평론집을 따로 엮어 구성할 생각을 품어본다. 3부는 "생명과 희망의 서정"으로 시와 현대시조에 대한 탐색을 묶은 것이다. 현대시조의 한 지평을 개척한 이우걸 시인을 조명한 「탐미적 성찰의 흰 그늘」을 필두로 시조와 시 평론을 하게 되었다. 아이러니하게도 시를 읽고 시 평론을 쓰면서 글에 탄력과 속도가 생기는 것을 느꼈다. 평론과 논문이란 팽팽한 두 축의 글쓰기를 무난하게 유지, 성취할 수 있었던 것은 시가 주는 위무에 고무되었기 때문이다.

부족하고 부끄러운 한 채의 집, 비평집을 묶어내면서 감사드릴 사람이 너무 많다. 먼저, 평론가로 뽑아주신 김윤식 선생님이 떠오른다. 당신에게 나는 어떠한 마음도 전하질 못했다. 입속을 맴도는 말을 또 삼키며 작은 수첩에 담아둔 선생님의 말을 읊조리며 감사와 존경의 마음을 전하고자 한다. "최인훈이 오랜만에 단편을 썼다면 나는 그걸 집으로 가져오지 않고 명동성당에 들고 가서 읽는다. 그것이 애써 작품을 쓴 작가에 대한 예의다. … 글쓰기란 언제나 자신을 벼랑 끝으로 몰아세우는 일, 하찮은 글은 없어." 김윤식 선생님의 말씀은 텍스트를 읽는 평론가의 자세, 나아가 작가들의 태도 모두를 겨냥하고 있다고 생각된다. 그의 다함 없는 겸손과 열정을 감히 동경하며, 본받아 삼고자 한다.

시 속으로 이끌며 살게 해주신 마산여고 은사 이우걸 선생님께 머리 숙여 고마움을 전한다. 여고 은사는 친정어머니처럼 편안하여 나는 절망과 희망을 함부로 토하며 선생님의 격려와 배려를 얻고 취했다. 돌이켜 보면 나의 문학적 운명은 상처를 감춘 채 태양을 향해 몸을 데우고 말리며 천진하게 웃음 짓던 마산 합포만의 처연한 반짝임에서 시작된 것인지도 모른다. 어떤 경우라도 진실/상처는 아름다움의 격조와 맞물리며 드러나야 한다는 거리의 미학, 엄정한 문학관이 그곳에서 먼저 일렁거리고 있었는지 모를 일이다. 다시, 합포만의 안부를 더듬던 눈길 속 아픈 생의 맥락을 살피고 말하고 싶은 평론가의 운명을 예감할 수 있었을까.

송명희 선생님은 여성과 학문적 동지라는 이유로 곁을 내주시고 지속적인 애정을 베풀어주셨다. 선생님을 통해 진취와 진지, 나눔의 여유를 배웠다. 뜨거운 마음을 전한다. 나의 학문적인 모태가 되었던 부산외대의 김상돈, 류종렬, 박경수 선생님과 부산대의 여러 선생님들께 깊은 감사를 전한다. 가끔은 시지프스처럼 홀로 가혹한 시간에 처단되어 있는 듯 울컥하여 끈을 놓고 사라지길 바란 적도 있으나 순수한 학문적 만남, 축복처럼 부딪치는 영혼과의 교류를 통해 나는 생의 의지를 다잡을 수 있었다.

따뜻한 불빛을 밝히고 같은 자리를 지키고 있는 존경하는 선배이자 든든한 남편인 그와 함께하여 글쓰기가 삶이 될 수 있었다. 고통을 이길 이유와 힘은 늦둥이 아들에 있다. 남편과 아들에게 사랑한다 말을 전한다. 여전히 꿈꿀 수 있는 것은 한평생을 자식 사랑에 헌신하신 어머니 덕분이다. 찾아오는 자식 서서 맞고, 제집 찾아가는 자식 서서 보내느라 눈에 열기가 가시지 않는 내 어머니. 당신이 건강하게 내내 우리 곁에 함께해주시길 바란다.

이 책은 지금은 고인이 되신 아버지께 바치는 선물이다. 아버지를 잃고, 평론집의 서문을 쓰면서 힘들고, 힘들었다. 일테면 내 책은 너무 늦게 도착한 연서, 정인을 잃은 후 쏟아내는 고백과 흡사하다는 생각에 시달렸다. 아버지가 계셨다면 무엇보다 기뻐해주셨을 비평집 출간인데 회한의 아픔을 달랠 수밖에 없다. 아버지는 지병 완치와 후유증이란 운명의 곡선을 피하지 못하시고 훨훨 세상을 떠나셨다. 한마디 말씀도 남기지 않고 평화롭게 침묵에 드신 아버지를 보며 붉은 동백의 온전한 낙화를 상기했다. 죽음 이후에도 견지되는 존엄한 실존의 의지를 목도하고, 전율했다. 죽을 듯 살아, 찬연히 날아오를 것을 약속드린다.

12월의 겨울햇살이 맑고, 눈부시다. 한 해를 보내는 막막함을 청아한 적막함으로 길어 올리는 것은 겨울나무 가지에 일렁이는 바람 때문만은 아닐 것이다. 기울고 새로 돋는 자연의 흐름을 기꺼이 수용하는 자들에게 깃들인 담담한 비감이 서로를 견디는 무언의 위로가 되기 때문일 것이다. 하나의 우주가 존재하기 위해서는 한 치의 오차도 허용하지 않는다고 한다. 이 책은 부산문화재단의 지원과 지역출판계의 희망이자 보루인 산지니 강수걸 사장님의 후의에 의해 발간될 수 있었다. 친절한 전문성으로 기획과 퇴고에 이르기까지 철저한 검열을 맡아주신 윤은미 님의 따스함을 잊을 수 없다. 나는 이제 마법에 풀린 듯 현실을 직시하고 서 있다. 조금 늦은 듯도 하나, 달릴 준비를 마쳤다. 다시, 시작이다.

2013년 겨울

정미숙

1부

소외와 사랑의 사회학

혼돈과 모순의 성 정치학
─ 소설 속의 동성애

> 눈이 뿌리고 바람이 차고나
> 발가벗은 너를 안아줄 이 없어,
> 안아줄 이를 찾아 영원한 침묵에 들도다
> ─ 이광수의 「윤광호」에서

1. 금단의 열매는 많았다

'성(性)'은 금기였다. 따먹어서는 안 되는 과일, '선악과'의 메타포인 '성'은 이중적 경계이다. 저항과 유혹의 메시지로 달려 있는 그것은 반드시 먹어야 알고, 넘으면 돌아오지 못하는 행위의 규칙을 전제한다. 정녕 안 먹었다면 좋았을까. 금기를 위반하여 눈뜬 '앎'은 쾌락과 공포가 뒤섞인 전율로 혼돈과 모순의 영역이다. 하나, 이쯤에서 멈출 수가 없다. 여전히 '성'은 자신의 모반적 태생을 증명하느라 투쟁 중이다.

'앎'의 대가로 좁고 가파른 가부장의 울타리에 가족의 판을 짜고 생산/부양/양육의 삼위일체를 모시는 혹독한 시간을 견뎠으나 사그라들지 않는 모반의 열정은 다른 한편의 '앎'을 지향하고 있다. 정녕 선악과는 에덴동산의 '그것'만은 아니다. 이성애, 일반, 결혼, 생산의 모토에 반(反)한 동성애, 이반, 쾌락, 소비로 다른 한 축이 함께 존재한다. 이른바 조형적 섹슈얼리티(plastic sexuality)로 재생산 없는 섹슈얼리티의 개념은 정통의 성애를 거스르며 나아가는 성적 소수자들[1]로 부상한다.

성적 소수자군은 전통적인 성의 논리와 그들이 처한 소수성으로 인하여 힘들게 세계와 맞서고 있다. 적은 내/외부에 있다. 다수/소수로 나뉜 성의 대결은 좀처럼 끝날 것 같지 않다. 우리와 다르기에 그들은 일반적이지 않은 '이반(異般)'이고 이상한 '퀴어(queer)'로 불리는, 배제되며 주목되는 우리 안의 모순이다. 그러나 위반의 자손으로 한 혈통인 까닭일까. 우리와 그들의 모습은 다르나 서로 꽤 닮았다. 왜 다르고 무엇이 닮은 것일까. 그것이 '알고' 싶다.('우리'와 '그들'은 편의상 구분일 뿐, 필자의 가치반영은 아니다.)

현대는 성의 범람을 넘어 포르노그래픽하다. 현실과 사이버 공간은 거대한 모텔인 듯 성의 관음증을 마련하고 적절히 상품화한다. 문화전반에 동성애 모드가 상품으로 활용된 지는 오래다. 무차별적인 성적 환영과 이미지의 소비는 이론과잉과 실제의 진부를 더하여 그 이해에 도달하지 못하게 하는 장애이다. 열린 듯 닫혀 있고 넘쳐나나 보이지 않는 우리의 성은 이해에 접하지 못해 가끔 불감증(不感症)을 의심한다. 성찰과 전망의 장이라는 소설에서 성적 앎의 소통에 접할 수 있을까. 성적 소수자군 중에 주로 '동성애'를 중심으로 그들의 실재를 드러내고자 한다. 여성 간의 사랑과 남성 간의 사랑, 그리고 양성을 넘나들며 고뇌하는 그들의 삶을 근경

---

1) 성적 소수자란 다수의 이성애자를 제외한 다양한 성적 지향(sexual orientation), 즉 동성애자, 양성애자, 트랜스젠더뿐 아니라 소아애자(pediphilia), 사디스트, 이성복장선호(transvestism) 등을 포함한다. 성적 소수자의 사전적 정의는 인종적, 문화적, 육체적, 심리적 특질로 인해 다른 사람과 구별되어 불공평한 대우를 받는 집단을 소수자 집단(Minority)이라 부르는 일반적 정의에서 한 발 나아간 '성적인 특질로 구별되어 차별받는 집단'으로 정리할 수 있다. '다수'라는 논리하에 심리적, 사회적, 정치적 편견과 차별 억압에 대상화된 모든 이들을 성적 소수자로 일컫는다.

과 원경, 그리고 밀착 접근을 통하여 다가간다.[2]

2. 유령, 부재 혹은 현존의 그림자

오정희의 『새』와 한강의 「여수의 사랑」은 여성 간의 사랑을 담고 있다. 그들의 사랑은 존재하나 존재하지 않는 듯한 존재인 '유령'처럼 그려진다. 이는 사회의 사시적 시선에 의해 자신의 정체를 분명히 증명할 수 없는 데서 비롯한다. 숨은 듯 살면서 겨우 '사랑'이란 단어를 더듬거리듯 발화한다.

오정희의 『새』: 유령적 소수자의 삶

오정희의 『새』는 소수자들로 가득하다. 우선, 주인공 우미와 우일은 고아나 다를 바 없다. 우미와 우일이 안착한 소설공간인 '새 집'(새 집은 좁고 똑같이 생겨 새집(새장)과 닮았다)에 사는 사람들은 모두 일반적인 가족과는 거리가 멀다. 홀아비로 과부새를 키우는 이씨 아저씨, 동성애자 문씨 아저씨 부부, 그리고 살인을 저지르고 숨어 사는 정씨 아저씨, 과부 주인 할머니와 후천적 장애인 연숙 아줌마와 남편 김씨 아저씨, 그리고 이웃에 사는 장님 안마사 장주부 아저씨 등이다. 이 공간에서 가장 소외된 이는 문씨 아저씨, 아줌마이다.

그는 맞은편에 앉은 문씨 아저씨를 가리키며 내게 물었다.

2) 이 글의 텍스트는 오정희의 『새』(문학과지성사, 1996), 한강의 「여수의 사랑」(문학과지성사, 1995), 서영은의 『그녀의 여자』(문학사상사, 2000), 하성란의 「푸른수염의 첫 번째 아내」(창작과비평사, 2002), 장정일의 『내게 거짓말을 해봐』(김영사, 1996), 이광수의 「윤광호」(〈청춘〉, 1918. 4)이다.(이광수의 경우는 방민호 편 『구보씨의 얼굴』(북폴리오, 2004)에 실린 것을 취하였다.)

얘, 이 사람, 남자냐 여자냐? 솔직히 말해봐라. 애들 눈은 정직하다구.

남자잖아요? 나는 무슨 말인지 몰라서 되물었다. 문씨 아저씨의 눈살이 꼿꼿이 섰다. 말없이 이씨 아저씨를 노려보았다.

봐라, 수염 없는 남자도 있니?

이씨 아저씨가 문씨 아저씨의 잠바 앞섶에 손을 대고 벗기려는 시늉을 했다. 문씨 아저씨는 성이 난 듯 그 손을 사납게 뿌리치며 나가버렸다.

정말 상종 못 할 무례한 인간이야.

아줌마도 성난 표정으로 따라 나갔다.

남자는 남자라도 앉아서 오줌 누는 남자야.

뒤에 대고 이씨 아저씨가 커다랗게 말했다. 술을 받아서 몰래 상 밑의 그릇에 붓던 정씨 아저씨도 어느 결에 슬며시 나가 돌아오지 않았다.

문씨 부부는 레즈비언이다. '남자와 여자가 결혼하여 아이를 낳아야 진정한 부부'라는 이성애 규범적(heteronormative)인 기준에서 볼 때 이들 동성커플은 '비이성애자'일 뿐이다. 이 부부의 행동은 그들을 음란하게 보는 시선을 의식한 듯 언제나 반듯하다. 그러나 성희롱과 추행의 위험에 번번이 노출된다. 이에 반항할 수도 뚜렷한 대책을 내놓을 수도 없다.[3] 이들은 사생활 보호가 거의 되지 않는 좁고 남루한 공간에서 발각의 위험인 아웃팅(outing)에서 자유롭지 못하다.

---

3) 현실에서 동성애자들을 받아들이는 것보다 트랜스젠더를 받아들이는 것이 오히려 덜 혼란스럽다는 세간의 주장은 우리 사회가 얼마나 '객관적'인 성별 조건에 익숙하고 그것을 사실상, 원한다는 것을 알게 한다. 적어도 트랜스젠더는 '자신의 성을 일치시키려는 노력을 하는 자'라는 인정에 놓인다. 그러나 남성이 여성으로 성전환한 경우라도 완벽한 여성적 능력(성염색체와 생식 능력)을 보유하지 않은 관계로 부녀자 강간죄가 성립될 수 없다는 법원의 판결은 '우리' 안에서 살아야 하는 '그들' 성적 소수자들의 삶이 얼마나 힘든가를 짐작케 한다. 이 경우 다른 성적 지향은 우리를 가로막는 장벽이다. 한인섭·양현아 편, 『성적 소수자의 인권』, 사람생각, 2002, 198-216쪽.

우미에 의해 문씨 아저씨의 몸이 여자임이 확인된다. 서로 침묵할 뿐이다. 문씨 부부, 특히 문씨 아저씨는 존재하나 존재하지 않는 유령과 같다. 전연 없는 것도 아니고 그렇다고 전연 실재하는 것도 아닌 모호성이야말로 '퀴어(queer)' 주체들이 존재하는 방식이다. 그들은 '동성연애자'라 불리며 그들의 성과 사랑이 왜곡당하는, 결코 일반적이지 않은 존재인 '이반(異般)'이다. 이들이 겪는 고통은 규범화된 이성애자들의 기준에서 벗어나 있고 삶의 방식을 독자적으로 구성할 수 없다는 정체성 혼란에서 기인한다. 동성애자인 자신들을 인정해주지도 않고 또 스스로도 밝히지 않은 상태에서 자신의 독자적인 정치적, 사회적, 법률적 정체성을 가지지 못한 이들은, 완벽히 재현할 수 없는 실재라는 측면에서 유령(spectre)적 존재이다.[4] 마치 유령처럼 풍문으로 존재하는 그들은 그들 본연의 공간을 전유하지 못한다.

'조금 이상하고' '수상하고' '비밀스러운'으로 수식되는 문씨 부부는 늘 문을 단속하며 자신들의 공간을 개방하지 않는다. 이성애 부부들과 똑같이 남편·아내의 역할을 나누며 살고 있다는 증거인 '옷'을 시위하듯 빨랫줄에 내거는 정도이다. 그러나 혐의의 시선으로 포착할 때 이러한 행위는 곧 그들의 불안정한 정체를 감추는 물증일 뿐이다. 생물학적 성을 거부하는 남자 옷과 부부임을 보증하는 의미체인 여자 옷의 흔들림은 동성애 공포증(Homophobia)의 이면이다. 단지 이성애자라는 자격만으로도 이웃의 시선은 그들을 압도한다. 이에 문씨 부부는 그들이 지배하는 공간의 질서에 잘 순응하여야 하는 '약점 잡힌' 사람들로 남는다. 모든 부당한 대우를 모르는 척하며 감내한다. 『새』는 누구에게나 찾아올 수 있는 소수성을 환

---

4) '유령'은 퀴어 주체들을 가리키기 위해 채택한 정치적 은유이자 또한 전략적인 개념이다. 그것은 우리의 정상적인 합리성으로부터 구축(驅逐)되고 공제(控除)되어야 할 대상으로 간주된다. 서동진, 「성적 시민권과 비이성적 주체」, 『한국의 소수자, 실태와 전망』, 한국사회학회·한국문화인류학회 공동연구, 최협·김성국·정근식·유명기 엮음, 한울아카데미, 2004, 106쪽.

기한다. 또한 유령으로 존재하는 성적 소수자들에 대한 절실한 관용과 배려를 역설한다.

한강의 「여수의 사랑」: 공동의존의 순수한 관계

표피적인 스토리라인만을 따라갈 때 「여수의 사랑」에서 동성애를 발견하기란 쉽지 않다. 더욱이 동성애가 동성 간의 성적 지향이라는 점에 초점을 맞춘 서사방식에 익숙해 있는 경우라면 더욱 그러하다. 그러나 이 소설에서 등장인물들은 성적 정체성보다 동성애와 우정의 내적 준거인 친밀함과 전념, 공동의존 그리고 순수한 관계를 드러낸다.[5]

이십 대 후반의 직장 여성인 '나'는 '스스로 기쁨을 저버리고' 결백증과 구토에 힘들어하며 자기 안에 갇혀 있다. 이 같은 그녀의 폐쇄적 성격과 유별난 결벽증의 기저엔 상처(trauma)가 있다.

더러운 손이었다.

손을 씻고 싶었다. 구역질이 치밀었다. 여태껏 삼켜온 모든 것을 다 토해내고 싶었다. 벌겋게 열이 오를 때까지 나는 두 손바닥을 문지르고 또 문질렀다. 동생 미선의 따스한 손바닥, 내가 뿌리쳐버린 손바닥의 온기가 내 불붙는 듯한 머릿속을 헤집었다.

어머니가 병으로 죽은 뒤 아버지는 자신과 자신의 소유인 두 딸의 목숨을 거두려 한다. 와중에 아버지와 여동생이 죽고 '나'는 살아남는다. '나'의 손을 씻는 강박증엔 여동생의 '손바닥의 온기'를 냉담하게 뿌리친 죄의식이 있다. 이 상처가 자신의 존재를 지배하는 근원임을 새삼 알게 된 것은 룸메이트 '자흔'을 만나면서부터이다. '자흔'과 '나'는 '여수'라는 공간을

---

5) 앤소니 기든스, 권기돈 역, 『현대성과 자아정체성』, 새물결, 1997, 162-176쪽.

통해 만난다. '자흔'이 정확하게 아는 건 '여수발 서울행 통일호'에 자신이 버려졌다는 사실이다. 고향이 여수인 '나'와 '자흔'은 '여수'로 묶인다. 모두에게 이 공간은 태반이자 동시에 모체 상실의 지점이다.

'자흔'이 '여수'라는 공간에 집착한 것은 가족이 허구라는 사실을 자각한 이후의 회귀이다. '자흔'이 기댈 수 있는 곳은 가족이 아니라 자연 혹은 자연성으로서의 고향뿐이다. '나'의 경우는 어떠한가. 딸을 자신의 소유와 종속의 개념으로 상정한 공포의 권력자인 아버지의 악력(握力)을 피해 마련한 '나'의 방은 피보호자 피종속인으로서의 자리를 거부하고 뛰쳐나온 고독한 주체의 기반이다. 이러한 '나'는 '자흔'을 만나면서 조금씩 달라진다. '자흔'이 가지는 '짐작할 수 없는 단조로운' 억양과 '놀라울 만큼 아름다운' 목소리에 주목하고 '지성의 그늘' 같은 '고즈넉한' 표정에 흔들린다. 또한 그녀의 '무구한' 웃음소리에 신경이 몰린다. 그리고 무엇보다 그녀의 과거와 상처를 통해 그녀와의 "감성의 상호교류"가 일어나면서 그녀에게 "전념"하게 된다. 이러한 감성교류와 관심과 신경이 몰리는 전념은 '나'에게 당황스러운 일이다. 두 살이나 어린 '자흔'은 '나'의 보호본능을 자극하는 존재로 '나'는 그녀를 동생처럼 생각하나 실상 '자흔'은 언니처럼 '나'를 대한다. 둘은 어느새 역할을 바꾸고 서로가 친근과 친밀을 더한 혈육 같은 정을 나눈다. 시간을 나눌수록 둘의 언어와 모습은 다른 듯 닮았다. 두 사람은 자신이 가진 오목한 부분으로 서로를 객관적으로 비추는 '반사경(speculum)'적 존재이다.[6]

자흔과 함께 걸을 때면 나는 어린 아이를 동반한 사람처럼 그녀가 행여

---

6) 반사경은 여성의 질을 들여다보는 거울이다. 이는 검사하고자 하는 대상과 마찬가지로 표면이 움푹하다. 역설적이게도 반사경이 관찰 대상을 객관화하는 것은 바로 그 대상의 모방을 통해서이다. 토릴 모이, 임옥희 · 이명호 · 정경심 공역, 『성과 텍스트의 정치학』, 한신문화사, 1997, 153쪽.

차에 치이지나 않는지, 무엇에 걸려 넘어지지나 않는지를 살피느라고 한시도 방심할 수가 없었다.

언제나 그런 식이었다. 내가 위경련을 일으키는 것을 처음 본 자흔은 언니처럼, 마치 어머니처럼 나를 반듯이 눕혀놓고 배를 쓰다듬어 주었다. 자흔의 손바닥은 따스하였고 싫증내지 않고 계속해서 나의 배를 문지르는 손길에는 안타까움과 정성이 가득하였다.

'나'에게 '자흔'과의 접촉은 낯설고 아픈 것이다. 둘은 둘만이 가진 외면하고 싶은 상처로 인해 강한 연대감을 갖게 되고 헤어질 수 없을 것 같은 공동의존(co-dependency) 속에서 거부와 애착을 반복한다. 이 경우 "나/너는 너/나를 만진다"는 말로 '나는 너를 사랑한다'라는 가부장적인 연인의 담론과 그것을 식민화하는 남성적 주체를 싸안거나 변형시킨다.[7] '나'의 고통과 혼란은 '자흔'에게 전달되고 '자흔'은 '나'의 두려움을 읽고 떠난다. '나'는 '자흔'이 떠난 뒤 그녀가 없는 부재(不在)의 고통에 몸서리친다. '나'를 집요하게 괴롭혔던 강박증마저 사라진다. 아무것도 하지 못한다. 다만 '자흔'의 얼굴만 떠올리며 '예리한 칼날이 겨드랑이로부터 젖가슴까지의 살갗을 한 꺼풀 한 꺼풀 저미어오는 것 같은 슬픔'을 느낀다. 상호감성이 비록 무의식적인 사랑의 느낌을 촉발했더라도 그것이 부재의 고통을 생산할 정도로 강력하지 못하다면 사랑의 감정으로[8] 발전할 수 없듯이 여수를 향하는 '나'의 절실함은 '자흔'에 대한 사랑 고백의 실천적 행위이다. '나'와 '자흔'의 두 사람의 친밀함과 신뢰에 바탕을 둔 '순수한 관계'는 결국 '나'의 성찰적 자기 이해에 이르고 또한 타인과의 지속적 유대를 확보

---

7) 엘리자베스 라이트, 박찬부 · 정정호 외 역, 『페미니즘과 정신분석학 사전』, 한신문화사, 1997, 349쪽.

8) 이종영, 『사랑에서 악으로』, 새물결, 2004, 56쪽.

할 수 있게 한다. '나'의 '자흔' 찾기는 '나'를 찾는 행위임과 동시에 '자흔'과 함께하는 성숙한 사랑의 시작이다. 한강의 「여수의 사랑」은 여성 간의 내밀한 사랑을 탐색하고 있다.

3. 가니메데스 유괴, 그 추락의 날개

이광수의 「윤광호」와 하성란의 「푸른 수염의 첫 번째 아내」는 남성 동성애자들의 생사를 넘나드는 절실한 사랑을 다루고 있다. 이 두 소설에 이르러 남성 간의 사랑은 본능적 자연스러움으로 강조된다. 이것은 그들 안의 논리이다. 이를 아는 듯 그들도 사회와의 타협을 마련하지 않는다. 그러나 이 과도한 부정은 그들이 가진 공포와 막막함을 역설한다. '윤광호'는 오직 사랑의 순수성만을 토로하며 자살하고, '제이슨'과 '챙'은 그곳에 남는다. 구석으로 몰리며 추락하는 듯하나 그 끝에서 시작되는 그들의 날갯짓에 있는 힘을 쏟아야 할 듯하다.

이광수의 「윤광호」: 탐미적 나르시시즘의 함몰

이광수의 「윤광호」에서 '윤광호'는 조선인 일본유학생으로 특대생에 빛나는 천재적 인물로 작가 이광수를 떠올리게 한다. '윤광호'의 일방적인 짝사랑으로 끝났으나 매력적인 동성에의 강렬한 이끌림이라는 화제에 초점을 맞춘 이 소설은 '아름다움에의 경도' 그 본능적 이끌림이라는 탐미적 감성에서 시작한다. 이 절실한 순수는 결국 장렬한 죽음으로 끝이 나지만 혐오와 병리의 수식을 단 동성애에 대한 편견을 넘어 사랑에 대한 본질을 새삼 환기한다는 점에서 주목할 만하다. 「윤광호」에 그려진 동성애는 인간에 대한 보편적인 사랑이란 정서 위에 선택된 절실하고 구체적인 감정으로 정상적이고 자연스런 사랑의 의미로 강조된다.

광호의 머리에는 아침부터 저녁까지 또는 잘 때에 꿈에까지 보이는 것이 아름다운 소년과 소녀뿐이었다. 그의 눈앞에는 본 적도 없고 이름도 모르는 아름다운 소년 소녀가 무수하게 왔다 갔다 할 뿐이다. 그는 이 환영에 대하여 무수히 '나는 너를 사랑한다'를 발하고 무수히 입을 맞추고 무수히 포옹을 하였다. (…) 이 때에 광호는 P라는 한 사람을 보았다. 광호의 전 정신은 부지불식간에 P에게로 옮았다. P의 얼굴과 그 위에 눈과 코와 눈썹과 P의 몸과 옷과 P의 어성과 P의 걸음걸이와 (…) 모든 P에 관한 것은 하나도 광호의 열렬한 사랑을 끌지 아니하는 바가 없었다.

이 소설에서 '사랑'이란 단어는 보편적으로 사용된다. 예를 들면, 윤광호는 '유학생 간에서도 그를 칭찬하고 사랑하였다'는 진술처럼 사랑받는 사람이고 '그러나 광호는 이 사람을 유일한 친우로 사모하고 이 사람도 광호를 친동생과 같이 사랑한다'라는 진술처럼 사랑하는 사람이다. 사랑은 이곳에서 '인간애', '우애'와 등가로 시작한다. 그리고 P로 전이되는 과정에서 보인 그의 열정과 도취는 남녀를 불문한 자기애적 동일시인 탐미적 나르시시즘과 같다.

'윤광호'가 아름다운 소년과 소녀에 매혹되고, 이어 동성인 매력적인 청년에게 빠지는 것은, 마치 제우스가 아름다운 소년 가니메데스에 홀려 모든 위험을 감수하고 그를 유괴한 신화에서 찾을 수 있듯이, 여지없는 속도를 보이는 본성에 가깝다. 이 경우 동성애는, 이성애를 옹호하는 절대기준인 생식과 안정이 '문화가 획득한 것'이란 관점에서, 동성애의 반(反)자연성은 '생식을 지향하지 않는'이란 의미에 한정된다는 플라톤의 지적에서 자연스럽다.

대저 남에게 사랑을 구하는 데는 세 가지 필요한 자격이 있나니 (…) 그런데 그 삼자격이라 함은 황금과 용모와 재지(才地)로소이다. 차 삼자 중에 귀하는 오직 최후의 일자를 유할 뿐이니 귀하는 마땅히 생존 경쟁에 열패할 자격이 십분하여이다. 극히 미안하나마 귀하의 사랑을 사퇴하나이다.

P의 거절은 한편으로 윤광호의 '발광' 같은 사랑을 잠재우려는 현명한 답신 같으나 '광호'의 단호한 해석에 의해 이중의 울림을 갖는다. 대저 사랑이란 무엇인가. 허를 찌르는 듯한 P의 생뚱맞은 답신은, 조건이 전제되지 않는 사랑은 존재하지 않는다는 현실의 환기로도 읽힌다. 한편 나르시시스트인 고독한 청년 '윤광호'의 좌절을 통해 사랑은 없고 조건은 강하게 살아 있는 시대를 풍자하고 있다. 이 소설은 많은 침묵과 생략의 기교를 더하여 순수한 사랑이 존재하기 어려움을 역설한다. 그러나 양성애의 가능성을 가졌던 '윤광호'가 취한 사랑의 열정이 동성/이성의 구별 없는 정상적인 감정이라고 그 타당성을 주창한 것은 좋았으나 동성애자가 처한 현실적 기반, 일체의 사회적 맥락을 무시하고 반(反)사회적인 사랑의 개인적 윤리에 한정한 것은 엘리티즘의 반영이 아닌가 한다.

하성란의 「푸른 수염의 첫 번째 아내」: 누가 장롱에 갇혀 있나

이 소설은 남성 간의 동성애 문제를 천착한 수작이다. 동성애가 다수 이성애자 집단과 분리되고 소외된 성적 소수자들의 문제가 아닌 우리 삶에 이미 깊숙이 침투해 있는 하나의 질서로, 그 승인의 문제를 심각하게 제기하고 있는 소설인 것이다. 이성애자 여성화자 '나'가 아무 '죄 없이' 동성애자인 남자를 만난 탓에 이혼할 수밖에 없었다는 이야기를 고백적 어조로 서술하고 있는 이 소설은 그녀의 무결함에 성찰과 반성을 촉구한다.

사랑과 믿음보다 조건과 능력이 우선시되는 우리 시대의 결혼은 때가 되면 해치워야 하는 사건이다. 그래서 많은 사람들이 상대를 알지 못하는 불안 상태에서 확신 없이 결혼에 이른다. 하지만 이러한 불안은 화자의 표현대로 '그들 모두'가 취하고 있는 풍속이라는 믿음에 의해 자위로 바뀐다. 안정과 번영(번식)의 제도적 틀로서 결혼의 형식적 승인이 위험하고 불안정한 허구임이 드러나는 것은 남편이 동성애자라는 상상 밖의 사건과 맞닥뜨리면서다. 하성란의 「푸른 수염의 첫 번째 아내」는 이처럼 이성애와 동성애가 교차하는 명암을 조명한다.

서른두 살의 약사인 '나'는 '세 살 연하인 그것도 뉴질랜드 시민권을 가진 남자' 제이슨과 결혼한다. 그러나 그에게는 네 살 어린 중국계 남자 '챙'이 있다. '나'는 관례에 따라, '제이슨'은 '나'의 부모와의 경제적 거래를 조건으로, 결혼을 한다. 그러나 이 재빠른 음모가 한갓 '풍파'로 자리매김을 하는 데 걸리는 시간은 오래지 않다. 딸을 낳자마자 뒤 숲에 오동나무를 심었던 아버지의 깊은 뜻은 의심 없는 결혼의 영원성에 있다. '모동(母桐)-자동(子桐)-손동(孫桐)'으로 '동-동'거리며 잇던 민망한 은유는 제이슨의 '노땡큐'라는 한 마디에 간단히 부서지고 만다.

> 문을 열었을 때 나는 책상에 엎드린 챙을 보았고 그 위에 바싹 붙어서 있는 제이슨을 보았다. 제이슨의 바지가 허벅지에 걸쳐 있었다. 제이슨이 나를 보더니 욕설을 내뱉었다. 당황한 순간에는 역시 그도 한국사람이었는지 한국말로 욕을 했다.

그들만의 방에 갇혀 있던 그들의 사랑과 고통은 마침내 '나'에 의해 노출된다. 반사회적이라는 점을 제외하고 '제이슨'과 '챙'은 완벽한 연인이다. 그들은 언어와 육체와 영혼을 공유한다. 일상에서 전문적인 영역에 이르기까지 그들은 완벽한 배려와 소통으로 긴밀하다. 여성 역할을 하는 남성은 자신의 정체와 역할에 대한 고민으로 더욱 힘들다. '여성의 타자'로서만 자신을 정의해왔던 남성이 여성 역할을 할 경우 대개 사회와 동성의 냉대와 무시에 직면하곤 한다. '챙'의 고통은 연인 '제이슨'의 결혼에 의해 가중된다. 평소와는 달리 과격하게 과도를 휘두르는 '챙'과 그것을 감내하는 '제이슨'의 모습은 그들이 겪는 고통을 웅변한다. 커밍아웃이 모두에게 요청되고 있는 것이다. 커밍아웃은 "벽장에서 나온다"는 의미로 하성란 소설에서 '장롱'의 비유가 적절하다.[9] 집 안에 부피만 차지할 뿐 별 쓸모없는 장롱 같은 '나'의 존재는 그들을 은폐하고 그들의 존재방식을 한계 짓는 경계일 뿐이다. 바지를 허벅지에 걸치고 나누는 '제이슨'과 '챙'의 가파른 섹스가 이를 증거한다. 그러나 장롱인 '나'는 안전할까. 장롱은 '나'를 가두고 있는 위선과 기만의 단단한 '껍질'이 아닐까. 이 부조리한 제도의 틀은 그곳에 갇혀 죽거나, 상대를 죽이고 탈출해야 하는 절체절명의 순간을 위해 마련된 상징으로 기능한다. 자발적 '커밍아웃'이 아닌 '나'에 의해 '아웃팅'된 이후 '제이슨'과 '챙'의 당혹감은 '나'를 향한 듯, 혼돈스러운 살해의 본능에 이른다. 커밍아웃이 죽음의 공포를 넘어선 결단이라는 사실은 과장이 아니다.

여기 이곳이 아닌 먼 곳 뉴질랜드의 동화 같은 집도 '제이슨'과 '챙'을 가려주지 못한다. 어디 한 곳 그들이 숨을 곳은 없다. 숨을 곳이 없으니 그들이 할 수 있는 것은 그들을 바라보는 시선을 막을 수밖에 없는 극단적인 단절뿐이다. 다행히 '나'는 위험의 순간을 비켜나왔으나 그들을 향한 억압은 우리에게 곧바로 돌아올 '부메랑'이 될 수 있다. 그렇다면 다 함께 살고자 한다면 어떻게 해야 할까. '나'의 죄는, 사랑하지 않아도 결혼할 수 있다는, 제도에 순응한 기만에 있다. 사랑과 결혼에 관해 이성애자와 동성애자 모두 솔직하게 커밍아웃하고 이를 순순히 인정하는 수순만을 남겨놓은 듯하다.

---

9) '커밍아웃'은 '벽장 속에서 나오다 Come out of closet'라는 구절에서 유래한 낱말이다. 성적 소수자로 정체화한 사람들이 자신의 성정체성을 자신에게 그리고 타인에게 드러내는 과정과 행위를 말한다. 윤수종 외, 『우리시대의 소수자운동』, 이학사, 2005, 114쪽.

4. 영원에서 모순으로

사랑에 관한 가장 큰 환영은 금지와 사회적 코드가 사랑의 실현을 가로막는다는 것이다. 우리의 사랑을 억압하는 이데올로기적 장치들은 가족의 코드화된 규범과 관계의 위계라는 의미에서의 사회이다. 그러나 사랑을 생산하는 기반에 제도가 있다. 동성애를 비롯한 성적 소수자들의 삶의 방식에 대한 억압과 금기의 체계는 역설적으로 그들의 관계를 촉발시키고 자체의 모순을 은폐시키는 환영을 창출해내기도 한다. 서영은의 『그녀의 여자』와 장정일의 『내게 거짓말을 해봐』는 모순적이고 폭력적인 관계를 담고 있다. 이곳에 이르러 성적 소수자들마저 그 규정에 넣길 주저하는 사디즘, 마조히즘, 페티시즘 등이 관계를 구성하는 전위적 방식으로 채용되나 '소수성'으로 넘어가진 못한다. 사회적 구속과 억압이라는 추상적 실체는 그들의 모순되고 이상에 이르지 못한 내부의 공허를 과장하고 변명하는 방어기제로 활용될 뿐이다.

서영은의 『그녀의 여자』: 쾌락의 활용, 이상과의 거리

주인공 '현석화'와 '나'(방소연)의 동성애적 관계는 서로 간의 이끌림이라는 설정 위에 '방소연'이 아들의 연인이라는 장애에서 촉발되고 '현석화'의 전사(前史)인 이성애의 환멸에서 기인한다. 이를테면 그들의 사랑은 완전하거나 완벽한 사랑의 환영에서 시작한다. 그러나 사랑의 주체인 '현석화'가 설정한 완전한 사랑은 그녀 위에 덧씌운 이성애의 망령, 정확히 남편의 방식을 답습하는 과정에 머문다. 남편이 자신에게 줄 수 없었던 사랑을 주려 했으나 받아본 적도, 되받아 거부한 적도 없는 그녀가 '방소연'에게 줄 수 있는 것은 의외로 적다. '현석화'의 사랑은 감정 과잉과 이론의 진부를 더한 '파시즘'으로, 피로와 독단의 연속일 뿐이다. 집착과 도착을 거쳐 마침내 '현석화'의 죽음이라는 파국으로 끝이 난다.

쥬디스 메인에 따르면 레즈비언 이론은 페미니즘과 가부장 문화를 한편으로는 유혹하며 다른 한편으로는 위협하는 도전이고 모순담론이다. 제도와 이들 간에 생산-수용에 관계된 정체성에 관한 새로운 구도의 구성은 욕망과 쾌락의 다양한 관계를 위한 장소가 된다.[10] 두 여성은 남근 중심의 섹스가 아니라 다양한 여성 성감대를 통하여 쾌락을 나눈다. 그들의 시작은 영원을 향할 듯 도전적이고 혁명적이다. 그러나 허기를 느끼는 쪽은 구애와 배려하는 성의 주체였던 '현석화'이다. '현석화'는 '나'의 완벽한 헌신을 요구한다. 이는 아버지 같은 남편이 딸 같은 자신에게 원했던 무자비함을 닮았다. '현석화'가 말하는 사랑과 절대성은 혼돈스럽다.

> 그녀와의 관계를 인정할 경우, 내게 찍힐 낙인이 두려웠다. 특히 남성에 의해서 매우 모멸스럽게……. 생각만 해도 싫다. 그리고 더욱 중요한 것은 그 모멸을 감수할 만큼 그 진실의 의미가 내 삶의 의미 전부가 될 수 없다는 것이다.

> 그런데도 현 여사는 좀체 미련을 버릴 수가 없다. 아니, 미련이 버려지지 않는다. 사람의 마음이 그렇게 쉽게 옮겨 다닐 수 있는 건가. 소연은 세상의 눈을 의식해 위장하고 있는 것이다. 그녀의 영육 깊숙이 진정으로 마음과 몸이 포개어진 사람은 자신이다. 왜냐하면 아무도 그만큼 깊이 타인의 내면으로 내려가기를 원하지 않기 때문에. 그럴 필요를 느끼지 않기 때문에.

---

10) 심정수 편역, 『섹슈얼리티와 대중문화』, 동인, 1999, 59쪽.

  '현석화'가 그러하듯 '나' 역시 그녀와의 관계에서 자유롭지 못하다. '나'는 '현석화'보다 자신의 미래와 삶의 풍부한 가능성에 무게를 두기 때문이다. 그러나 사랑의 절대성을 최고 우위에 두는 '현석화'는 '나'의 변화를 세상을 의식한 '위장'으로밖에 읽지 못한다. '사람의 마음이 쉽게 옮겨 다닐 수 없다'고 믿는 순수의 공고는 사실, 자신이 '나'에게 깊이 가닿았기에 당연히 취해야 하는 조건과 보상 같은 것이다. '현석화'의 권리 주장은 '나'의 애정에서 생성된 것이 아닌 자신의 상처에서 비롯한 것이고 자신의 경험에 충실한 바탕을 두고 있다. 이때 경험이란 오직 자신의 경험을 절대시하는 것으로, 이데올로기에 매개된 이데올로기적 경험에 불과하다. '현석화'가 그리는 사랑의 방식은 이율배반적이다.

  성별을 떠나서 다시, 문제는 사랑이다. 자기연민에 사로잡혀 있고 그리고 환멸로 끝난 남편의 사랑 방식만을 알고 어느새 그것을 답습하고 있는 '현석화'는 지금의 사랑에서도 그녀의 논리에 의해 소외된다. 빌헬름 라이히가 주장하듯 지속적인 성관계를 갖기 위해서는 배려하는 성과 관능적 성 사이에 장애가 없어야 하고 근친 성 관계적 유대와 유아적 성 불안이 해소되어야 한다. 그리고 성과 삶에 대한 긍정과 두 사람 간의 교제능력(동지애)이 지속되어야 한다.[11] '현석화'와 '나'의 만남은 이 그물을 넘지 못한다. 이성애적 방식에 사로잡힌 '현석화'는 '나'와의 관계에서 성적 쾌락보다 '나'를 향한 성적 지배에 집착한다. 이들의 관계는 서로가 상정한 기준과 목표에서 어긋나 있다. 미셸 푸코가 고대 그리스의 예를 들어 미묘하고 힘든 어린 소년과의 사랑을 유지하기 위한 '고유의 양식'이 필요하다고 역설한 바 있듯이, 관계의 진정성은 외부의 인정에 앞서 그들 안에서 밝혀져야 한다는 법칙을 지닌다. 이들은 소중한 관계를 지켜나갈 주체적인 쾌락의 활용, 사랑의 기술을 갖고 있지 않다. 서로에 대한 배려와 여유

---

11) 빌헬름 라이히, 윤수종 역, 『성의 혁명』, 새길, 2000, 201쪽.

를 담은 고유한 사랑 방식을 생성하지 못한 이들의 만남은 의미와 방향을 잃는다. 두 사람 모두 사랑의 주체가 되지 못한 수동자이다. 배려하는 듯하나 결핍의 행위자인 '현석화'는 과잉의 진부함으로 남아 죽음과 폭력을 재생산한다. '현석화'의 죽음은 새로운 관계의 상징적 모색이다.

장정일의 『내게 거짓말을 해봐』: 네가 정녕 사랑을 아느냐!

주인공은 '제이'와 '와이'이다. 성기 도상(icon)이 떠오르는 주인공들의 이름은 과히 주제적이다. 38세의 미술가(혹은 예술가) '제이'와 18세 소녀 여고생 '와이'가 함께 벌이는 현란한 성관계는 '자유'와 '자율' 혹은 '사랑'이란 단어와 섞이며 혼돈스럽게 그려진다.

관계의 주체이고 권력자인 '제이'를 억압하는 것은 생물학적 '아버지'와 큰타자인 '신'을 함축한, '신격화된 아버지'의 줄임말 '신버지'로 상징된다. 예술가인 그는 모든 무거운 것, 억압적인 것을 못 견뎌 한다. '신버지'에 대한 저항으로 그가 택한 방법이 '뽁질'이다. 그에게 이 가벼움은 심각한 무거움을 밀어 올리는 시지프스의 반복인 묵언적 실천이다. 그의 역동적이고 성의를 다한 성적 기교는 모든 억압과 금제(禁制)의 사슬에 저항하는 일종의 '공연'이다.

그러나 이 탁 트인 저항소설에도 성적 우열의 체계는 엄존한다. 남성 중심, 남근 중심의 절대적 이성애만이 정통이라는 것이다. 이를 위해 남성에 미치지 못하는 여성, 여성군을 호출한다. 이는 성의 긴장과 균형상실을 전제한 것이다. 따라서 '와이'와 동성 간의 사랑은 생각할 여지도 없이 귀여운 '비밀스러운 장난의 즐거움'으로 뭉쳐져 이 소설의 한 켠에 간단하게 부려져 있다.

우리와 와이가 신체적 접촉을 통해 누리는 기쁨은 동성에서 누리는 기쁨이 아니라 이성을 경험할 수 없는 상태에서 남성을 대리충족시키는 기쁨에 불과하다. 그랬기 때문에 막상 우리의 손이 와이의 삶을 만지고 성적 쾌감을 목적으로는 자기 손으로조차 만져보지 않았던 그곳을 애무해 오자 이상한 기분에 빠졌다. 그리고 우리의 길고 가는 중지 손가락의 첫마디가 와이의 꽃잎을 벌리고 들어오자 베갯머리에 구토를 해버렸다. 와이의 생각에 그건 이물질에 의한 강간이었다. 자신의 꽃잎을 딸 수 있는 것은 자신이 선택한 남자의 그것이어야지, 강제로 밀고 들어오는 남자의 좆은 물론이고 그 밖의 모든 것은 이물질에 불과했고 강간이라고 불릴 것이었다.

'와이'와 '제이'의 복화술인 예문은 이성애의 정통성과 질내 삽입의 페니스 통일천하를 천명한다. 페니스 중심은 남성우월을 지나 여성 모두를 덜 떨어진 존재로 몰아가는 근거로, '제이'가 만나는 여성과 여성관에 이르기까지 일관된다. '제이'가 만나는 여성들은 '제이'에게 전화를 걸어 '당신의 작품 세계'니 '자코메티와 당신의 공통점'이니 '현대조각의 한 방향 어쩌고 어설픈 썰을 풀다가 싸그리 잡아먹히는' 여자이거나 '세상에 대한 냉소와 복수심'을 가진 '망조 든 집안의 딸들'이다. 전직 국회의원의 딸들이거나 유학 갔다 집안이 망해 어정쩡한 상태로 돌아온 여자들로 그녀들은 '제이'의 작품에 깃든 '쓰레기 같은 조악함에 끌렸다는 진단'을 내릴 정도의 안목은 가진다. 모두 성숙한 성적 자율권을 가진 그녀들과의 관계는 책임도 고뇌도 없으며 무엇보다 돈이 들지 않는다. 다만 '제이'가 할 일은 세상의 부조리와 압제에 대한 고뇌의 포즈인 표정관리에만 약간 신경 쓰면 되는 것이다. 그에게 여성의 육체와 영혼은 없다. 남자와 '제이'가 갖지 못한 딴 '구멍'은 애초에 이해의 대상은 아닌 듯하다.

아버지가 죽고 나서 얼마 되지 않아 발작적으로 자신의 항문으로 온갖 사물을 쓸어 넣어 본 경험이 있긴 하지만 그건 비역시의 느낌과 많이 차이가 난다. 쾌락이나 성행위를 위한 구멍을 따로 갖고 태어나지 못한 남자의 감각으로는 '어느 구멍'이라는 질문에 제대로 대답하지 못하는 게 어쩌면 당연할지도 모른다.

무지하고 조악하나 '제이'가 세상을 살거나 여성들과의 관계에서 전혀 장애가 없는 것은 소설의 구조에서 일관되게 받쳐주는 장치 덕분이다. 망조 든 집안의 허영기 많은 여자들은 심각하거나 구질구질하지 않고 사랑스러운 '와이'는 '삼각형의 욕망' 이론에 걸려 쉽게 나온다. '와이'의 정신적인 어머니 '우리'의 중개로 '와이'와 '제이'의 직선엔 예술적 장식이 꼼꼼하다. 와중에 '제이'는 '와이'의 '처녀'를 별로 내키지 않으나 접수한다.

부권제 사회는 처녀성과 처녀성의 박탈을 교묘한 의식과 금령으로 에워싸왔다. 모든 부권제 사회에서 처녀성은 손상되지 않은 채 받아들여지는 소유의 표시이기 때문에 신비스러운 좋은 것이 된다. 다른 한편으로 그것은 피의 마력과 공포감을 갖게 하는 '타자'와 연관되는 미지의 악을 표현한다. 따라서 선문자시대의 집단에서 이 위험하고 경사스러운 일을 연장자 또는 보다 강한 사람에게 기꺼이 양도하는 습관을 많은 부족에서 볼 수 있다.[12] 이는 묘하게도 '제이'를 만날 때의 '제이'의 어린 아내의 나이와 지금의 '와이'의 나이가 거의 일치하면서 '제이'의 행동은 처녀제거 의식(유사결혼)을 반복적으로 수행하는 기술 좋은 '어른'의 관록을 보인다. 이들의 관계는 쾌락적, 소모적 만남에서 '사랑'이란 단어로 기울기도 한다. 여성에게 성행위가 관용되는(이념적으로) 유일한 경우는 사랑이다. 그렇기 때문에 낭만적 사랑이란 개념은 남성이 여성을 착취할 수 있는 정서적 조작의 방편을 제공한다.

이 소설에서 등장인물들의 성행위는 항문 섹스와 야구방망이로 엉덩

---

12) 케이트 밀레트, 정의숙·조정호 공역, 『성의 정치학(상)』, 현대사상사, 1992, 95쪽.

이를 내리치는 가혹한 폭력으로 이어진다. 사디스트 '제이'와 마조히스트 '와이'의 관계 승인이다. '제이'의 의식 속에 있는 '신버지 콤플렉스'를 믿으며 받아들일 때 '제이'의 여자, 소녀 '와이'는 소년으로 등치된다. 가령 군대에서 어린 소년을 잔인하게 다루며 그를 여자로 전환시키려는 노력이 나이 많은 남자의 권력욕을 더하게 하는 것처럼 여성의 지위를 어린 남자의 위치로 저하시키는 일은 폭력적인 부권제의 일관된 특징이다. '제이'와 '와이'의 성행위도 동성 간에서 취하는 성행위 방식과 다를 바 없다. '신버지'의 변형적 답습인 것이다.

아버지와 예술을 부정한 자리에 낮게 내려와 '제이'가 한 일은 음습한 모텔을 전전하며 어린 여자아이와 폭력적 성관계를 반복하는 것이다. 문제는 쾌락과 소비에 있는 것이 아니라 주인공 남성에게만 환하게 열려 있는 출구이다. 언제든 도망갈 길은 환하게 열려 있고 그가 택한 방식엔 고뇌가 없다. 더러운 세상에서 그가 찾은 가장 만만한 소일거리에 불과한 듯 보인다. '제이'의 허위적 실체는 '우리'의 거절 앞에 폭로된다. 자신을 존경한다고 믿었던 '우리'의 간단한 거절 앞에 '제이'의 본성은 적나라하게 드러난다. 분노한 '제이'는 그림을 그리는 '우리'의 손을 절단하려 한다. 사디스트는 오랫동안 자신을 승인해오던 비서나 아랫사람이 자신을 거절할 때 과도하게 분노한다. 사디스트적인 감정의 폭발은 자신보다 권력이 없다고 생각되는 낮은 자들에게 가해지기 마련이고 이는 서로를 '적'으로 만드는 것이다.[13]

파시스트적 감성은 오직 자신의 세계만이 가장 순수하고 옳다고 믿는다. 자기 자신 그리고 자기와 가까운 것, 자기를 둘러싸고 있는 것 말고는 모든 것이 배척된다. 이 순박한 감성에게 자신의 세계를 벗어나는 모든 것은 두려운 것이고 그래서 악한 것이다. 언제나 억압당한다고 생각하는 마

---

13) 린 챈서, 심영희 역, 『일상의 권력과 새도매저키즘』, 나남출판, 1994, 269쪽.

조히스트 '제이'가 쏟아내는 말은 피해자의 언어로, 상대를 향한 배려는 아예 없다. '제이'는 집으로 돌아가고 소설은 불필요한 긴 설명을 남기고 끝난다. 장정일의 『내게 거짓말을 해봐』는 거짓말 같은 허망함을 남긴다. 자기 변명과 자기 상처에서 한순간도 자유롭지 못했던 '제이'의 행동은 사실상 우리 시대 천박한 마초적 담론과 다를 바 없다. 그는 어렵사리 마련한 성적 쾌락의 장을 한 색깔로 도배해 망쳐버린다. 결국 아버지 권력의 모방과 남성의 오만함을 드러내는 비루함에 그치나 아버지를 제대로 모방하지도 못하고 남성답지도 않다. '거짓말' 같은 이 소설은 우리 안에 도사리고 있는 여전한 남성 우월주의와 정신과 육체가 분리되는 기형적 성 관계를 확인하게 한다.

5. '소수자-되기'의 생성으로

성적 소수자로 산다는 것은 힘든 일이다. 이 힘듦은 시행착오를 반복하게 한다. 소수자는 다수자의 행동규범과 삶의 방식을 모방하려 하고 그 가운데 더욱 '소수'로 남는 악순환에 처한다. 복잡한 현실 속에서 개인의 다양한 성적 지향과 더불어 성적 소수자의 증대는 계속 확장될 것이다. 이를 막을 수는 없다. 그러나 성적 소수자가 우리 안에 깊이 뿌리내리기 위해서는 그들의 고유한 양식을 계발해야 한다는 생각이다. 기이와 일탈의 혐의는 스스로 벗어야 한다. 억압적 시선에 짓눌려 '유령'처럼 지내거나 혹은 파멸로 끝날 수 없는 것이다. 서로를 소외시키고 가두는 '장롱'이 되어서는 안 된다. 알고도 인정하지 않거나 상대를 속이는 것은 계속되는 기만과 거짓말의 악순환의 장치로, 폭력의 전조에 불과하다. 스스로 건강하고 당당한 삶의 방식을 드러낼 때 이들은 소수이나 우리 속의 다른 한 축이 될 수 있을 것이다. 이는 들뢰즈에게서 우선 그 해법을 마련할 수 있을 것 같다. 들뢰즈가 역설했듯이 성적 소수자들은 '소수자-되기'를 도모해야 한다. 무엇보다 이성애 중심의 규범으로부터의 탈피와 탈영토화를 통하여 그들의 고유한 양식을 생성해야 한다. 단지 다수와의 관계서 정의 가능한 집적체이기를 그치고 성적 소수자들은 성적 다수자들을 정의하는 이항대립의 한 항을 형성하도록 '-되기'를 도모해야 한다. 이러한 지적이 이성애와 전혀 구분되는 양식을 모색하라는 것은 아니다. 오히려 많은 이질적인 요소들을 연결하고 관계 지으며 다양성의 생성으로 나아가야 한다. 다만 소설에서 읽을 수 있었듯 외부의 시선에 의해 조절되는 인정투쟁에서 벗어나 그들만의 잠재성을 가진 임시적 통일체 '아상블라주(assemblage)'로서[14] 그들의 모형을 짜고 변화하는 관계의 생성에 적극적이고 건강하게 대비해야 하는 것이다. 이중의 어려움에 처한 성적 소수자들은 자신들이 가진 '역능'으로 성적 정체성과 삶의 기술을 조화롭게 이끌어나가 유혹과 저항을 동시에 감행하는 진정한 소수자로서 우리의 주목을 끌어내기 바란다. 이는 사랑과 진정성에 바탕을 둔 쾌락의 활용 주체로 거듭날 때 가능할 것이다.

---

14) 폴 패튼, 백민정 역, 『들뢰즈와 정치』, 태학사, 2005, 16쪽.

사랑과 소외의 변주곡

─노동시와 성차

살아가는 일이 벼랑이라면 모든 사랑은 벼랑 끝에서만 핀다.

─ 김해자의 「벼랑 위의 사랑」에서

1. 생존과 실존의 경계

노동시의 젠더규명은 먼저, 노동자가 사람인가! 라는 절박한 물음과 함께 시작한다. 상식의 '젠더'는 남성과 여성을 구분하는 '성차별주의(sexism)'에 저항하고, '페미니즘(feminism)'과 연대한 분명한 기준이다. 그러나 노동시의 '젠더'는 인간이 아닐 수도 있는 노동자의 실체를 반영한 듯 생존과 실존의 경계에서 애매하다. 산업화 이후 자본주의 체제 아래의 노동자는 이미 젠더의 경계가 무너진 '경제적 중성자'이기 때문이다. 하여, 노동시의 젠더 탐색은 약간의 선행학습을 전제한다. 노동자는 사람이어야 한다는 익숙한 다짐과 젠더는 구체적인 삶의 맥락에서 검토, 해석되어야 한다는 실재감의 요구이다.

우리의 노동현실은 여전히 부조리하다. 산업화 시대의 끝자락을 잡고 들어온 IMF의 망령과 구조조정의 포효, 값싼 임금을 찾아 중국으로 동남

아로 떠난 공장들이 남긴 황량함, 친기업, 친미 정책의 현실은 가파르고, 경쟁력을 잃은 노동자의 삶은 느슨한 플롯처럼 무력하다. 가혹한 중노동과 살인적인 저임금에 시달리는 노동자에게 안팎의 현실은 모두 고통이다. 포스터 모던의 부박(浮薄)과 향유·소비의 자본 논리에 결박된 사람들은 생산과 노동의 주체, 진지한 '노동자'를 주목하지 않는다. '노동자'는 TV 화면 속 협상 테이블과 간혹 거리의 시위현장에서 붉고 흰 색채로 분리되어 존재할 뿐이다. 소수자인 노동자는 잘 보이지 않는다.

슬라보예 지젝은 자본주의의 마법 호리병인 '코카콜라'의 매혹을 바로 '그것(Ça)'이라 부르며 승자독식의 비법을 공개했다. 모방할 수 없이 독특하며 기대한 것 이상의 넘침, 잉여쾌락을 안겨주는 '그것'에게 승자독식의 영예가 확 몰려간다는 것이다. 기발하거나 새롭지 않으면 살아남지 못하는 자본주의의 시장논리, 신자유주의의 글로벌 게임규칙인 '선택'과 '집중'은 소수의 정규 노동자와 다수의 비정규직 노동자로 양분하며 큰 폭의 위계(caste)를 만든다. '그것'을 갖지도 알지도 못한 노동자는 예측 불허의 현실에 속수무책이다.

노동자군의 증식과 노동현실의 종말, 노동자 혹은 노동의식의 실종은 '환상의 돌림병'처럼 실제 포착이 어렵다. 이 글은 노동자와 노동현실에 대한 정확한 진단을 목적으로 한다. 노동자들의 치열한 투쟁기록인 노동시를 1980~90년대, 이후 현재(2000년대)로 나누고, '젠더(성차)'를 통하여 살펴보는 작업은 남성과 여성으로 상호보완의 조화로운 실존을 구가하기를 열망하는 우리 '노동자들'의 절박한 삶을 이해하고 다가서는 진지한 길이 될 것이다.[1]

---

1) 노동시는 '노동자를 위한 시'와 '노동자에 의한 시'로 크게 구분된다. 이 글에서 '노동시'는 '노동자에 의한 시'로 한정한다. 여기서 '노동자'는 노동현장과 계급의식을 담보한 '육체노동자'에 한정한다. 텍스트는 채광석 편 『노동시선집』(실천문학사, 1985), 김윤태·맹문재·박영근·조기조 공편, 『한국대표노동시집』(도서출판b, 2003)와 박노해의 『노동의 새벽』(풀빛, 1984), 백무산의 『동트는 미포만의 새벽을 딛고』(노동문학사, 1990), 표성배

2. 과잉과 결여의 변증

'박노해'와 '백무산'으로 상징되는 80~90년대의 노동자시인의 절대다수
는 남성이다. 여성노동자 시인은 소수이며 '무명(無名)'으로도 나타난다.
노동자 시인의 성비 불균형은 기형적 현실인 노동현장과 상동(相同)이라
할 수 있다. 장시간의 중노동과 열악한 근로조건 속에서 '경제적 중성자'
만을 요구하는, 젠더 부재의 노동현장은 체력적으로 열세인 여성들이 버
티기 힘든 곳이다. 남성들이 이 현장을 견딜 수 있는 힘은 거의 생래적으
로 부여받은 듯한 '가부장의식', 주체의식에서 기인하고 있다. 여성 노동
자들의 시가 부당한 현실에 대한 개인적 고발과 증언에 그치고 있다면 남
성 노동자들은 '우리 노동자'라는 동지의식과 계급의식으로 발현되는 확
연한 성차를 드러낸다.

백무산과 박노해의 확고한 계급의식은 동궤에 놓인다. 두 사람의 시는
가진 자/못 가진 자, 자본가/노예, 너희/우리, 배신자/동지, 그리고 국민/
노동자로 이분된다. 대규모 공장을 배경으로 노동자들은 노동조합 조직
산하에서 체계적인 투쟁을 도모한다. 노동자 개인은 무력하나 '우리'가
힘을 합친다면 '계급혁명'을 이룰 수 있다는 절박한 확신에서 비롯한 것
이다.

남성과 여성 노동자의 젠더의식이 수렴되는 지점은 '몸'이다. 가진 것이
노동력, 몸밖에 없는 그들에게, '몸'은 곧 계급이자 세계와 맞선 계급 영역

의『공장은 안녕하다』(창작과비평사, 2006), 김태정의『물푸레나무를 생각하는 저녁』(창
작과비평사, 2004), 김해자의『축제』(예지, 2007)이다. 그리고 박영근의『저 꽃이 불편하
다』(창작과비평사, 2001)와 백무산의 신작시(2008,『신생』봄호)를 참고하였다. 노동시
중에서 시인들의 젠더인식, '성차'를 살펴볼 수 있는 작품을 선택하였다.

이다. 강한 남성(불길 같은 사나이, 진짜 노동자)을 호출하며 온몸으로 저항하는 두 시인의 '온몸의 시학'은 동궤에 놓이나 젠더 표출 방식은 상이하다. 이는 사적 공간인 가정, '젠더 공간'의 유무에서 비롯한다.

백무산의 시적 발화는 주로 공장과 거리에서 이루어진다. '노동조합'을 전진기지로 삼고 노동해방의 깃발 아래 모인 동지들의 목표는 하나이다. 이는 중앙공간의 상징적 점령(현대 계동 본사)이라는 가시적 성과와 '정주영의 항복'이라는 내용형식을 통해 최대한 단기간 내에 이루어야 하는 지상과업이다. 그에게는 오직 '적(자본가)'과 '동지(노동자)'가 있을 뿐이다.

백무산이 뿜어내는 강렬한 남성성, 젠더과잉의 표출은 사실 온전한 '남성'임을 확인할 수 없는, 젠더 부재를 요구하는 노동현장의 무지막지함이 생산한 것이다. 곧 '남성성'을 '거세'시켜 고분고분한 '임금노예'로 만들려는 '적'들의 음모에 대한 생명 선언인 것이다. '물질의 좆뿌리'란 도발적 언표는 '거세공포'인 무의식의 소산으로, 단말마적인 남성선언이자 투쟁이 곧 생명이고 사랑(동지애/인간애)임을 천명한 것이다.

백무산의 남성 지향은 '부자(父子)계보'로 구체화된다. '정주영과 정몽준', '아버지가 노동자면 아들도 노동자'라는 대립각은 부당한 '노동계급'을 세습하지 않겠다는 가부장의 결연한 표상이다. 그의 시어는 부자계보를 계승하는 남성적 언어로 전투의 대오를 잇는다. '끝장', '배짱', '겁 없는 것들', '한 판', '생존의 전쟁', '쌍도끼', '식칼', '포효하는 음성', '사나이', '간담' 등의 남성적 언어는 벼랑인 현실을 직시한다.

박노해의 젠더의식은 백무산에 비하면 유연하고 섬세하다. 박노해는 남성/여성 노동자와 함께 동행한다. 의식화된 노동자로서 지성과 인격을 갖춘 화자의 태도는 '공돌이'라는 자신의 계급에 대한 깊은 자각에서 비롯한다. '공돌이' 남성은 '여대생년'과는 어울릴 수 없는 것이다. 하여 박노해의 한 풀 꺾인 겸손한 남성은 몸으로 먹고사는 타자들(588 여성동지, 식모, 전과자, 우리 공순이 공돌이)과의 연대와 동일시로 확장된다. 박노해에게 '나으리(하늘)'는 노동 현장에만 존재하는 것이 아닌 일상 전반에 걸쳐 출몰하는 '권력'이다.

　박노해의 친여성성, 일상성, 구체성은 가정이라는 '젠더공간'에서 발원하고 있다. 시적 공간이 '가정/집'을 중심으로 시장, 포장마차, 공장 등으로 확산, 수렴된다. 그는 '가정'에서 가족과 함께 공유하는 휴식시간의 필요와 인간적인 삶의 여유를 절실히 원한다. 이는 박노해의 시가 시장을 돌며 쇼핑하는 노동자의 일상적 권리와 소외를 함께 조명한 의도이기도 하다. 그가 자신의 위축된 남성성을 여성을 이해하는 승화된 에너지로 고양시킬 수 있는 힘도 여기에서 발현한다. 그러나 백무산과 박노해가 바라는 소박한 이상을 현실은 결코 허락하지 않는다.

　　어떤 걸음으로 왔던가
　　정겨운 고향을 떠나서
　　객지를 돌아서 '우리는 어떤 걸음으로 왔던가

　　(…)

　　어떤 걸음으로 왔던가
　　국력신장이다 역사적이다 오대양 육대주다
　　만국기와 빵빠레와 색종이와 오색풍선에
　　정신을 빼앗기고 혼을 빼앗겨 가며
　　이날 입때까지 바쳐 온 청춘

　　아 남은 것은 빈손
　　죽어서 떠난 이들
　　폐인이 되어 떠난 이들

어떤 걸음으로 왔던가
고향을 떠나서 객지를 돌아서
우리는 어떤 걸음으로 왔던가
이제는 갈 곳도 없다 갈 수도 없다

―「삶의 진지」 부분

동료들과 노조일을 하고부터
거만하고 전제적인 기업주의 짓거리가
대접받는 남편의 이름으로
아내에게 자행되고 있음을 아프게 직시한다

명령하는 남자, 순종하는 여자라고
세상이 가르쳐 준 대로
아내를 여금야금 갉아먹으면서
나는 성실한 모범근로자였었다

(…)

투쟁이 깊어갈수록 실천 속에서
나는 저들의 찌꺼기를 배설해 낸다
노동자는 이윤 낳는 기계가 아닌 것처럼
아내는 나의 몸종이 아니고
평등하게 사랑하는 친구이며 부부라는 것을
우리의 모든 관계는 신뢰와 존중과
민주주의적이어야 한다는 것을
잔업 끝내고 돌아올 아내를 기다리며

　　이불 홑청을 꿰매면서

　　아픈 각성의 바늘을 찌른다

―「이불을 꿰매면서」 부분

백무산의 「삶의 진지」에서 고향에 돌아갈 수도, 객지에서 버틸 수도 없는 '폐인'과 '주검'인 기괴한 노동자의 모습을 발견하게 된다. 가난한 고향은 경제 기반이 없고 '객지'의 공장은 '거세 공포'만 드리울 뿐이다. 고향집 어머니의 듬직한 아들은 돈 벌러 도시에 왔으나 경제적 안정도 노동의 기쁨도 얻지 못한 채 소모적인 '그림자 노동(shadow work)'[2]에 갇혀 있다. 그림자 노동은 삶의 근간을 흔드는 '파괴'로 드러난다. 피로에 지친 노동자들은 안전장치가 미비한 작업장의 기계에 잠깐의 부주의로 손과 발이 잘리는 신체 절단의 심각한 훼손을 겪는다. 심한 경우 죽음을 맞기도 한다. 파괴는 전면적이다. 어쩌지도 못하는 가장을 뒤로하고 '마누라는 바람이 나고 식솔들은 흩어지고' 가정은 '산산조각'으로 부서진다. 노동자들은 갈 곳이 없다. 이 세상을 '노동자들의 세상'으로 만드는 길뿐이라는 결의는 비장하나 막막하다.

박노해의 「이불을 꿰매면서」는 그의 젠더의식을 역설한다. 화자가 잔업을 끝내고 돌아올 아내를 집에서 기다리는 동안의 자세는 이불홑청을 꿰매는 가사노동과 함께한다. 그러나 이런 자세는 결코 자연스럽게 찾아온 것이 아니다. 그가 '기업주의 짓거리'를 떠올리고 '모든 관계는 민주주의적이어야 한다'는 강령을 되새길 때 비로소 가능한, 의식화 작업이다. '바늘'의 아픈 각성은 비유를 넘어선다. 이 시는 고통스럽게 읽힌다. 고통은 젠더결여의 가정이 지닌 황량함에서 비롯한다.

---

2) 이반 일리치의 경우 '그림자 노동'은 일차적으로 젠더 부재와 연결되는 노동이다. 나아가 무보수의 가사노동을 비롯하여 어떠한 성취도 느낄 수 없는 소비되고 소모되는 노동의 총체들을 의미한다.

의식화된 남성의 '아픈 각성'은 기실 '무능한 가장'인 자신에 대한 회환, 열등감의 방어기제와 무엇이 다른가. 피로에 지친 남편은 아내의 부재로 인해 편하게 휴식을 갖지 못한다. 아이는 엄마가 공장에 가고 아버지가 돌아오기까지의 시간을 어디에서 어떻게 보낼까. 마치 젠더화된 서발턴(하위주체, subaltern)인 '젖어미'가 생명의 본질인 젖줄은 주인집 아이에게 팔고 몇 푼의 위자료를 받아 제 자식에겐 고작 헛것을 사 먹이는 부조리극처럼 '그림자 노동'에 유폐된 노동자 가족의 삶은 환영인 듯, 헛바퀴를 돈다.

3. 유실과 상실의 기호

남성들이 노동조합을 중심으로 온전한 주체의식을 갖고 온몸으로 혁명의지를 불태운 '성숙한 남성'인 투사 이미지로 드러난 반면에 여성노동자들(이하 여성, 여성들)은 무력한 개별자인 '미성숙한 아이'로 드러난다. 가부장제와 자본주의가 공모한 착취구조는 여성을 '인간 이전'의 존재, 비인격적인 대상으로 취급한다. 이는 여성들의 자존과 정체를 훼손하는 심각한 트라우마이다. 열악한 노동현실은 인격적 모멸에만 그치는 것이 아니다. 여성들은 중노동의 착취와 성희롱, 성폭력의 위험에도 노출되어 있다. '고아'와도 같은 궁극적 타자인 여성들은 이러한 폭력에 대항할 방법도 힘도 갖지 못한 탓이다. 경제위주의 노동 재편과정 속에서 노동자 여성의 젠더는 처음부터 존재하지 않은 듯 유실되어버린 해독 불능의 기호이다. 무차별적인 여성현실은 '유산(流産)'으로 상징된다. '유산'은 꿈과 미래를 가질 수 없는 여성들의 실제이자 은유이다.

김혜자의 「안내양 일기」 중 「사고처리」는 입이 있으나 말할 수 없는 자, 말할 기회조차 갖지 못하는 하위주체(subaltern)인 여성 노동자의 취약한 현실을 극명하게 드러내고 있다. 이 시에서 안내양의 위치는 '인간들'과 동급이 아니다. 동일한 노동 공간에 있으나 운전기사와 안내양의 거리 또한 멀다. 개문발차 사고가 나고 사고책임은 모두에게 다 있다고 볼 수 있는데(사실은 손님 책임), "인간들"은 사고의 전적인 책임이 "쌍년"인 화자에게 있다고 말한다.

운전수는 책임회피만을, 손님은 "이 쌍년 고발해서 밥줄을 끊어 놓고/모가지를 비틀어 죽인다"고 협박하고, 병원 원장은 무릎 깨졌는데 링게르 꽂고 엑스레이 찍고 온갖 검사하고 입원시키며 살 판이다. 회사에선 "일도 못하는 년", "병신 같은 년", "개잡년"으로 화자를 내몬다. "씹팔, 눈에 보이는 인간들 다 물어 뜯어먹고 싶다."로 끝맺는 화자의 말은 환멸의 뱉음으로 동물의 신음에 가깝다. 가부장 연합의 함정을 살기 위해서 여성성은 간단히 포기해야 할 듯싶다.

'안내양'은 이 경우 '인간' 모두가 살기 위해서 희생되어야 하는 경제적 '보조자'이다. 암묵적인 합의하에 '인간들'은 모든 책임을 안내양에게 떠넘기는 가장 합리적인 방식을 선택한다. 이것은 통상적 방식으로 읽힌다. 여성 노동자의 모멸과 소외를 딛고 모두는 편안해진다. 대표 노동자(운전기사)와 시민은 체면을 세웠고 병원 의사는 수입을 올렸다. 함께 잘사는 윤택한 사회가 '저만큼'에서 열린 것이다.

젠더 부재의 가혹한 노동현장은 임신한 주부의 '아이 유산'이라는 극단적 상실로 드러난다. 여성임을 인정하지 않는 현장에서 임신사실은 숨겨야 하는 약점이다. 이러한 젠더 억압은 공장과 가정 양쪽 모두가 요구한 것이다. 빈곤의 굴레 아래 '어머니-태아'의 안전과 건강은 소외된다. 임신한 몸을 당당하게 드러내는 젠더 과시와 향유는 여유 있는 여성들의 몫일 뿐이다. 이명자의 「비나리」는 불법 폐업을 막기 위해 애쓰다 결국 아이를 유산하고 만 어미의 절절한 한(恨)을 담고 있다. 고단한 몸의 화자는, 뱃속의 제 자식은 '인간대접'을 받으며 '거리를 활보할 수 있기를 간절히 바라며' 유폐의 노동시간을 견딘다. 직장을 사수해야 하는 급박한 현실에 결박된 어머니는 태아가 7일간이나 자신의 뱃속에서 주검으로 떠다니는 사실도 깨닫지 못했다. 이제, 화자는 참척(慘慼)의 슬픔을 딛고 일어서며 진정한 '어머니'로서 존재의 전환을 도모한다. 아무도 인정하지 않는 노동현장의 모성, 생명과 보살핌의 여성 젠더의 부활을 '어머니'인 자신을 통해 이루고자 한다. 죽은 자에게 말을 걸 수 있는 '여자', 어머니인 그녀는 산 자와 죽은 자를 소통시키는 '영매(靈媒)'로서[3] 아이가 노동자들을 지키는 '아기장군'으로 다시 태어나기를 주문한다.

그러나 가혹한 육체노동과 인격적 모멸, 그리고 신뢰와 배려가 없는 관계 상실의 메마른 노동 현장을 더 이상 버티지 못하고 여성들은 지쳐간다. 이 한계 상황에서 여성들이 자포자기의 상태에서 도망치듯 빠져드는 것이 '매춘'의 지점이다. 인권의 사각지대인 매춘소굴로 사라진 여성들의 목소리는 잘 들리지 않는다. 이 부재의 영역은 여성시인 '고정희'를 통해 선명하고 통렬하게 조명된다. 고정희는 여성을 어머니/창녀로 이분하는 가운데 여성지배와 소비를 산뜻하게 달성하는 가부장 담론의 허위를 날카롭게 풍자한다.

> 상실과 패배의 우상들이
> 광란의 춤을 추는 도성에서
> 딸들은 땅을 버린 지 오래이고
> 땅은 딸들을 버렸습니다
> 많은 것을 가졌지만
> 눈에 빛이 사라진 딸들의 머리 위로
> 상심하는 별들이 흔적 없이 떴다 사라집니다
>
> —「하늘에 계신 우리 어머니」 부분

---

3) 여자만이 죽은 자를 애도하고 신의 가호를 빌면서 곡을 할 수 있다. 젠더에 관계된 행동은 과거에서 저승에까지 미친다.(이반 일리치)

조국 근대화가 나와 무슨 상관이며

산업발전 지랄발광 나와 무슨 상관이리

의지가지 하나 없는 인생이 서러워

모래밭에 혀를 꽉 깨물고 죽은들

요샛말로 나도 홀로서기 좀 해보자 했을 때

아이고 데이고 어머니이

수중에 있는 것이 몸밑천뿐이라

식모살이도 이제 싫고

머슴살이도 이제 싫고

애기데기 부엌데기 구박데기 내 싫다,

깜깜절벽 외나무다리에서

검부락지 같은 줄 하나 잡으니

그게 바로 구멍 팔아 밥을 사는 여자 내력이라

—「몸 바쳐 빵을 사는 사람 내력 한마당」 부분

   매춘은 젠더의 삭제 속에서 단지 섹스(sex)와 본능(libido)이 돈을 매개로 교환되는 행위이다. 고정희는 '매춘'을 세상에서 버림받은 여성들이 모든 허위적 관계와 기대를 끊고 다시 시작하고자 하는 극단적 선택, '홀로서기'라고 해석한다. 이럴 경우 매춘과 매춘부는 '성노동(sex work)'과 '성노동자(sex worker)'의 정체를 갖는다. 이 역설은 모든 폄훼에 몰린 성노동자, 그녀들의 생존권을 주장하고 보호하려는 의식에서 비롯한다.[4]

   세상 사람들이 '갈보'라 경원하며 착취하고 소비하는 여성은 사실, 이 세상이 버린 '어머니의 딸'이다. 멸시받아 마땅한 '갈보'는 영혼을 파는 '정

---

4) 다자키 히데아키, 김경자 옮김, 『노동하는 섹슈얼리티』, 삼인, 2006, 19쪽.

치 갈보', '권력 갈보'라고 되받아친다. 아이러니한 것은 '매매춘(賣買春)'의 현장에서 사는 자/파는 자, 남성/여성, 영혼/몸의 위계가 더욱 저열하게 갈린다는 사실이다. 어디에서도 결코 자유롭지 못한 여성 육체의 취약함과 이중적 성규범은 유령처럼 떠돈다.

고정희는 사막 같은 실재계의 환멸을 '어머니'라는 상징적 여성성의 부활과 '어머니-창녀-딸'의 도발적 연대를 통해 극복하려 한다. 가부장제와 자본주의의 공동 전선이 휩쓸고 간 폐허의 지점에서 생산된 '매춘부'의 기괴한 정체가, '분노의 칼'을 녹여 '푸른 융단'을 빚으시는 어머니의 새로운 질서, 모든 이웃에게 골고루 '따순 밥'을 나눠주시는 어머니의 큰 사랑 안에서 새롭게 태어나길 꿈꾸는 것이다. 따스하고 섬세한 어머니의 손길, 그녀의 '칼(mes)' 아래 유기되고 손상된 젠더의 환부가 도려지고, 일그러진 얼굴은 성형의 교정이 가능할 것인가. 여성과 여성 노동에 대한 착취가 엄존하는 한 이러한 사정은 '봉합' 가능성에 그칠 뿐이다.

4. 전복과 생성의 매개

90년대 중후반을 휩쓴 IMF의 경제대란과 구조조정은 노동현장에 깊은 그늘을 드리웠다. 공장은 문을 닫고 투사들은 현장을 떠났다. 2000년대에 생산된 노동시는 80~90년대의 엄혹한 노동현장의 터널을 통과한 시인들의 고백인 후일담의 형식을 취한다. 주목할 점은 한 시대를 치열하게 건넜던 투사 지사형인 남성화자의 회고형식과 '지금-여기' 현실을 사는 현장형 남상화자의 목소리가 사뭇 대비적이라는 사실이다. 투사 지사형 화자의 경우 현실에 대한 패배의식과 깊은 무력감을 드러내는 반면에(박영근은 '행려'로, 백무산은 '박물관'이란 단어에 담아 표출) 현장형 화자의 경우(표성배), '공장'을 지키고 있는 '고참' 남성에게 노동과 삶, 공장과 몸은 구분과 분리가 가능하지 않는 한 지경으로 목도된다.

이제 사십 대 중반에 접어든 여성들은(김태정, 김해자) 세월의 간극이 남긴 일상을 사랑과 지성의 힘으로 뜨겁게 껴안는 것으로 드러난다. 지난 시절의 격정을 뒤로하고 거울 앞에 앉은 누님처럼 차분하지만 내면은 뜨겁다. 오해와 이해를 섬세하게 가리는 성숙한 그녀들은 '여성/딸'인 자신의 젠더에만 갇혀 있지 않다. 남성/여성, 주체/타자의 위계를 전복하고 이성과 동성, 세대를 초월해 교섭하며 이해의 장을 넓혀가는 '생성'의 존재로 거듭난다.

김태정의 시 「호마이카상」, 「겨울산」, 「눈물의 배후」, 「물푸레나무」, 「나의 아나키스트」 등에서 이제 사십 대에 접어드는 독신여성을 발견하게 된다. 「호마이카상」에서 화자는 이십 년 전과 후에도 변함없이 같은 상에 '시'와 '밥'을 차려먹는 삶, 궁색하고 단조로운 일상을 마감하려 한다. 이는 '밥상'을 사랑하는 이와 공유하고 싶은 여인의 은밀한 욕망의 표출이다. '밥상'은 유보되고 몰각한 여성성의 환유이다. 화자의 소박한 소망은 「겨울산」과 「물푸레나무」에 이르면 선명해진다. '겨울산'에 투사된 화자의 외로움은 "배고픈 애인아/따뜻한 저녁 한 끼 지어주랴"라는 탄성으로 드러난다. 배고픈 자는 애인이 아닌 화자의 내면, 영혼이 아닐까. 여성성의 구가는 이루지 못한 옛사랑에 대한 그리움을 타고 넘는다.

이 세상에서 내가 가장 사랑하는 빛깔일 것만 같고
또 어쩌면
이 세상에서 내가 갖지 못할 빛깔일 것만 같아
어쩌면 나에겐
아주 슬픈 빛깔일지도 모르겠지만
가지가 물을 파르스름 물들이며 잔잔히
물이 가지를 파르스름 물올리며 찬찬히

가난한 여인들이

서로에게 밥을 덜어주듯 다정히

체하지 않게 등도 다독거려주면서

묵언정진하듯 물빛에 스며든 물푸레나무

그들의 사랑이 부럽습니다.

―「물푸레나무」 부분

화자가 좋아하는 물푸레나무의 '파르스름한 빛깔'은 저녁 어스름과 닮은 것이다. 이 빛깔을 화자가 가장 사랑하나 '갖지 못할 빛깔'이라고 한 부분은 회한을 닮았다. 잔잔히, 찬찬히 그리고 다정히 서로의 몸을 다독거리면서 스며든 사랑의 빛깔인 까닭이다. 화자에게 잔잔히, 찬찬히, 다정히, '묵언정진'하듯 지속된 사랑은 없다. 아니 지속될 수 없었다. 그녀가 사랑한 그는 '폐허' 같은 현실을 가파르게 산 '투사'이다. '그'는 떠났고 '영판 떠돌이'가 되었다. 혼자 남겨진 그녀는 그가 남긴 말, '오 년 뒤엔 무엇을 할 거지'란 질문을 화두처럼 품고 있다. 그녀를 잡을 수도 놓을 수도 없었던 그의 비겁을 '오 년 뒤를 장담할 수 없었던 그 시절의 황폐'로 이해하며 화자는 그와 그 시대의 절망을 기꺼이 껴안는다. 그를 향한 이해의 깊이는 그녀의 실존의 무게와 같다. 그가 떠나고 늦게 대학을 졸업했으나 여전히 '부업'과 '생업' 사이를 건너며 불안과 고독의 일상을 견디는 독신녀 화자는 양성의 역할을 모두 수행하며 산다. 이런 역할수행을 통해 화자는 '그'의 절망과 가장인 '아버지'의 이해에 도달한다.

오 년 뒤를 물어오던 그 폐허에서 그를 비껴간 대답처럼 그의 절망을 비껴간 나는 여전히 할 말이 없어 부끄럽고

평지에 발을 딛는 순간 비탈 위의 기억들이 재가 되어버릴까 봐. 때문은

작업복과 해진 운동화, 문 닫힌 공장과 늦은 밤 미싱 소리, 낮은 골목길
의 담배연기, 긴 축대끝의 달맞이꽃, 그의 눈빛만큼 고단했던 시절들이
먼지로 날아오를까 봐.

—「낯선동행」부분

소통을 이어 '그'와 '그 시절'의 논리를 관통한 그녀는 '그'의 절망을 비껴
간 자신의 어린 대답을 '부끄럽게' 여긴다. 그녀의 기억과 이해 안에서 미
완의 사랑은 완성을 향해 진행 중인 셈이다. 하지만 이러한 완성은 남녀 간
의 단순한 연애 감정의 지속에 그치지 않는다. 이는 그 시대에 대한 사랑이
자 동지애이며 치열한 삶에 대한 확신과 자부를 생산하는 활동이 된다.

김태정의 미완의 연시는 그 결여가 견고한 주체탄생을 낳는 동인이란
점에서 예사롭지 않다. 힘겹게 원고료로 살아가는 자신과 역시 원고료로
생계를 책임졌던 '삼십여 년 전의 아비'(「슬픈 산타」)의 영상이 겹치고 이것
이 '가장'인 경제주체 모두에 대한 깊은 연민과 이해로 승화되는 점은 주
목된다. 이는 가장과 주부로 상징되는 양성의 젠더 역할을 수행하면서 발
견한 성취이다. 변해가는 것들 속에서 결코 변하지 않는 삶의 진실, '밥-노
동'의 힘겨움, 경외의 끝에 열린 뜨거움이 아닐까.

김해자의 경우, 지성을 갖춘 성숙한 여성의 혜안을 느끼게 한다. 그녀에
게 모든 이해의 통로는 '어머니'에게서 시작하여 '어머니'로 완성된다. 마
치 '백무산'이 살아 있는 투사 '진짜 사나이'(백기완, 박노해 등)를 궁극에
중개자로 삼았듯이 김해자는 삶 속에서 만난 동지들(聖 이계숙, 황학동 안
네, 김주리, 김명운, 찐다 박사장 등)을 응시, 모방하면서 그녀의 '여성', '씨방'
이고 '암컷'이고 '거미여자'이며 '어머니'이고 '하느님'인 진정한 생산주체,
'어머니의 어머니'에 도달한다.

보지 않고는 훔칠 수 없는

시어머니 아랫도리를 닦다 눈을 돌렸다
두 번의 수술과 몇 차례 방사선으로
거웃마저 거의 사라져 숨을 곳 없는
생산도 사랑도 멈춘 채 배설기능만 남은 은밀한
그곳이 발가벗겨져 형광불빛 아래 서러웠다
열다섯에 전쟁을 만나 고아원 전전하다
식모살이 파출부 미싱질에 반찬공장까지
한평생 궂은 자리 끌고 다니던 몸뚱이
끝내 벗어나지 못한 셋방에 뉘였구나

(…)

아픈 嫲자 앞에서 곰곰 여자를 생각하다
울음밖에는 고통 알릴 길 없는
애기똥풀로 돌아간 당신에게로 엎어지며
다시 사랑할 힘을 얻는다

아무것도 못하는 가난한 시여
시를 낳는 여자여, 어머니여

—「詩어머니」 부분

　　김해자의 '어머니-되기'는 고정희의 '어머니의 딸'을 계승한 동시에 전복하고 확장하며, 생성한 젠더주의이다. 고정희가 어머니와 딸의 구도 속에 절대사랑인 '어머니'와 거듭나는 '가여운 딸'로 은연 중 위계화했다면 김해자는 우리에게 다 주고 이제는 몸과 정신이 모두 늙은 치매 걸린 '시어머니'의 '거웃'과 '은밀한 그곳'을 당당히 제시하며 '어머니와 딸'의 오래된 신화를 지우며 다시 세운다. 며느리는 어머니의 어머니, 하느님이다.

또 하나 주목할 것은 치매 걸린 시어머니를 돌보는 육체적 노동이 결국 정신적 작업인 시(詩)를 낳는 창조의 동력이 된다는 사실이다. 무관한 시(詩)와 시(媤)의 일치가 김해자 안에서 가능해진 것이다. 이는 '노동'과 '창조'를 묶어내는 화자의 능력, 무한한 존재 증명이 아닐까. 노동-역량(labor-power)은 결국 생산할 수 있는 역량(puissance)인 것이다.[5] 이것은 정신적이고 물리적인 능력의 총합이자 살아 있는 인격성, 인간존재의 총합이기 때문이다. 젠더는 본질적인 것도 아니고 반드시 고정적인 것도 아니다. 사회생활의 상호작용을 통해 얻어지고 시간에 따라 변하는 것이며 다른 젠더의 관계 속에서 변화하는 사회적 구성물이다.[6] 젠더가 유연한 가능과 능력의 지점임을 김태정과 김해자의 시는 증명한다.

표성배의 『공장은 안녕하다』는 '지금-여기'의 노동현장을 담담하게 조명한 소중한 텍스트이다. 시인의 자전적 생애를 그대로 반영한 듯 읽히는 이 시집은 노동현장의 애증을 기록한 일지(日誌) 같은 시들로 구성되어 있다. 15세에 공장 노동자로 들어와 사십을 넘긴 지금까지 현장을 지키는 '화자'는 공장에서 만난 아내와 결혼해 아이를 낳고 사는 가장이다.

21세기에 생산된 표성배 시의 노동자 삶도 별반 달라진 것이 없다. 달라진 것은 공장이다. 공장은 너무 조용하다. '적막'과 '적요'의 수사와 '망치소리'가 환하게 들리는 공장의 연결은 황량하다. 경기침체 탓인지 공장 안엔 바람도 잘 불지 않는다. 공장 하늘에는 '노동조합'이라는 익숙한 글귀가 선명한 '애드벌룬'이 서 있으나 이를 읽는 화자의 시선은 낯설다.

　　누구에게 발목이 잡혔을까

---

5) Paolo Virno, 김상운 역, 『다중』, 갈무리, 2004, 137쪽.

6) Julia T Wood, 한희정 역, 『젠더에 갇힌 삶』, 커뮤니케이션북스, 2006, 33쪽.

날아오르기 위해 힘을 줄 때마다
힘줄이 파룻파룻 떤다
열다섯 살 겨울
기계를 돌리던 형들처럼
제자리에서 뱅뱅 돌다 지쳐가는
애드벌룬이 안쓰럽다

―「오후 네시」 부분

애드벌룬처럼 떠 있는 노동조합, 파룻파룻 떨고 있는 '노동조합'의 기호
는 노동자의 몫이 아니다. 애드벌룬의 실체에 혐의가 인다. 노조를 허용
하는 중소기업, 선진 복지기업의 관용을 홍보하기 위한 '애드벌룬'은 아닐
까. 그러나 정작 화자에게는 이것도 관심 밖의 일이다. 노조가 있든 없든
노동자의 삶은 별반 달라진 것이 없는 탓이다. 가혹한 구조조정의 현실을
예측하지도, 대비하지도 못한 노동자들은 '파산'과 '신용불량'의 빈곤에
몰려 있다. 이제 사십 고개를 넘긴 '화자' 역시 불안하다. 공장에서 '고참'
인 그는 실속 없는 구조조정 일 순위일 것이다.

아무리 아등바등해도
더 이상 버틸 재간이 없다
이력서에 훈장처럼 달고 다니던
빛나던 쇠 가공 기술은
더 이상 빛이 나지 않는다
정말, 어떤 바람이라도 좋으니
좀 불어주어야겠는데……,
바람 한 점 없는 공단에는 흉흉한 소문만 무성하다

―「바람 한 점 없다」 부분

경제 재편의 기업 구조 속에서 생산직 노동자인 그의 노동력은 경쟁력
이 없다. '빛나던 쇠 가공 기술'은 빛나지 않는다. 그는 지젝이 말한 자본
주의의 비법인 바로 '그것'을 가지고 있지 않다. 그는 낡고 삶은 비루하
다. 그러나 정작 그의 고통은 이미 '몸이 되어 버린 공장', 구분과 분리를
생각할 수 없는 '공장-몸'의 유기체성에 있다. 공장에서 일할 때 화자는
불안을 잊고 편안하다. 공장과 노동은 이미 '내 세계가 없는 내 세계'인
까닭이다.

공장과 한몸인 그는 공장 뜰을 내 집처럼 거닐며 설레하고 변함없는 출
근을 희망하는 소시민 노동자이나 그의 시선은 자상한 공장 주인이다. 피
로에 지친 기계에게 위로의 말을 건네는 화자에게 기계와 인간은 모두 프
롤레타리아인 동지이다. 기계와 인간의 대립 도식을 넘고 있는 것이다. 일
에서 자신의 정체를 확인하는 그에게 '사물화(事物化)'와 '소외'의 개념 역
시 상식에 불과하다.

이미 놓아서는 안 될 소중한 끈이 되어버린 공장, 이쯤되면 할 말이 많
아도 말 한마디 할 수가 없다. 오히려 공장이 말할 차례다. 이제 공장이
말할 때가 되었다고, 옆구리를 쿡쿡 찔러주자 나무들이 일제히 가지를
흔들었다.

―「공장이 말할 차례다」 부분

노동자와 공장의 관계, 노동자로 살고 싶은 희망에 대한 고백을 이보다
더 진솔하고 절실하게 표현할 수 있을까. 한 줌의 과장도 한 치의 허위도
없이 수줍게 와 닿는 그의 말은 사랑의 고백과 다를 바 없다. '공장'과 '공
장에 사는 모든 것들'을 다 이해하고 가슴에 품은 자만이 이런 고백을 가
능하게 한다.

　우리 시대의 모든 가장과 일하고 싶은 건장한 남자들이 갖는 '공포'는 '실직'이다. 노동하고 사랑하지 않는 삶은 삶일 수 없으며 또한 사람일 수도 없다. 백무산의 투쟁과 표성배의 고백은 다르지 않다. 세상을 저주하며 사라진 성노동자의 절규 역시 같은 것이다. 예나 지금이나 한결같은 노동자들의 소망은 실직의 불안에 떨지 않고 인간적인 조건에서 당당히 오래 일하고 싶은 것이다.

　빛의 속도와 과감한 변신을 자랑하는 혁명의 시대에 우리 노동현장에 선뜻 나눌 빛의 혁명, 처우개선의 변신전략은 부재한 것인가. 노동현실의 변화는 왜 이리 더디고도 얕은가. '그림자 노동'에 시달리는 우리 노동자들의 상처를 직시하고 치료하기 위해서 빛의 세례가 요청된다. 노동현실의 해법을 나는, 알지 못한다. 다만, 인간의 기본 권리인 노동권과 노동현장은 보호되고 지켜져야 한다는 바로 '그것', 어둠 속에 빛인 또렷한 '진실'이다.

집요한 자유

— 라깡으로 (못/)읽는 여성시인

그래도 나는 오늘, 한 그루 말(言)의 복숭아나무를 심으리라

— 진은영의 「견습생 마법사」에서

1. 빗금친 여성, '포르트/다'(fort/da)의 자리

라깡은 심오하다. 라깡을 읽는 것은 오독/오인을 전제한 듯 막막하다. "정신분석적으로 잘 말하기(bien-dire)는 항상 반쯤 말하기(mi-dire)"라는 라깡 특유의 현학적 불친절은 우리의 신경을 자극한다. 언어의 유희와 독설을 구분하지 않는(/못하는) 듯 짓궂게 즐기다 돌연 정색을 하며 말해진 것과 말해지지 않은 것의 간극, 그 틈새에서 드러난 주체와 주체의 무의식까지 집요하게 파고드는 진실을 향한 열정, 라깡과 그의 이론은 매혹적이다. 무거움과 가벼움, 환멸과 환상, 농담과 진지를 적절히 곁들여 엮어내는 유려한 문체와 이론과 실제의 조화와 충돌을 통해 인간 이해의 지평 구조를 확장하는 생성적 리듬을 보유한 라깡은 그 자체로 난해한 한 권의 글(écrits)이고 방대한 강연(le séminaire)이며, 한 편의 시(poetry)이다.

라깡과 시의 만남은 오래된 사실이다. 프로이드는 시인과 정신분석가

둘 가운데 누가 먼저 무의식을 발견했는지, 누가 무의식을 더 잘 이해하는지 궁금해했고, 라깡은 『에크리』에서 문학수업이 정신분석가 훈련의 첫 번째라고 말한 프로이드의 말을 환기한다. 라깡 정신분석에서 시학이란 무의식의 형성에 열쇠가 되는 언어의 수사학적 전략 그 자체이자 그것을 연구하는 것이다. 진실은 반드시 말—정확히 말해서 말하는 행위—과 관련을 맺게 마련이고 주체는 발화내용과 발화행위 사이에서 고개를 반쯤 내민다. 라깡에게 있어서 주체의 '진실'은 얻기 어려운 것이다. 시와 라깡은 무의식의 체계를 통해 언어와 주체에 대한 이해의 지평을 넓혔다는 점에서 조우한다.

라깡과 시의 만남은 익숙하나, 라깡과 여성, 나아가 여성시의 만남은 불편하다. 라깡의 주요 개념들인 '오이디푸스 콤플렉스'와 '페니스/팔루스의 의미', '성차', '무의식의 주체' 그리고 상상계, 상징계, 실재계로 구성된 '계'에 이르기까지 그 이론적 과정과 용어 탄생 배경이 남성성장 서사에 기원과 초점이 맞춰져 있음을 부인하긴 어렵다. 변명과 변호를 다해 치열하게 설명된 그의 이론이 남성을 넘어 여성, 그리고 인간 전반을 끌어안는 보편적 이론으로 확대되고 있음은 충분히 인정된다 하더라도 사실, 개운하지 않다. 엄마의 부재를 잊기 위해 아이들이 하는 놀이 '포르트/다'(fort/da)의 경우처럼, 여성은 있다, 없다, 손에 잡히지 않는다. 여기엔 여전히 논란을 던지고 있는 라깡의 도발적 발언 '여성은 없다' 또한 한 몫을 한다. 그것이 '빗금친 여성은 없다'로 좁혀지며 이에 '남근적인 것에 의해 전적으로 규정되지 않는 주체적인 여성이란 통찰을 담은 것'이란 해명/설명에도 불구하고 '본질적으로 하나인 질문'인 신경증을 자극한다. 여성은 무엇인가, 어디에서 어떻게 드러나는가.

이 글은 라깡에 기대나 라깡을 너머 읽히는, 여성시인들의 시에 나타난 여성 표상에 대한 서술을 목적으로 한다. 여성이 어떻게 주체를 획득하며 무거운 무의식의 서사를 헤쳐 나가는지 그것을 알아보고자 한 것이다. 일별한 여성시인들의 시 속에 사는 여성들은, 라깡의 '계'(Ordre) 속에 살면서 라깡의 질서를 비웃듯 순응하고 위장하며 마침내 남성을 넘어선 신의 자리에 오를 듯 담대하고 발랄해 보인다. 그러나 아직은 모른다. 잡힐 듯 달아나는 라깡을 향해 우리가 준비한 질문, 성과 젠더를 넘어 인간 존재, 주체 탐색은 영원히 해결하기 힘든 궁극적 문제이다. 주체가 현현되기 어렵듯이 여성이 무엇인가를 밝히는 것은 이중의 고투를 요구하는 작업이다. 어쩌면 불가능한 것은 아닌가.[1]

2. 김선우: '바리데기-어머니', 칼과 방울의 노래

김선우의 여성은 어머니, 곧 어머니 몸이다. 토릴 모이에 의하면 여자의 몸은 여러 가지 가능성이 추구될 수 있는 장소인데 김선우는 어머니의 몸을 통하여 어머니가 생명의 기원이자 순환원리임을 표상하고 있다. 어머니에 대한 탐구는 젊은 어머니에서 돌아가신 어머니에 이르기까지 지속적이고 집요하다. 어머니의 몸을 응시하는 화자는 딸이다. 응시의 친밀한 상상적 동일시를 통하여 '나'는 어머니와 여성을 동시에 드러내는 효과를 달성한다.

"강원도 정선/어라연 계곡 깊은 곳에/어머니 몸 씻는 소리 들리네"로 시작하는 「어라연」에서 계곡에 몸 씻는 여성 어머니는 어머니/여성의 경계에서 아련한 성적 인상을 던지나 결코 신비스러운 존재는 아니다. 딸과 교대로 호박 넌출 아래에서 엉덩이를 까고 한 무더기 똥을 누는 어머니는 '은근한 기분'이 들게 하는데 정작 화자가 강조하고자 하는 것은 어머니

---

1) 텍스트는 세 시인의 첫 시집으로 한정하였다. 김선우『내 혀가 입 속에 갇혀 있길 거부한다면』(창작과비평사, 2000), 김혜영『거울은 천 개의 귀를 연다』(천년의시작, 2004), 진은영『일곱 개의 단어로 된 사전』(문학과지성사, 2003).

의 '똥', 그것이다. 딸과 어머니의 관계는 대개 말하는 자(딸)와 말해진 자(어머니)로 이분되나 분열적이지 않다. 모녀관계는 결핍이 아닌 아름답고 충만한 관계로 애상과 박탈을 전제한 이자적 모자관계와 차별적이다. 어머니의 몸은 팔루스로 가늠되는 부전(不全)의 자리를 깨끗하게 거부한 곳이다. 오이디푸스 콤플렉스와 거세 공포의 무의식을 반영한 듯 어머니는 성(聖)스러워 성(性)의 영역에선 비켜서 있는데 김선우는 그 자리에서부터 어머니를 표상한다. 어머니를 닮은 여성 드러내기는 여성에 대한 보다 담대한 발화로 이어진다.

옛 애인이 한밤 전화를 걸어왔습니다.
자위를 해본 적 있느냐
나는 가끔 한다고 그랬습니다
누구를 생각하며 하느냐
아무도 생각하지 않는다 그랬습니다
벌 나비를 생각해야만 꽃이 봉오리를 열겠니
되물었지만, 그는 이해하지 못했습니다.
얼레지……
남해 금산 잔설이 남아 있던 둔덕에
딴딴한 흙을 뚫고 여린 꽃대 피워내던
얼레지꽃 생각이 났습니다.
꽃대에 깃드는 햇살의 감촉
해토머리 습기가 잔뿌리 간질이는
오랜 그리움이 내 젖망울 돋아나게 했습니다
얼레지의 꽃말은 바람난 여인이래
바람이 꽃대를 흔드는 줄 아니?
대궁속의 격정이 바람을 만들어

봐, 두 다리가 풀잎처럼 눕잖니
쓰러뜨려 눕힐 상대 없이도
얼레지는 얼레지
참숯처럼 뜨거워집니다.

―「얼레지」 전문

위의 시는 남성과 여성의 좁힐 수 없는 간극을 드러내고 있다. 한밤에 걸려온 옛 애인의 전화 질문, "자위를 해본 적 있느냐"는 그 진의를 의심하게 한다. 좋은 사람이 생겼느냐가 아닌 '자위'행위를 묻는, 옛 애인의 예의 없는 질문은 질문자의 자리, 자신의 흔적을 '나'의 몸에서 찾는 듯하다. 즉 '나'(옛 애인) 없이도 '나'의 (유사) 성생활이 계속 되느냐(될 수 있으냐)는 질문인 듯한데, 혐의는 자위를 한다는 '나'의 대답에 "누구를 생각하며 하느냐"는 반복적 질문에서 자신을 만나기 전, 헤어진 후의 '나'의 몸에 대한 간섭, 성생활을 체크하며 자신을 확인하려 하는 불쾌한 집요를 알게 한다. 하여, "아무도 생각하지 않는다 그랬습니다/벌 나비를 생각해야만 꽃이 봉오리를 열겠니/되물었지만, 그는 이해하지 못했습니다."에 이르면 계속 어긋나던 그와 나의 대화는 사실상 끝난다. '나'의 독백 같은 언어는 말과 침묵 두 가지 모두를 포함한다. 이제 나의 말은 그를 향해 있지 않다. "꽃대에 깃드는 햇살의 감촉/해토머리 습기가 잔뿌리 간질이는/오랜 그리움이 내 젖망울 돋아나게 했습니다"는 꽃과 여인, 자연과 본능을 구분하지 않고 경계를 가로지르는 개별적 차원의 몸에 대한 여성주의적 선언이다. 페니스의 침입을 통한 쾌락이 아닌, 이리가레이가 말한 여성 혹은 여성의 몸, '맞닿은 두 입술'의 음순 구조에 기댄 비단일적인 자가성애적 쾌락을 구성한다는 주장과 맞닿아 있는 것이다.

김선우의 여성은 '어머니', '얼레지'에서 알 수 있듯이 자연의 흐름을 몸에 새긴 생명이고 생명의 근원으로 자족적이나, 결코 현실논리에서 벗어난 독립체는 아니다. 김선우의 여성은 철저한 주체이자 동시에 타자적 존재이다. 이에 김선우는 '바리데기'와 '어머니'를 동일시함으로써 억압과 착취의 대상인 여성의 일면을 분명하게 드러낸다.

> 바리 내 어머니, 죽음은 한쌍으로 날아들더라 저승을 헤매어 구해온 영약은 기진한 그네의 희보얀 젖줄기가 아니었을까 바리, 피곤에 지쳐, 불어터진 젖을 아비에게 물리고 한잠 곤히 든 저 겨울나무의 쐐기풀 같은 육신이 아니었을까 생이라는 이름의 죽음이 더 지독하더라 거듭거듭 제 죄로 죽을병에 걸려 앓아눕는 아버지, 이제 그만 죽어주세요. 달같이 벗은 자작나무 온 몸에 열꽃이 돋아, 꽃잎을, 하혈을, 마지막 꽃잎을, 강물처럼 쏟아내는 밤이 오고 있었는데
> 방울과 칼을 주렴 아가야
>
> —「어미 木의 자살2」 부분

라깡의 신화가 된 아버지처럼 김선우의 아버지 역시 성적 대식가의 모습으로 드러난다. 다른 점이 있다면 아버지의 표상이다. 아버지를 죽인, 아버지를 닮은 아들들은 아버지처럼 죽을까 두려워 서로에 대한 견제와 경계로 죽은 아버지를 '아버지의 이름'이라 불리는 권좌에 앉힌다. 이후 죽은 아버지는 부명(父命/父名)으로 살아남아 그 추상적 권위를 유지하나 김선우의 아버지는 이와 전혀 다르다.

딸과 어머니, 혹은 딸이자 어머니인 여자를 함께 먹는 아버지, 딸의 젖을 악착같이 빨아대는 아들 같은 아버지는 탐욕스러우나 아무런 힘을 갖지 못한 죽어 마땅한 자이다. 확연히 다른 아버지는 차별화된 어머니를 강조하기 위함이다. 바리데기–어머니는 죽어도 산 것이요 착취자인 아버지는 살아남았으나 죽은 듯 남루하다. 어머니의 똥(abject)은 바리데기(Abject)로 이어지며 문명/남성/남근의 원리에 맞서는 실체로 자리한다. 어머니 원리

는 여기에서 그치지 않는다. 어머니를 통하여 남성/여성, 문명/자연의 위계를 재고하고 내쳐 달려 인간과 만물이 동등함을 '밥상'을 통하여 증언한다. 우리의 '밥상'은 그 자체로 다른 생명 종족을 착취한 것이다. '밥', '잡채', '닭도리탕', '고등어자반', '미역국'은 내가 매일 먹는 '종족'으로, 문득 '어머니'와 동일시된다.(「숭고한 밥상」) 요약하면 모든 종족은 어머니의 거름(똥)에서 자란 배냇동기인데 어머니를 아버지가 먹고 아버지가 먹은 것을 내가 먹는 까닭에 나는 '내내 아버지와 동침했다는 생각'이다. 놀라운 혁명적 감성으로, 전복적이다. '먹는다'는 단일 비유(식욕/성욕) 안에서 강박적 질서를 뒤집고 있다. '아버지의 이름(Nom du Père)', 권위의 자리는 애초에 없다. 이미 어머니를 함께 파먹고 있는 우리들은 금기의 신경증을 벌써 벗어났거나 내내 헤어나지 못할, 아버지와 똑같은 죄인들인 것이다.

원죄를 가진 죄인은 예수를 통해 구원받는다는 것이 골자인 기독교는 반복적 인용을 통해 상징계의 원리를 수행해나간다. 그런 가운데 주체는 소외되고 분열된다. 그러나 김선우에 의해 우리는 아이러니하게도 상징계의 공포에서 해결될 실마리를 찾은 듯하다. 김선우의 '숭고한 밥상'은 원죄를 씻을 길을 영영 잃게 한다. 밥 먹듯이 죄를 저지르는 우리에게 근친상간은 일상이다. 우리는 한 번도 구원받은 적이 없거나 구원받을 까닭이 없는 삶을 살고 있다고 할 수 있다. 일테면, 죽음이 삶을 갈라놓을 때까지 이대로 죄짓고 살지어다. 아멘!, 이것이 가능하다.

공포의 무의식은 그것을 직시하는 순간, 사라질 수 있다고 한다. 근친상간의 죄악으로 뚤뚤 뭉친 집단적 에로스라는 파시즘의 궤도에 놓여 있듯이, 죄를 낳고 삶을 낳는 건강한 순환 속에 있다고 대오각성한다면 우리는 죄를 털고 구원받아야 한다는 불가능한 욕망, 강박증에서 벗어날 수 있지 않을까.

엘리, 엘리, 라마사박다니?! 느낌표 뒤에 물음표가 와야

했던 건 아닐까 가지런히 젓가락을 놓는 그의 손끝이 떨렸다.

탁자가 흔들리고 술잔이 떨어지면서 이미 젖어버린 깃발이 얼룩졌다 선명한 발자국들, 절망을 전유하지 않고서 어떻게 희망을 말할 수 있을까 엘리……, 엘리, 엘리 ……그날 밤 나는 그의 애인이기를 청하였다 (…) 그가 더 이상 내 앞에서 울지 않게 되었을 때 못자국에서도 더 이상 피가 흐르지 않았다 그만 나를 떠나줘 목련나무 아래에서 쇠못을 줍던 내가 말했다.

—「내 뒤에서 우는 뻐꾹새」부분

'엘리, 엘리, 라마사박다니?! 느낌표 뒤에 물음표가 와야/했던 건 아닐까'라고 회의하는 자는 예수를 보는 '나'인가, 예수인가. 누구이든, 이러한 발칙한 언사는 라깡이 역설한 "나는 존재하지 않는 곳에서 생각하고, 생각하지 않는 곳에서 존재한다"는 주체, 언어가 무의식의 전제임을 드러내는 단서이다. 종교만큼 거대한 무의식의 체계가 있을까. 그러나 김선우의 산뜻함은 상징계의 터널 속에 자신을 맡기지 않고 경험과 의식이 포착한 부분을 자신의 언어로 다시 포착해 "절망을 전유하는 것", 즉 인간적 언어로 답하는 데서 찾아진다. 김선우의 시는 애틋하고 헌신적이고 아낌없이 어머니가 되고 애인이 되나 결코 신경증을 앓듯이 반복적인 질문을 계속하거나 질척거리지 않는다. 무의식의 그늘을 벗어난 화자는 가볍고, 가볍다.

김선우는 어머니를 통하여 기만과 위선, 강박의 추상을 몰아내는 쾌거를 거두었다. 그러나 어머니의 살과 희생을 선선히 뿌렸으나 어머니 단독자의 무대임을 부인하기 어렵다. 어머니-바리데기가 칼과 방울을 쳐들어 타자의 원혼을 달래고 억압의 사슬을 풀며 모두가 동등한 자유로운 세상과 희망을 노래하였으나 이 과정에서 아버지와 아들이 철저히 조연/타자로 전락했음을 부정할 수 없다. 그래서 또 하나의 억압인 자궁 정치라는 무의식의 체계를 드리운 것은 아닐까, 문득 두렵다. 기우일까.

3. 김혜영: 천 개의 귀를 가진 '마녀', 가면을 쇼핑하다

　김혜영의 시집 『거울은 천 개의 귀를 연다』는 제목에서부터 라깡의 '거울단계' 너머의 성찰을 가늠하게 한다. '거울단계'는 자아가 거울에 비친 자신의 이미지를 통하여 자신을 인식하고 받아들이는 단계를 말한다. 이에 라깡은 거울단계를 이미지에 매료되는 현상 전반을 설명하는 가치 있는 패러다임이자 견고한 이론으로 설명한다. 이미지가 대체한 자아는 타자가 되는 혹독한 대가를 치르며 '소외된 정체성'이란 안정감을 갖게 된다. 이때 '거울'은 우리를 비추는 시선, 대타자라 할 수 있다. 김혜영은 거울, 대타자의 존재 방식에 대한 새로운 요구로 시의 포문을 연다. 이미지 혹은 현상만을 포착하는, 눈 뜬 채 눈을 감은 대상이 아닌, 천 개의 귀를 활짝 연, 천이(千耳)를 가진 주체/대타자 표상은 지금껏 상상할 수 없었던 거울의 존재양태이다. 거울은 속악한 세상의 기준을 넘어 진리와 진실, 주체를 등가에 놓고 갈구하는 김혜영 시작(詩作)의 시작을 알리는 매개이다.

　김선우가 어머니-바리데기의 몸을 통해 타자이자 주체인, 만물의 거름인 여성원리를 이루었다면 김혜영은 '마녀'로 몰려 처형당한 '나혜석', '가네코 후미코'라는 여성을 자신의 자화상과 동일시하며 표상한다. 두 여성은 지성과 용기를 갖춘 자유로운 영혼의 소유자이지만 소수자이다. 소수자인 그녀들이 찾고자 한 것은 결국 라깡이 찾기 힘들다고 한 '주체'와 '진실'이다. 그녀들이 꿈꾼 세상은 실재계에선 찾기 힘들다. 시대와 시대 논리를 앞선 그녀들은 왜곡되고 그녀들의 진실은 실현되지 않는다.

　김혜영이 한 시대와 민족을 뛰어넘어 자신이 생각한 바를 실천으로 옮긴 치열한 자유영혼의 소유자로 두 여성을 표상한 것은 그 자체로 억압된 무의식을 반영한다. 시인은 실재계에서 그녀들이 굳게 믿고 찾고자 한 것은 부재하는 것 또는 상대적인 진실임을 안다. 이들 두 여성은 현실 속에서 현실의 논리에 순응하며 사는 대부분의 여성과도 다르고 다수의 남성과도 다른 까닭이다. 앞에서 말했듯이 그녀들은 현실에서 패배했다. 이러한 패배는 여성이면서 '계'의 경계를 함부로 넘나든 것에서 기인한다. 이에 시적 화자는 여성주의의 대결의식과 젠더의미, 진실에 대한 회의와 탐색으로 분주하다.

> 슬픈 시체
> 아버지의 나라를 배반하고
> 천황을 살해하려던 마녀의 몸에서
> 향긋한 벗꽃이 피어났다
>
> 가네코 후미코의 시체는
> 박열의 고향인 문경에 묻혀있다
> 무덤에서 걸어나온 후미코가
> 동경대학도서관으로
> 걸어간다
>
> 국가, 법, 감옥, 사제, 재산, 계급이 사라진 세상!
> 가네코 후미코가 연분홍 기모노를 입고
> 허공을 나비처럼 날았다녔다
>
> —「가네코 후미코」부분

'가네코 후미코'는 아나키스트 박열의 아내로, 사랑과 혁명이란 이상을 위하여 자신의 민족과 국가, 아버지를 포기한 여성이다. 그녀가 자신을 온전히 던졌으나, 세상은 변하지 않았다. 향긋한 벚꽃 냄새가 맡아지는(맡아질 리 없는) '슬픈 시체', 가네코 후미코는 패배적으로 읽힌다. '벚꽃'이란 시니피앙은 남편의 고향 '문경'에 뼈를 묻었으나 여전한 일본여자의 흔적을 안고 벚꽃처럼 초연히 흩어진 가네코의 죽음, 패배를 역설한다. 나비보다 가벼운 유령 가네코 후미코가 찾은 곳이 '동경 대학 도서관'이란 사실은 이 역설을 가중한다. 가네코는 실재계의 장벽 앞에서 좌절된 이상과 혁명의 가능성을 도서관 어느 모퉁이에서 찾으려 한 것일까. 아니면, 이미 죽은 듯 호흡하지 않는 책들의 맥박과 나비처럼 가벼운 유령인 자신의 호흡이 일치하여 단지 숨어 있기 좋았던 것일까. "국가, 법, 감옥, 사제, 재산, 계급이 사라진 세상!"을 부르짖었으나 그런 세상은 오지 않았고 올 리도 없지 않은가!

김혜영의 '또 하나의 나'인 '나혜석'의 경우는 더욱 패배적이다. '입에 재갈이 물린 듯'한 '저주받았던 마녀' 나혜석, 이혼고백서를 휘갈겼던 그녀에게서 "비릿한 아이의 젖 냄새 배어있고/고춧가루, 마늘 냄새가 난다"(「자화상」)는 발화는, 헌신적인 어머니요 아내였으나 한 순간 잡은 자유로 인해 모든 것을 앗겼던 나혜석의 거세와 박탈을 웅변한다. 그녀의 자유는 실재에서 상상/상징의 허방을 넘지 못한다. 그녀가 잃은 것은 아이와 가정, 어머니의 지위이고 얻은 것은 마녀라는 영원한 표식이다.

그러나 천 개의 귀를 가진 거울을 대타자로 삼은 김혜영에게 좌절은 무겁지 않다. 오히려 빗자루를 타고 하늘을 나는 마녀처럼 부조리한 세상의 논리를 훑으며 억압 기제인 상징계를 향해 유쾌한 공격을 퍼붓는다.

바벨도서관 서고에 쌓인
허연 먼지 같은 글자들을
빗자루로 쓸어버리니
뿌연 안개 속으로 사라지는

재빛 거짓말의 역사

십자가가 부러진 채 날아가고
황금불상이 바닥을 기어다니고
터번을 두른 알라신의 머리가
모래무덤에 누워있다.

금지된 언어는 사막의 바위 밑에 숨겨져
거센 황사가 몰아쳐도 입을 열 수 없었다
눈치없는 마녀들은 활활 타오르는 장작불 위에서
맨발로 선 채 잘 익은 통닭이 되었고
신성한 족속들은 닭다리를 어금니로 뜯었다.

—「바벨 도서관」 부분

가네코가 유령이 되어 찾아든 도서관은 '먼지 같은 글자들'로 이루어진 '잿빛 거짓말의 역사'를 담고 있는 곳일 뿐이다. 진실은 '금지된 언어'로 사막의 바위 밑에 깊이 숨겨져 있어 입을 열지 않기에 거짓말의 역사 속에 처참한 모습을 확연히 드러낸 것은 각종 브랜드의 종교들이다. 라깡에게 있어서 지식과 진실은 대립적이다. 왜냐하면 지식은 모든 관계에 대한 인식으로 기호 표현의 사슬과 그것의 분접을 통해 이루어지는 반면에 진실은 그러한 사실 사이에서 섬광처럼 나타났다 사라지는 주체의 것이기 때문이다. 따라서 지식은 대개 주체를 은폐하는 장벽으로 기능한다.

실재계는 단지 경험될 뿐 개념화되지 않지만 상징계를 넘어서는 또 다른 절대적 질서의 세계이다. 상징계가 주체를 가능하게 만들어주는 의미화의 세계라면 실재계는 상징계의 한계와 다양한 욕망의 절대성을 보여주는 개념이다. 종교는 결코 여성에게 평등하지 않을뿐더러 진실을 안은 마녀에겐 철저히 가혹한 기만적 진리이다. 이해하기 힘든 진실을 함부로 드러내는 마녀들을 통닭으로 만들고 저작하는 실재계는 '괴물 같은 진실'이 사는 세상이다.

'성적 관계는 없다'라는 라깡의 도발적 명제는 여성과 남성의 대등한 성적 결합은 본질적으로 불가능하다는 의미를 드러낸다. 「공자의 아내」에서 확인할 수 있듯이 공자의 아내는 공자 편에서 보면 '세련된 하녀'이나 기실, 지치고 늘어진 '걸레처럼 헝클어진 수선화'이다. "공자의 아내는 늙은 공자를 안아 젖을 물리고 있었네 오동나무 관이 그 집을 방문 할 때까지"에서 알 수 있듯이 아름다운 남녀관계는 여성이 어머니와 아내를 겸할 때 가능한 현상으로, 남성의 시선이 포착한 허구에 가깝다. 진실은 쉽게 포착될 수 없는 것이다. 실체를 알 수 없는 세상에 대한 절망은 익숙한 것의 두려운 낯설음인 '언케니(uncanny)', 기괴한 몸으로 재현된다.

> 양성의 괴물들이 거리를 활보한다. 욕망으로 들끓는 지옥의 문. 괴물은 자아의 방에 갇혀 있다. 브래지어를 한 남자의 근육은 말랑말랑한 빵처럼 부드럽다. 청순한 여자의 꼬리를 들어올리면 굵직한 남근이 숨어 있다. 핵전쟁게임에 빠진 아이들, 거리의 부랑자되어 떠도는 노인, 흐릿한 눈동자의 가면이 지하로 떠밀려 간다. 눈을 뜨지 않는 등불.
>
> ―「아흔 아홉 개의 가면 6」 부분

우리가 경험하는 현실은 지식의 장벽과 자본의 욕망이란 덫에 갇혀 진실을 찾기 힘든 곳이다. 기괴한 몸은 남성/여성, 허위/진실의 경계마저 무너져버린 환멸의 현실을 표상한다. 김혜영은 이러한 현실을 건너는 한 방법을 '가면'에서 찾는다. 가면은 실재계가 상징계와 일치하는 데 실패했음을 보여주는 예이나 또한 여성이 자신이 들어가 있는 상징계의 속박 속에서 자신의 주체성을 협상하려는 시도로 볼 수 있다. 가면의 역설, 그 속임

수에는 어떤 경우이든 실체의 진정성이 가려지고 밝혀져야 한다는 통찰을 깔고 있다고 할 수 있다.

라깡에 따르면 주체는 말하는 주체로 진리의 목소리에 세심하게 귀를 기울이는 일이 필요하다. 진리는 역설적으로 거짓과 실수를 통하여 드러나므로 '진정한 주체'의 자리를 보아야 한다. 김혜영에게 여성은 또렷하지 않고 감추어져 있다. 그녀가 여성을 살아남기 힘든 진실과 동일시하기 때문이다. 하여, 가면의 역설은 마녀 화형의 트라우마, 그 무의식의 억압체계가 만들어낸 웅변 같은 침묵의 전략이며 거울이 천 개의 귀를 열 때 귀환할 주체와 드러날 진실을 도모하는 희망의 전언이다. 따라서 여성은 가면 전/후에 있다.

4. 진은영: '정육점 여주인'과 '고흐'의 진검승부

진은영의 시에서 가정, 가족은 부조리하다. 부조리한 가족 구성은 우리에게 더 이상 모자, 모녀의 이자관계라는 익숙한 구도를 제시하지 않는다는 점에서 산뜻하게 읽힌다. 묵은 오이디푸스 콤플렉스의 상처와 친밀하고 끈끈한 모녀관계가 없어 신선하나, 가족 간의 소원함이 던지는 파장 역시 만만치 않다. 집은 '그토록 빛나고 아름다운 것을 죽이는 곳'이고 (「가족」), 가족은 아버지, 엄마, 아버지의 엄마로 구성된 다만, '읽혀지지 않는 단 세 권의 책'이다.(「바깥풍경」) 가족이 그려질 때 화자는 '달팽이'이거나 '쥐' 심지어 '벌레'로 강등되기도 한다. 집은 곧 짐이다. 집과 짐은 구분되지 않고(「달팽이」), 집의 붉은 혀가 '나'(쥐)를 깊은 뱃속으로 삼켜버린다.(「귀가」) 마침내 카프카의 「변신」을 패러디한 듯 가족은 공모하여 나를 죽이려고 안달이다.(「벌레가 되었습니다」)

아버지의 권위도 어머니의 그늘도 없는 까닭일까. 진은영의 관심은 성/

젠더의 구분에서 벗어나 있다. 진은영이 표상한 '정육점 여주인'은 전혀 여성스럽지 않다. 아니 성의 구분이 불필요하게 느껴진다. 정육점 여주인이 여성이나 여성성이란 젠더를 반영하고 있는 것이 아니다. 이는 '정육점 남자'로 호명하여도 별반 틀리지 않는다는 말이다. 김선우가 핏빛같이 선명한 여성을 전면화하여 여성원리를 세웠고 김혜영이 '마녀'로서 속악한 실재계의 대결원리로 여성을 부각했다면, 진은영에게 애초에 여성이란 없다. 다만, 진정한 주체인 고수(高手)와 이러한 고수에게 고수(叩首)를 표하는 시선이 있을 뿐이다.

    유리창 밖으로 붉은 눈발 날린다
    커다란 칼을 들고 다정한 눈망울로 바라보는 수소를 힘껏 내리치던
    때가 있었지, 요즘엔 아무 일도 없다
    냉기로 달아오르는 난로 옆에서 그녀는 중얼거린다
    천장에 오래 켜놓은 형광등이 깜빡인다, 칼은 녹슬었고

    오늘 밤에는 들판에 나가야겠다
    풀 먹인 하얀 앞치마에 가득히 떨어지는 별을 받으러.
    장미 성운에서 온 것들이 쇠 다듬는 데 최고라니까
    그녀는 왼쪽 유방의 부드러운 뚜껑을 열고
    하얀 재를 한 움큼 쥐어본다

    유리창 밖 풍경은 거대한 얼음 창고 안에 갇혀 있다
    눈보라 속 나무들이 공중에 냉동고기처럼 검게 달려 있고
    유리창에 입김을 불어가며 그녀는 바라본다
    붉은 눈송이들이 녹아 흐르며
    피범벅된 송아지 같은,

제대로 일어서지 못하는 물렁물렁한 세계를.

미리 갈아놓은 칼로 겨울의 탯줄을 끊어야 한다

길고 부드러운 혀로 떨고 있는 어린것을 핥아주는 일.

여자가 성에 낀 유리창을 활짝 연다

눈이 그치고 맑은 하늘에 토막 난 붉은 구름 떠간다

—「정육점 여주인」 전문

라깡은 유기체와 주체의 구분을 강조했다. 유기체와 주체를 구분하게 되면 남성성과 여성성이 성차에서 기인하게 된다는 생물학적 결정론에 의존할 필요가 없게 된다. 이 시의 여인은 여성 같지 않으나 아이러니하게 도 이 여성 같지 않은 여성이 여인이라는 점에서 이 시의 강렬함이 드러난 다. 「정육점 여주인」은 진은영의 개별적 여성관을 압축해놓은 시라 할 수 있다.

이 시의 풍경은 한창 전성기를 지나 지금은 휴업 중인 정육점 여주인공 의 시선으로 포착된다. '유리창 밖 풍경'은 '거대한 얼음창고', '나무들'은 '냉동고기', '붉은 눈송이'는 '피범벅된 송아지'이다. 여자는 '미리 갈아놓 은 칼'로 겨울의 탯줄을 끊어야 하는 소임을 부여받은 자이다. 성에 낀 유 리창을 닦아가며 자신의 해야 할 일을 직시하는 전문가의 시선을 가졌다. 다정한 눈망울로 자신을 쳐다보던 수소를 단번에 힘껏 내리치던 고수 여 인은 인간이라기보다는 '기계'에 가깝다. "그녀는 왼쪽 유방의 부드러운 뚜껑을 열고/하얀 재를 한 움큼 쥐어본다"의 충격은 인간-기계의 비정하 고 냉철한 검객의 모습을 넘어선다. '유방'은 여성의 자궁과 더불어 모성 을 드러내는 가장 직접적인 도구이다. 모성의 환유인 '유방'이 깔끔한 살 육을 마무리할 재료를 저장하는 장소로 활용된다는 점은 충격적이다. 이 는 진은영의 분명한 의도이다.

「정육점 여주인」의 여인이 예사롭지 않은 여인상이 될 수 있는 것은 이 인물이 시편 곳곳에서 보이는 무기력과 매너리즘, 휴직 상태를 과감히 떨쳐버린 존재이기 때문이다. '정육점 여주인'은 시적 화자가 대학시절부터 쭉 생각했던 '고흐'를 닮았다. '손에 쥔 칼날'로 귀를 잘라 자화상을 완성했을 때 "밤하늘에 얼마나 별이 빛나고/사이프러스 나무 위로 색깔들이 얼마나 얼마나 메아리치는지"(「고흐」)를 알 수 있었던 고흐와 단칼에 수소를 때려잡았던 순간의 정확한 감각을 떠올릴 때 살아있음을 느끼는 정육점 여주인은 동일자이다. 진은영이 추구하는 것은 진정한 생산자, 창조자인 예술가, 소외되지 않는 주체의 진입이다.

진은영의 시에는 휴직 중인 무기력하고 수동적인 모습의 시인(화자)이 자주 등장하는데 정육점 여주인의 경지에 이르지 못한 '나'는 소외감을 느낀다. 「나의 일」에서 화자는 자신의 일을 "사루비아의 중얼거림/새들의 날아오르는 언어/붕붕거리는 벌들의 몸짓을/번역하는 일"이나, 제비들이 전깃불에 앉고 꽃들은 먼지투성이이고 꿀 한 방울도 말라버린 이 세상은 몽상가조차 매너리즘에 빠지게 하는 곳이라 부르짖는다. 세상의 은유인 '교실'은 하루 종일 침묵하는 입을 양산하는 곳이다.

진은영의 첫 시집『일곱 개의 단어로 된 사전』은 시인의 고유한 언어, 상징체계를 염원한 것이다. 그러나 시 속의 시인은 여전히 '번역'과 '모방', '베끼기'의 굴레에 갇혀 있어 이를 넘어 자신의 언어를 갖고자 진력한다. 언어를 갖는 것은 소외와 분리를 전제한 것이라는 라깡의 설파처럼 혼돈의 소용돌이 '카오스'에 휘말리는 것은 두려운 일이나 기꺼이 감내하고자 한다.

"나는 왜 이렇게 사소한 일에만 분개하는가"
모래야 먼지야 나는 왜 이리 작으냐구?
그래, 그것은 너무 가벼운 반성

나비의 날갯짓으로 되어 있는,

오래된 집의 거미줄처럼 상투적인.

노랑나비가 팔랑거렸다

매일 그런 것처럼,

아프리카로 달아나던 내 마음에 폭풍이 쳤다

─「카오스-K에게」 전문

　진은영의 김수영 비판은 상징적 행위이다. 하늘 같은 선배에 대한 도전은 그 자체로 선배를 돋보이게 하는 까닭이다. 선배의 넓은 그늘, 하고 싶은 말을 선점하고 확고한 자리를 딱 차지하고 있는 하나님 같은 선배에게 대거리를 하는 것은 그 존재의 자리가 얼마나 큰 것이었나를 드러내는 것이다. 무의식은 상징적 억압을 인정한 것이듯이 이후의 파장은 예상된 것이다. 낡은 노란 나비의 날갯짓이 감당하기 힘든 '폭풍'으로 울림을 갖는 까닭이 여기에 있지 않을까.

　그러나 진은영은 끝없는 소외와 분리를 느끼면서도 진정한 의미의 자기 언어, 그래서 한 순간이나마 주체라는 팔루스를 가지기 위해 언어의 창조자, 신(神)-주체가 되려고 한다. 소외가 존재 상실과 오인의 수동적 경험이라면, 분리는 결여를 적극적으로 떠안는 능동적 과정이라 할 수 있다. 그리고 소외가 상징계의 전능성을 보여준다면 분리는 그것에 대한 주체의 대항과 존재를 향한 의지를 보여준다.

　「견습생 마법사」에 이르면 '아버지의 이름'인 창조의 질서, 상징계의 질서, 상징계로 진입하면서 소외되어진 주체를 넘어서는, 과감하고 발랄하나, 스스로 무모한 줄을 아는, 건강한 주체 탄생을 목도하게 된다. 「견습생 마법사」가 바꿔놓은 것은 '일곱 개의 단어로 된 사전'에 갇혀 있는 개인적 은유의 세계가 아니다. '견습생 마법사'가 실수와 실책을 가장하여 수정하고 전복하여 다시 태어난 언어는 일상의 의미가 무너지는 '언어(偍語)'로 신선하고 유쾌하다. 사과나무가 복숭아나무로, 에덴동산의 시간이 무릉도원의 그것으로 뒤죽박죽, 윌리엄 텔의 위험한 사과놀이를 금지시키기도 하며 논다. 하나님의 야단이 두렵지 않냐구? 그럴 땐 "그래도 나는 오늘, 한 그루 말(言)의 복숭아나무를 심으리라"며 폼나게 비전을 밝힌 후, 빈 사과 궤짝을 타고 죽어라 달아나면 그만이다!

진은영에게 여성은 있으나 없는 것이고 없으나 있는 것이다. 정육점 여주인이 고흐이고, 진은영이고, 시인이고, 견습생 마법사인 까닭이다. 이 모든 것들의 공통점은 주체를 향해 나아가는 생성의 과정에 있다. 그들에게 주체는 상징계와 실재계의 간극을 타고 넘으면서 자신의 시선을 확보하는 것이다. 그것이 영속성과 통일성을 가질 수 없는 것일지라도 그 순간을 갖기 위해 고군분투하는 것이 존재에 대한 증명일 것이다.

라깡으로 (못/)읽는 여성을 탐색하겠다는 호언 역시 목표에 이르지 못하고 미끄러지는 느낌을 지울 수 없다. 지면 관계상 여러 시인들을 다루지 못했고 다룬 시인들도 그들의 첫 시집에 한정하였다. 수정이 덜 된 용감한 첫 발화에나마 집중하고 싶은 욕심이었다. 범박하나 예상된 결론은 여성과 남성은 별반 다를 것이 없는 현실적 존재라는 것이다. 그러나 분명 남성과 여성은 다르게 드러나고 다르게 읽힐 수밖에 없다. 이는 여성이 남성의 언어, 남성적 기준에서 먼저 설명되기 때문이다. 코드 전환과 시선 교정은 아직 많은 시간을 필요로 한다. 이제, 라깡을 너머 보부아르의 명언을 새기며 마무리하고자 한다. "여자가 된다는 것은 성과 젠더의 대립을 함축하는 것이 아니라 여자가 자신의 자유를 활용하는 방식이다."

'여성'은 '동사'이다

1. '여성'의 정체성과 정치성

여성, 여성성에 관한 정의의 역사는 여성의 일면을 말하기 시작한 오류의 기원에서, 여성의 전면을 드러내고자 분투한 보완의 궤적이다. 그러나 아직도 여성이 무엇인가를 명료하게 종합하긴 어렵다. 아니 그것은 거의 불가능한 일일 것이다. 여성성/남성성이라는 통상적 개념의 젠더가 유동적인 데다 '여성' 정의가 '남성'과 견주어 혹은 남성적 시선으로 먼저 이야기된 까닭에 그 이중의 터널을 넘기가 간단하지 않다. 게다가 '여성들'은 인종, 민족, 계급에 따라 다양하게 분열되어 복잡하고 순수하지 않은(할 수 없는) 존재들이라 여성이 '여성'을 말한다는 것 역시 지난한 작업이다.

여성과 사회가 조화롭게 일치한 적은 없다. 불합리한 세상은 여성에게 부당했으며 뛰는 여성에 기는 제도는 엇박자로 어긋났다. 그런 와중에 여성은 '과정-중의-존재'로 끝없이 흐르고 구르며 정체의 생성적 변화를 도모하면서 세상과 어렵게 조율한다. 여성정체성이란 고정적인 것이 아니라 불안정하고 변화가능하며 관계적인 것이라고 할 수 있다. 여성성과 더불어 남성성, '젠더'의 본질은, '허구'라는 것이 학계의 일반적 입장이다. '젠더'는 당대의 지배담론과 제도 규범에 따라 가변적으로 형성되는 것으로 우연적 토대 위에 일시적으로 구성되고 잠정적으로 형성된다.

그러나 여성/남성, 어둠/빛, 자연/문화, 몸/영혼, 수동/능동의 지긋지긋하고 음험한 이원적 젠더 구분은 현실에서 쉽사리 해체되지 않을 것 같다. 여전한 남성지배사회에서 여성에 대한 정의는 선행 정의와 다르거나 비슷한 것으로 연관될 수밖에 없다. 아직도 기존의 여성성 정의는 필요에 따라 취하거나 버려지는데 이 글의 '여성'을 설명하는 데에도 활용될 것이다.

젠더 구분과 차별의 이데올로기가 여전한 현실에서 다시 '여성성'을 검토해야 한다면(할 수 있다면) 이는 다소 진부한 표현일 수 있으나, 여성의 '타자성'에 있다. 여성은 정치적 사안이 있을 때마다 우연적 토대 위에서 잠정적, 일시적으로 소환되었다가 다시 흩어진다. 보편 범주로서의 '여성'이 없다고 해서 정치적 실천 주체가 없어지는 것은 아니며 '본질적' 의미의 보편성이 없다고 의미생성이 불가능한 것은 아니다. 보편성은 존재하지 않는 것이 아니라 개별 특수성이 경합하는 '구성된 보편성'으로 존재하기 때문이다. 입장 전환적 여성 주체나 그 체현은 정황적이고 파편적인 우연적 토대 위의 보편성으로 나타난다.[1]

"젠더는 명사가 아니라 동사이다!"라는 주디스 버틀러의 탁견처럼 동사로서의 여성은 정체성의 해체를 통하여 정치성을 발휘한다. 과거-현재, 어머니-딸의 시간은 '중첩'과 '분리'를 반복하고, '교호'와 '전복' 의지를 번복하면서 '여성', '여성성'을 실감 있게 드러내고 있다. 따라서 여성, 여성성 고찰은 필연적으로 여성의 타자성의 구현과 그 극복이라는 정치성과 결합될 수밖에 없다.

---

1) 주디스 버틀러, 조현준 역, 『젠더 트러블』, 문학동네, 2008, 21쪽.

동시대를 살고 있으나 다른 상황에 놓여 있는 조용미, 김민정, 황성희[2]의 시를 통하여 여성성의 발화 양식에 주목하면서 그간 풍문처럼 떠돌던 기존의 정의들을 다시, 생각해보고자 한다. 말하는 여자, 시인은 늘 당대의 담론을 거스르며 다시 보는 자이다. 시인들은 자신들이 서 있는 입장에서 '구성된 여성'을 드러낸다. '여성들' 속에서 '여성'을 말한다는 것은 '정황적이고 파편적인 우연적 토대 위의 보편성'일 수밖에 없다. 그러나 이들은 모두 타자인 여성, '타자성'의 구현을 통해 젠더를 재구성하고 우리의 인식과 삶의 변화를 도모하고 있다는 점에서 조우한다. 정체성의 해체가 정치성의 해체가 아님을 우리는 여성시인들의 시를 통하여 확인할 수 있을 것이다.

2. 조용미: '신들린 여자', 빛으로 타오르다

조용미의 시는 조용하고 아름답다. 조용한 아름다움은 그녀의 시가 갖는 응시의 깊이에서 비롯한다. 조용미 시 속에 드러나는 '여성'의 존재방식, 성찰 방식 또한 그러하다. 그녀의 시가 여성을 읽는 텍스트가 될 수 있음은 그녀의 시 속에 여성의 역사와 신화가 '소문'의 형태로 떠돌며, 잠겨 있기 때문이다. 조용미는 과거와 현재의 시간을 넘나들며 여성(woman)을 넘어선 여성(women)을 탐색한다.

영산에서 장마 가는 길에 보았던 여자가 늪을 보고 돌아올 때까지 땡볕을 받으며 그 자리에 서 있다

---

2) 텍스트는 조용미, 『삼베옷을 입은 자화상』(문학과지성사, 2004), 김민정, 『날으는 고슴도치 아가씨』(열림원, 2005), 『그녀가 처음, 느끼기 시작했다』(문학과지성사, 2009), 황성희, 『앨리스네 집』(민음사, 2008)이다.

어디에서 온 것일까

무엇을 두고 온 사람처럼 멀리 장마 쪽을 바라보다 문득 고개를 숙이고
발끝을 내려다본다 오래 기다림을 잃은 것인지 짐승처럼 흰 눈자위를
가지고 있다

아무도 없는 한낮의 1008번 지방도, 여자는 검은 점처럼 이정표가 되어
서 있다 햇볕이 타들어가는 길 위에서 시간은 검은 옷을 차려입고 오래
여자의 영혼을 괴롭혀왔다

두꺼운 검은 윗도리와 긴 치마를 의식을 거행하는 사제처럼 입고서 여
자는 길을 묻는 내게 까맣게 탄 얼굴로 천천히 늪 쪽을 가리켰다

무덤에서 나온 철릭 같은 검은 옷을 걸치고 무엇에 홀려 길 위를 떠도는
여자를 나는 알고
있었던가

검은 옷을 발끝까지 차려 입고 방언과도 같은 말들을 중얼거리며 전철
역이나 후미진 골목길 혹은 사거리 한복판에서 힐끗힐끗 곁눈질을 하며
앓고 있는 병을 옮길 사람을 찾고 있는, 발걸음이 매우 빠른 어떤 여자
를 나는 알고 있었던 것 같다

신들린 여자의 눈을 들여다본 적이 있다 신들인 여자의 다리를 붙들고
그 아래에서 울어본 적도 있다 신들린 여자의 순결한 자궁 속에 들어가
한세상 웅크리고 있어 본 적도 있다

장마 가는 길, 머리가 타들어가 재처럼 푸석푸석해지는 줄도 모르고 아
직까지 서 있는 저 검은 옷의 여자를 어머니라 불러본 다음 장작더미 위
에 올려놓고 싶다

—「신들린 여자」 전문

조용미의 '신들린 여자'는 '광녀'와 다르지 않은 듯하다. 그녀는 "무덤에
서 나온 철릭 같은 검은 옷"을 입고 "짐승처럼 흰 눈자위"를 갖고 "곁눈질"
하며 땡볕을 받으며 서 있는 광녀로 '타자'인 여성을 표상한다. 산드라 길
버트와 수전 구바의 『다락방의 미친 여자』에서 '버사 메이슨'의 광기는 '여
성이 처한 억압과 해방, 감금과 탈출 등의 이중적인 상황을 제시'하는 데
활용된다. 광녀의 절규에서 존재와 본질 사이의 모순을 감지하게 하는 분
노와 저항의 언어를 읽어낼 수 있다. 하나, 조용미의 '신들린 여자'는 '방
언 같은 말'을 중얼거리고 있으나 '무엇에 홀려 길 위를 떠도는' 여자라는
이상의 이력을 짐작하기 어렵다. 그러나 화자는 '영산에서 장마 가는 길에
본' '신들린 여자'에게서 기시감(旣視感)을 느낀다. 기시감에서 '알고 있었
던 것 같다'의 확신을 거쳐, 마침내 그녀의 가장 은밀한 몸, '자궁'에 접속
하는 놀라운 체험, 일치감에 이른다. 신들린 여자는 나의 '어머니'이다! 그
러나 '어머니' 탄성은 오래 가지 않는다. "머리가 타들어가 재처럼 푸석푸
석해지는 줄도 모르고 아직까지 서 있는 저 검은 옷의 여자를 어머니라 불
러본 다음 장작더미 위에 올려놓고 싶다"라는 구절에 이르러 '나'는 여자
와 뜨거운 결별을 선언한다.

어머니 처형의 이유는 분명하다. '어머니', '신들린 여자'가 자신의 소
멸, 낡음을 알지 못한 채 몸-영혼을 함께 잃은 까닭이다. 장작더미 위
에 올려질 '어머니' 체현은 정치적 의미를 갖는다. 이는 '마녀사냥'과 오
버랩되기 때문이다. 예언능력을 발휘하며 선전하는, 설명할 수 없는 여
자가 두려워 '마녀'라 부르며 불속으로 몰아넣었던 남성지배자들에 의

해 자행되었던 '마녀사냥'과, 딸이 거행한 '신들린 여자/어머니' 화형식
이 같을 수는 없다. 신들린 여자의 화형은 '몸-말-여성'을 잃은 어머니
의 상징적 죽음이다. 다시 말하면 어머니의 몸과 말, 영혼을 되찾기 위
한 의식이라 할 수 있다. 부활을 위한 화형은 그 자체로 패러디의 정치
성을 발휘한다.

이러한 의도의 진정성은 조용미의 또 다른 여자, 「삼베옷을 입은 자
화상」에 드러난 '여성'을 통해 확인된다. "내가 입은 두꺼운 삼베로 된
긴 치마 위로 코피가 쏟아졌다 입술이 부풀어 올랐다/피로는 죽음을
불러들이는 독약인 것을" "직립의 짐승처럼 비가 오래도록 창밖에 서
있다."라는 언술에서의 '나'는 '삼베옷'으로 갈아입었을 뿐 여전히 피로
와 '죽음 이미지'를 드리우고 있다. 딸의 삶 역시 어머니와 별반 다르
지 않다. 길 위에 서 있던 여자 곁을 지켰던 '땡볕'처럼 내 곁엔 '직립의
짐승'인 '비'가 서 있다는 상황 역시 다른 듯 일치한다. '신들린 여자'
의 화형식은 교감과 분리라는 생성의 의식이다. '어머니' 죽음과 부활
은 오롯한 '나'를 세우는 일과 서로 연결된다. 조용미의 '신들린 여자'
는 현재와 과거를 넘나드는 신화적 여성이며 동시에 떠나보내야 할 애
도의 대상이다.

이에 대한 분명한 반증은 「무진등」에서 찾을 수 있다. "내 안에 다함이
없는 등불/꺼지지 않는 무진등이 하나 있다//숨겨놓은 말들에/하나씩 불
을 켠다//내 몸은/그 등불의 심지다"라는 발화에서 알 수 있듯이 '숨겨놓
은 말들에 불을 켜는' 여성은 알아들을 수 없는 '방언'을 주절거리는 여
성과는 차별된다. '몸'을 곧 등불의 심지로, 주체의 거점으로 삼은 여자는
'말들-등불-몸'이 구분 없이 연결되어, 소멸과 생산, 주변과 중심, 도구와
존재로 나뉘지 않는, 하나인 오롯한 여성상이다. 구분 없이 연결된 한 몸
인 여성은 조용미가 원하는 세상의 존재방식이기도 하다.

빛은 이 세계의 주인이 아니다

빛은 어둠에 속해 있다

어둠이 빛의 주인인 것처럼 내 몸이 나의 주인이 되어 버렸다

(…)

더 이상

선과 악이 분명치 않다

—「붉은 시편」 부분

조용미는 「붉은 시편」에서 여성/남성, 어둠/빛, 몸/영혼, 자연/문화, 동양/서양의 지루하고 음험한 이원적 젠더를 넘어서 이것이 구분할 수 없이 하나로 연결된 순환체임을 역설한다. 어둠과 빛, 몸과 영혼의 자리는 그 서열을 끝없이 뒤바꾸며 순환한 것으로 우열을 정할 수 없는 것이다. 하지만 조용미의 여성 탐색은 시원의 탐색과 그 전복적 해석이라는 이정표를 세웠으나 성찰적, 관념적이라는 한계를 벗어나기 어렵다. 화형식을 치른 우리의 어머니는 훨훨 타올라 과연 새롭게 부활할 것인가. "쓰윽 손으로 한 번 문지르기만 하면/몇백 년의 시간이 다 지워지고/거기 푸른 녹이 가득 덮인 거울 위에/거울을 들여다보던 오래전 사람의 얼굴이 나타날 것이다."(「청동거울의 뒷면」)의 화자의 두려움처럼 청동거울의 뒷면에서 '나'와 돌아서는 '어머니'의 얼굴이 겹쳐지진 않을까. 여성의 초상은 전복과 순응을 반복하며 윤회하는 것은 아닐까. 조용미의 화형식은 기원(祈願)을 담고 타오르나 현실과의 접속이 요원하다는 한계를 갖는다. 음험한 이원적 젠더구분을 해체하고 그 전복적 해석을 가한 것은 경이로우나 여전히 그 현실적 토대는 문제적이다.

3. 김민정: '고슴도치 아가씨' 날고, 뛰다

　김민정은 『날으는 고슴도치 아가씨』에서 '사춘기 소녀'를 시적 화자로 등장시켜 '악몽' 같은 현실을 드러낸다. 악몽 같은 현실은 모든 기준이나 규범, 금기가 일시에 무너진 성적 무질서의 세계이다. 타자로서의 '여성' 그리고 성적 교환체계의 대상인 여성을 통하여 진정한 관계가 실종된 추악한 자본주의 사회의 한 축도를 고발한다. 김민정의 여성 탐색은 사회적이고 관계 지향적이다. 아이러니하게도 이는, 아버지와 어머니를 부정한 지점에서 출발한다. 규범으로서의 상징적 존재인 아버지도 존재하지 않고 안온한 합일의 정서적 매개자 어머니도 존재하지 않는다. 세상은 음부(淫父)와 음모(淫母)가 음모(陰謀/陰毛) 속에 함께 떠도나 음부(陰部)만 도드라져 보이는 성적 세계이다. 시는 '개 짖는 소리'(「멀리 개 짖는 소리 들리더니」)로 가득하다. 가정은 근친상간의 욕망과 살해의지로 들끓고 학교는 성폭력과 범죄의 온상이다. "물미역같이 홀보들해진 머리칼을 부르카처럼 드리운 채 나는 음부와 음모의 손을 잡고 시장으로 끌려간다." (「날으는 고슴도치 아가씨」) 음부와 음모는 공모하여 딸을 팔아먹는 자들이다. 그녀의 시에서 음모와 기만은 가족들의 존재 방식이다. "엄마는 매일 더러워서 유한락스로 욕조 채우기 놀이를 무척 좋아했어요"(「댁의 엄마는 안녕하십니까?」)라는 구절에서 '매일 더러운 것'이 '엄마'인지, '욕조'인지 구분이 되지 않는 가운데, '엄마'가 더러운 듯, 이모와 아버지가 공모하여 엄마를 죽여버린다. 진실은 선명하지 않다. 하여, '나'는 스스로를 지키기 위하여 '세 자루의 연필과 면도칼을 세워 내 호주머니에' 넣고 학교에 간다.(「엄마, 학교 다녀오겠습니다」) 모든 것이 믿을 수 없는 낯선 세상에서 '나'는 동물도 식물도 아닌 '기괴(uncanny)'한 '눈알나무'로 변신한다. "나는 한 그루의 거대한 눈알나무, 밤마다 내 몸에서는 사랑스런 난자 대신 눈알들이 자라났다." "부풀 대로 부푼 눈알은 오히려 죽은 개를 한 입에 삼켜버리고 마는 것이었다."(「멀리 개 짖는 소리 들리더니」) 여기서 '눈알나무'의 '눈알'은 '난자'의 변질이고, '한 입'은 '이빨 달린 질'을 연상시킨다. 여성성/남성성, 식물성/동물성의 구분이 불가능한 기형적 변질을 통하여 일방적이고 공격적인 남성성=동물성으로 경도되어 드러난다. 성차와 젠더 윤리가 애초에 존재하지 않는 근친상간과 성폭력, 살해가 자행되는 세상은 '카오스'이다.

이처럼 김민정의 시는 불편하다. '소녀'를 통하여 여전히 엄마, 사춘기, 학교, 아빠 친구, 선생님 등의 기호를 나열하며 이것이 의미부재, 관계상실의 '기표'임을 표방하기 때문이다. 음탕과 음모 그리고 모순과 성폭력의 세상을 탈승화하며 그려내는 그녀의 시들은 세상을 향해 던지는 성격문(性檄文)이다. '잠지 소녀'는 '타락한 세상에 타락한 방법으로 성의 질서를 탐색하기 위한 도정'에 있다. 애초에 닦아놓은 길도 없으니, 진창의 타락은 계속될 것 같다. 그러나 속악한 성담론의 현실은 소녀가 감당하기 힘든 환멸이고 상처이다.

촛불을 켜면 지레 목부터 따 보이는 문갑
오지명 아저씨 따라 용녀, 아 용녀,
손가락으로 찔러 총 몇 번 해봤을 뿐인데
감춰뒀던 노리개를 홀랑 다 토해버리는 문갑

무얼 걱정하니 얘야,
작살난 자개 대신 여직 안 태어난 자개로
넌 다시 감쪽같아질 텐데, 아주 장식적으로다가

본드 사러 간 애인들은 본드에 미쳐 날뛰는 살찐 망아지들
씰룩씰룩 그네들의 시뻘건 엉덩이가 짓뭉갠 백설기에는

너덜너덜 피고름에 전 살점이 터진 건포도로 박혀 있었지
숫총각과 씹하듯, 그러니 그게 효력깨나 있었겠어?

(…)

무얼 걱정하니 얘야.
저기 뼈에 분칠해 더더욱 창백한 해골 하나
떽떼구르르 점 없는 주사위로 굴러가고 있는데,
아주 장식적으로다가

—「사춘기」 부분

「사춘기」에서 "문갑", "작살난 자개", "백설기"는 여성의 성기(性器)를 빗댄 은유들이다. 아이러니하게도 성령(性靈) 충만한 공화국에서 '처녀' 혹은 '처녀막'에 대한 강박이나 요구가 존재한다는 혐의를 드리우나, 정작 '청'소년은 전혀 '청결'하지 않다. "숫총각과 씹하듯, 그러니 그게 효력깨나 있었겠어?"라는 구절은 시인이 밝히고 있듯이 "효력있다 숫처녀와 씹하듯"이라는 '앙리 미쇼'의 시를 살짝 비틀어 패러디한 것이다. '숫처녀'는 '교환가치대상'인 여성의 상품성이다. 고래로 여성의 '몸'은 다양한 매뉴얼에 따라 상품가치가 매겨지곤 하는데 '숫처녀 신화'가 음모의 나라, 카오스에서도 기대되고 있다는 것은 가관이다.

'동정녀 마리아'에서부터 시작한 처녀신화는 여성을 어머니/창녀로 이분하는 기원이다. 동정녀 '마리아'는 예수의 어머니로 창녀는 모든 죄악의 근원인 '이브'로 대표되는데 이는 남성중심적인 가치 평가에 의해 나누어진 분열적 여성상이다. 여성 안에는 마리아와 이브의 속성이 공존하고 있는 것이다. '처녀 숭배'는 여성의 편집증에 하나의 방어로 드러나며 다른

여성(개인적 어머니)을 비난할 수 있는 분열과 억압기제로 보기도 한다.[3] 성적 방종의 세상에서 성적 억압 기제가 '여성'에 쏠려 있다는 것을 드러낸 이 시는 이중적 성담론의 모순을 꼬집고 있다.

문제는 해결방식에 있다. "작살난 자개 대신 여직 안 태어난 자개로/넌 다시 감쪽같아질 텐데, 아주 장식적으로다가"라는 언술에서 드러나듯이 우리들의 순결(처녀/동정) 여부는 기만과 음모라는 밋밋한 성적 체계에 파격의 포인트를 준 장식품일 뿐이다. 자본의 기술로 정리되어 '점' 하나 남지 않을 상황에 바칠 동정(同情/童貞)이나 설렘, 떨림, 분노 따위가 있을 수 없다. 젠더 정체성이 섹스-섹슈얼리티-젠더가 뫼비우스띠처럼 얽혀 그 의미를 구성해나가는 것이라 할 때 한갓 '주사위 놀음'인 '섹슈얼리티', 감춰놨던 노리개인 '섹스'는 온전한 정체성 구성을 불가능하게 한다.

김민정은 최근의 새 시집인 『그녀가 처음, 느끼기 시작했다』에서 느낌이 다른 시들을 드러내고 있다. 성숙한 여대생 화자를 통해 세상을 보다 능동적이고 탄력적으로 해석한다. 유머와 기지로 세련되어졌으며 시적 소재가 보다 친근하고 '현실적'으로 그려지고 있다. 이는 세상이 확 달라진 것이 아니라 다른 상황에 자신을 놓을 수 있는 여성화자의 현실 대응능력이 향상된 데 연유한다. 김민정은 어머니, 아버지, 갈보, 노숙자, 그리고 다시 우리로 돌아와서 불감증의 세상에 '감각'을 불어 넣는다. 폄하와 배제가 아닌 이해와 나눔으로 말이다.

표제시인 「그녀가 처음, 느끼기 시작했다」는 우연한 상황에서 타자인 '남성'을 발견하게 되고 그의 반응과 배려에 이끌려 '나'도 나의 '여성'을 느끼게 된다는 커피광고 카피(copy) 같은 시이다. '톡톡 이 죽이는 소리'를 내며 '발톱'을 깎고 있던 노숙자 남성이 (달달한 자판기 커피를 원해) 삼백 원을 달라고 하는데 '나'는 알아서 (선심을 베풀듯) 육백 원의 네스카페

---

3) 엘리자베스 라이트 편, 박찬부·정정호 외 역, 『페미니즘과 정신분석학 사전』, 한신문화사, 1997, 704쪽.

를 건넨다. 그러나 '그'(노숙자)는 다시 삼백 원을 요구했고 내가 건네고 돌아섰을 때 '그'가 내 코트 주머니 안에 따뜻한 커피 캔을 넣어둔다는 스토리이다. 이 순간을, 시인은 "기다리지 않아도 봄이 온다던 그 시였던가/여성부를 이성부로 읽던 밤이었다"며 비장한 울림을 발산한다. 여기서 인용된 '시인 이성부'는 그리 중요하지 않다. 여성부의 단독을 나눌 동반자 이성부(異性部)의 배치(配置)는 그간 배치(背馳)된 남녀관계를 재고할 심오한 메시지를 던진다. '나'는 섣부른 감정의 위계마저 무화시키는 남성인 '그'의 디테일한 행동에 의해 자신을 새삼 돌아보게 되는데 타자와 '나'는 서로에게 영향과 변화를 미치는 관계의 자장 속에 있음을 환기하고 있다.

　이리가레이는 긴장감과 경이감을 성 차이의 윤리를 위해 절대적으로 필요한 감정으로 보고 이를 '경이감'을 빌려 설명한다. 두 사람의 관계에서 경이감이 사라질 경우 차이의 부재 세계로 들어간다면서 이리가레이는 라캉의 욕망모델 대신 "정념의 윤리학"을 구축할 것을 제안한다.[4]

　　네게 좆이 있다면
　　내겐 젖이 있다
　　그러니 과시하지 마라
　　유치하다면
　　시작은 다 너로부터 비롯함일지니

—「젖이라는 이름의 좆」 부분

제2회 정순왕후선발대회 왕비 3학년 문유니
풍문여자고등학교를 지나는데 교문 위에 플래카드가 이랬다 열입곱에

---

4) 신경원, 『니체 데리다 이리가레의 여성』, 소나무, 2004, 44-45쪽.

단명한 단종의 아내로 육십여 년간 과부로 살았던 정순왕후의 제1조건
은 충절과 절개였다 2009년용 정순왕후는 달랐다 연기력을 겸비한 용
모단정한 자, 왕비 역할 수행 가능자, 장기 기능 소유자 오백여 년 전에
죽은 왕이라도 취향은 변하는 게 당연할 터, 내년에도 종로구 문화관광
협의회 長님은 말씀하시겠지 왕비가 되고 싶어? 왕비가 되고 싶으면 연
락해!

—「뛰는 여자 위에 나는 詩」 부분

김민정의 젠더는 이 두 편의 시로 종결된 것은 아닐까. 남성과 여성은
성차만 다를 뿐 그 어떤 상이한 본질은 없는 것이다. 싸움을 건 쪽은 '너'
(좆)이다! 페니스(penis)를 팔루스(phallus)로 바꾸려는 어설픈 권력의지가
무의미한 싸움을 지속하게 한다. 젠더는 우연적 토대 위에서 일시적으로
구성되고 잠정적으로 형성되는 것으로, 버틀러가 말하듯이, 젠더의 핵심
개념은 수행성(遂行性)에 있다. 동사인 젠더는 수행성을 통해 해체와 재구
성을 달성할 수 있다. 하여, 무슨 일을 어떻게 하며 여성을 드러내고 주체
를 수행할 수 있는가는 문제적이다. 왕비 역할을 수행할 배우가 아닌 배역
뒤의 배우를 가정하지 않는 연행성(演行性), 현실에서 자신의 역할을 매끈
하게 수행할 주체의 행위능력인 수행성(performativity)은 현실적 문제로 남
는다. 왕비 역할을 연기(演技)하며 자신의 정체를 연기(延期)할 이유는 없
을 것이다. 문제는, 개별자인 여성 '나'의 능력이다.

4. 황성희: 거울아! 나는, 무엇을 하겠니?

황성희는 현대 소비사회에서 스펙터클한 미디어 문화를 소비하며 살아
가는 여성의 일상을 통하여 '여성'을 드러낸다. 황성희의 시 속에서 '여성'

을 끌어가는 매개자는 매스 미디어의 선두주자인 TV이고 그 안에 사는 '스타'이다. 다양한 변신과 매혹적 연기로 '탤런트'들은 화자를 자극하고 위로하며 그녀의 욕망을 부추긴다. "무책임한 어머니들은 대대로/누구 얼굴도 진심으로 비춰 준 적 없는걸."(「거울과 자화상 그리고 거대한 뿌리」)이라는 언술에서 알 수 있듯이, '어머니'는 우리들의 거울이 될 수 없는 '무책임한 자'이다. '스타'는 자본주의 사회의 신흥 귀족인 미디어 문화의 '주체 위치'에 있다. 탤런트와 어머니는 대척점에 있다.

'나'는 어머니에게 살의(殺意)와 신의(信疑)를 반복적으로 품을 뿐이다. '나'의 어머니 혐오기저는 '아이 낳는 운명'을 '돌림노래'처럼 지겹게 반복하는 어머니의 지리한 삶을 답습할 것 같은 두려움에 있다. 이러한 두려움은 어머니 살해욕망으로 드러난다. "제발 잘 돌아가신 어머니"(「후레자식의 꿈」)는 "가랑이를 벌린 채"로 아이를 낳고 낳다 결국 "어머니를 낳고 있는 어머니"이다. '나'는 "어머니의 사타구니를 나가려고 달린 지도 몇천 년"(「세상에서 가장 오래된 돌림노래」)이 되었으나 끝내 놓여나지 못한다. 어머니와 딸은 아이 낳는 운명, 자궁을 가진 공통운명으로 만나지만 '모성의 신성'은 애초에 찾을 길 없다. 어머니가 내게 줄 수 있는 것은 "틀림없이 자연분만을 할 수 있을 거라"(「자연분만을 꿈꾸는 임산부의 태교」)는 "용기" 뿐이다. '어머니'는 '나'의 관심 대상이 아닌 까닭에 '한 번도 만나 본 적이 없는' 사람이다. 이럴 때 어머니는 화자의 어머니이자 여성의 일상적인 지루한 삶이라는 은유적 해석이 가능하다. 어머니의 이미지는 양가적이다. 숭고하거나 퇴폐적인데, '어머니=자궁'의 도식으로 연결될 때 '자궁(chora)'의 비체(非體/脾體)적 속성을 반영한 듯 어머니는 '비천체'로 전락한다. '비천체'는 어머니가 가지는 육체성을 지시하는바, '구멍을 가진, 존경받으면서도 혐오받는 비천한 모성적 성'을 의미한다. 이는 또한 어머니와 아이의 분리 의식을 강조할 때 차용된다. 황성희의 어머니는 '가랑이를 벌리고' 아이를 낳는 일관된 포즈로 떠올라 약간 관능적이나 전반적으로 무모하

거나 무지막지하다. 어머니는 '나'에게 "잘 돌아가신 어머니"로, 깔끔한 애
도의 대상이다.

> 거실 벽 가족사진이야말로 코미디의 표본 같은 것
> 하물며 국사 책의 단군 영정 따위야 말해 무엇 할까.
>
> 시작에 관한 공공연한 왜곡들.
> 촌스럽기 짝이 없는.
>
> 모든 눈물은 텔레비전 속에 있고
> 난 여전히 이름 없는 몸속에 갇혀 있는데
> 눈 밖으로 내다보이는 이 정원의 분명함
>
> 비명들은 한결같이 햇빛 속에 박제된 채
> 쉴 새 없이 조잘대는 입은 저 하고 싶은 말을 모르고
> 어머니에 대한 살의마저 없다면 견디기 힘들
> 이 낙천적 계절
>
> (하지만 9시 뉴스에 나오려면 도대체 어떡해야 하는 거지?)

—「난 스타를 원해」 전문

위의 시는 '가정'과 '몸'이라는 '젠더공간'에 갇혀 사는 평범한 주부(미혼
이라도 달라질 것 없는)의 절규를 담고 있다. 시 속의 여자는 TV를 시청하
고 있다. '주체위치'로 서 있는 '스타'와 '나'는, 보이는 자/보는 자, 주체/객
체, 생산자/소비자, 지배/종속의 관계로 정리될 수 있다. '나'는 촌스러운
가족과 역사에 대해서는 전혀 관심이 없고 오직 TV 속 스타를 통해 대리

만족을 하는 '몸속에 갇혀 있는 자', '여성'이다. 여성은 미디어 매체를 통해 자신을 구성하고자 하나 용이하지 않다. '스타'의 경제력과 사회적 지위를 갖추지 못한 '나'는 결국 '어머니'와 다를 바 없는 삶을 살고 있는 것이다. 그래서 황성희의 평범한 여성은 (물론 가끔 가당찮게 시를 쓰기도 하지만) 갑갑하고 우울하다. 어머니에게서 어머니를 찾을 수 없듯이 자신에게서도 이 시대의 어머니, 스타의 스타성을 찾을 수 없다. 그래서 '나'는 소통 불능의 막막한 현실을 떠나 시각의 감각적 쾌락에만 탐닉한다. 화자는 모두가 바라보는 자인 '스타'에 대해서만 말하고 TV드라마 속의 주인공, '칙릿(chick-lit)'5)에 등장하는 여주인공들의 삶을 동경한다.

「캐스팅 디렉터편-『그녀의 칙릿 도전기』 중에서」에서 '나'는 '감독님'에게 "눈 코 입 어느 하나 수정되지 않은 게 없는" "정통성이라는 게 없는 얼굴"을 가진 '그' 대신에 "얼굴에 새겨진 시간의 흔적에 의미를 부여할 줄 아는" "어떤 얼굴도 자기 얼굴처럼 소화하는 게 강점인" 탤런트 C를 캐스팅할 것을 강력하게 추천하는 화자를 목도한다. 화자는 스펙터클 사회를 주도하는 주체위치에 선 '스타'를 이야기할 때만 가장 진지하다. 여기서 알 수 있듯이 여성이 소비 패션 미디어 문화에 대해 관심을 갖는 것은 그들 삶의 영역에서 경험하는 한계와 관련된 것이다. 이는 보상심리이기도 하고 현실에 대한 저항 행위로 해석할 수 있다. 즉 짐멜의 지적처럼 '혁신과 변화를 향한 욕망의 상징적 표현'으로 볼 수 있으나, 그 자체로 여성의 극명한 타자성을 토로하는 것이 된다. 그래서 감각적인 논리에 편중해 가상적인 즐거움에 탐닉하는 것으로, 부적절한 감정의 사치를 대가 없이 누리려는 부정직함으로 상황의 일면만을 보는 감상성, 센티멘털리즘이라는 비난을 피해가기 어렵다. TV 속 스펙터클한 풍경은 시뮬라크르에 불과한

---

5) '칙릿(chick-lit)'은 여성을 뜻하는 칙(chick)과 문학의 릿(lit)을 합친 조어인데 미디어나 패션 업계에 종사하는 여성들의 성과 사랑을 가볍게 풀어간 소설을 말한다. 능력과 미모, 재력과 여유를 갖추고 소비를 향유하는 여성일군을 말한다.

까닭이다.

<blockquote>

여자는 여자에게 자신이 여자의 곁에 남겠다고 하였고
여자는 여자에게 자신이 여자의 곁에 남겠다고 하였다.
아무도 찾아오지 않았지만
여자는 여자 때문에 이 술래잡기가 외롭지 않았다.

처음 여자 속에서 여자가 눈떴을 때도
영문 모를 이 술래잡기의 역사를 원망하지는 않았다.

여자가 언제 여자 속에서 여자를 찾아낼지 알 수 없지만
여자는 여자와 함께 시간 속으로
더욱 성실하게 몸을 오그려 본다

주머니 속에 아무것도
감출 것이 없다는 게 조금
부끄럽긴 하지만.

</blockquote>

—「무궁화 꽃이 피었습니다」 부분

위 시의 화자는 어머니를 부정하며 또한 자신의 경험과 한계를 극복하고 새로운 '여성'을 찾고 싶으나 여자 안에서 여자를 찾을 수 없듯이, '나' 자신조차 영영 찾을 수 없는 술래잡기 놀이의 영원한 술래가 될 것 같은 난관에 봉착한다. 역사도 사회도 가족도 거부하고 부정하며 자신을 찾고자 하지만 단 한 번도 자신을 제대로 만나지 못한 까닭에 '자신'(自身/自信) 없음으로 귀결된다. 마치 어머니를 한 번도 만나지 않은 까닭에 어머니를 이해하지 못한 것처럼. 젠더가 주머니 속에 감추고 있어야 할 만큼

비장한 무기 같은 것은 결코 아니지만 젠더 정체성을 갖추기 위한 정치적 감각마저 잃어서는 안 되는 것이다.

'평범해지는 것이 죽기 보다 싫은'(「自序」) 이 시대 다수의 여성들은 삶을 저항으로 승화시키기 위해서는 비범한 노력을 경주해야 한다. 개별적이고 개성적인 여성 탐사는 현실 속에서 현실과 연계된 가족과 사회 속에서 수행적이고 전복적인 정체성을 통하여 드러나야 한다. 여성의 본질은 없다. '여성성'에 대한 탐색은 다양한 놀이를 주도할 여성 주체에 의하여 만들어져야 한다. 화자가 부러워한 '탤런트 C'처럼 '시간의 흔적에 의미를 부여할 줄 알고' 주어진 역할을 제 것으로 잘 소화해내며, 자신을 사는 여성이 시대의 고민도 나눌 수 있는 생동하는 여성상이 아닐까. TV를 통해 '밖에 관한 상상'만 하지 말고 진정 자신이 살고 싶은 삶을 이끌어내기 위해 자신을 성찰하는 시간이 필요한 듯하다. 자신을 해체하고 또다시 세우는 과정을 통해 '여성'은 새로워질 것이다. 이런 가운데 더디게 변하는 세상의 인심과 제도의 변화를 촉구할 수 있는 사회적 방안도 정치적 주체인 '여성'을 통하여 찾을 수 있을 것이다. 그래서 '나'를 직시하며 거울을 향해 던지는 질문은 여전히 치열하고 신선하다.

거울아 거울아!
이 여자는 도대체 누구니?

거울아 거울아!
도대체 무엇을 하겠니?

—「거울에게」 부분

2부

기억과 욕망의 서사

기억의 완성을 꿈꾸는 고백
— 박완서의『나목』

1. 고백적 서술자에 의한 현재적 재현

박완서의 첫 소설인『나목』은, '기억'과 '구원'이라는 두 주제를 지향하는 박완서 문학의 장이 열리는 지점이다. 이러한 열림이『나목』에서 일인칭 화자의 고백적(confessional) 서술에 의해 실현되고 있어 주목된다.[1] 기억의 동심원을 그려나가는 박완서의 소설쓰기의 원점을 알 수 있을 듯하다.

『나목』은 스무 살 전후의 여성화자인 '나'의 시점으로 전쟁의 수난을 겪은 이후의 시간들을 어떻게 살아내었는가 하는 과정이 서술된다. 여기서 생존의 문제가 특별히 예민해지는 것은, 오빠의 죽음과 그 부재에 대한

---

1) '일인칭 화자'는 세 유형으로 나누어진다. 하나는 '고백적 서술자'이다. 또 하나는 '스토리텔러'이다. 또 다른 하나는 '실제 작가'이기를 요구하는, 허구의 인물이 되지 않으려는 화자이다. R. 파울러, 김정신 역,『언어학과 소설』, 문학과지성사, 1985, 109-110쪽.

'나'의 원죄의식에서 기인한다. 가족사적 재앙인 오빠의 죽음은 어머니와 '나' 사이에 결코 허물 수 없는 침묵의 벽을 놓는다. 그렇지만 서술과정에서 진실의 전면 공개는 끝없이 유보된다. '나'가 과거와 현재의 매끄러운 중개자가 되는 스토리텔러로서의 역할을 지연하고 현재와 일상을 반복하여 서술하기 때문이다.

> 나는 아픔을 잊으려는 듯이 안방을 마구 서성대며 이 아픔의 까닭이 비롯된 시절로 자꾸 기억을 더듬어 올라갔다. 큰댁 덕에 비교적 윤택하던 피난살이, 아니 그전일 게다. 황량하던 피난길, 그때도 아니다. (…) 텅 빈 집과 뒤뜰의 은행나무들, 그 자지러지게 노오란 빛들, 비췻빛 하늘을 인 노오란 빛들, 아낌없이 쏟아지던 노오란 빛들, 지금도 눈이 부시다. 그때도 아니다. 그럼 그전, 그렇다. 그전, 그러나 나는 여기서 기억의 소급을 정지시켰다.
> 몇십 년이나 묵은 은행이 그 가을엔 왜 그렇게 처절하도록 노오랬던가. (…) 지금도 그것이 궁금할 뿐 내 기억의 소급은 노오란 빛 속에 용해되어 다시는 헤어나질 못했다.

'나'는 아버지의 죽음 이후 전쟁으로 또한 오빠를 잃는다. 어머니에게 아들은 삶의 의미이고 자부의 근거이며 나아가서 팔루스(phallus)의 상징이다. 어머니는 오빠의 죽음으로 자신의 인생을 '결여'로 받아들인다. '나' 역시 아버지와 오빠—남성들의 부재로 인해 학업의 기회를 박탈당하고 생존의 현실에 직면하게 된다. 이 점에서 『나목』은 고아와 다름없는 한 여성의 소외와 결핍을 담보한 서사라 할 수 있다. 과거와 미래가 부서지고 달아난 적막 속에서 남은 현실은 이 서사의 기반이 철저한 현재적 서술로 진행될 수밖에 없는 이유이다. 이러한 현재적 서술은 온전히 '나'를 향하고, 세상에 상처받은 '나'는 기억을 '유보'하거나 '조작'하며 발화한다.

그때의 생활은 온통 소란스럽고도 신나는 음향으로 가득 차 있었던 것 같다. 음향뿐이 아니다. 여러 가지 색채, 위태롭도록 다채롭고 현란한 색채가 있었던 것 같다.

난 오빠들을 통해서만 모든 사물을 받아들였고 이해하려 들었었다. 혁이나 욱이 오빠가 있었더라면 하다못해 그 병신상스러운 환쟁이 김씨에게서 세잔느나 고흐와의 공통점쯤은 쉽사리 찾아내었으리라.

오빠는 애초 그녀에게 '주체'였다. 전쟁이 그녀를 세상으로 이끌어줄 오빠를 앗아갔다. 이후 세계는 그녀가 스스로 해석하고 넘어서야 하는 비밀스런 상대로 다가왔고, 그녀는 이러한 세계를 읽는 서사의 주인공이 된 것이다. 『나목』은, 루카치가 소설을 '성숙한 남성의 형식'이라고 했을 때, '미성숙한 여성의 형식'이다.[2] '불완전성'과 '주관화된 체험'과 어쩔 수 없는 '체념'을 역설할 수밖에 없는 '여성 화자'에게 소설적 형식의 무력감은 배가된다. 『나목』의 화자-주인공은 무참한 현실에 준비 없이 던져져 그녀의 세계인식은 불완전하고 부조리할 따름이다. 따라서 이 소설은 화자의 '고백적 어투'와 '보고형 서술'에 의해 내밀하고 은밀하게 전개된다. '나'는 빠른 성숙과 어른스런 체념을 강조하는 현실 앞에서 절망하면서 생활세계의 급작스러운 변화로 인한 소외의 여백을 회상으로 메우며 소설의 시간을 진행시킨다.

그러나 여기서 엄밀하게 정리해보자. 어느 것이 현재이고, 과거인가? 서술자아의 입장에서 '지금' 진행되고 있는 스토리는 엄밀한 과거(쥬네뜨식

---

2) G. 루카치, 반성완 역, 『소설의 이론』, 심설당, 1985, 91-93쪽.

으로 말하면 동종소급제시)이다. 즉 '주인물의 과거를 그리고 있는 것'으로 스토리의 전체 사건은 이미 '과거'이다. 그러나 이 스토리의 아이러니는 주인물(경험자아)의 주경험인 고백할 사건('오빠의 죽음과 그 방조자로서의 자신의 관여' 여부) 그 이후의 과거에서 진행되고 있다는 점이다. 이는 시간착오의 의도라 할 수 있다. 진행되고 있는 스토리 라인에서 외적 소급제시로 들어가야 하고 그로부터 더 들어간 아버지의 죽음(내적 소급제시)에서 출발해야 일종의 고백의 순차성이 획득될 수 있었다. 물론 모든 소설은, 시간 착오와 그것이 유도하는 긴장과 이완의 반복에서 그 미학적 기반을 찾을 수 있다. 그럼에도 '고백'을 서술 전략으로 삼은 『나목』의 경우 시간착오의 의도는 더 많은 해석을 요구한다.

　스토리상에서 현실을 위무하기 위해 과거가 떠올려지고 그로부터 희망과 지혜가 건져지기도 하나 다급한 '현실'(경험자아의 현실)을 살아야 하기에 기억의 소급과 복원은 저지된다. 그래서 화자는 '서술자-증인'의 자격으로서의 고집스러움과 불성실함 나아가서 위증(僞證)의 혐의를 갖게 된다. 『나목』은 이미 두루 알듯이 자전적 고백체 소설이다. 따라서 이 작품 안팎에서 말하고 있는 서술자아와 경험자아의 구분은 이미 전제되어 있다. 그러나 서술자아와 경험자아, 과거와 현재는 텍스트 내에서 어지럽게 기준 없이 뒤섞인다. 이 모든 혼돈은 '고백'의 비순수성과 이에 기반한 '고백의 정치성'에서 비롯한다.

　주지하듯이 '고백'으로서의 글쓰기(자서전적 글쓰기)는 쓰는이나 읽는이에게 원칙적으로 사실의 왜곡과 조작의 가능성을 배제하는 것을 전제한다. 이는 나아가 개인의 특수성을 반영하는 데 국한되지 않고 당대 삶의 보편적 윤리와 가치체계의 패러다임을 제공해주는 것으로 인식되어왔다. 그러나 앞에서 살펴보았듯이 『나목』은 과거의 고백을 실토할 듯 제시하며 과거형 시제와 어미로서 시작하였으나, 그 고백을 지연하고 유보하는 가운데 현재형 어미의 발랄함으로 돌아선다. 그리고 이러한 과정(지연/유보)

은 독자에게 모두 노출된다. 이처럼 진실이 감추어져 있을 때 화자인 '나'
는 단지 '서술자-증인'일 뿐 진정한 의미의 '주인공'(서술자-주인공)일 수
없다. 이 경우 화자나 독자, 양측의 입장을 모두 고려하여도 더 이상 고백
의 진정성을 획득하지 못하는 것이다.

　여기서 당혹스러운 의문은, 그럼에도 이 소설이 계속 '고백'의 형식을 유
지하고 '고백'되고 있다는 데 연유한다. 그럼 왜 고백하는가? 무엇을 고백
하는가? 고백이 아니면 결국 무엇을 말하려 함인가? 이러한 의문들에서
『나목』을 수사학적으로 새롭게 읽어야 하는 것이다. 고백의 정치성과 그
당당한 조작의 배후를 밝히는 것은 『나목』을 해석하는 열쇠가 될 것이다.

　푸코에 의하면 고백(aveu)은 '타인에 의해' 어떤 사람에게 주어지는 신
분, 자기동일성, 가치의 '보증'에서 어떤 사람 자신의 행위와 생각에 대한
'자인(自認)'으로 넘어간 담론이다. 즉 화자는 그가 자기 자신에 관해 말
할 수 있거나 말해야 하는 진실의 담론을 통해 존재의 정당성을 인정받게
되는 것이다. 이러한 점에서 자서전적 소설의 고백 서술이 그 정당성을 얻
는다. 『나목』에서 서술자-주인공인 '경아'의 고백은 전쟁 이후 자신의 삶
의 정당성 혹은 삶의 전개 과정을 드러내는 것에 모아지는데, 전쟁과 오빠
의 죽음은 고문처럼 그녀를 끝없이 고백하게 하는 작동기제로 전제된다.
오빠의 죽음이라는 원체험은 고백을 그림자처럼 따라다니며, 고백이 힘을
잃을 때 그것이 끊어지지 않도록 지탱해준다. 즉 원체험의 고문과 고백은
과거/현재, 죽음/생존, 원죄/무죄의 해체와 화해의 자유로움을 향한 언술
로 지속되는 것이다.[3] 이래서 『나목』에 나타난 '경아'의 이원적 시점과 분
열하는 언어는 한편으로 속죄의 자유로움을 반영하고 다른 한편으로 자
기치료를 향해 진행 중인 자아를 나타낸다.

---

3) M. 푸코, 이규현 역, 『性의 歷史1-앎의 의지』, 나남출판, 1995, 75-79쪽.

2. 감각의 언어와 주변의 역동성

『나목』은 화자가 자기확인 혹은 생의 긍정을 위해 고백을 완성해나가는 과정을 서술하고 있는 소설이다. 그 과정에서 그려진 그녀의 진실과 시점을 판단하고 평가하는 것의 권한은 청자인 독자들의 몫이다. 고백의 과정을 추적하는 것은, 고백을 듣는 자인 우리에게 용서와 위로와 지도의 권한이 있는 것에 비롯할 뿐만 아니라, 진실을 생산하는 작업으로서의 관계 인식이 필요하기 하기 때문이다.[4]

먼저 주목할 것은, '경아'의 입장에서 세계가 이원적 분할구도로 나뉘어 어쩔 수 없는 긴장 관계로 구성된다는 것이다. 이때 세계는 말할 것도 없이 물리적, 정신적인 실체 모두를 아우르는 범주이다. '과거'의 온전성과 '현재'의 황량함에서 비롯, 의식화된 소설의 시간이 과거/현재로 대립되는 가운데 소설의 공간은 고가/미군부대의 대립으로 나타난다. 『나목』에서 두 공간은 전쟁과 현실에 적절한 은유로 작용한다. '미군부대'는 아직도 전쟁 중인 경험의 현실 속에서, 미국에 의지해 빵을 해결해야 하는 식민지적 상황을 반영한다. 따라서 미군부대 안의 남/여의 삶은 왜곡된다. 이러한 정황은 '경아'에게 사람과 삶을 진짜와 가짜로 구분하게 만든다. 미군부대의 공간에서 예술가/환쟁이가 구분 없이 뒤섞이듯이 이속의 언어 역시 기의와 기표가 일치되지 않고 미끄러지며 진실과 교감에서 벗어나 있다. 그렇지만 그 안에서의 생활은 가능하고 삶도 이어진다. 분열하거나 일치되지 않은 말과 글은, 그 시대 그 시간의 삶을 드러내는 '바로미터'이다. 여기서 교환되는 언어는 의사를 전달하거나 교감을 나눌 수 있는 상위언어(metalangue)가 되지 못하고 일상의 거래를 위해 발화되는 대상 언어

---

4) M. 푸코, 앞의 책, 84쪽.

(langue-objet)에 불과하다.

　이에 반해 '고가'는 미망인인 어머니와 나만 덩그렇게 살아 있는 곳이다. '고가'는 화자의 아버지가 여타의 모든 재산을 포기하고 기꺼이 선택한 품위 있고 기품 있는 유산이다. 따라서 이곳은 면면히 이어진 가문의 계보의식을 드러내는 공간이다. 고급 자재로 지어 시간이 흐를수록 그 가치가 더욱 빛나고 정원이 있고 마당이 넓어 더 없이 좋은 곳이었다. 그러나 지금 '고가'는 더 이상 옛날의 고가, 즉 가문의 계보를 이어가는 든든한 터전이 아니다. 가문의 주체인 아버지와 오빠가 떠나버린 곳이고 종속자에 불과한 어머니와 나만 남은 곳이다. '고가' 안에서 화자-주인공은 과거의 '죽음'과 그 기억을 되새긴다. '고가'와 벌써 '고가'의 일부인 '어머니' 앞에서 '나'는, 삶과 죽음의 경계가 일시에 무너질 수 있는 허약한 것임을 거듭 강조함으로써 삶을 영위할 수 있었던 것이다. '고가' 안에서, '어머니' 앞에서 스무 살 전후의 '경아'의 삶은 당연히 살 수 있는 것이 아니었다. 곧 죽을 삶이었고, 기꺼이 죽을 수 있는 삶으로 산다. 이럴 때 삶의 명분이 섰던 것이다. 지독한 아이러니이다. 그러나 이 단단한 맹세는 흔들린다. 이것은 '살기 위해' 피난가고 어머니와의 대면을 피해 '은행나무 밑'이나 '주변'으로 몸을 옮기면서 조금씩 시작된 변화이다. 여기서 '주변'은 삶의 의미나 생존의 이유를 모으기 위한 탐색 과정에 자리한 '화자의 공간'으로 해석된다.

　나는 점점 더 어머니를 피했다. 실상 단둘이 마주할 만한 호젓한 시간도 없는 생활이었지만, 마주치면 으레 지껄이던 변명거리를 잃고 말았으니 어머니가 한층 두려울 수밖에 없었다. 〈곧 또 난리가 날 거래요〉라는 내 말을 통해 이번 난리가 나면 난들 살아남겠느냐, 나도 곧 죽을 것이라고 말한 셈이었는데, 난리를 피해 도망 와 있으니 무슨 낯으로 어머니를 볼 수 있을 것인가.

어머니와의 대화는 거의 단절된다. 이제 '나'는 어머니에게 더 이상 말할 수 없는 생존의 이유와 명분을 '편지'로 대신한다. 이 경우 '편지'는 진실한 교감을 전제로 한 말 건네기와 거리가 먼 것이다. '답장이 오지 않는' 편지를 원하는 화자는 편지를 통해 그녀의 '구체성'과 '개별성'을 보증할 뿐이다. 여기서 구체성과 개별성은 화자의 존재이유와 삶의 방식과 연관된다. 편지의 요지는 이러하다. '어머니는 건강하고 이제 나는 어머니에게서 독립하고 싶다(할 수 있다). 그러니 간섭 말라.' 편지는 상황의 진실을 드러내지 않는다.『나목』에 그려진 '경아'의 편지는 자의(自意/恣意)적이다. 이러한 자의성은 과거와 현재를 별개의 영역으로 단절하지 않고 과거의 정상적인 것으로 삶을 연결하고 싶은 일인칭 화자의 '심리적인 통합' 의식에 기인한 것이라 할 수 있다.[5] 이것은 또한 그녀가 아직 자신에게 주어진 상황의 무게를 감당하지 못하고 그것과의 거리 조절이 잘 이루어지지 않고 있음을 역설하는 것이기도 하다. 그렇지만 '경아'의 삶은 항상 의식, 무의식적으로 변화를 요구하며 그것을 찾고 있다. 그녀의 언어나 몸이 진정한 '감각'을 원하고 있기 때문이다. 여기서 감각은 생기 또는 변화 의식이다. 즉 감각 속에서 되고 동시에 감각 속에서 일어난다는 것이다. 감각적 언어 혹은 감각에 대한 추구는 색채와 미각 그리고 섹슈얼리티로 나타난다.

① 만두를 먹고 싶다는 게 단순한 식욕뿐이었을까? 식욕보다는 훨씬 절실한 것, 목탄 나무의 단비에의 갈구 같은, 자혜에의 애타는 소망에 그토록 굳게 잠길 수가… 남도 아닌 내 어머니가.

나는 어머니의 식사하는 모습, 특히 저작(咀嚼)하는 추한 입 모양에서 눈을 떼지 않았다. (…) 잘다란 주름이 의치를 빼놓은 입술 둘레에 모여

---

5) F. K. 스탄첼, 김정신 역,『소설의 이론』, 문학과비평사, 1990, 306-308쪽.

입술을 보기 싫게, 마치 잘못 꿰맨 상처자국처럼 닫아놓고 있었다.

② 그녀는 줄곧 줄칼로 길고 아름다운 손톱을 갈며 입으론 별난 소리를 내며 껌을 씹고 있었다. (…) 눈밑의 피부가 늘어진 건 그녀의 숨은 나이를 말해 주는 것 같아 처량했다.

하품을 크게 했다. 동그란 목구멍이 마치 빈방의 입구처럼 황량하게 열려 있었다. 고뇌도 환희도 깃들어 있지 않은 을씨년스러운 빈방.

③그녀는 순순히 입을 크게 벌렸다. 선명하게 붉은 입 속과 목 천장에 매달린 목젖

들꽃과 갓난 야생동물을 합친 것 같은 그녀의 독특한 체취가 풍겨왔다. 그녀가 자신이 시궁창에서도 이처럼 향기롭다는 걸 모르다니 참 답답하다.

①, ②, ③은 각각 『나목』에 나타난 세 여성 모델-미망인인 '어머니'와 창녀/정부인 '다이아나'와 처녀인 '미숙'과 그녀들의 상태를 드러내는 진술들이다. 어머니는 미망인의 기호이다. 의치를 뺀 그녀의 얼굴은 음식의 기호와 몸에 대한 관심 모두를 벗어난 증거이다. 어머니는 세계의 실재와 체화된 인간의 삶을 부정하는 탈속적인 삶의 태도를 견지한다. 이는 일체의 세속적인 즐거움의 추구가 무의미한 것으로 간주되며 따라서 행위의 도구인 몸을 중요하게 생각하지 않는 금욕주의적 생활 태도이다. 이 경우에 있어 최고의 이상은 인간의 경험적 상태를 초월하는 것이며 유한한 삶으로부터 벗어나는 것이다. 아들을 잃은 그녀에게 생은 여생(餘生)일 뿐이다. 이러한 어머니의 맞은편에 '다이아나'가 있다. 그녀는 창녀이다. '구멍'

으로 먹고사는 그녀는 허(虛)한 인생이다. 그녀에게 반복되는 무위적 성행위와 '껌'의 소모적 질감은 닮았다. 어머니와 다이아나는 '허(虛)'의 공동(空洞)으로 만난다. 이에 반해 '미숙'과 '나'는 모두 처녀이고 순수하다. '미숙'과 '나'는 무엇보다 젊고 아름다우나 자신의 가치를 잘 모르는 위험함에서 유사하다. 이 경우 그녀들의 아름다움은 불순하다. 미숙은 미군 지아이(G. I)와 결혼해 시궁창 같은 자신의 집을 벗어나는 것이 소망인 아가씨다. 그러나 그녀의 소망은 미래를 보장하지 못한다. '나' 또한 유부남인 '옥희도'만을 사랑하고 있으나 그와의 미래 역시 보장받지 못하고 '사랑'은 '불륜'으로 규정된다.[6] 연애/결혼의 두 축에서 여차하면 그녀들은 '정부'나 '창부'의 치욕 속으로 빠져들 수 있는 것이다.

이처럼 '나'는 전쟁이 끝나지 않았고 그래서 '미래가 없다'는 불투명성에 놓여 있다. 그러나 그녀는 '어머니'와 '다이아나'와 분리되고 '미숙'과 결코 공유할 수 없는 자신만의 '연애'와 '성'을 시도하고 여성의 순수와 관능을 구가한다. 그녀에게 성과 연애 감정의 이끌림, 그리고 그것에 대한 열중은 어린 시절 오빠들에 의해 이끌리고 현혹되었던 '음향'과 '색채'(소란스럽고 신나는 음향, 위태롭도록 다채롭고 현란한 색채)로 이어져 있다.

'경아'는 『나목』을 통하여 세 남자와 만남을 갖는다. 그들에 대한 그녀의 감정은 그 색깔이 분명히 다르고, 그래서 그들과 그들의 의미는 위계화된다. 결코 섞일 수 없고 대처가 불가능한 각각의 존재들이나 '남성'이라는 공통적 자질에 의한 감각적인 이끌림이라는 공통점을 갖는다. 화가 '옥

---

6) 연애의 길로 들어갈 작정을 한 처녀에게는 세 갈래의 길이 제공될 것이다. 그녀를 본부인 또는 후처로 만들어 줄 결혼이라는 완전에의 길, 그렇지 않으면 불륜의 성 관계 속에서의 위태로운 연애로 인한 불행한 삶, 마지막으로 이것도 저것도 아니면 독신생활이나 은둔생활을 통해 성적인 사랑을 포기하는 것이다. 결국 모든 처녀는 미래의 상태에 대한 불확실성 속에 가능한 세 가지의 상태가 만나는 지점에 있는, 다시 말해서 이미 결정되어진 여성들보다 잠재적인 여성들인 것이다. N. 에니크, 서민원 역, 『여성의 상태』, 동문선, 1996, 39쪽.

희도'에 대한 '경아'의 마음은 사랑과 존경이다. 그러나 그것은 너무 소중해 절반이 고통이다. 그가 유부남인 탓도 있었으나 이보다 그가 '진짜 화가'였기 때문이다. 여기서 예술가란 단어가 강조됨은 그의 인격성과 관계가 있고, '그는 다르다'는 '경아'의 주문은 항상 실현된다. 그는 소유와 탐욕에서 벗어나 있고 그것을 넘어선다. '경아'의 순수한 밀착에 '옥희도'는 존재를 떨며 흔들리는 듯하나 그는 사유하는 예술가이다. "나는 내가 사람이 아니란 것보다 화가가 아닌 것이 두려워.", "미치도록 그리고 싶어. 정진과 몰두의 시간을 마음껏 누리고 싶어." 그는 사람이기보다 예술가이길 원한다. 어렵게 얻은 '경아'와의 열정은 예술로 승화되어야 하고 그렇게 이어지는 것이다. 그는 열정을 에로스(eros)로 승화한다. 그의 '절제'는 예술가란 높은 지위의 표지이다. '태수'는 작품 말미에 이르러 알 수 있듯이 '경아'의 남편이 되는 사람이다. 그는 그녀에게 '동경'도 '절망'도 아닌 그저 막연한 이성이다. 그가 그녀에게 있어 다른 것은 '연민'이다. 단지 만복감을 위해 밥을 먹는 '태수'와 늘 식은 김치국만을 받아 먹는 '경아'는 동일시된다. 이 동일시는 연민으로 깊어진다. 이처럼 성욕과 애정의 문제는 '나'에게 있어 여전히 모호하다. 이 중 '조'와의 관계가 가장 위험하다. '조'는 미(美) 제국의 용병인 '지아이'이다. 그의 허영심은 식민지의 온전한 처녀와 '연애' 감정을 가진 섹스를 원한다. 책임도 미래도 동경 따위도 없으나 '순간'의 격정을 원한다. 그의 이국적 외모와 상이한 태도는 '경아'에게 매우 자극적이고 도발적이다. 이 경우 본능적 이끌림은 섹스의 실천으로 향한다. 그러나 '경아'의 이 같은 도발적 선택은 본능에 앞선 상처인 '옥희도'와의 단절과 그의 무심함으로 인한 오기, '내일은 없다, 없었으면 한다'는 파괴본능에서 비롯한 것이다. 이는 타나토스로서, '나'에게 '조'와의 섹스는 오빠의 무참한/무가치한 죽음의 이미지와 연결된다.[7] 그러나 '조'와

---

7) 에로스의 이면인 타나토스는 자기 성애에 빠져 타자와 단절됨으로써 우울과 고독의 극단인 죽음의 충동에 이르게 한다. '나'를 세상에서 단절시켜버리는 이러한 절연은 결국

의 정사 직전까지 내려가 올라온 '나'는 달라진다. 결국 '조'와의 정사 시
도를 위해 들었던 '호텔'과 '붉은 침실'은 '경아'가 소외와 단절의 '주변' 의
식에서 벗어나 자기를 향해, 정상(正常)을 향해 귀환하기 위한 불가피한
장치의 상징적 의미로 자리한다. 이는 그녀가 이후 기억의 중심을 완성하
고 생의 이편에 확실히 '나'의 입장을 두는 것으로 나타난다. 이러한 완성
을 향한 단초는 진행되는 서술처럼 그동안 대비되어 억압되고 서열화되
었던 사물과 색채, 그 보색적 대비를 응시하고 그 개성과 젊음을 인정하는
것에서 열린다.

3. 주체 형성과 새로운 해석지평

나는 사루비아를 좋아했다. 너무 애련하거나 연약하지 않은 그 건전함
을. 줄기찬 선홍빛 생명력이 허약한 나에겐 엄숙하게조차 느껴졌다.

더욱 신기한 것은 건강한 활기찬 젊은이들이 얼마든지 눈에 띄는 것이
었다. 나는 어머니가 그런 광경을 봐야 하는 게 사루비아를 봐야 하는
것만큼이나 견딜 수 없었다.

나는 그 선홍빛이 역겨워 고개를 절레절레 저었다. 고개를 저을수록 그
선홍빛은 점점 진홍으로 변하고 그 진홍은 점점 끈적한 액체로 번졌다.

죽고 싶다. 죽고 싶다. 그렇지만 은행나무는 너무도 곱게 물들었고 하늘
은 어쩌면 저렇게 푸르고 이 마당의 공기는 샘물처럼 청량하기만 한 것

'나'를 '나' 자신과 단절시키고 표상의 지속성을 끊느라 '나'의 사고마저 파괴해 버린다.
J. 크리스테바, 유복렬 역, 『반항의 의미와 무의미』, 푸른숲, 1998, 112쪽.

일까. 살고 싶다. 죽고 싶다. 살고 싶다. 죽고 싶다.

　화자 ‘나’의 회상은 ‘조’와의 정사 위기를 넘기고 나서 빠른 속도로 진행된다. 그러나 여기서의 고백은 앞에서 보인 화자의 입장·태도와는 완연히 다른 것이다. 이제 그녀는 스스로 고백의 주체(서술자-주인공)가 되어 스스로를 감금하고 억압하였던 실체와 허구를 드러내고 그 가운데서 분열했던 자신의 감정을 읽어낸다. 이것은 사물의 형상과 색채에 대한 투명한 응시와 함께한다. ‘사루비아’는 그녀에게 ‘건전’하고 ‘엄숙’한 ‘생명력’이다. 그러나 사건 이후, 사루비아는 붉은 이데올로기, 죽음, 악몽의 원인, 역겨움, 끈적한 액체의 이미지로 왜곡된다. 나아가 사루비아에서 읽을 수 있었던 원래의 이미지인 ‘생명력’과 ‘젊음’은 곧 불길하고 부당한 것으로 어머니에게 절대 보여서는 안 될 것으로 규정된다. 『나목』은 어머니와 어머니의 눈빛을 닮은 ‘부연 회색빛’과 ‘고가’가 중심이 된다. 즉 죽음과 생명의 이미지를 무차별적으로 섞어버린 통합색인 ‘회색’ 앞에 선홍빛, 발랄, 젊음, 미각, 변화, 생기 등과 같은 이미지들은 위축된다.[8] 이것이 『나목』에 나타난 색채와 구도의 위계이다. 그러나 여기에서 끝나지 않는다. ‘회색’의 장막 아래서도 ‘사루비아’의 아름다움은 여전하고 ‘노란’ 은행나무와 푸른 하늘, 공기의 청량함은 샘물처럼 감각적이기 때문이다. 그들은 그대로 그렇게 자기 본래의 의미를 뿜어대고 있다. ‘나’는 그들에게서 그것을 읽는다.

　색채와 형상의 의미에 대한 본래적 인식은 ‘나’의 정체성에 대한 자각으로 깊어진다. 화자는 그녀의 모델을 ‘옥희도 부인’에게서 찾는다. 어머니와 다이아나의 동질성과 차별성을 모두 부정한 곳에, 아니 모두 수용

---

8) 보색의 혼합은 ‘회색’을 가져다준다. 하지만 ‘혼합’색조, 다시 말해 균등하지 않은 혼합은 감각적인 이질성 혹은 색채들의 긴장을 견지한다. G. 들뢰즈, 하태환 역, 『감각의 논리』, 민음사, 1995, 195쪽.

한 자리에 '옥희도 부인'이 있다. '경아'가 '조'에게서 달아난 밤, 그녀가
돌아간 곳은 어머니의 고가가 아닌 '옥희도'의 '가정'이다. '옥희도'의 부
인은 모성의 기품과 자애, 여성의 아름다움과 관능을 모두 갖춘 여인이
고 예술가의 '아내'이다. 이 여자 앞에서 화자의 혼돈스러움은 차라리 자
연스럽다. 그녀는 '나'의 연적이고 동시에 나의 이상형으로 젊고 아름다
웠던 예전의 '나의 어머니'와 닮았다. 나는 증오에 가까운 질투와 매혹되
는 애정을 동시에 경험하는 양가적 감정 속에서 그녀를 향한 '삼킴'의 동
일화와 '뱉어냄'의 탈동일화를 반복한다. 마침내, 그녀를 나의 모델로 받
아들인다.

① "아직도 볼이 붉은 소년이 있는 집을 꿈꾸나요?"
"왜 나빠? 볼이 붉은 사내아이, 착한 아내, 찌개 끓는 화로, 커튼 늘어진
창, 그런 건 너무 평범해서 경아야 뭐 흥미있을라구"
"흥미가 있어지는군요. 점점"

나는 태수를 내 방으로 청해 들였다. 알맞게 따습고, 고즈넉하고 은밀한
내 처소로. 〈亞〉자 창과 덧문까지 첩첩이 닫고 나는 그에게 안겼다. 나
는 그의 것이 되었다.

② 내가 지난날, 어두운 단칸방에서 본 한발 속의 고목(枯木), 그러나 지
금의 나에겐 웬일인지 그게 고목이 아니라 나목(裸木)이었다. 그것은 비
슷하면서도 아주 달랐다. (…) 김장철 소스리 바람에 떠는 나목, 이제 막
마지막 낙엽을 끝낸 김장철 나목이기에 봄은 아직 멀건만 그의 수심엔
봄에의 향기가 애닮도록 절실하다. (…) 남편이 다시 나를 상식적인 세
계로 이끌었다. (…) 나는 충동적으로 그의 이마의 주름진 곳에 그런 키
스를 퍼부었다. 그가 낯선 게 견딜 수 없어서였다.

위의 예문 속 '태수'가 제시하고 내가 받아들인 '가정'의 모델 하우스
는 '옥희도'의 집이다. 그녀에게 '옥희도'의 집은 결핍/욕망의 환유이다.
그 가운데 자리한 중심인 옥희도 부인은 화자에게 어머니/언니/연적의 경
계에서 혼돈을 일으키나 마침내 그녀의 모델이 된다. '나'는 허무와 혼돈
을 벗어나 '아내'와 '어머니'가 되기를 선택한다. '알맞게 따습고 은밀한 내
처소'는 나의 방을 너머 나의 몸을 건너 '자궁'에 연결된다. 여기가 자궁
(chora)의 정치학이 실현되는 지점이다. 이러한 점에서 '태수'와 '나'의 상승
적 '관계'가 어머니 사후에 일어났다는 것은 상징적이다.

아버지가 부재한 가운데 '경아'는 실질적인 가장이지만 그녀의 의식
은 어머니의 시선에 묶여 있다. 그것은 어머니와 자신을 동시에 불행에
빠뜨린 오빠의 죽음에 대한 화자의 부인할 길 없는 원죄의식에서 기인
한 것이다. 오빠의 죽음 이후, 죽음의 장(場)에 입장을 둔 어머니와 삶의
장(場)에 의미를 둔 '경아'는 합일점을 찾을 수 없다. 화자에게 반복되던
생의 충동과 죽음의 충동은 모순된 그녀의 혼란과 불안의식에 다름 아
니다. 그녀가 어머니의 몸(chora)에 반쯤 갇혀 있기 때문이다. 여기서 분
리는 행복을 위한 필연적 과정이다. 이른바 '분리를 향한 사랑'이다.[9]
'경아'가 결혼하고 새로운 가정의 주체가 됨을 가장 기뻐할 사람은 이제
딸을 밖에 내어놓고 숨을 거둔 그녀의 생산주체인 어머니일 것이다.

어머니의 울을 벗어남은 상징적이다. 그것은 모든 옛 기억의 상처를 적
극적으로 벗어나 그에 대한 거리를 가질 수 있다는 것이다. 이 거리는 인
식의 성숙함과 사물과 세계를 이해하는 해석의 지평이 넓어졌다는 것을

---

9) 모성적 육체의 공간인 코라(chora)는 자아와 타자의 경계가 지어지면서도 불분명한 공
간이다. 코라는 비체(the abject)로 명명된다. 비체는 단순히 밀어내짐을 당하는 존재만은
아니고 적극적으로 스스로 거부하는 행위체이기도 하다. 모성은 사랑의 양태이며 전이적
사랑과 같이 무조건적이고 사랑의 관계에 사로잡힌 두 주체의 최종적인 분리를 향한 사
랑이기 때문이다.

뜻한다. 마침내 결말에 이르러 화자는 '고목'을 '나목'으로 인식한다. 마지막 장이 없다고 해도 『나목』은 미학적 완결 구도를 갖고 종결될 수 있었을 것이다. 그렇다면 굳이 '서술자아'인 현재의 자아를 드러내는 의도는 무엇일까? 그것은 모든 혼란을 넘어선 지평의 새로운 확대를 긋기 위한 것으로 보인다. '서술자아'인 '나'에 이르러 '고목'은 '나목'이 된다. 처녀 시절 화자는 상황의 왜소함과 초라한 자신에 대한 저항으로 '옥희도'의 회색빛 '나목'을 결핍의 소산인 '고목'이라 힘 있게 주장한다. 이것은 '옥희도 부인'과 '나'를 갈라놓는 작은 분열이다. 그 시절 '나'에게 '그림'은 휘황하고 화려한 색채의 현현 그것이고 그것이어야만 했던 것이다.[10]

　예술은 미메시스를 통해 현실의 진리, 다시 말해서 현실이 그 자체로는 갖고 있지 않은 진리를 드러내는 것으로 재현적이고 교육적이다. 『나목』은 도저히 읽을 수 없었던 감추어진 실재와 그 의미를 '이제'야 깨닫게 되는 데 그 일단의 의미가 있다. 결말에서 '경아'와 '옥희도'의 만남이 새로운 지평융합을 이루는 것은 당연하다. 이러한 결말은 이후 박완서의 이어지는 작품 세계를 예고하는 하나의 중요한 단서이다. 작가는 표면·현상 너머에 존재하는 진리·진정한 관계에 대한 탐색을 멈추지 않고 조망한다. 그녀에게 삶과 진리는 끝없이 수정되며 보완되는 성숙한 관계에 기반하고 있다.

---

10) 과정 중인 주체가 괴로워하는 것은 과거의 기억 때문이 아니라 '소통', '감정의 충전', '흥분'을 무의식적인 과거의 기억으로 변형시키는 장해 때문이다. 여기서 문제가 되는 것은 시각화된 대상 전체를 파괴하고, 그것을 단편들(색, 선, 형태)로 충당한다. 파괴적인 이 과정을 수반하여, 그것을 하나의 실천으로 변화시키는 이 결합의 계기는 정지, 한계, 쎙볼릭의 방호벽에 조회하여 이루어진다. 극복할 수 없는 저항 앞에서처럼 이와 같은 일시적인 저항이 없다면 과정은 실천이 될 수 없을 것이고, 불투명하고 무의식적인 유기체 상태로 매몰되어 버릴 것이다. J. 크리스테바, 김인환 역, 『시적 언어의 혁명』, 동문선, 2000, 116-117쪽.

오정희와 여성언어
—「유년의 뜰」, 「바람의 넋」, 「옛 우물」을 중심으로

　　오정희의 단편은 여성이 가족과 사회, 모성과 여성 사이에서 자신의 실존적 정체성을 어떻게 읽고 말하고 있는가를 알게 한다. 이들 소설은 대체로 남성과의 절연 속에서 세상의 진실은 우리를 빗겨나 버린다는, 세상과 우리가 소통부재의 상황에 놓여 있다는 여성 화자의 의식에서 출발하고 그것을 천착한다. 이 글은 소녀(「유년의 뜰」)-30대 초반의 여성(「바람의 넋」)-중년 여성(「옛 우물」)이 화자로 등장하는 오정희의 단편을 텍스트로 삼아 여성 화자들의 기억과 해석의 변주를 통하여 드러난 여성성과 여성 언어를 밝히고자 한다. 즉 주인공이자 화자로 나오는 여성들이 세대를 달리하면서 자아와 삶의 문제를 어떻게 말하고 인식하는가를 알아봄으로써 그녀들을 가로질러 흐르는 오정희의 서술시학에 접근하고자 한다.

1. 기억과 거울

「유년의 뜰」, 「바람의 넋」, 「옛 우물」은 여성 화자에 의해 서술되는데, 이들은 세상을 읽고 서술하는 주체들이다. 이 소설들에서 서술자는 회상의 형식을 매개로 현재/과거, 일상/추억을 넘나든다. 소녀-30대 초반의 여성-중년 여성인 여성화자를 통하여 작가는 근대와 전쟁, 그리고 남성의 질서가 가지는 획일성, 일방성, 폭력성을 우회적으로 비판한다.

「유년의 뜰」에서 서술자아와 경험자아는 분리된다. 서술자아는 현재의 자신의 모습을 숨기고 전쟁의 상황에 놓였던 어린 시절 노랑머리 소녀인 경험화자의 무지와 관찰자적 입장을 철저히 견지하며 그 시절을 그려낸다. 그래서 이 소설은 놓여진 삶을 잘 이해하지 못하는—실제 소설에서 조금 모자라는 아이로 그려진다—소녀가 초점화자인 까닭에 추측과 과장된 호기심, 두려움을 독백의 고백체로 말한다. 그녀의 시선에 잡힌 것은 가족과 그 구성원들의 관계 문제이다. 그런데 이것은 소녀인 그녀에 의해 명확히 이해될 수 없는 것이기에 더욱 폭력적이고 억압적인 실체로 다가온다. 소녀화자의 시점은 전쟁이 일어나고 아버지가 부재한 상태에서, 생활을 위하여 어머니는 밖을 나도는 가운데 자라났어야 했던 아이들이 무엇을 보며 어떻게 생각하고 커갔는가 하는 것을 보여주고 있다. 세상의 질서와 아이들의 방치된 동심은 나란히 놓인다.

성숙한 남성들이 온몸을 바쳐가며 싸워나가야 했던 비장한 서사인 전쟁을, 오직 방 안/밖 협소한 공간에서 허기와 호기심에 눈을 번뜩이는 노랑머리 소녀를 통해 그 시절과 전쟁의 논리를 읽어나가려 했던 내포작가의 의도는 어디에 있을까? 여성화자의 자격을 바꿔가며 끝까지 기억의 저편을 놓지 않았던 것은 주목받지 못했던 '전쟁-속의-일상'이다.

「유년의 뜰」에서 긴장은 가족 내의 권력구도이다. 아버지가 전쟁에 끌려가고 어머니가 생활을 위하여 밖을 나돌며 바람이 나자 오빠는 아버지의 권좌에 스스로 오른다. 오빠의 권력은 어머니에게 함부로 미치지 못하나 화자의 언니이고 그의 누이동생인 그녀를 향한 구타로 실현된다. 그는 그녀에게 '밖에 나가지 마라'는 금기로써 자신의 의사-가부장적 권력을 나타낸다. 오빠는 바람난 어머니의 화냥끼와 전쟁통에서 유발되는 야릇한 퇴폐적 분위기에서 감지된 본능적 위기의식에서 어머니와 누이를 지키려 한다. 중학교를 중퇴한 조그마한 사내아이가 가지는 가부장적 논리와 지배 욕구는 작품이 끝날 때까지 이어진다.

집 밖은 전쟁의 포성이 간간이 이어지면서 전시라는 절대적 상황을 잊지 않게 경고한다. 그들이 세 들어 사는 집에는 아버지의 논리 앞에 갇혀 있는 부네라는 여성이 있다. 결국 부네는 자살한다. 부네가 어떤 남자랑 실제 사랑을 나누었는지, 그래서 그녀가 임신을 하고 버림을 받은 것인지, 아니면 그런 과정에 정말 문둥병이 걸렸는지는 중요하지 않은지, 끝내 밝혀지지 않는다. 다만 확실한 것은, 그녀는 그녀의 아버지에 의해 감금되었고 감금 이후 죽어서 나가기 전까지 문 밖으로 결코 나갈 수 없었다는 것이다. 그녀는 감금 속에서 혀를 물고 자살한다. 여기서 자살은 감시에 대한 가장 극렬한 저항 방식이라 해석된다.

「유년의 뜰」의 공간은 '집 안'과 '거리'로 이분되어 서술된다. 그만큼 생활의 공간이 확대되었다는 것이다. 그녀에게 세상은 오빠가 지배하는 방, 부네가 죽어가는 주인집 마당, 그리고 포성이 울리는 동네로. 세 겹으로 포위되어 있다. 이곳에서 소녀인 '나'는 아무것도 할 수 없고 오직 허기를 채운다. 버려지고 방치된 아이들은 눈치만 빨라진다.

한밤중에 이렇게 나와 부네의 방을 바라보면, 너무 조용하기 때문일까. 나는 낮의 일들이 꼭 꿈속의 일처럼 아주 몽롱하고 멀게 느껴지는 것이었다. 밤마다 술취해 오는 어머니, 더러운 이불 속에서 쥐처럼 손가락을 빨아대는 일 따위가 한바탕의 긴 꿈만 같이 여겨졌다. 진짜의 나는 안타까이 더듬어 보는 먼 기억의 갈피 쌈에서 단편적인 감각으로 남아 있는 것이 아닐까. 아버지처럼. 아버지는 키가 몹시 컸다.

예문에서 '나'는 경험 자아의 시점으로 기술하고 있지만 실제 서술 자아는 이지력을 갖춘 어른임을 알 수 있다. 화자는 절제와 간결함의 화법으로 우리에게 접촉할 뿐 다가서지 않는다. 이는 독자와 화자 자신에 대한 불신에 기반한 것이다. 다 설명할 수도 없고 명확히 기억나지도 않는 그곳, 깊숙이 내려앉은 기억의 원형을 그대로 보듬어 안는 것에서 오정희 소설의 서술은 출발하고 있다.

「바람의 넋」은 한 사내아이를 둔 젊은 부부의 결혼생활을 다루고 있다. 이 소설은 남편의 시점과 아내의 시점이 서로 교차·대립되어 진행되는 '이중시점'으로 서술된다. 이를 통해 이 작품은 결혼생활의 한 단면과 삶을 인식하고 이해하는 방식 간의 남/여의 엇갈림, 그리고 이에 따른 각각의 고독한 인간 실존과 만나게 한다. 여성이 자기정체성을 찾아가는 과정을 그려내고 있는 소설이지만, 오정희는 여성화자를 내세우지 않고 그녀의 남편인 지세중을 전면에 앞세운다. 그러므로 이 소설에서 우리에게 매우 친근하고 강한 공감대를 유도하는 1인칭 대명사 '나'는 '그'의 몫이다. 반면, 주인물 은수에게는 3인칭 대명사 '그녀'와 '은수'의 호칭이 부여된다. 이러한 설정은 이 작품을 해석하는 중요한 단서로 작용한다. '나'인 지세중은 세계의 중심, 권력의 승계자로, '그녀'인 은수는 그 주변에 놓여진 중심을 이탈한 방랑자로서의 위치가 결정되는 것이다.[1] 1인칭 남성화자의 시점과 3인칭 관찰자(주인공) 시점으로 교체되어 나타나는 이 작품을 두고 여성비평적 독서의 본질적인 측면에서 살필 수 있다. 그런데 이것은

---

1) 랜서가 지적하고 있듯이 확실히 화자의 성(性)은 서술에서 매우 중요한 역할을 한다. 남성 중심의 문화에서 여성과 남성의 목소리가 같은 방식으로 들리지 않는 것은 당연하다. S. Lanser, *Narrative Act*, Princeton University Press, p.46.

독자를 향한 서술자의 음모와도 같은 것이지만 동시에 그것은 주인공의 형이상학적인 소경상태의 시각과도 맺어져 있는 것이다. 말하자면 남편의 시야에 의해 독자들이 조종되도록 서술자가 전략적으로 서술해나가고 있는 것이다. 독자가 진실에 눈뜨게 되기까지, 말하자면 아내의 편에서 사실을 직시하게 되기까지 결코 짧지 않은 시간이 걸리게 된다.

따라서 은수와 그 주변에서 진행되었던 과거의 일들은 서술자의 전지적 목소리, 즉 무제한 시점에 의해 설명된다. 그래서 은수가 알고 있고 은수가 행동할 수 있는 것은 애초에 단절되어 있는 듯이 보인다. 작품 말미에 이르러 은수의 방황의 근거인 기억의 전모가 카메라 눈의 시점에 의해 영화 장면처럼 펼쳐진다. 1인칭과 3인칭의 구별이 불가능하고 내부시점을 드러내나 누구의 관점도 부여하지 않는, 의식 전달이 감축되는 '카메라 눈' 기법을 통하여 오정희는 지금껏 지연시켜왔던 사건의 전모를 한눈에 제시한다.

조그만 단발머리 계집아이들이 마당에 앉아 머리를 맞대고 열심히 땅바닥을 들여다보고 있었다. 개미를 잡고 있는 것이다. (…) 사내는 간단히 엄마를 향해 곡괭이를 찍었다. 잠시 후 사내들은 쌀자루와, 무엇인가로 퉁퉁해진 보퉁이를 둘러메고 거짓말처럼 사라졌다. 계집애는 그제야 변소 문을 열고 나왔다. 조용했다. 하얗게 튀어오르는 햇살이 가득한 마당, 죽은 듯한 정적 속에 벗어놓은 두 짝의 검정 고무신만이 덩그러니 놓여 있을 뿐이었다. 어디 있니? 어서 나와. 그 자리에 선 채 계집애는 동생의 이름을 가만히 불렀다.

끝없이 지연시키며 우리들의 상상력을 잡고 다니다 말미에 이르러 스르르 풀어주듯 밝혀준 것은 서술자의 전략인 듯하다. 은수의 어린 시절에 겪은 그 기억의 내용과 작품의 전체적인 전개과정 사이에 놓여 있는 어떤 틈, 혹은 미묘한 겉돎의 관계가 이 작품에서 오정희 특유의 정교하고 밀도 높은 긴장감을 이완시키는 문체전략으로 작용하고 있는 것 같다.

은수의 비극은 어린 시절부터 한 번도 가져보지 못했던 가정, 가족에 기인한다. 가정은 사람들이 물리적으로 그리고 총체적인 존재로서 접촉하게 되는 곳이다. 가족은 사람들의 삶의 출발점이 되는 곳이자 서로 깊게 공유감을 느끼게 되는 곳이며 어려울 때 찾아갈 수 있다고 생각되는 곳이다. 은수에게 가족은 과거에 머물러 있고 그곳에서 그치고 있다. 지금 자신이 머물고 있는 현재의, 현실의 공간은 늘 머물 곳이 아니다. 그래서 그녀는 잃어버린 기억의 파편을 찾아 헤매어야 하며, 기억의 복원을 위해 과거 공간에 집착하게 된다. 결혼 후 그녀의 빈번한 가출은 그녀의 기억 속의 버려진 공간과 옛 시간들을 찾아 헤매는 것으로 현실에서 과거로 멀어지고 깊어진 것이다.

「옛 우물」은 마흔다섯 살의 중년 여성이 단조로운 일상생활에서 생명의 탄생과 죽음을 지각해나가는 내용으로 이루어져 있다. 그러나 이 작품은 앞의 두 작품에 비해 다양한 기억의 변주를 그려내고 있다. 소녀에서 초년생 주부를 지나 중년에 접어든 여성화자의 기억은 그 기억에 따른 추억의 색깔이 덧칠해지면서 해석의 다양함과 그만큼의 확연한 인식의 거리를 보여준다. '나'의 기억은 현실에서 과거로 과거에서 대과거로 다시 현실로 반복한다. 그만큼의 거리와 해석을 덧붙이는 것이 앞의 두 작품의 화자와는 확연히 다른 태도이다. 이 소설에서 탄생의 신비는 죽음의 통첩으로, 죽음은 단절과 그리움의 애틋한 기억으로 그리고 그 기억은 과거의 시간들로 재현된다.

'나'는 태연한 일상과 공고한 제도적 관계 속을 벗어나 나만의 공간인 조그마한 아파트에서 자신만의 시간을 갖는다. 한가한 듯하나 그녀의 내면은 삶과 죽음의 경계를 치열하게 넘나든다. 그곳에 그녀는 그/그녀를 동반한다. '그'는 '나'만 알 뿐 우리에게 소개되지 않는다. 화자의 그녀는 옛 친구인 '정옥'으로 우물에 빠져 죽는다. 죽음은 그들을 같은 무게인 그리움으로 살아 있게 한다.

그가 죽고 내 안의 무엇인가가 죽었다. 그것이 무엇인지 나는 알지 못한다. 아마 알고자 하는 소망조차 없는 건지도 모른다. 내게는 문득 걸음을 멈추고 상점의 진열창에, 슈퍼마켓의 거울에, 물 위에 비치는 내 얼굴을 물끄러미 바라보는 습관이 생겼다.

꿈 속에서 나는 조그만 계집애로 옛 우물가에 서서 울고 있었다. 두레박을 빠뜨린 것이다. 까치발을 하고 가슴팍까지 닿는 우물턱에 매달려 내려다보지만 까마득히 깊은 우물 속에서는 아무것도 보이지 않았다. 빠뜨린 두레박도, 아무도 없는 밤이면 슬며시 떠오르기도 한다는 금빛 잉어도 보이지 않았다.

'거울'은 자기의 모습을 반영하여 자기정체를 확인할 수 있는 구체적 대상이다. 나르시스가 샘물에서 자기의 모습을 보았던 것과 같이 거울은 물체를 반영하는 물의 이미지 변형이다. 거울은 "존재에의 심연을 응시"하는 매개물이다.[2] 거울과 우물, 그리고 그/그녀는 만난다. 기억은 거울에 의해 시작되고 거울에 의해 정리된다. 이 경우 거울은 현실과 과거, 여성과 모성, 그리고 여성과 자아에 대한 관찰(성찰)과 탐색, 그 과정에서 깨닫게 되는 인간의 허위의식의 매개가 된다. 그래서 거울은 환하게 빛나거나, 깨어진다. 「유년의 뜰」에서 어머니가 일상적 의무감, 아버지를 찾는 도로(徒勞)를 벗어나 생활 전선에 뛰어들면서 여성으로서 자신의 존재를 확인하는 것은 거울을 통해서이다. 어머니가 화장을 열심히 할 때 그 거울은 세상을

---

2) 성민엽, 「존재의 심연에의 응시」, 『바람의 넋』, 문학과지성사, 1986.

환히 비출 듯이 빛나고 거울 안에서 엄마를 향한 오빠의 시선과 나의 시선
은 엇갈린다.

> 어머니는 등 뒤의 작은 시위—그러나 오빠 나름대로는 필사적인—에 아
> 랑곳하지 않고 분첩으로 탁탁 얼굴을 두드리고 가늘고 둥글게 눈썹을
> 그렸다. 나는 조마조마한 마음으로 어머니와 오빠를 번갈아 보며, 그러
> 나 어쩔 수 없는 호기심과 찬탄으로 거울 속에서 점차 나팔꽃처럼 보얗
> 게 피어나는 어머니의 얼굴을 바라보았다.

> 오빠는 참담한 얼굴로 거울을 노려보다가 발길로 걷어찼다. 삽시간에
> 방은 발 디딜 자리도 없이 잘디잔 거울 조각으로, 잔인하게 번득이며 튀
> 어오르는 빛으로 가득 찼다. 저녁마다 화장을 하던 어머니의 얼굴이 천
> 조각 만 조각으로 깨어졌다. 그리고 오빠는 그 천 조각 만 조각의 얼굴
> 에 결별을 고하듯 슬프고 초라하게 어깨를 늘어뜨리고 물끄러미 바라보
> 았다.

'나'는 화장하는 어머니를 거울을 통해 본다. 거울과 화장을 통과한 어
머니는 '나'에게는 '호기심'과 '찬탄'으로 다가온다. '나'는 그 거울에 많은
애정을 느낀다. 그러나 오빠에게 거울은 '불길'한 것이며 거울 앞에 선 어
머니는 '불결'하다. 어머니의 거울은 여성인 자신의 존재를 되새기게 하는
것(곳)이다. 그것은 아버지에 대한 잠시의 망각과 유보, 그리고 현실 속에
서의 감각과 생명, 성욕을 가진 실존을 확인하는 매개이다. 그러나 그것은
오빠에 의해 산산조각이 난다. 거울이 산산 조각나고 엄마와 애인 관계에
있었던 정육점 남자와의 관계도 밝혀지고 끝장이 난다. 오빠의 로맨스도
허위와 환멸로 끝난다.
　「옛 우물」에서 '나'는 그의 죽음으로 '거울'이 깨진 환각을 넘어 '조각조

각 균열된 얼굴'의 나를 발견하고 경악한다. 이 균열된 얼굴의 충격은 화자에 의해 '오랜 세월 길들여진 관습과 관행이 한순간에 깨진 얼굴'로 정확히 해석된다. 깨어진 거울은 허위적 관계와 기만적 삶에 대한 경고이다. 즉 파경(破鏡)의 충격을 통하여 정직한 자기인식, 세계인식을 도모한다. 현실 저편의 현실, 보이는 관계 저편의 진정한 관계를 추구한다.

「바람의 넋」에서 은수의 경우 거울을 통해 자신이 이제 늙기 시작한다는 것을 인식하고 거울 이면의 진정한 자신의 정체성을 찾아 떠난다. 보이는 것과 보이지 않는 것 사이의 막연한 실체를 잡기 위해 떠난다. 결국, 파경으로 끝난다. 여기서 거울은 파경의 위험을 너머 이어지는 한 여성의 부단한 정체성 찾기를 의미하는 젠더 공간(gender space)이다.

「유년의 뜰」에서 '나'는 가부장의 권위가 실현되는 부네의 방을 '창'을 통해 엿본다. '부네의 방'은 감시와 처벌이 실현되는 '감옥'으로, 감시자인 권력의 실체 부네의 아버지는 보이지 않는다. 갇혀 있는 방안의 수감자 '그녀'와 감시자로서 집 속에 거하는 '그'는 맞선다. 여기서 맞선다 함은 '그녀'가 그의 목적인 '유순한 몸'을 거부하고 '자유/자살'을 선택했기 때문이다. 그녀의 유동(流動)하는 젊음은 칩거와 고임을 거부하고 넘쳐 흘러 '방'을 넘었다.

이 경우 '창'은 거울의 변형적 이미지이다. 소녀 화자가 엿보는 '좁은 창'은 인식 지평의 비유이고, '갇힌 여성'은 소통부재의 상황에 놓였던 소외된 여성과 여성성을 동시에 드러낸 것이다.

거울에서 찾지 못한, 거울에 앉지 못한 여성과 그 내밀하고 섬뜩한 아름다움은 '강물'을 통해서도 찾아진다. '나'는 '강물' 속의 할머니에게서 아름다움을 본다.

할머니의 벗은 몸을 보는 것은 처음이었다. 시들고 메마른, 거뭇거뭇 꽃이 핀 팔다리와는 달리 속살은 눈부시게 희고 특히 어머니처럼 다산(多

産)의 흉한 주름이 없는 배는 둥글고 풍요했다. 할머니의 거뭇한 가랑이 사이에서 거품을 내던 물은 조금 아래쪽에서 선 내 허리를 휘감고 흘러갔다. (…) 할머니는 아름다웠다. 내 눈길을 느낀 할머니는 잇몸을 내보이며 흐흐 웃었다. 햇빛 아래 입을 벌리고 웃는 할머니는 마른 꽃잎 같았다. 봉지 봉지 꽃봉지, 할머니는 정말 새까맣게 여문 씨앗이 배게 들어찬 주머니와도 같다.

닭의 목을 비틀어 소리도 안 나게 잘 죽이는 할머니의 악착 같은 생활력 이면에는 젊은 시절 영감을 모실 때 늘 목욕으로 자신을 가꾸던 그녀가 겹쳐 있다. 보여지는 여성과 감추어진 여성의 은밀한 반란은 제도나 상식적인 관계에 의해 덮어질 수 없는 여성들의 것이다. 이중성과 다양한 욕구 그리고 그 일상 속에서 번득이는 여성성에의 주목은 오정희의 여러 여성화자를 통해 수렴되는 공통적인 특성들이다.

여기서 텍스트가 된 세 작품 속에 나타난 주인공 화자의 소녀-30대의 주부-중년 여성 서술은 한결같이 서술 자아/경험 자아 간의 시간의 간극 속에서 출발한다. 그녀들이 세상을 읽는 시각은 원초적인, 근원적인 진실 찾기에서 비롯된다. 잘 기억나지 않으나 기억하고 알아야 하는 삶의 이면, 그 이면의 진실을 읽기 위해 '기억'과 '거울'은 보완된다.

이들 소설에서의 인물-화자들은 가부장제와 여타의 제도라는 권력의 구도 속에서 상실되거나 망각되어가는 자기 정체성의 근본과 의미, 결코 소멸하지 않고 환기되는 삶의 진실을 찾아 헤맨다. 그녀들의 '거울'은 이미지가 상징하듯 세상을 비추는 날카로운 매개이자 동시에 자기인식, 그리고 갇혀 있고 배제되었던 타자인 여성, 그녀들을 서로 연결하고 교감하는 환하고 날카로운, 위험한 매개이다.

2. 상식과 상처

잃어버린 자아 혹은 은폐된 삶의 흔적인 기억을 되찾는 작업은 거울이 부서지고 박살나는 고통을 감내해야 하는 것으로 여성/남성 모두에게 있어 엄청난 고통이다. 이럴 때 오정희의 여성은 남성과 제도의 상식적 담론과 맞선다.

「유년의 뜰」, 「바람의 넋」, 「옛 우물」에 나타난 화자의 의식은 어린 시절에 묶여 있다. 지금은 어른이 되어 지난 시절을 회상하는 탓도 있지만 오정희의 기억은 아득하다. 경험화자의 시점에서는 세상의 질서를 누구도 설명해주지 않기 때문에 그러하고, 서술자아인 현재의 위치에서 지난 과거의 기억은 그것이 기억이기 때문에 확신이 서지 않는 것이다. 그러나 이 세 작품에서 그녀들이 지향하는, 꼭 말하고자 하는 공통점은 분명하다. 전쟁과 결손 가정, 그리고 계속되는 막막한 공동(空洞)의 시간 속에서 무엇을 느끼고 보았는가, 그리고 시간은 어떤 흔적을 그렸나.

「유년의 뜰」에서 소녀가 느끼는 공포의 대상은 오빠와 전쟁이다. 오빠가 없다면 적어도 밤마다 잠을 깨는 불편함이 없을 것이고 언니가 두들겨 맞는 폭력이 생기지도, 그것을 볼 이유도 없을 것이다. 화자의 입장에서 보면 오빠의 존재와 아버지의 부재는 가족질서를 왜곡시킨 이유이다. 전체 소설에서 오빠의 폭력과 소녀의 동요, 그리고 간간이 터지는 포성은 겹친다.

> 자고 싶었다. 어머니가 돌아오기 전, 그리고 성난 기세로 저잣거리에서 돌아온 오빠가 함부로 우리들의 팔과 다리를 짓밟으며 건너 질러 벽에 대고 씨근거리는 것을 보기 전, 아니 언니의 머리채를 휘어잡기 전 잠들고 싶었다.
> 안집 뒤뜰에서 익어 가는 감 떨어지는 소리가 들렸다.

부네도 자고 있을까.

아버지가 우리를 떠나 있던 그 긴 시간의 갈피 쩜마다 연기처럼 모호히
서린 낯설음은 새로운 전쟁으로 우리 사이에 재연(再燃)될 것이기에 차
라리 그립고 정답게 아버지를 추억하며 희망 없는 기다림으로 우리 모
두 아버지가 영영 돌아오지 않기를 바라거나 돌아오지 않을 사람으로
치부하고 있음을 변명하고 용서를 구하는 것이나 아니었는지.
멀리 산등성이 너머에서부터 들려오는 대포 소리는 고즈넉이 가라앉은
이 마을에 문득 전쟁을 상기시켰고, 드문드문 흘러드는 피난민들은 아
직도 바깥에서는 전쟁이 계속되고 있다고 말했다.

오빠는 소녀에게 또 다른 전쟁이다. 오빠의 폭력은 잊고 있던 전쟁에 대
하여 상기하게 하며 그녀를 긴장시킨다. 전쟁의 상황에서 가부장의 논리
는 서로(오빠/우리)에게 이중의 억압이다.
　한편으로, 남편 없이 혼자의 힘으로 아이들과 친정 어머니를 봉양해야
하는 어머니는 생활을 책임져야 하는 가장의 대역이다. 전쟁과 남편 부재
라는 지속적 결핍은 다른 남성과의 기약 없는 관계에 대한 너그러움으로
확대된다. 어머니 편에서 보면 이것은 그녀의 잃어버린 여성을 되찾게 해
준 삶 속의 자연스러운 리듬이다. 한편으로 전쟁은 수줍고 위축되었던 할
머니의 성격과 삶의 자세를 완전히 전환시킨 계기이다. 임자 없는 닭을 잡
고, 적당히 도둑질을 해서라도 허기를 채워 나가는 것은 전쟁 속의 새로운
질서이다. 할머니의 도둑질과 어머니의 바람은 같은 맥락에 놓인다.
　「유년의 뜰」에서 여성/남성, 가부장제의 도덕성과 통제/여성의 자연스
러운 성정은 맞선다. (1)'나'의 어머니는 바람이 났고, (2)순자 어머니—선
생님의 부인으로 아이를 다섯이나 남겨두고—는 달아났다. (3)부네는 아
버지 손에 끌려와 안집 방에 갇혀버리고 (4)언니는 사춘기 과일의 단내를

풍기면서 오빠의 감시를 벗어나 자기만의 시간과 경험을 키운다. 이러한 모든 일은 '나'에게는 두려움 속 막연한 이해와 '동경'이고, 오빠에게는 아버지가 돌아오면 모든 것이 제대로 돌아가야 할 '반란'인 것이다. 이 팽팽한 긴장은 오빠가 부네의 동생 서분이와 함께 어울리게 되면서 이완된다. 오빠의 청정한 도덕성과 소위 오이디푸스 콤플렉스는 서분이를 매개로 승화된다. 그러나 이는 오빠가 언니나 어머니에게 있어 더 이상의 절대적 권위를 갖지 못하는 위치로 변화했음을 의미한다. 부네의 죽음과 언니들의 반란, 오빠 위세의 급격한 후퇴로 한 공간을 휘어잡던 위협과 긴장의 분위기는 와해된다.

「유년의 뜰」에 나타난 부네의 죽음은 여성을 묶어둠으로써 모든 것이 제대로 되어갈 것이라는 가부장적 질서에 대한 반동이다. 말없이 끌려온 부녀, 소리나지 않는 앞마당 너머에서 '아아아아' 외마디 비명을 지르고 부녀는 죽는다. 부녀에게 무슨 일이 있었는지, 그녀가 어떤 사랑을 나누었는지는 밝혀지지 않는다. 아버지가 기생 출신인 할머니를 끝끝내 외면했듯이, 오빠가 어머니의 인간적인 고통에 대해 관심을 갖지 않듯이, 그리고 언니의 사춘기를 이해하고 배려할 누구도 없듯이. 그렇게 그냥 묶여져 있는 좁은 공간 속 그들이 어떠한 시간들을 보냈는지는 허기와 폭력의 공포를 느끼는 소녀인 '나'에 의해 띄엄띄엄 제시될 뿐이다.

「유년의 뜰」에 나타난 여성들의 성적 일탈은 어린 소녀화자의 시선에 잡혀 있으므로 결코 에로틱하지 않다. 그것은 평화를 흔드는 작은 혼돈일 뿐이다. 그러나 어머니나 부네, 언니를 통해 본 그들의 반란은 황폐한 시·공간 속에 자신의 삶을 안으려 했던 자들의 힘겨운 몸짓은 아니었는가 하는 해석의 여지를 남긴다. 이는 전쟁 공간과 그 공간 속에 버려졌던 아이들의 영원한 결핍의식이 오정희 소설의 한 축이 되고 있기 때문이다.

「바람의 넋」은 1인칭 주인공 남성화자의 시점을 통해 접촉한다. 이는 독자에게 지배적이고 현실적인 관점에서, 지극히 상식적인 수준에서 자신(남성)의 이야기에 공감을 유도하는 것이다.[3] 남성인 지세중은 세계의 중심인 '나'이므로 그 시점은 단호하다. 일상과 가정의 질서를 무너뜨리는 아내에 대한 분노로 '나'의 이야기가 시작된다.

길을 막고 물어보아라. 빈번히 자행되는, 아내의 명분 없는 출분을 참아낼 사내가 이 세상 천지 어디에 있겠는가.

"당신이 은행에서 일하고 있는 동안 내가 뭘 하고 있을까를 생각해 보기도 하나요?"
아내는 결혼초, 내게 가끔 물었었다. 나는 여자들의 일상사에 대해 깊이 생각해 본 적이 없었기에 대답에 궁했다. 남자들이 나간 집에서 여자들은 설거지, 청소, 빨래를 하고, 이런 일을 마치면 신문이나 잡지를 뒤적이거나 가벼운 클래식 소품들과 자잘한 생활주변의 일을 담은 사연으로 꾸며지는 라디오의 여성프로를 듣고 저녁 찬거리를 생각하고 시장에 갈 것이라는 정도 (…)
퇴근해서 돌아오면 집안은 늘 깨끗이 치워져 있었으나 조금만 주의해서 살피면 방바닥이나 마루에는 담뱃재 흘린 자국이 있고 (…) 나는 화가 나기보다 우울하고 불쾌했다. 아내의 옷자락이나 방석, 테이블보 위에 조심성 없이 뚫린 담배 불구멍을 나는 예사롭게 보아 넘기기 어려웠다.

가난한 집안에서 고학으로 힘겹게 대학을 마친 세중은 은수의 다소곳하고 순종적인 성격과 벽 한구석 장식을 미대 출신인 그녀의 그림으로 할

---

3) 여기서 우리는 1인칭 여성 화자를 자전적이고 고백적이라는 하나의 기준으로 경시해온 문학적 관습을 상기함과 동시에 이를 피하여 1인칭 남성화자를 등장시켜 그 나름의 리얼리티를 얻고자 한 작가의 의도를 읽을 수 있다. 그러나 이러한 의도 그 자체도 남성 중심 소설 서술학의 이데올로기적 간섭에 의한 것임을 지적하지 않을 수 없다.

수 있으리란 소박한 문화적 욕구를 좇아 그녀와 결혼한다. 그가 원하는 것은 평범하고도 일상적인 가정이다. 따라서 보통의 평범한 남편인 그에게 비친 아내의 일탈적인 행위는 벌써 분열을 준비하고 있는 것이다. 은수가 당신이 은행에서 일하고 있는 동안 내가 뭘하고 있을까를 생각해 보기도 하나요?란 질문은 은수의 입장에서 그와의 특별한 관계에 대한 질문이다. 그러나 그는 이에 대하여 예사롭게 남자들이 나간 집에서의 여자들의 일상사의 관점으로 국한한다. 은수의 지극한 사적 담론은 세중에 이르러 공적인 담론으로 치환되는 것이다. 그리고 보통의 주부답지 않은 아내의 특별한 버릇(흡연 습관)에 대한 불만으로 확대되면서 은수의 대화 제의는 세중에 의해 왜곡되고 닫혀진다. 세중이 즐겨쓰고 기대는 논리는 '상식'이다. 모든 상식들은 언어가 이데올로기 등에 왜곡되지 않고 투명하며 진실된 것이라는 순박한 언어관에 의존하고 있다. 자연스럽고 명백하며 그러므로 진실하다고 정의됨으로써 상식은 위력을 지니게 된다. 상식은 세계, 사회, 그리고 개개인들에 대한 기존 진실들이 표현되는 방편이다. 가정된 이 진실들은 흔히 잘 알려진 바 있다, 우리 모두는 그것을 알고 있다, 누구나 다 알고 있다와 같은 표현들에 의해 재강조되는 것이다. 지세중이 은수의 가출에 대해 '길을 막고 물어보아라'라는, 상식의 잣대로 그녀의 은밀하고 특수한 상처로 말미암은 방황을 재단하겠다는 것은, 영원히 화해할 수 없는 거리를 만드는 일이 된다. 이는 그들이 특별한 사이가 아닌 일반적인 관계인 남이 되겠다는 논리와 다르지 않다.

　세중에게 있어 부부의 역할은 남자/여자, 떠남/지킴, 공무/일상사로 명확히 구분되어 있다. 남자는 사회적 생활을 위하여 집을 떠나고 여자들은 집을 지키며 일상사를 처리하고 늘 집을 청결히 하여야 하는 것이다. 그래서 그가 발화할 때 당당하게 시작하는 '나'는 늘 견고하다. 그리고 전체를 지탱하는 중심의 논리에서 벗어나지 않는다. 그의 결혼생활은 그가 이야기하듯 아내가 한 몸처럼 순종하고 가정을 청결히 지켜나갈 때 가능한 것이다. 은수의 주부'답지 않은' 가출이 시작되면서 아내에 대한 '나'의 관점은 바뀌기 시작한다. 결혼 후 6개월째의 첫 가출은 그 대상이 신혼 여행지였던 관계로 여자의 알 수 없는 감상벽 정도로 처리되고 무마된다. 그러나 두 번, 세 번 가출이 빈번히 일어나고 심지어 아이를 남겨두고도 가출과 외박을 반복하자, 갸냘프고, 사랑스러운 여인이 짐승만도 못한 여자로 매도된다.

결혼 이후 지난 6개월 동안 나는 너무 아내와 밀착해 있어서 내 속에 융화된 아내의 모습이란 한 가지 혹은 그 이상의 단순한 느낌 이외의 다른 것이 아니었다.

"넌 짐승만도 못해."
"네가 인생에 대해 조금만 겸손하다면 네가 하는 짓거리가 얼마나 감상적이고 교만한 것인가를 알 텐데."

한 몸처럼 흐르고 물처럼 순종적인 아내의 첫 가출이 시작되었을 때에는 자신에게도 문제가 있지 않나 살피고 조심하는 마음을 가지는 듯했으나 가출이 반복되고 그녀로 인해 가정과 그의 존재가 위협받고 고통당하게 되자 그는 더 이상 그녀로 인해 고통당하지 않겠다고 결심한다. 하나로 밀착되어 있던 그들은 서서히 분열을 경험하고 마침내 완전한 분리를 선언한 것이다. 이는, 그녀의 행동을 있을 수 없는 상식 밖의 일로 간주하는 대신 자신은 지극히 정상적이고 정당한 사고의 소유자임을 확신하고 실천하는 것이다. 은수는 그에게 있어 삶의 동반자나 협조자가 아니라 그의 삶을 위협하는 도전자로 인식된다. 그녀는 이제 더 이상 그와 함께 살 수 없는 금 밖의 적으로 바뀐다.

확실히 말해두지만 나는 삶에 대한 어떠한 감상도 없었다. 태어남이 자유의사에 의한 것이 아니듯 죽음도 또한 자연의 한 현상일 뿐 인간이란 꼭 무엇인가를 이루기 위해 살아가는 것은 아니며 생애를 걸고 이루어야만 할 무엇이 있다고도 생각지 않았다. 더우기 우리의 시대는 우리에게 혁명도 연애도 요구하지 않는다. 나는 대부분의 사람들이 그러하듯 살고, 또 죽을 것이다.

「바람의 넋」에 나타난 남성은 상식적이고 강건한 사람이다. 현실의 논리, 이는 '확실히' '나는'으로 시작해 태어남/죽음은 우리의 의사가 아닌 하나의 '현상'이라는 철학적 말로 선언된다. 이는 마치 은수의 방황과 「옛 우물」에서 여성 화자의 방황의 화두인 태어남/죽음, 만남/헤어짐의 문제를 직시하고 있는 듯하다. 남성(남편)의 현실적, 현상적, 상식적 담론과 여성(아내)의 보이지 않는 몰각된 기억에 대한 복원 염원은 맞선다. 따라서 그들의 시선은 일치되지 않고 어긋난다.

「옛 우물」의 여성 화자는 중년 여성이다. 마흔다섯 살의 그녀는 앞의 두 소설에 나타난 여성들보다 훨씬 성숙하고 이지적인 성격으로서 유연한 자세와 타협적인 시선으로 세상을 읽고 이해한다.

누구나 젊은 한 시절 자신을 전설 속의, 멸종된 종으로 여기지 않겠는가. 관습과 제도 속으로 들어가야 하는 두려움과 항거를 그렇게 나타내지 않겠는가. (…)
나는 이제 혼례에나 장례에 꼭같은 한 가지 옷으로 각각 알맞은 역할을 연출할 줄 알고 내 손으로 질서지어지는 일에 자부심을 갖고 있다. 마늘과 생강이 어우러져 내는 맛을 알고 행주와 걸레의 질서를 사랑하지만 종종 무질서 속으로 피신하는 것도 한 방법이라는 것을 알고 있다.

「바람의 넋」에서 보인 대립적인 두 남/여의 시점을 해체하고 그 경계를 넘어선, 세상사 전체를 조망하는 중년 여성화자가 견지한 중립적인 안정은 우리에게 편안한 신뢰로 다가온다. 그러나 우리는 곧 여성 화자가 천착하는 생명의 탄생과 죽음, 그 속에서 변형되는 주관화되는 자기 시간과 추억의 관계를 따라잡으면서 삶의 이면을 여지없이 읽어내는, 더욱 날카롭고 깊어진 여성화자의 시점을 읽게 된다. 이것은 「유년의 뜰」에서 보인 한 공간에 자리한 권력관계와 감금의 장치나 「바람의 넋」에서 보인 은수와 전쟁, 그리고 가족 해체와 재구성이라는 개인사적인 비밀을 넘어서는 것이다. 이들과 달리 이미지에서 이미지로 전개되는 「옛 우물」은 우리 모두가 간과하고 있었던 삶의 시간, 그 찰나 속에서 엇갈리는 인생의 이면이라는 점에서 그 의미가 모아진다. 생/사, 만남/헤어짐, 갈망/권태의 틈을 주목한다.

「옛 우물」에 나타난 여성 화자는 인생을 관조하고 그 깊이를 읽어낼 수 있다는 점에서 우리에게 신뢰를 준다. 그러나 소설을 읽으면서 우리는 그녀가 가지는 견고함이 그녀가 읽어낸 세상의 환멸과 인생/인간관계의 허무를 일찍이 체험한 것에서 시작한 것임을 알게 된다. 일테면 그녀의 상식적인 시선은 그녀 내면의 상처에서 기인한 것이다. 여기서 여성 화자의 자격은 다시 한 번 검증할 만한 것이다. 그녀가 마치 양성적 지성을 다 구유하고 있는 듯이 보이는 것은 그녀가 남편에게 어김없이 기대하거나 의지할 것이 없다는, 남편과의 깊은 단절의식에서 기반한 것이다. 그러나 「옛 우물」에서 보이는 한 가능성은 남편과의 관계 그 집착에서 벗어나 온전한 자기만의 사유, 자신의 경험 세계 속에 놓인 인생과 시간을 돌이켜보고 조망하기 위해서였다는 점에서 그 일단의 의미를 가진다.

남편과 아들을 위해 시장을 보는 중산층의 여성은 우연찮게 건너편 차 안에 있는 낯선 남편을 보고, 길을 우회하여 그 옛날 '그'와 자주 가던 찻집을 향한다. 찻집에서 이제는 자신을 여자로 생각하지도 않는 낯선 남자의 무심하고도 경계에 찬 시선을 의식하며 그녀는 여자도 아닌 현실에서 '과거의 여자'로 돌아간다. 오정희의 소설에서 과거는 늘 주인공의 의식을 지배하는 것으로 소설은 과거를 얼마나 잘 기억하는가 하는 것으로 모아진다. 과거의 왜곡은 현실의 왜곡이고 망각한다는 것은 곧 늙어간다는 것일까? 흔적을 알지 못하는 망각의 저편은 오정희에겐 모두가 죽음이다. 그것을 잘 기억해내는 것, 잊혀가는 것들을 의식 속에서 살려내는 것. 그것에 세상의 비밀을 여는, 오정희의 여성을 푸는 열쇠가 놓여 있다.

남편과 나, 서로의 심연을 드러내는 일 없이, 그래서 부딪히는 법 없이 아무 탈 없이 잘사는 듯한 '나'는, 남편 몰래 뜨거운 열정을 지녔고, '그'의 죽음을 가슴에 묻고 있다. 그의 죽음과 사랑/이별의 경험을 몰래 가진 나는 세상의 소외와 죽음에 시선을 맞춘다.

그래서 「옛 우물」의 화자는 자신만의 공간을 가진다. 그곳에서 그녀는 그저 빈둥거리며 아무것도 하지 않고 '그'를 생각하거나 창 아래로 보이는 오래된 고가인 연당동 집을 바라본다. 이 공간은 '나'에게 사유와 자유의 의미이고, 남편은 이 아파트를 재산 증식을 위한 전략적 공간으로 생각한다. 이곳에서 집으로 돌아와도 그녀는 꿈속에서 어린 시절의 친구를 생각하고 목욕탕에서 보는 여러 여인들, 그리고 인형에서도 시간 속에 변해가는 여성들의 중첩적 이미지를 읽어낸다.

남편이 지난해 가을 러시아 여행에서 민속인형을 사 왔다. 얇은 나무로 만든 것으로 볼이 붉은 처녀의 얼굴이 그려지고 민속의상의 무늬와 채색을 입힌, 얼핏 오뚜기처럼 단순한 모양이었지만 그 안에는 똑같은 모양의 인형들이 크기의 차례대로 겹겹이 들어있었다. 그것은 내게 인생의 중첩된 이미지로 받아들여졌다. 앙상한 뼈 위로 남루하고 커다란 덧옷을 걸친 듯 살가죽이 늘어진 한 여자 속에 얼마나 많은 여자들이 들어 있는 것일까. 보다 덜 늙은 여자, 늙어가는 여자, 젊은 여자, 파과기의 소

녀, 이윽고 누군가, 무엇인가가 눈틔워주기를 기다리는 씨앗으로, 열매
의 비밀로 조그맣게 존재하는 어린 여자아이.

그녀에게 여성성은 본질적으로 신비롭고 어머니와 자신, 그리고 생명
있는 모든 것을 이어주는 연결이다. 자신의 몸속에, 아들의 몸속에 유전되
는 욕망이 존재하듯, 아직 삭지 않은 기억과 욕망들. 이것은 소설의 첫 서
두에서 밝힌 탄생의 신비와 죽음의 섬뜩한 통고가 맞물려 있는 것이다. 뜨
거운 생의 욕구, 그것처럼 변하고 싶지 않은 욕망과 무심하게 변해가는 것
들 그 사이를 응시하는 여성의 시선, 오정희의 심층이다.

3. 비의적 담론의 한계

오정희의 소설은 우리의 일상에서 잊혀지고 있는 보다 근원적인 것들을
주목한다. 「유년의 뜰」에서 전쟁/가부장의 폭력과 가족 간의 소외, 그 가
운데서도 결코 소멸하지 않는 여성성의 문제를 어린 소녀화자의 시점으로
그려놓고 있다. 「바람의 넋」 역시 전쟁 중에 부모를 잃은 은수라는 여자의
치유되지 않는 상처를 서술한다. 그리고 「옛 우물」은 그것에서 더 나아가
이제 여자이지도 않은 중년 여성인 '나'에 의해 지난 45년간의 자신의 시
간 속에서 겪게 된 삶/죽음, 만남/헤어짐의 문제들을 그린다. 이것은 삶과
죽음을 확연히 다른 자장 속에서 놓고 해석하는 것이 아닌 삶/죽음, 만남/
헤어짐이 바로 우리의 삶 속에 찰나적으로 깃들 수 있는 통첩, 비수와도
같다는 인식이다. 우리 모두 죽을 수 있다는 것, 그리고 몸도 마음도 그 긴
장을 잃으며 늙어가듯이, 일상과 사랑에 깃든 권태의 문제에도 주목하는
혜안의 화자를 만날 수 있다.
그러나 오정희 소설에 나타난 여성 화자들의 시점은 늘 애매하다. 그것

은 일차적으로 그들이 자신마저도 기억할 수 없는 자신의 근원적인 시간과 삶의 본질을 관통하는 순환적 질서를 주목하는 것에서 기인한 것이다. 보이는 것보다는 그 이면에 감추어진 것, 그리고 현상보다는 한 순간 사라져버린 것, 흔적마저도 없어진 것들에 의식의 중심이 몰려 있기 때문이다. 그녀의 소설에 나타난 세 화자들은 나이와 그들이 속해 있는 삶의 위치는 차이가 있어도 그들이 주목하는 지향점은 한 곳이기에 비슷하다.

「유년의 뜰」의 '나'는 서술자아가 어른인 것 같으나 아이 시절 소녀의 시점을 결코 잃지 않는다. 가끔씩 소녀 화자의 시선 위에 존재하며 판단하는 서술자아의 모습이 겹쳐지나 그것은 판단보류, 기억의 열려 있음, 그리고 지금 현재에서 그 시절의 상처를 확인하는 정도에 그친다.

내가 기억하는 한의 그 시간은 늘 그랬다.

그리고 그들은 부네를 잊었다. 골방의 문이 닫히는 순간, 자물쇠가 덜컥 걸리는 순간부터 부네는 완전히 다른 세계로 들어가 버린 것이다. 자물쇠는 혹시 그녀가 끌려들어오기 훨씬 전부터 완강히 채워져 있었고 그녀는 공기처럼 가볍고 투명해져서 창호지 가는 올 사이로 스며들어가 버린 것은 아닐까.

나는 부네가 방에 갇힌 것이 우리가 이 곳으로 이사 오고 난 후의 일인지 그전의 일인지 기억이 아리송했다.

그들-나-부네의 관계를 잘 조망하는 위 예문 속의 나는 사실 소녀가 아니다. 그녀의 문제를 이제는 잘 알고 있는 성숙한 여인임에도 불구하고 애매하게 열려진 상태로 마무리한다. 지극히 주관화된 시간 속의 사유, 그것은 어린 시절의 감각을 수정하지 않는 단단한 고집으로 다가온다. 천진함은 신비함과 환상의 시각을 더 보태고, 결국 부네가 죽어가는 처절한 상황마저도 마치 꿈 속 저편의 아련한 기억으로 더듬듯이 소리나지 않게 마무리한다. 이것은 검증되지 않은 나의 생각의 틀에 갇혀 있는 낡은 사진첩과 같다. 경험자아/서술자아 간의 교감을 통한 해석으로 그 의미를 가했다면 보다 튼튼한 형상과 색깔을 더했을 것이다.

이는 「바람의 넋」에 있어서도 마찬가지이다. 앞에서 살폈듯이 은수 방황의 근거인 기억의 전모가 영화 장면처럼 카메라 눈의 시점에 의해 펼쳐진다. 「바람의 넋」을 관장하는 '서술자'와 실질적인 주인물 '은수', 이 둘은 서로에게 말할 기회를 양보하며 침묵한다. 오정희 소설에 등장하는 여인들은 대체로 말이 없다. 말을 통해, 즉 언어를 통해 우리는 자아를 드러내고 자신의 의지를 실현할 수 있는 것이다. 바흐친식으로 표현하면 언어 행위에 참가하는 사람만이 구체적인 사회적 인간이라 할 수 있다. 대화를 건넴으로 우리는 상대에게 다가갈 수 있는 것이다.[4] 은수의 고독과 소외는 스스로 만든 울타리인 것이다. 남편에 대해 자신에 대한 편견을 갖게 하지 않겠다는 지나친 자기애에서 비롯된 침묵은 일종의 폭력으로 작용하고 있다. 세중의 가부장적 이데올로기인 상식의 담론은 은수의 애매하고, 열릴 듯 말 듯 저항하듯 침묵하고 있는 태도에서 더욱 견고해진 것이다. 은수가 자신의 언어를 갖지 못함은 역으로 세중의 언어의 확고함과 그 실행을 한쪽으로 몰아가게 부추기는 것으로 작용한다. 세중의 명확한 언어는 구체적인 현실 변혁의지에서 비롯된 것이며 은수의 발화하지 않는/못하는 언어는 환상적이고 낭만적이며 부유하는 현실인식, 비주체성에서 비롯된 것이다.

정직하고 순결한 것은 육체뿐이 아닌가 싶기도 해요. 확실히 만져지고 기억할 수 있잖아요. 실체가 사라진 뒤에도 기억이란, 소멸한 그것을 본디 모습대로 살려내지요. (…) 사는 일이 좀 뜬구름 같다거나 쓸쓸하다

---

4) 김욱동, 『대화적 상상력』, 문학과지성사, 1994, 62쪽.

거나 하는 생각이 들어서 그런가 봐요.

은수는 때때로 걸음을 멈추고 그들이 앉았다 일어난 자리의 생생하게 파인 자국과 작은 물줄기를 보며, 아하 현실감이란 이것뿐이구나 하는 엉뚱한 생각을 해 보기도 했다.

자신은 이곳이 아닌 다른 삶, 다른 곳을 꿈꾸고 있는 것일까. (…) 때없이 덜미를 잡아 내치는 것, 바람 소리를 이기지 못해 펄럭이며 문 밖으로 나서게 했던 것. 그것은 어쩌면 생활 속에 생활이 아닌 다른 공간을 지니고자 하는 안간힘은 아니었던지.

은수가 발화하는 '현실'이라는 단어는 다분히 감각적이고 말초적이다. 따라서 전혀 현실적이지 않다. 그녀가 진정 추구하고자 한 것이 무엇이었는지, 그리고 무엇을 얻었는지 작품이 다 끝난 뒤에도 우리는 이해할 수 없다. 그런 의미에서 오정희의 문체는 과히 비의적(秘義的)이다. 불명확한 용어와 애매한 은수의 몸짓은 우리의 판단에 혼돈을 주고 그녀에게 다가서는 데 어려움을 느끼게 한다.[5] 은수가 가출할 때 그녀의 모습은 내면의 고뇌에도 불구하고 타인들에게 흐트러지고 건강하지 못한 모습으로 비쳤듯이 우리의 여성주의도 다소 감상적이고 비주체적으로 보이는 혐의 속 한계의 틀을 깨어야 할 것이다. 여성/남성은 대조적이기보다는 비슷하며, 적대적 존재이기 이전에 보완의 관계이기 때문이다.[6]

---

[5] 비의주의(esoterisme)가 권력을 정당화하는 데 이용될 수 있다. 불명확한 용어와 모호한 구문을 사용하는 것은 이중의 장점을 지닌다. 그것은 듣는 사람들로 하여금 깊이 생각하지 못하게 하여 말하는 사람의 우월성을 확신시켜 준다. 올리비에 르불, 홍재성 · 권오룡 역, 『언어와 이데올로기』, 역사비평사, 1994, 134쪽.

[6] 비판의 여지가 있으나, 크리스테바에 의하면 여성이란 본질적으로 존재하지 않는다. 여성은 주어진 것에 대한 거부를 통해 부정적으로만 존재할 뿐이다. 크리스테바에 의하면

방을 많이 만들어요. 개미 굴 같겠지만, 화가 나거나 뭔가 마음에 차지 않을 때 들어가 숨어 있을 수 있는, 아무도 찾아내지 못할 장소가 꼭 한 군데는 있어야 해요. 우리 아이들을 위해서라도 그런 자리를 마련해 줘야 해요. (…) 담은 흰 페인트 칠한 목책으로 두르겠어요. 지붕은 녹색이 좋겠어요.

집에 대한 세중의 공간인식이 현실적이고 경제적이며 가족 공동의 그것이라면, 은수의 경우는 일상 속에 놓인 공동·조화보다는 비일상적인 분열·불화의 공간을 우선하여 그린다는 점에서 자신의 삶의 과정이 투영된 지극히 개인적인 것이다. 은수는 주부도 아내도 어머니도 아니었던 어린 소녀시절 정말 어디에도 눈 둘 곳 없던 그런 곳에서 벗어나 마음껏 숨어 있을 수 있는 자기의 공간으로서의 집을 소망했기에 이들의 시선은 늘 어긋나고 있는 것이다. 이것은 곧 세계와 삶에 대한 시점의 어긋남을 말하는 것이다.

「옛 우물」의 화자도 자신만의 기억과 공간에서 추억에 잠기기를 원한다. 중년 여성의 깊은 시선으로 삶을 관조하고 그래서 한 여성 속에 여러 여성이 중첩되어 있는 이미지를 느낄 수 있으며 삶 속에 죽음을, 죽음 속에 영원한 생명을 느끼는 중년 여성은 생활과 현실의 현상적 문제를 비켜선 날카로움이 있다. 그러나 그녀 역시 남편과 가족과 함께 진정 행복하지 못하다. 나는 남편과의 관계를 '서로를 견디는 존재'로 한정한다. 그리고 금을 넘으려 들지 않는다.

"'여성'은 재현될 수 없는 존재, 말해지지 않는 존재, 이름짓기와 이데올로기 바깥에 남아 있는 존재로 이해한다." 고갑희, 한국영미문학페미니즘학회 편 「쥴리아 크리스테바의 경계선의 철학」, 『페미니즘』, 민음사, 2000, 218쪽.

언제부터인가 우리는 나란히 누워 잠들지만 각각 꾸었던 지난 밤의 꿈에 대해 이야기 하지 않는다. 당신은 나를 어떻게 견디나. 나는 때때로 마음 속으로 그에게 물음을 던지지만 그것은 똑같이 나 자신에게도 유효한 물음이기도 할 것이다. 그러나 나는 한 번도 그러한 말을 한 적이 없다. 잠수에 자신이 없는 사람은 어떤 경우에나 수면 아래로 내려가면 안될 것이었다. 익사의 위험이 따르므로.

그러나 우리의 관계를 단순히 관습적이거나 시간의 길들임이라고 말하는 것은 정직하지 않다. 남의 환심을 사기 위해 짐짓 해 보는, 자신에 대한 능멸처럼 비겁하고 위선적이다. 그렇게 말할 수만은 없게 무엇인가가 분명히 있다.

오정희의 초기 소설부터 지속적으로 나타나는 화합하지 못한 부부는 이제껏 개선의 여지를 보이고 있지 않다. 이제 '나'가 '그'에게 말을 건네는 것은 익사의 위험을 감수해야 하는 잠수이다. 말한다는 것은 곧 죽을 수 있다는 것이다. 거칠게 환원하면 '말은 곧 죽음'을 확인하는 것이다. 너무나 확신에 차 있는 여성 화자의 목소리이다. 둘 사이를 관습, 시간의 길들임이라고 하는 것이 정직하지 않다는 항변은 그 이유를 명확히 설명하고 있지 못하다. '나'의 완벽한 자기식 표현은 그녀와 사는 남성과 그녀를 읽는 우리를 소외시킨다. 이것은 남성을 배제한 여성주의, 내 방식으로 세상을 이해하고 내 안의 생각에서 안주하겠다는 것으로 일면 이데올로기를 창출하고 있는 것이다. 이는 여성성의 비타협적인 자족적인 모습이 남성(남편)에게 그리고 독자에게 비의주의를 넘어선 작가의 엘리트 의식으로 다가온다. 한편 화자가 애정을 느끼는 불구자, 노인, 할머니 그리고 자연의 생태적 질서를 바라보는 그윽한 시선은 돌고 돌아서 여성의 육체성, 육체적 구체성으로 모아지는 것은 주목할 성취이다.

크리스테바가 경고하였듯이 여성적인 것 혹은 여성의 언어가 '언어상실'

의 위험으로 치달아서는 안 될 것이다. 이 경우 바흐친이 역설한 바 있듯이 '사회적 자아로 산다는 것은 화자로 산다는 것'이란 말은 그 의미를 새겨볼 만할 것이다. 자신의 몸 속/밖에 아이/언어를 단지 품고 있기만 한 여성 공간은 더 이상 생산성으로 이어지지 않는 것이다. 흘러넘쳐 퍼지는 여성성 혹은 여성 언어는 그 막힘의 단절을 끊고 때로는 격정적으로 퍼져 나가야 할 것이다. 물론 이럴 수밖에 없었던 상황의 압력과 정신적 외상의 문제는 이해되고 전제된 것이나 과정-중의-주체인 여성은 끊임없이 자아를 수정, 보완하여야 할 것이다. 여성은 '태어나는 것이 아니라 만들어지는 것이다'라는 보부아르의 명제는 수동적인 여성성, 특히 진정한 언어를 갖지 못한 여성의 부정성을 부단히 경계한 것이다. 이제 비의적 담론의 매혹과 협의를 딛고 새롭게 이어질 여성과 여성언어의 변신은 그간 지속되었던 부정과 배타적인 자세를 통한 자리매김이 아닌 보다 포용적이고 탄력적인 균형적인 시선을 통해 미래에 닿아 있어야 할 것이다.

여성, 환멸을 넘어선 불멸의 기호

― 서영은론

1. 서영은이 놓인 자리

지금쯤 장식될 법한 원로란 부호는 서영은에게 어울리지 않는다. 생의 현상과 본질, 이면과 진실의 틈새를 놓치지 않고 포착하는 그녀의 촉수는 여전히 젊다. 1968년 『사상계』에 「교(橋)」로 등단한 이래 한동안 그녀는 남성화자를 주인공으로 내세워(「교(橋)」, 「나와 '나'」, 「타인의 우물」 등) 일상의 비루함과 화합하지 못하는 남녀의 섹슈얼리티를 서술해왔다. 많은 여성작가들이 처녀작에서부터 작가와 화자의 젠더를 일치시키는 자전적인 소설쓰기로 서사의 포문을 여는 데 비하여 서영은은 남성화자의 시선으로 세상을 일별하고 한참을 돌아 「먼 그대」(1983)에 이르러 여성화자 '문자'를 찾아 세운다. 단순한 현상인 듯하나 작가와 젠더의 불일치에서 일치로의 이행은 서영은 소설을 이해하는 중요한 단서가 된다. 그녀의 소설은 남성이 배려된 여성 이야기 혹은 남성이 먼저 이해된 여성 서사이다.

작가 서영은의 자전적 기억은 '문자'와 더불어 시작되어 '현석화'(『그녀의 여자』)에 이른다. 두루 알려져 있듯이 서영은 소설의 여성들은 중심과 제도적 권력인 결혼에서 소외된 위험하거나 불온한 여성들로 연인, 정부, 첩이거나 처첩의 경계에서 A(Adultery)의 표지를 달고 있다. 이는 이 글의 텍스트인 「먼 그대」(1983)-「사다리가 놓인 창」(1989)-「꿈길에서 꿈길로」(1994)-『그녀의 여자』(2000)의 계보를 잇는 자전적 소설과 여타 여러 소설들에서 지속적으로 나타나는 현상이다. 비슷한 여성들을 복제/변형하거나 사실을 재현·방어하면서 이어지는 이러한 소설들의 공통화제는 불륜적 상황에 놓인 여성들의 정체성 문제이다. 서영은은 이러한 여성들을 끈질기고 집요하게 주목하기 위해 동성 간의 응시라는 시점 전략을 구사한다. 이 경우 인물들은 대개 화자/해설자/특권적 시선자와 초점화자/대상자/관찰되는 자로 양분된다. 작가는 여성들의 실존을 관찰하듯 해석하며 고찰한다. 단편에서 중편을 지나 장편으로 소설의 몸체를 넓혀가며 그녀들의 문제를 심화시켜온 것이다.

지난 90년대의 여성문학은 그 르네상스를 지나 21세기를 맞은 현 시점에서도 여전히 강세이다. 여성작가들의 관심이 몸과 위반의 섹슈얼리티의 문제에 집중되고 있는 것이다. 이는 그동안 소외되고 억압받았던 여성들의 반란과 주체 회복의 의미를 갖는 것으로 평가된다. 그런데 서영은의 경우 서술의 상황은 한 순간에 끝나는 반란이 아니라 지속되는 운명의 늪으로 그려지고 있다. 이 점에서 그녀는 다른 여성작가들과 달리 일부일처제 신화의 실체를 보다 선명하게 드러낸다. 나는 서영은이 천착한 성과 사랑, 결혼과 가족, 그 진실과 환영을 추적해보고자 한다. 아울러 그녀의 정체는 과연 어디에서 어떻게 무엇으로 남겨져 있는지 그 과정의 진실을 탐색하려 한다.

2. 여성, 비극적 경계인

「먼 그대」의 '문자'는 서영은 소설의 원형적 여성이다. 서영은 소설의 여성은 대체로 '문자'를 닮았다. '문자'의 정체는 애매하고 불온하다. 노처녀인 그녀는 사실 처녀가 '아니고', 아이를 낳았으나 어머니도 '아니다'. 결혼생활을 하나 결혼하지도 '않았다'. '예'와 동시에 '아니오'인 비극적 경계인이 '문자'다. 그래서 그녀의 존재는 타인, 특히 동성의 여성들에게 '저렇게 될까 무서운' 공포의 대상이 된다.

이 소설에서 일부일처제의 신화는 왜곡되게 작동한다. 이는 '한수'와 그의 아내 그리고 그와 '문자' 사이에 형성된 기이한 관계로 표출된다. '한수'의 아내는 그와 '문자'의 관계를 묵인할뿐더러 나아가서는 협조적이다. '문자'와 '한수'의 관계가 미리 결정되어 있듯 '한수'와 '한수 아내'의 부부관계 역시 절대적이다. '한수'의 아내는 '문자'의 존재가 그들의 가정과 아내인 자신의 위치를 조금도 위협하지 않는다는 사실을 안다. 그녀는 법적 지위와 상속권을 갖는 대신 남편의 외도를 눈감아주면서 변함없이 남편에 대한 정절을 지킨다. 이러한 관계에서 '문자'는 노예의 위치에 있다. 마치 시지프스가 신의 저주에 묶여 있으나 불만 없이 그것을 자신의 삶의 방식으로 삼았듯이 '문자'는 겨루듯 그를 섬긴다. 소설은 '문자'와 '한수' 사이에 어떠한 사랑이 있었고 무슨 맹세가 있었는지 알려주지 않는다. '문자'의 사랑은 선험적인 것 혹은 절대적인 것으로 전제된다.

'문자'의 소외는 이중으로 가중되어 있다. 그녀가 '등불'이요 '신'이라 생각하는 '한수'가 나약하고 이기적인 '남자'에 불과하기 때문이다. 그는 무책임하고 유아적인 속물이자 '술주정꾼'이며 문자의 삶을 파괴하는 이다. 오물(abject)을 싸지르는 '그'에 투영된 문자는 또한 타자들의 눈에 '비체(Abject)'로 인식된다. 그녀는 독신녀/창녀의 경계에서 위태롭다. 그러나 이러한 상황에서 그녀의 선택은 독자들의 기대 지평을 뒤집는다. 서술자에 의해 제시되고 있는 '문자'의 내면이 읽는 이들을 당혹에 빠뜨리는 것이다. '문자'의 침묵은 '절대 긍정적 자신감'이고 그 확신은 '아주 높은 곳에 있는 어떤 존재'에게서 비롯한다. '문자'를 이해하지 못하는 '그네들'은 '무지'한 것으로, '한수'는 '시렁 위에 걸려 있는 등불'로 정리된다. '시렁 위에 걸려 있는 등불'은 무엇인가. 어두울 땐 길이고 빛이 되나, 밝고 따뜻할 땐 아무 소용에 닿지 않은 초라한 골동품 같은 것이 아닐까. '빛으로도 열기로도 인색한 것'에 메타포의 현실성이 있다. 그러나 '문자'는 여전히 그 비유에 사로잡혀 가슴을 펄럭인다. '문자'의 고독은 '그'를 얻는 대신 '그네들'의 비난을 감수하겠다는 태도에 연유한다. 그녀는 누구와의 소통도 원하지 않으며 거의 무조건적으로 자기의 상황을 운명으로 받아들인다. 한 남자를 위한 헌신과 희생에 어떠한 계산도 갖고 있지 않은 여성의 존재는 절대적이다. 그러나 초점화자인 '문자'의 내면은 환영과 환멸의 덮개로 무겁다.

「먼 그대」에서 '문자'가 보이는 침묵은 현실에 대한 자기 방어로 세상에 대한 불신과 저항이라 할 수 있다. 몸도 영혼도 아이도 다 빼앗겨버린 여성, 그러고도 언제든 고통에 무릎 꿇을 수 있다는 낙타의 등가물인 '문자'는 환멸과 절망을 미리 안 마조히스트이다. 마조히스트인 희생자는 화를 내면서도 내심으로는 자신에게 가해진 벌을 마땅히 받아야 한다고 생각한다.[1] 그녀가 화인(火印)처럼 붉은 주홍색 'A'이기 때문이다.

모든 것을 운명으로 받아들이고 요구하지 않으며 제 탓으로 돌리는 '문자'의 자기 학대는 모든 고통의 사실상의 원인 제공자인 남성을 베일에 가리게 한다. 주관화된 연민과 순정의 파시즘으로 무장한 듯한 '문자'의 이미지는 우리 시대에 대안 없이 존재하는 여성군의 상징이다. 따라서 '문자'의 막막함과 침묵은 그녀의 입장과 삶의 태도로 보아야 한다. 부당하

---

1) 르네 지라르, 김치수 · 송의경 역, 『낭만적 거짓과 소설적 진실』, 한길사, 2001, 252쪽.

게 사랑했기에 '할 말이 없는' '문자'의 상황은 '한수'와 더불어 우리가 요구한 희생양이 아닐까. 길을 잘못 든 속인처럼 만만한 그녀에게 몰아지는 가학을 통해 정렬을 재정비하는 일부일처제의 기만적 질서는 '문자'가 겨루는 고통이 크기에 계속될 것이다. 이는 이후 서영은 소설에서 매조히즘, 그리고 새도-마조히즘으로 이어지며 그녀들을 증명할 고통의 근거가 된다. 이 처절한 기록은 그 끝이 보일 때까지 이어진다.

3. 경계를 허무는 웃음의 전략

「사다리가 놓인 창」의 표제는 상징적이다. 이것은 가난이 밀어올린 지상에 없는 다락방을 가리키면서 비정상적으로 넘나들어야 했던 경계의 초월을 암시한다. 사다리를 타고 넘나드는 창은 창이자 출입구이다. 여기서 공간의 경계와 구분은 상실된다. 이는 소설 공간의 부당한 배치로 이어지는 전도된 질서를 암시한다. 스물한 살의 처녀 화자 '나(한정애)'는 빈궁한 현실에서 지상의 방을 잃고 다락방으로 올려진다. 무참한 그곳에서 '나'는 '창(내면)'을 얻고 신산한 여성들의 삶을 발견한다.

화자의 집에 세를 든 '박상무'와 그의 아내는 실제의 부부가 아니다. 그는 처와 자식이 셋이나 있는 유부남이나 남편처럼 당당하게 행세하며 드나든다. 이 소설에서 '인애 엄마'는 앞서 보았던 '문자'의 복제에 가깝다. 그녀 또한 무책임한 사기꾼인 '그'를 위해 어머니의 역할마저 유보하며 헌신하는 여성이다. 그러나 이러한 그녀에게 돌아오는 것은 모욕뿐이다. '문자'를 닮은 그녀는 '박상무의 아내/젊은 미망인/인애 엄마' 등 그 어느 기호에도 적합성을 얻지 못한다. '박상무의 아내'(혹은 아내)라 호명되었으나 그에게 본처가 있는 까닭에 사실이 아니고, '젊은 미망인'이라는 명명은 남편 사별 이후 '박상무'와 수년간 동거생활을 하고 있는 그녀에게 민망한 용어일 뿐이다. '인애 엄마' 또한 그녀가 되찾은 이름이긴 하나 남편의 부재를 드러내는 기호이다. 이처럼 그녀의 현실은 모성/여성이 조화롭게 실현될 수 없다는 데서 신산스럽다. 부정의 기호인 그녀는 위치를 얻지 못한다.

이러한 그녀를 바라보는 화자 '나'는 그녀에 대하여 동정적인 입장을 갖는다. '나'와 '그녀'는 정작 한 마디의 소통도 이루지 못하고 미지와 가능의 기호 '처녀'와 기지와 좌절의 기호 '첩'이 어긋나듯 헤어진다. 이어 나는 이러한 현실에 대한 환멸로 자살을 감행한다. 그러나 '나'는 거짓말처럼 살아난다. 이는 불우한 '인애 엄마'를 위해 기꺼이 죽으려 했던 '나'의 태도 때문이라 해석된다. 웃으면서 자살을 택한 '나'에 의해 생존의 이유는 다시 분명해졌다. '나'가 현실의 아득한 장벽과 절망을 넘는 생존 전략으로 '웃음'을 선택한 것이다. 웃음은 바흐친이 역설했듯이 현실의 기만적 질서를 통쾌하게 무너뜨리는 민중의 힘이자 그것에서 비롯한 억압적 굴레를 가볍게 넘을 수 있는 태도와 전략이다. 놀랍게도 스물한 살의 '나'는 도저히 이해할 수도, 납득할 수도 없는 그녀를 향한 '애정'을 '웃음'과 연결시키며 극단에서 탈출한다. 극단의 끝에서 내면이 열리듯 '나'는 생을 도로 찾는다.

이 소설에서 화자인 '나'는 '인애 엄마'의 고통을 '너무나 친숙한 것'으로 받아들이고 '그녀와 흡사한 인생을 걸어가야 할 운명'이 아닌가 의구할 만큼 그녀와 강렬한 동일시를 경험한다. 「먼 그대」에서 '문자'가 세상에 대한 방어적 자세로 동성 간의 소통 부재를 승인한 것과 달리 이 소설에서 순수한 화자 '나'에 의해 그 폐쇄회로가 열리고 있는 것이다. '나'는 스스로 소외되고 보상 없이 힘든 여성들은 모두 자기와 같은 동일자라고 인식한다. 이러한 인식은 무능한 남성들이 가한 폭력에 기반하여 생긴다. 아버지의 죽음과 오빠의 무능함 속에 메말라 현실적으로 변해가는 엄마와 보상 없는 사랑에 내몰린 '인애 엄마', 그리고 저녁마다 남편에게 구타당하는 이웃아줌마, 사랑을 잃고 자살을 세 번씩 시도한 올케, 교감의 아이를 임신한 '효순', 남편을 잃고 생계를 위해 자신의 몸을 상하는 선배 등, 모든 가난하고 소외된 여성들은 하나인 것이다. 그녀들을 통해 '나'는 인생의 함정과 고단함을 짐작한다.

이 소설은 순수하고 도덕적인 화자 '나'의 자격으로 인해 설득력을 갖는다. '나'는 구차한 것, 위선적인 것, 그리고 인간의 존엄을 짓밟는 모든 것에 대하여 항거하고 저항하는 순수하고 도덕적인 인물이다. 무엇보다 '나'의 이 순수함은 자신의 입장에 따라 편의적으로 사람을 구분하거나 경계 짓지 않겠다는 객관적인 시선을 확보하게 한다. 그래서 '나'는 '인애 엄마'를 제도적 권력과 가부장적 기준으로 분류된 여성기호인 처/첩으로 구분하지 않는다.[2] '나'에게 그녀는 사랑을 잃은, 그리고 함정에 빠진 외롭고 가난한 한 '여성'일 뿐이다. 따라서 '나'의 자살기도는 어떠한 상황에서도 자신의 이익을 먼저 계산하는 몰인정한 현실, 그래서 인간의 존엄과 교신이 상실될 수밖에 없는 현실에 대한 절망과 거부라고 할 수 있다. 그러나 '나'는 아직 세상과 인간 세사에 놓인 심연을 모른다. 남성이 친 빗장을 열고 여성들과 그녀들의 삶을 응시한 것일 뿐이다. 그래서 슬프고 신비로운 여운을 남기고 사라진 '인애 엄마'의 후일담을 '나'는 짐작하지 못한다. 하지만 '나'는 주어진 삶의 무거운 짐을 회피하지 않고 세상을 향해 자신을 세운다. '나'는 자신과는 어울리지 않는 '높은 곳에 사는 남성'이 내미는 손을 단호히 거절하고, 더 높고 깊어진 안목으로 세상을 읽기 위해 부끄러움과 주저를 버리고, '더 붙어날 사다리'의 두려움과 혼돈을 떨치며 당당히 나선다. 생의 고단한 무게를 대신 져줄 사람이 전무한 가운데 '나'는 만만치 않은 세상의 주체가 되려 한다. 「사다리가 놓인 창」에 표출된 '나'의 이러한 긍정적 모습은 서영은이 긍극적으로 기대하는 여성의 한 모습이

---

2) N. 에니크, 서민원 역, 『여성의 상태』, 동문선, 1996, 39쪽.

아닌가 생각된다.

4. 제3의 성, 모순의 기호

「꿈길에서 꿈길로」에 이르면 지금껏 어긋나던 여성들이 맞닥뜨린다. 이 소설은 소통부재와 자살시도를 넘은 대화적 소설이라고 명명할 수 있다. 이 소설은 화자 '나(박희주)'가 연극인 '한진옥'을 만나러 가는 데서 발단된다. 세간의 호기심인 그녀의 '내면(속내)'을 끌어내라는 남편의 주문으로 시작된 것이나 그녀의 실체에 도달하기 위해 다가앉는 밀착된 서술전략으로 볼 수 있다. 앞의 두 소설에서 엿본 비장함과 자기 연민의 도취('문자'), 순수한 동일시의 긍정적 승화('한정애')는 실존적 문제제기와 이해의 단초를 제기했으나 주관화되고 추상적인 이해의 서막에 불과했다. 이러한 점에서 「꿈길에서 꿈길로」가 침묵하고 사라졌던 '그녀'를 호출하여 이해한다는 것은 심대한 의미가 있다.

「꿈길에서 꿈길로」에 등장하는 두 여성은 모두 연애와 결혼의 과정을 거친 성숙한 여인들로, 자격을 같이한다. 그러나 두 사람의 입장은 다르다. 주부이자 잘나가는 기자인 '나(박희주)'는 '한진옥'에 대한 선입견을 쉽게 무너뜨리지 않으며 이를 '본능적 거부감'과 '당혹감'이라고 이해하는 입장을 갖고 있다. 그럼에도 둘은 '사랑에 실패한 여자'로 묶인다. '나'의 실패는 남편과 나 사이의 어긋남이고('나'가 남편을 보지 않는 것이라면), '한진옥'의 좌절은 남편과 나의 사랑을 자식들과 타인에게 증명할 수 없다는 것이다. 정통성이 확보된 '아내-처'인 '나'와 '연인(정부)/아내'의 경계에서 '아내'와 '어머니'로 옮겨 앉았으나 인정받지 못한 그녀의 절망은 다르다. 여기서 '나'는 관찰자이며 그녀를 읽는 해석자로 시선의 권력을 갖는다. 작가의 분신인 듯한 초점화자이자 실질적인 주인공은 보여지는 자로 '그녀'인 한진옥이 된다. 이러한 인물의 배치는 '고백'의 진실을 이끌어낸다는 서술전략에 부합된다. 서사가 심화되면서 관찰하는 '나'와 관찰당하는 '한진옥'의 구분은 없어진다. 서로는 각자가 진정 말하고 싶고 알고 싶은 것의 '눈'이 되어 서로를 보완한다. 이는 두 몸이나 한 몸에서 나온 것 같은 강렬한 느낌을 던진다. 경험과 상처가 다르나 궁극적으로 모든 여성은 통하게 되어 있다는 확신에서 출발하여 두 인물 간의 시선의 거리가 좁혀지고 있는 것이다. 이처럼 여성 간의 이해와 연대를 절실히 구하고 가능성을 신뢰한 작가가 또 있을까.

인터뷰의 형식을 빈 탓도 있으나 두 여인의 대화는 주로 사랑과 결혼의 의미로 모아진다. 여기서 '그녀'를 취재하는 듯하나 그녀를 통해 '나'는 '나'의 이야기를 하고 '한진옥'은 '나'와 다른 자신의 입장을 자연스레 피력하면서 '섹스', '욕망, '일부일처제', '상처(trauma)'를 털어놓고 공감한다. 그러나 '일부다처제'의 나라 '이라크'에서 교감한 그녀들의 욕망과 고민은 '현실'에서 무력하고 '나'와 '그녀'의 대화는 그 고민의 깊이가 다른 까닭에 이해의 접점을 찾기 어렵게 된다. '한진옥'의 딜레마는 그녀가 여전히 '황진이/아내'의 경계에 서 있다는 것이다. 그녀는 '황진이'는 요부이나 그녀를 만든 것은 남성들의 요구라고 이해하며 나아가 황진이가 많은 여인들의 적수이나 그녀를 없앤다 해도 남성들의 요구와 욕망에 따라 황진이와 같은 여성은 끊임없이 생길 수밖에 없는 존재라고 생각한다. 화자인 '나'는 이러한 '한진옥'과 황진이를 동일시하면서 그녀를 '여자/남자, 아픔/사랑, 아내/황진이' 등을 모두 포괄하는 '제3의 성(性)'으로 인식하고 그녀로 인해서 '나(우리)'가 '삶의 무자비한 폭력에 대항할 수 있는 '창'과 '방패'를 동시에 획득한 것'으로 여긴다. 예사로운 듯하나, 기실 가학적이고 모멸적 해석이 아닐 수 없다. '창과 방패'는 문자대로 '모순(矛盾)'이 아닌가. 배제된 혹은 희생된 황진이(/한진옥)를 통해 우리들 가운데 누가 폭력에서 피해 갈 수 있었는가. '그녀'는 우리들의 삶을 위해 마련된 '희생양'인가. '한진옥'은 끝내 이 문제를 직시하지 못한다.

　남편의 연인으로 있다가 전처가 죽은 후에 그와 결혼한 '한진옥'은 '그의 아내'와 그의 자식들의 '어머니'의 지위를 가졌으나 남편이 의식불명이 된 뒤 남편이 세운 질서는 '그의 아들'에 의해 훼손된다. '사랑'이 '요강'으로 변함과 동시에 그녀의 자리도 사라지게 되는 것이다. 이처럼 영혼을 파먹는 상처로 '한진옥'은 '아무것도 아닌 것' 즉 '궁극적 타자'로 낮아져야 이 모든 괴로움에서 벗어날 수 있다고 믿는 듯 '오체투지'의 갈구를 보인다. 그녀가 확신할 수 있는 그의 증거는 '섹스'에 있다. 그것은 '수성(水性)'에서 '영성(靈性)'으로 바뀌는 '완벽한 교감'으로 그와 그녀를 확인하는 매개로는 충분했으나 '아내-어머니'로 그녀를 확장할 수 있는 열쇠는 아니었다. 자식들에게 그녀는 단지 '아버지의 연인(여자)'에 불과할 뿐이다. 이는 앞서 '한수'의 아내가 '문자'를 인정한 것이 그녀의 가정과 지위를 교란하지 않는 범위 안에서였던 것과 같은 논리의 변형이 된다. 혈통의 정통성을 내세우며 아버지를 상속하려는 그들에게 그녀는 부당한 침입자일 뿐 아무것도 아니다. 이로써 이 소설은 일부일처제 신화의 이면을 드러낸다. 헤겔이 우려했듯 상속의 문제는 비인륜적 가족 해체를 가능하게 한다.[3]

　그런데 아이러니한 것은 서영은의 모든 소설에서 '물질'과 '아이' 두 요소는 '그녀들'이 사랑을 증명하기 위해 애써 부정했던 문제들로 남겨진다는 것이다. 경제적 배려를 하지 않는 남성에게 그녀들은 한결같이 그것을 요구하지 않고 그에게 자식이 있다는 이유로 아이를 갖지 않는다. 그러나 이 무슨 모순인가. '사랑의 진정성'을 위해 배제했던 두 요인이 그녀의 위치를 위협하는 '창(槍)'으로 돌아오기 때문이다. 그렇다면 이러한 상황에서 그녀는 어떠한 선택을 할 것인가. 여기서 '한진옥'은 자신의 출구를 '동

---

3) F. 엥겔스, 김대웅 역, 『가족 사유재산 국가의 기원』, 아침, 1989, 219쪽.

성애적 포즈'에 담는다. '동성애적 포즈'라 함은 그녀의 동성애적 태도가 이성애와 가부장제에 대한 확고한 반발에서 출발하고 있지 못하다는 의미이다. 그녀는 '부취'(butch; 동성애 관계에서 남성역을 맡는 사람)로, 상대 여성은 모든 소외된 여성이 된다. 그래서 그녀의 동성애는 이미지이다. 여행을 떠날 때 늘 복장을 남/여 두 종류로 준비하는 그녀는 성(sex/gender)의 구분을 초월하려 한다. 그러나 전제했듯이 이성애와 가부장제의 모순을 비판하고 여성적 대안을 마련하기 위한 전략과 실천의 의미를 갖지는 못한다. '남성성 연습' 혹은 '여성 이해'에 그 의미가 모일 뿐이다. 다시 말하면 여성은 약하고 힘없는 자라는 타자성에의 시인(是認)은 있으나 그것을 넘어설 현실적 대안은 부재한 가운데 '내 속에서 태어난 남성'으로 소외된 여성들, '누님들의 남근(phallus)'이 되고자 하는 것이다. 이 경우 젠더 역할의 연기(演技)는 여성이나 남성의 복장 도착과 다를 바 없다.[4]

그러나 남장옷을 벗고 머리를 푼 그녀는 다시 '한진옥씨'로 돌아오고, '힘'과 '자유'를 역설하나 그녀는 여전히 '그의 여자'일 뿐이다. 명쾌하게 해결된 듯한 그녀의 문제는 여전히 남고 그녀는 '지붕 아래서 익는' 여성의 안정된 행복에 우울해한다. 모든 것은 그대로이다. 이후 '예술가'인 '한진옥'이 도모한 대안은 수난받는 여성상의 예술적 승화이다. 그녀는 '바리데기 공주 설화'를 통해 운명을 이겨낸 여성상을 창출하겠다는 의지를 보인다. 모든 슬픔과 고통을 자신의 운명으로 안으며 낮추고 산 여성, 그래서 '모든 이의 어머니'가 된 바리데기의 이야기를 통해서 자신의 결락을 메우겠다고 달뜨는 것이다. 그러나 예술가인 그녀의 방식은 고독하고 숭고한 것이나 현실적인 대안으론 부족하다. 이는 마치 그녀의 소외가 헌신의 부족이나 애정 결핍이 아니라 가족의 이기와 사회 제도와 연계된 모순임을 제대로 지적하지 않는 것과 같은 맥락이다. 알고 있으나 말하지 않는

---

4) 한국영미문학페미니즘학회, 『페미니즘』, 민음사, 2000, 314쪽.

것은 그녀의 정체성에 걸린 장애(complex) 탓이다. 장애에 걸린 그녀는 더 이상의 사고의 진전을 보이지 못하고 맴돈다. 이 경우 그녀가 견지하는 시점은 곧 그녀의 입장이고 태도이다.

'바리데기공주 설화'에 내장되어 있는 불교적 윤회관은 남성과 가부장적 제도에 부합되는 순응적 여성상을 생산하는 작동기제이다. '한진옥'은 '힘'과 '자유'를 역설하고 이어 그녀가 평생 '그의 여자'였음을 굳이 고백하는 순정의 모습을 보인 후 '바리데기공주'를 쳐든다. 문자-황진이-바리데기공주의 순환은 위태롭다. 그 어디에도 여성이 주체적으로 행복을 개척한 지경은 없다. 있다면 '운명의 꽃'을 피우듯 견디어내는 것일 뿐이다. 세속의 속악한 논리와 이기를 모두 초월한 듯한 과장의 포즈! 부취의 동성애적 포즈를 통한 젠더 허물기가 이미지의 관념에 불과했듯 서영은의 고독과 절망은 현실적 개선의 여지를 보이지 않고 쉽사리 찾을 대안도 없는 듯하다. 그래서 그녀의 소설은 결단만을 남겨놓은 듯 보인다. 절망의 끝에서 '눈(내면)'이 열리듯 대안이 있을 것도 같다.

5. 향락의 전이와 경계

서영은은 자신의 첫 장편인 『그녀의 여자』를 일컬어 "삶의 폐허에서 벌인 굿"이라 하였다. 무심코 지나칠 수 있는 이 말은 작품 해석의 중요한 단서가 된다. '굿'은 '해원(解寃)'을 향한 '이별의식'으로 이 소설에 이르러 그녀는 죽어, 다시 태어난다.

남편을 잃고 실의에 빠져 있던 중년의 여성 '현석화'는 마치 운명처럼 아들의 친구이자 연인인 '나(방소연)'를 만난다. 둘은 누가 먼저랄 것도 없이 이끌려 그녀들의 관계는 동성애적 코드로 변주된다. 이에 '현석화'는 그녀의 전부를 내어줄 듯 '나'를 향한 끝없는 집착을 보이나 '나'는 그녀를 건너 첫사랑 남성과 재회를 꿈꾼다. 더 이상의 출구를 찾지 못한 '현석화'는 자살로 생을 마감한다.

'현 여사'는 '소연'을 처음 만나면서 '자기 영혼이나 살의 일부를 얻은 것'같은 충격과 '존재의 충만한 포개짐, 성의 오르가슴을 넘어서는 그 무엇'과도 같은 운명적인 예감에 사로잡힌다. '소연'은 '양질의 진흙'으로, '현석화'가 직면하길 두려워하는 '젊음'이자 '가능성'이다. '소연' 역시 '현석화'에게 강력하게 이끌린다. 그녀는 '강인하고 억센 힘'과 '나이와 성별이 사라진', '섬뜩한 무기(巫氣)'를 갖추고 있으며 상대를 '압도'하는 마력을 지녔다. 무능력한 아버지와 오빠로 인해 평생 고생만 하고 살아온 어머니에게 '힘 있고 늠름한 아들 같은 딸'이 되고자 욕망하는 '소연'에게 그녀는 그녀가 지향하는 미래적 자아의 표상이 된다.

지금껏 '연민'과 '사랑'의 동일시로 이어지고, '동성애적 포즈'로 젠더의 경계를 관념적으로 넘나들던 작가의 우애적 여성연대는 이곳에 이르러 위반의 장인 '동성애(Lesbianism)'로 치닫는다. 그러나 『그녀의 여자』 역시 동성애라는 하나의 기호로 집약하기엔 그 출발에서부터 어긋나 있다. 동성애가 되기 위한 기본전제는 이성애를 배제하고 동성 간에 부부 혹은 연인이 되고자 하는 결단의 의기투합이 아닌가. 그러나 두 사람의 입장은 서로 다르다. '현석화' 편에서 관계는 '존재에 대한 영육의 물음'이라 전제된다. 그녀에게 육체적 향락의 덧없음은 이성애의 환멸에 기인한다. 그녀는 '소연'을 통해 '절대적 사랑'을 찾고자 한다. '소연'의 경우 관계는 동경과 연민의 몽롱하고 애매한 상태에서 시작된다. 그녀는 아직 '여자끼리도 결혼하는 줄 알았던' 사춘기 시절의 사랑과 동경을 지니고 있다.

'현석화'는 자신의 경제력을 동원하고 감정의 절박함을 사랑의 절대성이란 명제와 일치시킨다. '소연'은 그녀가 그럴수록 그녀의 감정을 진단하고 즐기는 정신적 여유 속에서 우위를 견지한다. 이러한 가운데 이들은 파국적인 사도-마조히스트적 관계에 놓이게 된다. '현석화'는 '소연'의 시간과 마음, 그녀가 만나는 사람들에 예민하게 반응하고 간섭한다. 그녀에 속한 모든 것을 소유하려 들고 그녀의 미래와 기회마저 봉쇄하려 한다. 이러한 '현석화'는 사랑이라는 이름의 '공포의 권력자'이다. 주체할 수 없는 그녀의 행동은 '죽은 남편의 방식'을 닮았다. 의처증이 있던 남편은 나이가 들면서 그녀를 잠시도 자기 곁에서 떠나지 못하게 했고 서로 뒤엉켜 싸우다 격렬한 정사를 반복했다.

그녀가 남편이 자신에게 줄 수 없었던 사랑의 절대성을 '소연'에게 주겠다고 했으나 정작 그녀가 줄 수 있는 것은 물질과 '소연'이 원치 않는 성적 관계이다. 그녀의 성애는 그녀의 것이 아니라 남편이 그녀에게 주었던 향락의 '모방'이다. 그녀는 페니스 중심의 섹스에 길들여져 있다. 놀랍게도 '클리토리스'를 모르는 '현석화'는, 남성 중심의 야만 사회에서 남근 중심의 향락만을 알도록 하기 위해 클리토리스를 할례했던 의도된 무지와 닮아 있다. '현석화'의 불안은 이중으로 겹쳐진다.

그렇다면 그녀는 무엇을 알고 있었던가. 그녀가 발화하는 '진실', '절대', '영원한 사랑'은 무엇인가. '남편'의 방식을 사는 그녀에게 그녀는 그이고, 그녀는 '소연'이다. 그녀는 그에 동일시되어 그녀 자신인 '소연'을 붙들고 있는 것이다. 이는 명백한 전이이다.[5] 이러한 점에서 '현석화'의 욕망과 '소연'의 그것은 궁극적으로 만날 수 없다. 이러한 욕망 사이의 불균형으로 '현석화'는 점점 자신의 제물이 되어간다. 이는 그녀가 믿고 있는 사랑의 절대성이 서로 간의 풍요와 확신에 기반한 것이 아니라 자신에 휘둘린 음습한 감정적 혼돈이라는 것을 자인하는 것이다. 마침내 '소연'은 두 사람의 감정적 긴장 상태, 권력 관계를 완전히 내려놓으려 한다.

'소연'은 '지훈'에 이어 '김민서'라는 남성에 의해 프로포즈를 받는다. '현석화'와의 관계가 부끄럽고 혐오스럽게 인식된 것은 '소연'의 첫사랑이자

---

5) 안다고 상정되어 있는 주체가 어떤 곳에 존재하자마자 거기에는 전이가 있다. D. 에반스, 김종주 역, 『라깡 정신분석사전』, 인간사랑, 1998, 341쪽.

"잘생긴 성공한 남자"인 그를 우연히 다시 만나면서이다. 그가 던지는 빛과 강렬한 매력은 완전하다. '현석화'와 '소연'의 관계는 더 이상 진전되지 않는다. '소연'은 그녀와의 관계를 명쾌하게 '풋정열'·'청춘을 낭비한'·'모멸'로 정리한다. 이리하여 '소연'은 동성애적 공포, 무엇보다 결락을 번연히 알면서 지속되어야 하는 '진정의 파시즘'을 넘어 불안하나 다양하게 열려 있는 가능성을 찾아 몸을 튼다.

'현석화'는 꿈속에서 성공과 권위를 상징하고 자신의 존재를 증명·과시하듯 거실에 걸려 있던 '자식 같은' 오백호 대형 그림을 박살낸다. 이어 자살한다. 그리고 그녀는 무관을 원하는 사람들에 의해 묻힌다. 마치, 아무도 주목하지 않았기에 떠돌았으나 다시 그대로 돌아왔던 포(Poe)의 '도둑맞은 편지'처럼 '어머니'로 마무리된다. 그녀는 죽음으로 표피적인 성공을 거둔 듯하다. 그러나 '현석화'의 죽음은 간단하지 않다. 이는 이것이 서영은 소설의 새로운 지평을 예고하는 서막이라 생각되기 때문이다. 먼저, 지금껏 유예되었던 '그녀'의 '자살'이 끝내 실행되었다는 의미에 주목할 필요가 있다. 혹자는 그녀의 자살을 몰락/추락으로 볼 수도 있겠으나 이는 표피적 해석이다. 나는 이를 '해방', '구원'이라 해석한다. 이미 살폈듯이 주변과 경계(境界)에 있는 서영은의 여성들은 정체의 장애로 침묵하고 도피하거나 아니면 힘과 자유를 역설하며 모든 고통을 초월한 듯한 포즈를 힘겹게 견지한다. 그러나 끝내 아무것도 달라진 것이 없다. 그저 주어진 그녀들의 기호에 맞춰 순응할 뿐이다. 이것이 앞에서 살펴본 그녀들의 모습이다. 그러나 이 소설에 이르러 작가는 파격적이고 일탈적인 동성애적 코드를 통하여 '힘 있고 카리스마 넘친' 남성보다 나은 여성 '현석화'를 창출한다. 물론 그녀를 통하여 남성들이 주지 못한 풍요와 사랑의 절대성을 찾을 수 있는 듯하다 끝내 좌절한다. 그것은 그녀가 돌이킬 수 없이 그녀의 남성에게 익숙해 있었기 때문이다. 그녀의 행위가 그를 '모방'하는 도착이었음을 깨닫는 데는 많은 시간이 필요했다. 그러나 그녀는 죽음 직전에 '소연'의 눈을 통해 자신의 실체를 확인한다. 그녀의 '자살'은 이러한 인식에 기반한 존재의 결단이다. 즉 남성의 망령에서 벗어남을 상징하는 실천적 행위의 의미로 볼 수 있는 것이다.

환멸을 '미리 안 자'는 마조히스트가 되고 끝내 그 결말이 절망일 때 위치를 바꿔 사디스트가 된다. 그래서 그 끝에서 가해자와 피해자 간의 기묘한 '일치'를 우리는 목도한다. 이는 드러난 단순 모방이 목표가 아님을 의미하며 그것이 불행을 지나 자기들이 모방할 '강력한 존재'를 찾는다는 데 있음을 말해준다.[6] '소연'에게 자신의 몸에서 '아브젝시옹'[7]을 읽게 한 '현석화'의 진정한 의도는 수치와 혐오에 대한 경계(警戒)에 있다. 이는 곧 그녀와 다른 그녀, 강력한 존재인 새로운 여성상의 요구에 다를 바 없다. '현석화'는 더 이상 그녀를 닮은 그녀('나')를 만들지 않고 그리고 그것이 가능하지도 않은 현실에서 '그'가 부여한 질서와 기호를 스스로 끊는다. 그녀가 '어머니'로 돌아왔다는 해석은 살아남은 자들을 위한 논리이다. '어머니' 기호의 폐기는 그녀가 자신의 분신인 그림을 깨부술 때 이미 명백하게 드러난 바다. 그녀는 환영과 집착, 굴레를 스스로 거둔다. 타인의 시선 권력에 갇혀 관념의 관념으로 혹은 기만적 환영으로서 자신의 상황을 방어하기에 힘겨웠던 그녀는 환멸로 끝난 시간을 넘어 그녀가 욕망했던 '그녀', 가능과 동경인 그 '불멸의 기호'로 거듭 태어날 것이다. '현석화'의 죽음은 '소연'의 선택을 분명하게 한다. '소연'은 부분을 얻고 전체를 포기하라는 이기와 독단, 출구 없는 모순적 관계를 명쾌하게 끊은 한 가능성이다. 그것은 과거의 '현석화'를 지나 현재와 미래에 닿아 있는 새로운 여성상의 모습이다. 흔들리고 갈등하나 제도와 현실의 균형을 가로지를 수 있는 '소연'은 당당히 요구하고 긍정적으로 자신의 운명을 운영할

---

6) 르네 지라르, 「매저키즘과 새디즘」, 앞의 책, 257-263쪽.

7) 이러한 아브젝시옹(abjection)의 강조는 이에 대한 두려움과 공포를 조장하는 데에 있다. J. 크리스테바, 서민원 역, 『공포의 권력』, 동문선, 2001, 23쪽.

수 있는 여성이 될 것이다. 이것이 서영은이 '화자-그녀'의 응시를 넘어 대화를 통해 끈질기게 추구한 서사의 전망이다. '현석화'를 딛고 수없이 불어난 '나'는 펼쳐진 생 앞에 '문자'가 그러했듯 가슴을 펄럭일 수 있을 것이다. 아니, 그래야 한다.

'섬'이 끝나자, '섬'이 보였다

―유익서의 『한산수첩』

> 길이 시작되자, 여행이 끝났다.
> ―G. 루카치의 『소설의 이론』에서

유익서의 소설집 『한산수첩』은 통영 주변의 섬들을 소설 무대로 삼아 예술가의 정체와 재현 문제를 심오하게 펼쳐나간다. 예술 입문에서 갈무리에 이르기까지 매우 유용하고 절실한 질문이라 할 수 있겠으나 예술가/현실인, 이상/현실, 유산/계승, 진실/사실을 첨예하게 맞세우며 간극의 응시를 통해 해법을 모색하는 것은 고통스러운 일이다.

속도와 변화의 시대에 '섬'에 머물면서 오랜 화두를 붙들고 집요한 되새김으로 질문과 답변을 반복하는 예술가를 본다는 것은, 신선하나 불편하다. 이러한 양가적 체험은 질문의 유효성과 답안의 불완전성에 있다. 답이 곧 새로운 질문의 시작이 되는 것으로 절망과 희망의 팽팽한 교차는, 길이 시작되자 여행이 끝났다는 G. 루카치의 서늘한 깨달음을 상기시킨다. 『한산수첩』은 여덟 편의 모든 소설이 통영의 섬들을 배경으로 하고 있다는 독보적인 의미를 갖는다. 소설은 일견 섬들을 향한 헌사, 토포필리아의 향연으로 읽히기도 한다. 그런데 '섬'의 의미는 간단하지 않다. '섬'은 예술가의 처소에서, 전통의 울과 늪으로 깊어지고, 문학적 메타포로, 그리고 서사의 대상으로 변형 확장되며 '섬'의 입체와 음영을 덧새긴다. 『한산수첩』에 이르는 열쇠는 '섬'에 있다. '섬'에 이르는 길은 서사의 시작이자 끝이다. 유익서는 우리를 낮고 깊은 그물에 담아 집요하고 지루하게 사유의 섬으로 몰아넣다 어느새 번쩍 들어 올려 섬 저편의 지평을 바라보게 한다. 작가는 『한산수첩』을 통하여 서사의 한산대첩을 꿈꾸는 것은 아닌가.

1. 예술가 '섬'에 갇히다

『한산수첩』은 뭍의 예술가가 '섬'을 찾으면서 시작된다. 소설의 주인물은 예술적 성찰을 위해 일상의 굴레를 던져버리고 결연히 '섬'을 향한다. 「그 못난 사람」의 화자는 "전통음악과 현대음악의 접목"이란 오랜 숙제를 재점검하기 위해 '섬'으로 들어온다. 하지만 쉽게 정답을 구하지는 못한다. 예술 창작에 대한 몰두보다 '산책자'처럼 한가로이 거닐며 섬 이곳저곳을 기웃거리며 구경하고, 자전거를 타면서 시간을 보낸다. 아이러니하게도 화자는 예술을 즐기기 위해서 '섬'을 잠시 떠나기도 한다. 서울도 가고, 가까운 '통영' 문화회관에서 '오르페오와 에우리디체'를 관람하기도 한다.

예술가가 자신의 시간을 갖기 위한 장소로 선택한 '섬'은 안전과 애정을 느낄 수 있는 고요한 중심인 '장소(place)'가 아니다. 그들에게 '섬'은 움직임, 개방, 자유, 위험을 느끼게 하는 '공간(space)'에 가깝다. 미적 거리의 역설로, 일상과의 거리를 둔 낯선 공간에서 심오한 영감을 획득하고 이를 재구성하고자 하는 예술가의 욕망, 예술의 생성원리를 반영한 듯하다.

화자가 문화회관에서 우연히 만난 매력적인 여자는 정인인 '그 못난 사람'을 이곳에서 잃는다. 여자의 남자는 "시간과 동행할 수 있는 영원한 자장으로 들어가는 입구로 간다.”는 문자 하나만 달랑 남기고 사라진다. 남자와 화자는 모두 이상주의자로 예술의 원형, 전통을 현대적으로 계승하지 못했다는 공통점을 갖는다. 여자의 남자는 ‘신화나 전설을 무대에 올리는 데 열정적이고, 과거는 현재의 거울이고 현재는 과거의 재현이며 미래 또한 과거의 연장이라 믿으며 우리가 살고 있는 엄연한 현상계의 질서와 법칙에는 관심을 별로 두지 않는 사람’이다. 여자는 예술을 “시대에 따라 달라지는 문화적 환경과 정서적 환경에 맞춰 변통할 줄 알아야” 한다고 주장한다. 그녀의 비난은 화자에게도 해당되는 것이다.

‘섬’에서 예술의 영원성을 찾고 예술가로서의 정체를 확고히 하려 하지만 예술가들은 종종 실종된다. ‘영원을 품은 먹빛 몽돌’만이 영원의 실체임을 과시하듯 지천에 뒹굴며 심각한 예술가를 조롱한다. 「그 못난 사람」에서 제기된 문제의식은 『한산수첩』 내내 지속되는 작가 유익서의 고민이다.

「통학선」의 화가 ‘휘’ 역시 비진도의 신비를 화폭에 담겠다고 호언하나 끝내 숨지고 만다. ‘휘’는 비진도를 알기 위해 온 정성을 다 기울인다. 그러나 겨우 썰물 때와 밀물 때 밀려오는 조수의 속도와 강도의 다름과 갈바람이 불 때와 높새바람이 불 때 그것의 다름을 알 수 있을 뿐이다. ‘섬’의 신비를 담겠다는 그의 말은 섣부른 재현으로 섬을 대상화하는 오류를 범하지 않겠다는 예술적 결의로 읽힌다. ‘휘’에게 섬은 단순한 화제(畵題)가 아닌 구현해야 할 궁극적 대상이자 목적(이데아)이다. 그러던 ‘휘’가 갑자기 죽고 만다. 죽음의 진실은 하숙집 여주인과 ‘나’의 꿈을 통해 암시된다.

그래, 그는 녹슨 도끼를 들고 있었다. 도끼가 눈을 끌었다. (…) 그런데 모습은 닮지 않았으나 사내 위에 휘의 실루엣이 자꾸만 겹쳐지고는 했다! 사내는 한 번도 이곳 비진도를 떠나 본 적이 없다고 했다. 선유대에

서 내려다보면 섬 안팎이 환히 다 눈에 들어왔다. (…) 짐승이나 풀벌레
는 물론 사람들도 다 내가 키운다, 멀리 에둘러 온 소리를 통해 그는 그
렇게 내게 전했다. 내가 무슨 말인지 알아듣지 못하고 그를 쳐다보자 먼
배래에 눈을 던진 채 묵묵부답이었다. 그 의문은 내 속에서 스스로 풀렸
다. 그는 섬을 다스리는 자였던 것이다.

'휘'는 이마와 턱에 도끼자국 같은 상처를 남긴 채 죽는다. '꿈'을 따르
면 '휘'는 섬을 지키는 원주민, 정령인 남자에게 맞아 죽은 것이다. 그토록
섬의 실체, 신비를 파악하기 위해 애를 썼고 그 비경에 다가섰다고 느끼는
순간 섬의 수호신인 남자의 허락을 받지 못한 것이다. '섬'은 뭍에서 건너
온 예술가가 쉽사리 도달할 수 없는 먼 곳에 자리한다. '섬'은 안/밖의 경
계를 나누고 있는 '경계'이다.

「국화무늬 그림자」에서 '섬'은 또 하나의 섬('박물관')으로 치환된다. 김
장후 시인의 맏이 '김기승'은 지역방송사의 PD로 주로 다큐멘터리필름을
제작하는데 그는 지역시인인 아버지 '김장후'를 재조명할 책무를 부여받
는다. 한산도에 사는 한 선생은 그에게 "사실의 때를 벗고 그리움의 옷으
로 갈아입을 때까지 기다리는 것이 현명할 것"이라고 조언하며, 진실/사
실, 시인/현실인의 간극을 놓치지 말기를 당부한다. 화자에게 한 선생의
조언이 아프게 다가오는 것은 "시에 관한 재능은 천부적으로 타고난 것이
라는 과분한 극찬까지 들은 바 있었으나 삶의 궤적은 부정과 비난과 폄훼
의 대상"이었던 아버지에 대한 엇갈린 평가 때문이다. 한선생의 우려는 시
인이자 광고인으로 상반된 삶을 살았던 아버지에 대한 간접적인 비난일
수 있다. 아버지는 생활을 위해 광고 그것도 정치 광고판에 뛰어들며 주
위의 비난을 산다. 광고는 예술/쓰레기 영역에서 갈등하는 장르로 '조작',
'야바위'의 기술과 '적당히 감추고 드러내기'의 기교와 포장의 미학을 담
아 상품을 팔아먹는 상업주의의 첨병이다. 치명적인 유혹인 광고제작은

늘 과장과 왜곡을 동반한다.

한 선생은 '박물관'에서 지혜로운 해법을 찾기를 권하며 그를 박물관으로 이끈다. 박물관은 과거의 신성한 지혜와 유산을 일상적 삶의 폐해로부터 보존하는 성소(聖所)로 자신의 시대에 속하지 않는 유물들을 거리를 두고 향유하게 하는 곳이다. '역사'의식을 시각적으로 표현하여 명료한 이미지와 논리적 일관성을 획득하게 한다. 박물관의 본원적 형태인 미술관은 이른바 '미술사'라는 관념에 기초하고 있는데, 미술사가들의 핵심적인 역할은 명작(masterpiece)을 확정하고 진품성(authenticity) 여부를 가리는 것이다. 그러나 박물관은 역사의 이름으로 예술을 사장시킨다는 비판에도 자유로울 수 없다. 니체는 '박제화'하는 박물관(museum)은 우리의 삶으로부터 고립된 곳, 미술품들의 시체들이 안치되어 있는 '묘지(mausoleum)'인 그늘진 공간이고, 과거의 힘에 짓눌려 더 이상 현재를 살지 못하는 근대 문명인에게 걸맞은 장소라고 지적한다.

다큐멘터리가 지니는 진실과 사실의 경계는 제작자의 기획의도와 시청자와의 공감대, 기대지평이 함께 어우러지며 만들어내는 생동하는 산물임을 지적하지 않을 수 없다. 시인과 현실인(아버지)은 같은 무게로 동일선상에 놓일 수 없다. 때론 과감히 구분, 분리되어 시인/현실인이 대비, 교차되는 가운데 자연스러운 접점을 찾을 수 있을 것이라 생각된다. 명료한 이미지, 논리적 일관성, 진품성의 기준 안에 놓은 조화로운 배치는 시인 김장후, 아버지·현실인 김장후 모두를 놓치게 되는 배치(背馳)된 결과를 가져올 수 있는 것이리라. 마치 '섬'을 찾은 예술가들이 '예술의 이상'과 '섬의 폐쇄성'에 짓눌려 자신들의 정체성을 획득하지 못하고 실종된 것처럼. 여기서 미술사가 리글(Alois Riegl)의 표현은 되새길 만하다. 예술가에게 중요한 것은 역사적 가치가 아니라 '예술적 의지(Kunstwollen)'이다.

2. '섬', 전통 혹은 진실의 늪

'섬'은 다른 문을 활짝 열어놓는데 그것은 섬이 보유한 전통문화를 드러낼 때이다. 관념적으로 흐르던 유익서의 소설이 「죽도 별신굿」과 「바람신」에서 구체적인 활기를 띠고 섬의 속살을 드러낸다. 두 편의 소설에선 감히 외부인의 시선으로 이해할 수 없는, '휘'가 재현하고자 했던 섬의 신비를 너머, 섬의 생활-문화-언어가 유기적으로 그려진다.

아무리 머리를 갸웃거리며 살펴봐도 그 종잡을 수 없는 형상이 나무 자신의 의지대로 자란 것 같지가 않았다. 물, 불, 흙, 바람 등, 나무가 서 있는 주변 사정의 시련과 강압을 오래 견뎌 온 탓인 듯하였다. (…) 어쩐지 주저와 망설임으로 억누르고 인고한 오랜 세월을 형용하고 있는 것 같은 측은한 외양이 마치 굽은 허리를 펴지 못하고 힘겹게 땅을 짚고 서 있는 노파의 모습을 방불케 했다.

선착장이나 방파제는 물론, 마을 전면 해안의 전봇대와 가로등마다 빨강, 파랑, 노랑, 하양, 검정, 다섯 가지 색깔의 중형 오방기가 높이 걸려 바람에 휘날리고 있었다. 마을회관 앞 공터에는 대형 천막의 굿청이 마련되어 있고 굿청에서 시작하여 방파제 끝까지 거래상(退鬼床)이 잇대어 길게 놓여 있었다.

「죽도 별신굿」에는 지형-나무-문화(삶)가 유기적으로 연결되어 있다. 몇 페이지에 걸쳐 생생하게 재현되는 '별신굿'은 섬의 전통문화를 기록하고자 애쓰는 작가 유익서의 공력과 진정성이 배어 나오는 대목이다. 별신굿이 펼쳐지는 현장, 죽도 마을 전면 해안의 풍경은 을씨년스럽다. 자신의 의지대로 자란 것 같지 않은 나무는 측은한 '노파'의 모습이고 중형 오방기가 걸려 있는 해안가는 귀신을 쫓는 상(退鬼床)이 차려져 있어 이질적이다. 이 섬에 사는 사람들의 삶 또한 힘겹게 지속된다.

'섬-삶'으로의 본격적 침투는 '별신굿'을 보러 고향을 찾았다는 청년과 '양중'에서 해금을 켜는 그녀가 만나게 되면서 이루어진다.『한산수첩』에서 로맨스 구도는 왕왕 드러나는데 대개가 일방적인 착각이거나 감정적 소용돌이에 불과하다.「죽도 별신굿」에서 그간 어긋나고 유보되던 로맨스가 청춘남녀의 연애라인으로 본격적으로 펼쳐진다. 초점화자의 내면을 파고드는 서술의 변화가 수반되면서 '나'에서 '그녀'로, '뭍'에서 '섬'으로, '외부'에서 '내부'로 시점이 이동한다.

'그'는 전통예술과 현대예술의 이상적인 접목이 장래포부인 극작을 전공하는 젊은이다. 해금을 켜는 그녀는 한눈에 그에게 반한다. 그녀는 그를 통해 "설명할 수 없는 아련한 아픔과 달콤한 기대와 설렘"과 "한 번도 경험해보지 못한 낯선 울렁임"이 온몸을 감미롭게 감싸는 것을 느끼고 "몸속 가장 깊은 곳에 오래오래 갇혀 있던 어떤 본원적 감성이 회오리바람처럼 일어나 전신을 뒤흔드는 것"을 느낀다. 그녀는 남자의 밥그릇에다 장어구이를 올려주며 은근한 구애를 펼치고 그는 "해금은 말을 타고 초원을 바람처럼 달리는 유목민인 해족이 개발한 악기로 유랑하는 자의 악기"라고 속삭인다. 이후 두 사람은 함께 섬을 떠난다. 그러나 둘의 사랑, 뭍에서의 동거는 오래가지 못한다.

이별은 그녀의 일방적인 결단으로 찾아온다. 홀연히 '죽도'로 떠난 그녀의 이별 이유는 모두 '죽도'에 있다. 죽도의 포구나무, 목탑의 무늬, 해금이 관악합주에 반드시 편성되어야 하는 이유, 그리고 시문(詩文)의 근본이 무사(巫師)가 풀어내는 사(詞)의 주술(呪術)에 바탕하고 있다는 사실을 되뇌며 자신은 포구나무 곁, 해금이 있어야 할 그녀의 본자리로 돌아간다고 말한다. 이는 그가 그녀에게 들려준 '죽도' 이야기이다. 그녀가 말한 목탑의 무늬는 부적 같은 비의적인 무늬가 촘촘히 아로새겨져 있는 제의적인 무늬들로 사람의 영역에서는 독해가 불가능한, 그러나 신들을 향한 소통의 방편으로 마련된 축원의 기호들이다. 그가 그녀에게 해금의 유랑과 자유를 역설했다면 그녀는 해금의 어우러짐을 고집하며 귀속을 부르짖는다.

소위 섬의 문화가 사랑을 찾아 떠난 젊은 여자의 열정을 억압하고 그녀를 다시 불러들이는 권력의 실체로 부상한 것이다. 별신굿 굿패를 이루는 대모, 소모 등의 승방(무녀)과 장구, 대금, 피리, 징, 해금 등 악기를 맡은 양중이 종횡의 혈연관계를 맺고 있는데 그녀는 양중의 멤버이다. 사랑에 빠진 처녀가 뭍으로의 오랜 동경과 열정을 간단히 접고 다시 가족 속으로 들어간 것이다. 물론 그녀는 진정 섬과 해금을 사랑한 전통 예술가인지 모른다. 그러나 그녀의 답변은 석연치 않다. 그를 떠난 것이 섬의 언어, 해금의 자리를 지키기 위한 데 있다는 것은 과도하게 읽힌다. 그녀는 그가 이해할 수 없는, 그녀가 속한 그들만의 특별한 언어 무늬 속으로 숨어들어갔다는 인상을 지울 수 없다.

비의적인 죽도의 '전통'은 그가 제시한 화려한 그림에 자신의 자리가 없다는 그녀의 말처럼 양의적이다. 다시 말하면 전통문화 혹은 섬에 대한 맹목적인 경도로 이는 열등감의 다른 표현일 가능성이 짙다는 의미이다. 섬의 비경을 함부로 밟는 '휘'(통학선)의 뒤통수를 후려갈긴 섬의 정령인 남자처럼 그녀를 한순간에 호출하는 섬의 언어는 대단하다. 전통이 권력과 이데올로기에 의한 왜곡으로부터 자유로울 수 없다는 하버마스의 견해는 유효하다. 음험한 위계 속 만용을 경계해야 함을 환기시키는 대목이기도 하다.

그렇지만 섬-언어-삶의 유기성이 쉽게 해체되거나 해석되긴 어려울 듯하다. 「바람신」은 생동감 있는 문체와 압도적인 서사의 위력으로 섬사람들의 역사, 기억의 문제를 환기한다. 여기서도 '굿'은 사실의 허구를 넘어 '진실'을 끌어낼 수 있는 불가해한 신비의 언어로 재현된다.

서쪽 방향의 여러 마을은 그 나름의 흥미로운 이야깃거리를 지니고 있었고, 동쪽 방향으로 가다 다리를 건너 만나는 봉암, 추원, 예곡, 곡룡포 등 여러 마을도 그에 못지않은 여러 곡절을 지니고 있었다. 당시 내 관심은 죽전마을의 폐가와 추원마을 포로수용소 옛터에 꽂혀 있었다. 죽전마을에 있는 폐가는 나의 상상력을 자극했고 추원리 포로수용소 옛터는 역사의 쓰라린 상처와 아픔을 고스란히 담고 있어 관심이 쏠렸다.

이곳 한산도에서 세 철을 보낸 소설가인 화자는 인근 섬 마을을 두루 꿰고 있고 여름바다를 가장 사랑하는, 거의 섬사람이다. 화자는 '산책자'일 뿐이나 섬 안에서 섬과 더불어 삶과 소설거리를 찾아 엮어 나가고 있다. 섬 속에 완전 동화될 수는 없으나 섬에 대한 친근한 인식은 섬의 역사와 상처에 대한 교감과 공감으로 깊어진다. 한없이 평화로워 보이지만 섬의 지리적 특성상 더욱 고통을 겪어야 했던 그들의 시간에 대해 외부자의 시선을 너머 내부자로서 다가선다.

공적 사건에서 개인의 비화에 이르기까지 '섬'의 역사는 은폐되어 있다. 전쟁 당시 무장한 미군 엠피들이 상륙작전용 수송함 엘에스티선 수십 척을 몰고 와서 마을 주민들을 강제이주 시킨 후 '추원리'에 포로수용소를 세운 일, 밤이면 수용소에 근무하는 미군들이 여자들을 강간하고 성추행한 일 등등은 외부에 알려지지도 않았다. 섬사람들은 자신들의 상처를 바람을 주관하는 영등 할만네에게 제를 올리는 것으로 비명횡사한 억울한 원혼들을 굿을 통하여 풀려고 한다. 「바람신」은 '영등 할만네' 이야기와 오구굿 배설이 압권이다. 넋 건지기 순서에 대한 묘사, 굿의 순서를 밟는 무녀의 모양새 재현 또한 치열하다. 굿을 통해 비명횡사(非命橫死)로 처리된 '조문례' 죽음의 전모가 드러난다. 조문례는 연이은 불운과 사업 실패를 겪고도 살아보려고 복운네와 미역을 따러 갔다가 이두덕네 배인 '포세이돈' 400마력짜리 동력선에 부딪혀 죽고 만다. 이어 그녀의 착한 남편 박인봉도 끝내 절망하여 자살한다. 믿지 못할 만큼 정확하고 적나라하게 굿을 통해 은폐된 죽음의 진실이 밝혀진 것이다. 그러나 '진실'을 증명할 길이 없다. '굿'에서 드러난 무녀의 공수는 단지 '섬의 언어'일 뿐 현실(검찰, 경찰, 법원)의 증거가 될 수 없는 것이 '사실'이다. "사실 중에는 손에 잡을 수도 없고 눈에 보이지도 않는 사실도 있다는 것을 우리는 인정하지 않으면 안 됩니다."라는 이장의 말은 무력하게 느껴진다.

「바람신」에서 '굿' 재현의 진정한 의미는 진실/사실의 소모적인 논쟁의 되풀이에 있는 것이 아니다. 세상에 존재하는 많은 이야기들에 대한 겸허한 교감, 상상, 인정을 통해 그 이면을 다시 살펴보자는 의미로 폭넓은 사유를 촉구하고 있다. 전통의 현대적 계승, 섬의 언어와 뭍의 언어가 자유롭게 뒤섞이는 것은 과연 어려운가.

3. '섬', 서사의 향연을 넘다

「꽃배」, 「대장경 일화」에 이르면 예술의 이상적 구현, 진실 혹은 전통의 무게를 내려놓고 관념적 자세를 선회한 작가의 유연성이 주목된다. 두 소설은 '섬'과 '뭍'의 거리, 전통의 유산과 현대적 계승이란 간극을 행복하게 좁힐 수 있는 한 가능성으로 읽힌다.

「꽃배」의 화자인 소설가는 한려수도의 여러 정보를 담아놓은 개인 블로그 '무지개 섬나라'를 방문하다 그곳에서 '이야기 메뉴'를 발견하고 이에 흥미를 느낀다. '이야기 메뉴'는 한산도, 추봉도, 용초도, 비진도, 매물도, 장사도, 죽도 등 여러 섬들에 얽힌 전설과 설화를 비롯하여 섬사람들에 얽힌 일화도 소개하고 있다.

그중 '영원한 수수께끼'라는 코너에 관심을 갖게 되는데, 이 코너는 사실을 빌미로 했으나 전적으로 사실에만 매달린 것이 아니라 상상력에 더 많은 빚을 지고 있는 이야기들로 채워져 있다. 이 코너에서 읽은 소설 '꽃배'는 화자를 사로잡았고 이에 영감을 얻는다. 소설 「꽃배」는 블로그의 '꽃배'를 읽고 대화적 상상력을 더해 쓴 결과물이다. 즉 「꽃배」의 구성은 감동받은 코너의 「꽃배」의 이야기와 이어 자신의 유사한 간접체험을 소개한 소설, 두 편이 잇달아 만들어진 합성품이다. 「꽃배」의 구성은 "블로그 소개와 '꽃배'이야기-화자 '나'의 경험(본 소설)-'꽃배' 마무리"로 되어 있다. 두 소설의 유사점은 죽은 연인, 아내의 주검을 보내지 못하는 두 남자의 애틋한 사랑에 있다.

블로그의 '꽃배'는 '장작지'라는 한산도 남서쪽에 위치한 작은 갯마을에 찾아든 남자 이야기이다. 이 남자는 빈집에 혼자 살면서 아무 일도 하지 않고 바다만 내내 바라보고 지내다 급기야 섬사람들의 생존 수단인 신성한 거룻배를 꽃배로 만들어 온종일 세워두기에 이른다. '꽃배'의 등장으로 섬사람들은 불편해지고 불화한다. 섬의 여자들, 아내들의 마음을 사로잡은 매혹적인 꽃들은 "그 꽃들이 다 사람 뼛가루를 거름으로 피운 것"이라는 이장의 독백으로 짐작된다. 그러나 이장은 자신도 믿어지지 않고 곧이 듣고 싶지 않은 것이라 이 비밀을 간직한다. 남자도 결국 배에서 꽃과 함께 시든다.

'나'의 이야기는 후배 영비의 죽음과 관련된다. 영비의 남편은 그녀의 죽음을 받아들이지 못하고 장례를 치르지 않는다. 이에 보다 못한 동료들이 남편이 잠든 사이 화장을 하고 뼛가루를 담아 그에게 전한다. '나'에게 영비의 죽음이 문제로 다가온 것은 그녀가 남긴 '노트' 때문이다. 10포인트 41행 무려 120페이지에 달한 글에는 그녀의 관심사와 주장들을 담은 글들(방사성폐기물 처리장 건립 문제, 정치문제 법안 등)과 더불어 자신과 영비의 관계를 담고 있는데 왜곡과 과장이 대부분이다. 후배 영비의 유혹을 끝내 거절한 것은 그녀가 싫어서가 아니라 후배를 잃고 싶지 않았기 때문이다. 영비가 남긴 글은 '지저분하고 불쾌하기 짝이 없는 것'이다. 뿐만 아니라 동료들도 모두 악하게 그려 놓았다. 영비는 열성적이고 재능을 지닌 반면 직장 생활과 동료들과의 어울림엔 서툴렀고 주위의 인정도 받지 못한다.

영비는 왜 그런 글을 남긴 것일까. 그녀의 기억이 잘못된 것일까. 이는 기억과 망각의 변증법으로 해석할 수 있을 듯하다. 기억은 망각을 극복함으로써가 아니라 오히려 망각이라는 구성적 작업을 통해 비로소 가능해지는데 망각의 핵심적 계기를 이루는 것이 바로 이야기이다. 이야기의 언어는 과거와의 심리적 거리를 창출하고, 이야기는 망각의 최종단계로 자리매김될 수 있다. 과거에 대한 기억은 결국 그것에 대한 이야기를 통해 비로소 완수된다고 할 수 있다. 이와 같은 이야기 과정은 과거를 단지 포기하는 것이 아니라 새로운 정체성을 이루는 계기로 부활시키는 작업이다. 노트 속에서 영비는 멋지고 완벽한, 그리고 모든 면에서 당당한 여성이자 아내로 구성된다.

글이 독자를 의식하지 않을 수 없다고 했을 때 그녀의 글은 최고 독자인 남편의 기대를 의식한 것으로 짐작된다. 그녀의 과거는 남편과의 관련성(aboutness)을 중심으로 재구성된 것이라 볼 수 있다. 하여, 영비가 남긴 글의 진실 여부는 중요하지 않다. 그녀가 남긴 글은 현실로부터 자율적이면서 내적인 긴장감과 유기적 질서를 지닌 구성적 서사물로 '미적인 것(the aesthetic)'의 범주에 속한다고 할 수 있을 것이다.

「꽃배」는 지금껏 유익서가 견지한 질문인 진실/사실의 문제를 넘어서고 있다. 유익서는 진실/사실의 좁힐 수 없는 간극에 대한 해법을 생성되는 자율적 미적 거리에 대한 용인을 통해 모색하고 있다. 유익서의 「꽃배」 탄생이 새로운 매체의 새로운 양식(인터넷 블로그)을 통한 스토리텔링 기법을 차용하면서 시작했음을 공고하는 것은 의도된 선언으로 보인다.

스토리텔링은 대상이나 정보만 주어지면 여러 가지로 각색이 가능한 것이다. 스토리텔링이란 독자 혹은 청자의 눈높이와 기대수준 등을 고려하여 이야기가 만들어지기 때문에 동일한 정보를 가지고도 수많은 다른 이야기를 만들 수 있다. 디지털미디어 시대에는 한 명의 화자의 이야기에 대한 반응과 댓글, 이어 말하기, 동시에 말하기 등 다양한 형태로 화자가 등장하고 참여한다. 「꽃배」에서 이어 말하기, 화자의 빈번한 전환은 이러한 변화 생성 맥락에 있다. 전작의 소설들에서 보였던 일방적 화자 중심에서 발생하는 초점화자의 빈번한 실종, 반복되는 의혹과 진실탐구의 강박적 요구가 생산한 폐쇄형식의 피로를 과감히 벗어나고 있다.

　진실과 사실의 완고한 경계, 전통의 음험한 위계 속에 섣부른 변형과 해석을 경계한 유익서의 소설이 변화, 새로운 방향의 물꼬를 트는 것으로 해석된다. 「대장경 일화」도 이러한 유연한 변화의 선상에 있다. '나'는 노작가로 "집을 떠나면 일이 잘 되려나!" 하는 마음에 이곳 한산도로 창작의 유배를 온다. 화자가 결심을 하게 된 것은 인터넷의 공유정보 "통영에서 예술가들을 위한 작업 공간을 제공한다"는 정보 덕분이다. 「대장경 일화」는 화자가 '한산사'라는 절에서 어느 객승을 만나면서 듣게 된 '일화'를 주테마로 삼고 있다. 이 일화는 객승이 모신 노스님이 남긴 '노트'에 기록된 사실을 바탕으로 하는 이야기이다. "처사께서 이야기를 지어내는 전기수라니까 내 평생 업처럼 지고 다니며 공들여 다듬어 온 이야기가 하나 있는데, 들어보시겠나?"로 시작하는 객승의 이야기에서 노스님의 행적을 더듬다 스님이 남긴 노트 속 이야기로 깊어진다.

　'노트'엔 일본이 태종 8년(1408년)부터 중종 4년(1509)년에 이르는 100년 동안 무려 83회에 걸쳐 대장경판을 양도해주기를 끈질기게 요구했다는 역사적 사건에 관한 이야기가 기록되어 있다. 그러나 객승은 노승의 노트를 간직하고만 있지 퍼트리지 않는다. 객승은 "그것을 보면 거기 적힌 사실을 믿게 되고, 그것을 믿으면 무엇인가 행동으로 옮기고 싶어지기 마련이지. 그것을 행동으로 옮기려다 보면 세상으로부터 따돌려지고 마침내 망가지게 되어 있어.""사실이란 믿어주는 사람이 있을 때 비로소 사실로 성립하는 것이라네"라며 유포를 막는다. 서사 그리고 소설에서 진실은 무엇인가? 오롯한 진실은 과연 가능한 것인가? 화자와 대상의 관계를 중심으로 누가 어떤 입장에서 말하느냐는 시점 정치에 따라 서사 층위와 그 해석은 무한히 달라질 수 있는 것이다. 객승의 말씀은 문학 혹은 이야기의 위력을 역설하고 있는 것이다. 문학의 힘은 울림, 감동이고 그 지향점은 행동 혹은 인격의 변화로 이어지는 것이라 할 때 이야기를 사실로 만들거나 가짜로 만드는 것은 듣는 이의 판단이다. 새로운 이야기는 새로운 행동을 새로운 행동은 새로운 이야기를 낳는다. 우리의 자유와 책임을 완전히 이해할 때 과거 이야기를 회복시키고 새로운 이야기를 살아갈 수 있다.

「대장경 일화」가 취한 '팔만대장경 일제 반출 사건'은 이른바 민족의식을 고취시키는 제재로, 유익서는 섬을 돌아 나오는 말미에 '대장경 일화'를 배치함으로써 분열되고 이완된 공동체를 형성하고 결속하는 힘을 갖게 한다. 여전히 아름다워 위태로운 '섬'은 삶의 애환이 드리운 현재진행형인 공간으로 우리의 영원한 서사공간이다. '섬', '바다'는 새로운 서사 무대로 각광받고 있는 미래의 발판인 동력지대가 아닌가.

유익서의 『한산수첩』은 섬을 찾아, 섬을 살며, 이제 섬을 돌아 다시 이야기 속으로 귀환하는 예술가의 뒷모습을 떠올리게 한다. 한 권의 소설집에 이처럼 진지하고 치열하게 다면적인 '섬'을 풍요롭고 입체감 있게 구현하기란 쉽지 않은 일이다. 경외와 두려움, 공감과 연민, 새로운 생성의 즐거움을 모두 향유하게 한 출렁이는 서사의 바다는 유익서가 꿈꾸는 진실의 심연, 예술 그 자체인 궁극이 아닐까.

메두사의 웃음과 출구

— 최윤의『마네킹』

1. 소비사회와 여성, 그 조화를 위한 모색

최윤의『마네킹』은 병폐적인 현대 소비사회를 우화적으로 그려내고 있다. 우화는 이 경우 더 이상의 순진한 리얼리즘적 기법으로는 세상의 폭력성을 드러낼 수 없다는 자각에서 시작한 우회적인 공격의 서술 형식으로 주제의 심각성을 증명한다. 아름다움과 폭력의 극명한 대비, 웅변과 침묵의 교차적 수사를 통하여 소설 미학의 시적 경계를 넘보던 최윤은 장편소설『마네킹』의 강렬한 메시지로 우리에게 다가온다. 알 수 있듯이 '마네킹'은 주체의식과 생명성을 상실해버린, 소모적이거나 도구적인 대상으로 전락한, 소비사회를 사는 우리들의 은유이다. 그러나 타자인 주인공 '지니'는 이곳을 벗어나 단호히 훨훨 자신을 찾아 나선다. 이 소설은 현상에 대한 단순한 고발에 머물지 않고 성찰적이고 탐색적이다. 주인공의 정체성 탐구라는 고단한 여정을 우리가 함께하고자 한다.

『마네킹』은 교환과 화폐의 논리에 따라 움직이는 현대 후기 산업사회의 소비적/소모적인 관계의 병폐를 막을 수 있는 대안을 여성의 진정한 아름다움과 사랑, 그리고 이 모든 것을 함축하는 모성의 논리에서 찾고 있다. 이 소설은 소비사회의 병폐를 담은 한 축과 그에서 벗어나 진정성을 찾아 성찰하는 또 다른 한 축이 맞서며 대비된다. 따라서 이 소설의 주제는 분명하다. 풍요가 우리의 것이 되지 못하는 소외의 원인을 되짚어 반성하게 한다.

소비하면서 자신의 정체성을 획득해가는 소비의 시대를 사는 우리는 무엇을 어떻게 소비하며 살 것인지를 생각해보아야 한다. 타자의 거울에 비추며 자신을 끝없이 수정하는 동안 자신의 정체를 잊어가고 있는 것은 아닌가. 이제 진정성/주체성의 내면/내공을 통해 세상을 되비추고자 하는 적극적 발상의 전환이 필요할 때가 아닌지, 이 소설은 묻고 있다.

2. 사취(詐取)된 힘과 감각의 시대

소설에서 서술상황의 심각성은 가족관계가 신뢰와 사랑으로 결합되지 않아 집이 휴식과 안전을 보장하는 공간이 되지 못한다는 데에서 출발한다. 『마네킹』은 일찍이 카프카의 「변신」에서 ‘그레고르잠자’가 어느 날 생산의 도구인 몸을 잃자 얼마 지나지 않아 끝내 가족에게서 부정되던 ‘비정의 슬픔’을 훨씬 넘은 ‘냉혹의 충격’으로 시작한다. 『마네킹』의 ‘지니’는 이른 새벽 두 남자(오빠 ‘상어’와 아버지 혹은 어머니인 듯)에게 목을 졸려 ‘목소리’를 잃는다. 가족들에게 ‘지니’는 “누르면 즙을 흘려 내보내는 과일처럼” 우리들의 일용할 양식, 아니 풍요의 여신으로 가난한 이 집에 부를 가져온 코르누코피아(Cornucopia, 풍요의 뿔)이다. 그러나 이 풍요의 여신은 ‘상어’에 의해 왜곡되면서 독과 풍요로움이 함께 존재하는 경제시스템의 본질을 상징하는 존재로 그 정체가 변화한다.

이 충격적인 장면은 '우뭇가사리'가 어렵게 토해내는 기억으로 그 전모를 드러내나 여전히 애매하다. '상어'가 '지니'의 목을 눌렀고 나머지 한명은 말렸던 듯하다. 오빠와 또 한 사람의 남자가 누군지는 알 수 없다. 어머니 '우뭇가사리'가 고백하듯 모든 것이 어두웠고 소문이 날까 두려워 명명백백 밝힐 수가 없었다. 그러나 불을 밝혀 투명하게, 적극적으로 사태를 말리지 않은 것으로도 어머니는 공범의 죄의식에서 소설 내내 자유롭지 못하다. 아니 또 한 명의 남자는 '아저씨'라 불리기도 했던, 성(gender)의 구별을 이미 상실해버린 남자 같아 보이는 어머니 '우뭇가사리'인지도 모른다. 소설에서 이 사건은 반복적으로 재현되면서 '지니'를 조른 것이 익명의 다수, 우리가 아닌가 하는 증폭감을 갖게 한다.

이처럼 『마네킹』은 '미쳤던(미친) 가족'에 희생된 '지니'와 그를 지켜보는 어머니의 명백한 슬픔과 분노, 그 비밀의 뇌관을 깔고서 시작한다. 소설 내내 관계의 불투명성과 배신은 지속된다. 최윤은 이 소설을 통하여 실체는 없고 이미지만 분사되는 이 시대의 현주소를 광고 모델 '지니'와 그녀를 둘러싼 가족관계의 상호 역학적 관계를 통하여 그려내고 있다. 소설의 해독은 쉽지 않다. 최윤이 견지한 시적 문체와 과도한 은유, 그리고 무엇보다 "쓰여지기 전에 이미 끝나 있었던"[1] 이 소설의 가파른 행보를 따라잡는 균형이 독자의 몫으로 남겨진다. 시적 소설과 산문적 평문의 적절한 조화는 최윤의 소설미학을 두드리는 확실한 코드가 될 듯싶다.

우선, 이 소설은 이중시점으로 진행된다. 주인공인 '지니'와 그녀의 어머니 '우뭇가사리'가 '그녀' 3인칭이라면, 그 외 다른 작중인물들은 '나'로, 화자가 된다. 두 사람의 '그녀'는 서술자에 의해 중개됨으로 느리고 모호하며 특히 '지니'의 경우 신비함의 아우라를 놓치지 않고 서술되나, 다른 작중인물들(화자)은 '지니'와의 관계를 중심으로 변명과 방어로 자신을 드

---

1) 최윤, 「작가후기」, 『마네킹』, 열림원, 2003, 296쪽.

러내기에 바쁘다. 화자들은 '지니'가 집을 나가고 난 이후에 '지니'와의 이별과 만남을 체험한 각각의 '나'로, 각 장은 그들의 체험과 갈등, 분열을 교차하는 구성 방식을 취한다. 그러나 서술대상인 '그녀'와 화자 '나' 간의 위계는 사실상 없다. 작중인물들은 모두 현실에서 소외된 자들로, 치우침 없는 배치는 각자가 감당할 운명의 몫으로 보인다.

또한 주목할 점은 소설 속 인물들이 '지니'(본명 이진아)를 제외하고 모두 해양적인 별명으로 불린다는 것이다. 그들이 가진 별명은 오빠(이상호) '상어'의 경우만 타당한 듯하다. 그는 "먹이에 한 번 이를 박으면 끝을 보지 않고는 빼지 않는" 상어의 속성을 닮았다. 그러나 정실장(김찬휘)인 '소라'는 귓바퀴가 소라를 닮은 것일 뿐이고, 엄마 '우뭇가사리'는 산발하게 뻗친 머리카락을 닮았다. '지니'를 찾는 '쏠배감펭(전직 해양연구원)'은 독가시를 열세 개나 품고 있는 생물 이름에서 따왔으나 소설에서 가장 인간적이고 성찰적인 인물이다. 그리고 '지니'의 언니 '불가사리'(이정아)의 경우는 '불가사의'하다. 이 소설의 우화적 색채는 본명은 생략되고 별명으로만 호명되는, 또 본명을 짐작조차 할 수 없는 공개된 익명성에서도 묻어난다. 정체성을 상실해 버린 그/그녀들은 소설의 공간을 내내 떠돈다.

주인공 '지니'는 생후 3개월부터 광고 모델로 발탁되면서 가난한 집에 '윤기'와 '여유'를 불어넣는다. 그러나 가난에 익숙한 그들에게 윤기와 여유는 불길하고 불안한 것으로 갑작스런 풍요는 축복이자 공포이다. '지니'는 동네 시장에서 리어카를 끌던 빛바랜 흑백필름 같은 아버지의 죽음 전후로 가장이 된다. 리어카의 노동과 일차적 함수의 세계는 '지니'가 끌어들인 빛과 영상의 화려한 매체의 파괴력과 대비되며 그녀의 생산 가치를 기하급수적인 4차원의 세계로 끌어간다. 아이러니하게도 '지니'의 슬픈 운명은 그녀가 집안의 실질적인 가장이 됨으로써 시작된다.

아버지의 갑작스런 죽음. 그리고 지니의 웃음.

아버지는 고생스런 일을 하지 않아도 될 정도로 가정 형편이 나아졌는
데, 죽었어. 내 기억에 남는 이유는 아버지가 죽기 전에 집안에 감돌던
야릇한 흥분의 분위기 때문이야. (…) 세상의 선물을 제대로 받을 줄 모
르는 사람. 세상이 준 선물을 파괴해야 직성이 풀리는 삶. 상어와 나는
아버지의 그 피를 조금은 물려받았다고 생각해. 우리도 누리는 건 딱 질
색이거든. 세상에 누릴 건 또 뭐가 그리 많다구.

'지니'로 인해 집안에 스며드는 풍요에 대한 가족들의 감정은 이중적이
다. '불가사리'는 '지니'의 빛에 가려 초등학교 입학식에 혼자 가야 하는
상처와 '지니'를 장식하기 위해 소비를 최소화해야 하는 고통도 감수한다.
이는 '지니'에 대한 애증의 이중적 감정으로 내면화된다. '상어'의 경우에
는 '지니'에 대한 지배-파괴 욕구로 이어진다. 이는 여러 해석이 가능할 수
있으나 '지니'가 지닌 매혹적인 아름다움과 물질적 가치가 그에게 공포로
다가온 듯싶다. 세상의 모든 풍요와 질서를 사취(詐取)된 것, 즉 부당하고
폭력적인 것으로 인식하는 '상어'의 뿌리 깊은 피해의식은 '지니'에게 그대
로 적용되는 이율배반이다. 그들에게 속하나 전혀 '이질적인' '지니', 그는
그녀의 육체를 훼손/지배함으로써 '지니'의 자본(몸)과 수입을 관리하고
갈취한다. 이는 세상의 폭력성과 지배-착취구조의 반영이다.
　'지니'에 대한 '상어'의 훼손과 폭력은 마치 16세기 한스 발둥의 그림 속
악마가 소녀의 머리를 뜯고 죽음이 여인의 볼을 깨물고 있는 「죽음과 소
녀」, 「여인과 죽음」에서 확인할 수 있는 '사디즘'과 '카니발리즘'을 드러낸
다.[2] 보드리야르가 소비사회를 역설한 '악마와의 계약'은 '지니'와 '상어'
의 경우에 적절하다. 또한 '상어'는 두 자매를 일종의 '반-나르시시즘' 책

---

2) 죽음과 삶을 대조시키는 데 소녀만큼 적절한 소재가 없었기 때문이리라. 젊고 아름답고
　또 생명을 잉태할 능력을 가진 존재만큼 음울한 죽음의 이미지와 완벽하게 대조될 수 있
　는 게 또 뭐가 있겠는가. 진중권, 『춤추는 죽음』, 세종서적, 1997, 215쪽.

략으로 분열을 통해 지배한다. 반-나르시시즘은 자기가 가지지 않은 것으로 인해 자기가 사랑받도록 함으로써 자기 자신을 사랑하는 나르시시즘이다.[3] '상어'가 완벽하게 이성을 잃었다면 그녀의 목소리 대신 얼굴과 몸을 훼손할 수도 있었을 것이다. 상상할 수 있듯이 목소리를 앗은 것은 상징적이다. 이는 '지니'가 '광고 모델'이라는 점을 생각할 때 사유의 명료한 발화보다 대중의 요구를 읽고 몸으로 표현하는 '몸짓' 언어에 집중할 수밖에 없도록 하는 '지니'의 역할 한계와도 연결된다. '상어'는 지니-콤플렉스를 앓는 '불가사리'에게 '지니'를 증오하게 만듦으로서 자매간 갈등을 증폭시킨다.

'상어' 자신은 차오르는 열등감의 극복을 끝없이 자기다움을 부정하는 '혁명'의 논리로 세운다. 아무런 능력 없이 사실상 '지니'에 기생하는 그의 열등감은 소비와 향유를 '사취된 힘(puissance captee)'으로 규정한다. 그러나 '상어'의 거부는 앞에서도 살펴보았듯이 분열적이다. 세상의 부와 풍요를 거부하고 경멸하는 듯하나 자신은 즉물주의자로 사실상의 물신숭배자이다.

어릴 때부터 시장에서 떠돌다 보면 세상에 대해 촉감으로 배우게 되는 게 있다. 영혼이 있는 모든 것은 혼탁하다, 는 것. 순수한 영혼의 시대는 영원히 지나가버렸다.

나는 확장되는 모든 감각을 좋아한다. 나는 만져서 확인할 수 없는 것은 믿지 않으며 그것이 즐거움을 주지 않으면 존재로 치지 않는다. 나는 즉물주의자다.

---

3) 엘렌 식수, 박혜영 역, 『메두사의 웃음/출구』, 동문선, 2004, 61쪽.

화장법만 조금 익히면 사람들은 잘 속아 넘어가. 사람들은 모두 가짜를 좋아해.

집에 오자마자 우리는 우리가 먹고 마시고 본 모든 것을 다 토해내지. 그러고 나면 기분이 퍽 나아져.

'상어'와 '지니', '불가사리' 이들 오누이들이 모두 후기산업사회의 소비를 획책하는 고도의 전략사업인 광고에 종사하고 있다는 것은 그 자체로 상징적이다. 광고야말로 이 시대의 소비자가 요구하는 '감'(감각적 가치/감각적 소비)을 자극하며 이 시대를 '감각의 시대'로 이끄는 치명적인 유혹이 아닌가.[4] 그러면 소비에 대한 그들의 거부 그 기저는 무엇인가. 그것은 하층계급에 속한 그들 욕망의 근원적 좌절과 연관된다.

'불가사리'와 '상어'가 내세울 수 있는 것은 '지니'로부터 확인된 격세유전된 탁월한 육체자본뿐이다. 그들은 다른 사람들이 가진 문화자본을 쌓을 수 있는 혜택의 기회를 갖지 못했고 따라서 애초에 받지 못한 경제자본을 스스로 창출할 수도 없다. 두 사람에게 힘과 권위는 타자들, 그들만의 것이다. 그러나 그것을 인정하지 않는다. 둘은 이 세상의 모든 것을 가짜, 정상적이지 않은 부당한 것, 또한 그것의 향유로 보며 그래서 소비를 사취된 힘으로 간주한다. 모든 것은 가짜이고 그들이 누리는 것 또한 진짜가 아니라는 생각은 그들이 관계하는 광고의 속성을 반영한 것이기도 하다. 이 시대 광고는 예술/쓰레기의 영역에서 갈등하는 장르이다. '조작', '야바위'의 기술과 '적당히 감추고 드러내기'의 기교와 포장의 미학을 담아 소비할 시간과 돈을 가진 사람들에게 상품을 팔아먹는 상업주의의 첨병인

---

4) 하쿠호도 생활종합연구소, 윤영주 역, 『감각시대의 소비스타일』, 시유시, 1996, 254-257쪽.

것이다.[5] 그러나 오늘날 광고의 목적은 각 브랜드 이름을 인격화하는 것이다. 자크 세겔라가 말한 것처럼 '진짜' 광고가 스타시스템의 방법을 차용한 것이 사실이라면 광고란 패션처럼 구조화된 의사소통이며 사람들은 장관처럼 구경거리가 많고 인격화된 외양, 순수한 유혹에 점점 더 휩쓸리고 있는 것이다.[6] '지니'의 강력한 가치는 '지니'의 내면에서도 시작되고 있다. 그들(상어/불가사리)이 진짜 같은 가짜라고 생각하고 있는 지니는 서술자와 '소라'의 해석에 의하면 '진짜'이다. '지니'는 사려와 배려가 깊은 아름다운 여인으로 자신에게서 스스로 나온 미적 능력으로 광고 속 신비를 연출하는 순수한 유혹의 인격이다. 그러나 물질에 사로잡힌 그들은 '지니'의 내면과 변화를 짐작조차 하지 못한다.

'지니'를 비롯한 '지니' 가족들은 소비사회의 타자들이다. 앞에서 살폈듯이 아버지는 윤기를 거부하고 죽었고, 어머니는 일체의 사치를 거부하고 추운 겨울 산정에서 비닐을 감으며 버틸 뿐이다. '상어'는 '지니'의 수입을 관리할 뿐이다. '상어'와 '살의 위로'를 나누는 '불가사리'는 '상어'가 남겨준 '지니'의 손과 목덜미, 머리카락으로 지분을 넓히며 '지니'의 수입을 챙기나 "돈 수집광 중의 하나"일 뿐이다.

그러나 '지니' 부모와 '상어'와 '불가사리'의 그것이 같을 수는 없다. 부모의 거부는 비판과 저항의 의미에 있다면 '상어'와 '불가사리'는 물신에 들린 황폐한 영혼을 반영하는 것이다. 포스트모던 시대에 돈(화폐)이 구체적인 현존을 상실하고서 순전히 가상적인 실체(은행카드와 실체 없는 컴퓨터 부호)로 바뀌었으나 이 비실체화가 오히려 그 장악력을 강화할 뿐인 것과 같은 맥락이다. 우리는 이를 통해 실체성의 과잉, 유령성의 과잉, 유령 같은 물(物)의 모습을 얻게 된다.[7] 수입이 늘수록 '상어'가 점점 죽음을 업

---

5) 제임스 트위첼, 김철호 역, 『욕망, 광고, 소비의 문화사』, 청년사, 2001, 7쪽.

6) 질 리포베츠키, 이득재 역, 『패션의 제국』, 문예출판사, 1999, 261쪽.

7) 슬라보예 지젝, 김종주 역, 『환상의 돌림병』, 인간사랑, 2002, 200-201쪽.

고 다니는 유령 같은 모습으로 변하고, 자신이 부정하며 애써 모았던 돈이 결국 자살하기 위한 오붓한 장소, 무인도를 구입하기 위해서만 투자된다는 것은 돈의 유령과 물신에 사로잡힌 '결여'인 그의 운명을 말한다.

3. 메두사의 웃음과 출구

『마네킹』의 진정성은 '지니'의 출분과 진실을 밝히려는 '우뭇가사리'의 의지에서 시작된다. '지니'의 출분은 간단하지 않다. 이는 그녀가 어느 누구에게도 속하지 않는 자신의 정체성을 찾는다는 개인적 의미를 넘어서서 소설 전반에 사실상 노정되고 은폐되어 있었던 근대 자본주의 사회의 속도와 맹목성에 대한 비판 혹은 회의를 유도하고 발견하게 된다는 데에 그 심대한 의미가 있다.

정체성을 찾는 도정엔 세상에 도전하는 생의 환희와 죽음의 결단이 함께하고 있다. 이는 '지니'에게서 출발된 듯하나 그 이전에도 있었고 이후에도 이어질 출분에의 모색을 드러낸다. 그들의 출분엔 '죽음-(웃음)-(춤)- 죽음'의 순환회로가 놓여 있다. 이처럼 『마네킹』은 죽음의 영상으로 드리워지고 있다. '죽음의 의미'는 무엇인가.

먼저, '지니' 이전에 있었던 '출분'의 상징성은 '죽음'에서 찾아진다. 앞에서 보았듯이 '지니'는 아버지의 '죽음'을 전후로 가장이 되었다. 소설은 가장의 가장(假裝)적 죽음, 죽음/자살의 경계를 주목한다. '지니' 아버지의 죽음과 '지니'를 좇는 '쏠배감펭' 아버지의 죽음, 그리고 '지니'를 본 이후 죽은 '쏠배감펭'의 신부 '핑크 아네몬'의 죽음, 그리고 '상어'의 죽음에 대한 암시와 '우뭇가사리'의 사라짐, 그리고 마지막에 놓여지는 '지니'의 그것이 그렇다. 모두, 죽음(자연사)과 자살의 경계에 있다.

1) 집안에 감도는 윤기와 여유, 그리고 그것을 숨기려는 것처럼 쉬쉬하는 비밀스런 분위기 때문에 나는 아버지의 죽음을 기억하나 봐. 왜냐하면 그런 흥분이 가시기도 전에 갑자기 병을 얻더니 죽었거든. 그걸 참을 수 없었던가 봐.

2) 잠 못 든 아버지의 깊은 한숨소리가 들리던 날, 서서히 잠으로 진입하는 엷은 안개의 층에서 일어서던 아버지, 문을 나서고 좁은 마당을 가르고 그리고 다음날, 그 다음날도 돌아오지 않았던 아버지, 그가 타고 나갔던 조각배는 어디론가 사라지고 해안의 다른 쪽에서 발견된 그의 얼굴의 기이한 평화로움. 내 기억속에서, 안개속의 거친 바다를 떠나고 또 떠나기만 하던, 결국 돌아오지 않은 아버지의 영원히 젊은 영상.

3) 심장마비로 인한 익사사고가 아니라 자살이다, 라고 나는 생각했다. 의지로서의 자살이 아니라, 삶을 지탱해주는 어떤 것이 소진되는 그 장소에 당연히 찾아드는 절차로서의 자살…… 다만, 그것이 자살을 할 정도로 깊지 않은 곳이란 것이 사고와 자살의 경계를 짓는 유일한 지표다.

'지니'의 아버지는 무능하다. 그는 자신이 줄 수 없었던 집 안의 윤기와 혜택을 '참을 수 없는 듯' 서둘러 떠난다. 참지 않은 그의 죽음은 자살/죽음의 경계에 서 있다. '쏠배감펭'의 아버지도 무능하다. 깊은 한 숨 소리를 뒤로하고 외출하듯 나서 죽음을 맞는다. 떠나기만 하고 돌아오지 않던 아버지는 '기이한 평화로움'이 깔린 얼굴로 죽음을 맞는다. 이처럼 죽음은 현실을 따르지 못하는 무능한 가장, 즉 생산주체의 과도한 스트레스와 피로를 벗어난 '휴식'의 의미로 다가온다.
　죽음은 또 하나의 의미를 생산한다. '형식적이고 가식적인 인간관계와 규율 절단의 의식'이다. 예문(3)에서 '핑크 아네몬'은 절대적인 미의 여신

(지니)을 만난 것과 더불어 열정적이지도 차갑지도 않으나 지속되어야 하는 예정된 "신혼부부의 규율을 지켜나가는" 것을 죽음으로 멈춘다. '핑크 아네몬'의 죽음은 '지니'가 애정과 신뢰가 없으나 가족이란 틀 안에 계속 묶여 있었다는 것과도 연결된다.

다소 패배적이고 슬픈 그/그녀의 죽음은 우리의 현실적 삶이 과도한 피로와 형식, 의무와 관계의 모순 속에 놓여 있음을 역설한다. '지니'와 그들의 삶이 별반 다르지 않음을 알 수 있다. 이것은 '지니'의 출분이 우리 모두에게 공감과 생의 성찰적 의미를 제공할 수 있는 것으로 연결되는 가능성이다.

이제 '지니'로 돌아오자. 아주 우연히 찾아온 듯한 '지니'의 출분, 그 초월성/세속성의 징후는 그녀의 넘어갈 듯 터져나던 '웃음'에서 먼저 찾을 수 있다. 그러나 '지니'의 웃음은 목소리를 잃으며 사라진다. '지니'에게서 거둬진 '웃음'은 '우뭇가사리'에게서 찾아진다. 늘 부스스하게 뱀의 대가리처럼 위로 쳐드는 머리카락을 가진 '우뭇가사리'는 집을 벗어나 평화를 기원하러 산에 오르며 참았던 웃음을 터뜨린다. 산정에서 입맛까지 다시며 깔깔거리고 웃는 어머니의 통쾌한 모습이 '지니'의 자지러질 듯한 웃음과 오버랩되면서 그간의 이미지를 배신한 듯 섬뜩하다. 두 여성의 유쾌한 비웃음은 엘렌 식수가 역설했던 세상의 부조리와 폭력을 비웃는 '메두사의 웃음'이다. 메두사의 웃음은 이성-남성중심주의 문화에 대한 '코웃음'을 말한다.[8]

---

8) 그리스 신화에서 메두사는 머리카락이 뱀이며 자기를 정면으로 바라보는 남자들을 화석으로 굳어버리게 만드는 여성괴물로서 두려움과 공포의 대상이다. 식수는 '메두사의 웃음'이라는 제목에서 메두사는 괴물처럼 으르렁거리는 것이 아니라 아름답게 웃고 있는 것이며 동시에 여성을 무시무시한 괴물로 만들어 그 아름다움과 차이를 두려워하는 남성들의 감추어진 심리와 남성중심주의 문화의 정치적 억압과 허점을 꿰뚫어보는 여성이 이에 대해 던지는 '코웃음' 혹은 '비웃음'이라는 의미가 담겨 있다고 주장하며 그리스 신화의 메두사를 재해석한다.

멀리서 보면 그녀는 마치 산에서 춤을 추는 듯하다. 쉰을 바라보는 여자가 갖기 어려운 몸의 가벼움과 유연함 때문이다. 가쁜 숨을 몰아쉬며 멈추어선 작은 바위 위에 서서 여자는 저 밑의 희뿌연 도시의 세상을 바라보며 웃는다. 깔깔거리며 웃는다. 아 참 우스워 죽겠네. 아 아 참, 입맛까지 다시면서 한참을 웃는다. 우스꽝스러운 세상사의 무수한 영상이 여자의 머릿속에 떠올랐다 스러진다.

그녀의 춤은 아무의 눈에도 띄지 않고 장터의 한구석에서 시작되고, 한 명씩 사람들이 그 춤을 보러 모여든다. 그녀는 늘 맨발로 눈을 감고 춤을 춘다. 추운 겨울 포석이 깔린 분수주변의 돌바닥 위에서 맨발로 춤을 추는 모습은 뭐랄까, 보는 이들의 마음 구석에 하나 정도는 숨겨두고 있는 가장 불편하고 부끄러운 생각들을 불러내곤 했다.

소설의 제목이기도 한 "마네킹"이란 제재에 대한 언급은 '지니'가 출분하기 전과 어머니가 '상어' 징계를 결행하기 전에 방 안에 무심히 놓여져 있던 '머리 없는 마네킹'을 문득 발견하게 되는 것이 전부이다. '상어'의 억압과 통제하에 움직이며 붙박이처럼 놓여 있던 '지니'의 몸과 영혼은 소리 없이 문이 열리는 신호와 아무도 잡지 않은 행운에 서서히 풀리며 날아오른다. 그녀는 "소리를 삼켜 강해진 바람"이고 "바람도 바다도 그녀를 소유할 수 없는" 절대자아로 변신한다. 어머니 역시 자신의 생일 밥상을 발로 차 뒤엎는 패륜아 '상어'를 향해 어머니란 이름의 '대타자'로서 일을 도모한다. 새로운 질서를 실행하기 전 '마네킹'을 본 것은 암시적이다.

도저히 자신을 죽이고 그대로 살 수 없었던 내재된 그녀들의 강렬한 생명성은 웃음에서 춤으로 이어진다. 기도를 하러 산에 오르는 '우뭇가사리'를 원거리 시점으로 잡아 '춤을 추는 듯'하다고 한 것은 단순하지 않다. 그것이 이후 이어지는 '지니'의 '몸말'인 '춤'과 연결되기 때문이다. 어머니와

'지니'는 언제든 연결되어 있다. 어머니와 딸의 연결성은 최윤이 지향하는 여성주의의 일단이다.

춤은 생명의 그릇인 몸으로 행하는 몸말로, 예부터 사람들은 생의 에너지와 기쁨을 표현하거나 혹은 죽음이 가까워 올수록 삶의 환희에 대한 강렬한 욕구로 춤을 춘다.[9] 춤추는 '지니' 곁에는 사람들이 둘러싸 우글거리고 '지니'는 늘 신들린 것 같은 강렬한 에너지를 뿜어낸다. 신들리는 것, 그것의 침투성, 비배제성은 남자에게 위협적이며 바람직하게 해석되지 않는다. 식수는 이 신들림을 자기 자신에게서 탈 소유될 수 있는 '열림'으로 해석한다. 즉 이는 파괴의 계기가 아니라 경이로운 확장의 계기로서의 비-폐쇄성이다. 여기에 '지니'의 탈주(출구, Sorties)의 의미가 모인다. 춤추는 그녀들이 자신들의 내부에서 나아가 타인들의 마음속에 은폐시켰던 "불편하고 부끄러운 생각들을 불러내곤 했다"는 것은 상징적이다. 의미의 연장선에서 보면 '춤'은 그간의 고통을 직시하며 결별하는 '해원(解冤)'의 몸짓으로도 읽힌다.

춤이 사그라들며 '죽음'의 영상은 이어진다. 그러나 이어지는 죽음에서도 강제징벌, 즉 죽임은 일어나지 않는다. 어머니는 아들을 죽이는 데 실패한다. 다시 소설 속 죽음은 죽음/자살의 경계와 피로/휴식의 대비 속에 모아진다.

1) 한때 그녀도 어딘지 모르는 높은 곳을 향해 길을 오른 적이 있었다.

2) 이제는 아니다. 이제 그녀는 아무것도 갈구하지 않는다.

3) 마침내 그녀가 휴식을 취해야 하는 시간이다.

소설은 비장하게 끝난다. '상어'는 어머니의 습격을 물리치나 '지니'의

---

9) 진중권, 『춤추는 죽음』, 세종서적, 1997, 124쪽.

부재로 빛을 잃었다 자인하며 죽음을 선택한다. 그는 아무도 살지 않는 무인도에서의 죽음을 계획하며 사라진다. '쏠배감펭'의 경우 지금까지 '미친 듯이 살아오던' 자신의 삶의 속도를 수정하여 '지니'가 잠든 산 아래에서 '다른 사람'이 되어 산다. 어머니는 '상어' 징벌이 실패로 끝난 이후, 아니 이전부터 소설에서 보이지 않는다. 그녀가 할 수 있는 일을 다한 듯 소진한 그녀는 휴식을 취하는 듯 찾을 수 없다. '지니'의 경우도 갇혀 있던 자신의 말을 몸짓으로 다 토한 후 산에 올라 죽음을 맞는다.

4. 아름다움, 무너지기 쉬운 절대성

'지니'의 출분에 전혀 영향을 받지 않는 존재는 '불가사리'이다. '지니'의 출분은 '우뭇가사리'의 결단과 '상어'와 '쏠배감펭'의 동요, 그리고 '핑크 아네몬'의 죽음을 불러온 일대 사건이었으나 '불가사리'는 '지니'의 출분 이후 오히려 안정을 찾고 자신의 정체성을 더욱 공고히 한다. '불가사리'의 정체성은 '지니'의 부재에 분발하여 그녀의 빈 공간을 채우며 완성된다. '불가사리'는 '지니'의 실종을 TV 방송에 드러냄으로 '지니'의 죽음을 단기에 집단적으로 승인하는 미디어의 위력을 활용한다. TV에 나가 애절한 슬픔을 담아 '지니'의 추억을 방영함으로 '지니'의 상징적 죽음을 공표하고 망각에 가속을 더한다. 이어 '불가사리'는 "대중이 원하는" 까닭에 '지니'를 대신하고, '지니'의 이미지를 흉내 내며 스스로 '지니'의 완벽한 '짝퉁'을 연기한다. 이런 점에서 '불가사리'는 진정한 '소비인간'이다. 소비사회에서 개인의 자기도취는 독자성의 향유가 아니라 집단적 특성의 굴절된 모습으로 자신을 개성화하는 듯하나 여성이 소비하는 것은 대부분 모델의 코드이다.[10] '불가사리'는 '지니'의 이미지를 소비한다. '지니'를 소비함으로 조금씩 자신의 정체성을 수정/형성한다. 이는 '악마적인 계략'인가 아니면 '대중문화의 변증'인가.

『마네킹』은 후반부에 이르러 '지니'와 '불가사리'의 대비로 선명하다. 즉 마네킹이기를 거부한 여성과 마네킹을 자처한 두 여성의 대조로 읽을 수 있다. 먼저 '지니'의 행보를 추적해보자. 그녀는 여기저기 떠돌다 집 잃은 (잃었다고 생각되는) 할아버지의 집을 찾아주러 다녔으나 속는다. 또한 그 녀를 잃어버린 자신의 딸로 생각하는 정신 나간 여자를 만나 그 여자의 딸 노릇을 해주나 나중에 속인 것(?)이 밝혀져 매와 수모를 당하고 쫓겨난 다. 그리고 젊은 일행에 합류하여 함께 시간을 보내다 그중 실연의 슬픔 에 못 견뎌 하는 한 명의 청년을 위로하려 아무런 조건도 없이 자신을 내 어준다. 그는 '지니'에게서 힘을 얻어 실연의 상처를 떨치며 떠난다. 그 이 후 '지니'는 여러 남자와 사랑/성을 나눈다. 낮에는 광장에서 춤을 추고 끼 니를 겨우 때우고 아무 데서나 자는 '지니'는 여신이거나 부랑자이고 냉정 하게 말해 정신이상자로 보이기도 한다. 그러나 이는 자본주의의 인간 소 외를 교환과 자본의 논리로 읽는 마르크스 이론 뒤에 있는 작가의 시점을 알게 한다. '지니'의 행동은 이러한 이론적 전제 없이는 납득하기 어려운 행동양식일 것이다. 주지하듯이 마르크스는 돈이 갖는 부정적인 힘을 이 겨낼 수 있는 것은 오직 사랑의 힘이라고 역설하며 '증여'를 강조한다. 자 신을 사랑하는 것이 아니라 다른 사람을 사랑함으로써, 오히려 자신이 사 랑받는 인간이 된다고 하는 마르크스가 생각한 사랑의 본질은, 바로 증여 로서의 사랑이다. 인간은 원래 그렇게 사랑하는 존재인데 그 사이에 화폐 가 침입하는 순간 사랑의 유동이 정지되고 그럼으로써 사랑의 증여적인

---

10) 장 보드리야르, 이상률 역, 『소비의 사회』, 문예출판사, 1992, 128쪽.

본질이 교환원리에 의해 혼란스러워지고 전도된 것이라는 주장이다.[11] 그러나 '지니'가 놓인 현실의 심각성은 이론의 숭고함으론 역부족인 듯싶다. 언제부터인가 '지니'를 좇는 아이를 업은 소녀의 그로테스크한 모습은 '지니'와 서로를 되비추듯 응시하고 있다. 이어 그녀의 몸에 깃드는 "분홍색을 띤 보랏빛의 막연한 기운"은 임신한 사실을 우회적으로 암시한다.[12] 여기서 최윤이 차용하고 있는 여성주의를 감지할 수 있다. 남성-이성-자본의 논리를 넘어서는 존재로서의 여성과 사랑의 힘을 강조하고 있는 것이다. 작가는 여성의 완성 혹은 인간의 완성을 어머니라는 존재로 삼은 듯하다.

> 그녀는 누구에게랄 것도 없이, 아마도 전 세계의 모든 산정에서 소리 높여 기도하는 무수한 사람들을 향해, 그중의 한 그리운 얼굴, 아무리 빗어도 다시 일어서는 우뭇가사리 머리를 하고 안쓰러운 듯 황송한 듯 그녀의 시선을 한 번도 바로 받아본 적이 없는 사람, 스스로에게 화가 난 듯 늘 퉁명스러운 말만 내뱉던 한 다정한 얼굴을 향해, 방금 아기에게 한 말을 중얼거렸다. 울 지 마 내 가 너 를 이 렇 게 사 랑 하 는 데. 그녀는 그 말을 여러 번 여러 번 간절하게 반복했다. 점점 여려지다 완벽에 가까워진 침묵 속에 스러질 때까지.

목소리, 법 이전의 노래, 상징적인 것에 의해 숨결이 끊어지기 전, 분리하는 권위 아래 숨결이 언어 속에 채 적응하기 이전의 노래. 가장 심오하

---

11) 나카자와 신이치, 김옥희 역, 『사랑과 경제의 로고스-물신숭배의 허구와 대안』, 동아시아, 2004, 154-155쪽.
12) 여기에 이견이 있을 수 있겠으나 임신의 징후를 가장 먼저 알게하는 신호가 '분홍색을 띤 보라색'이라는 사실은 경험 있는 여성들은 다 알 것이다. 지니의 성관계가 한동안 지속되었다는 사실은 이를 확실히 보증한다.

며, 가장 오래되고, 가장 사랑스러운 어머니의 방문, 각각의 여성 안에서 노래하는 것, 그것은 이름 없는 최초의 사랑이다. 여성 안에는 언제나 다소 '어머니'가 있다. 회복시켜주고 먹을 것을 주는 어머니, 그리고 분리에 저항하는 어머니, 끊어지도록 내버려두지 않는 힘이다. 여자와 아이와 맺는 관계는 끊어지지 않는다. 여자는 과거에도 아이였고 지금도 아이이다. 여자는 아이를 만들고 다시 만들고 해체한다.

이처럼 어머니와 딸(아이)의 끈끈한 연계 속 '지니'가 '모성적 열락'을 강조하고 사랑으로 그 출구를 찾았다면 '불가사리'는 자신의 몸에서 영혼을 거둬 상품화하고 스스로 대상화하는 성애적 모습으로 교환과 증식의 자본주의의 논리인 '팔루스의 열락'에 기댄다.[13] 그의 열락과 증식에 기생(寄生)하는 기생(妓生)적 이미지가 광고모델 '불가사리'이다.

> 나는 거울 속의 한 여자의 나신에서 시선을 돌릴 수가 없었어. 강력한 흡인력으로 내 몸을 그 앞에 잡아당기고 있는 것은 다름 아닌 반사된 내 몸이었지. (…) 거울 속 여자의 외설적인 요염함, 무엇보다도 여체 앞에서 홀린 듯 몽롱해진 더운 눈길, 담배 연기를 내뿜느라 벌어진 다소간 물기에 부풀은 입술, 그리고 보이지는 않지만 아침 이슬 같은 물방울이 그대로 맺혀 있는 치모 사이에서 몰래 피는 꽃처럼 열려지는 것이 감지되는 거울 속 여자의 가려진 성기. (…) 손가락이 더듬는 허리선 따라 담뱃불의 뜨거운 기운을 느끼는 것은 내몸이야. 그러나 나를 멈추게 한, 나를 홀리듯이 쳐다보고 있는 거울 속 여자는 얼마나 내게 생소하던지! 거울 속 여자에게서 내가 바라보던 것은 바로 지니의 모습이었던 거야. 죽은 지니의 모습. 처음엔 섬뜩했지만 뭐, 주검이나 유령 같은 것도 별

---

13) 자본주의의는 교환의 원리를 통해 사회 전체를 자신의 열락의 대상으로 삼기 시작한 팔루스의 기능에 의해서, 증식=열락을 행하는 셈이다. 우리의 자본주의 사회는 팔루스 중심주의에 의해 이루어져 있다. 나카자와 신이치, 앞의 책, 172쪽.

것 아니더군. 그렇게 매일매일 한 발짝씩 더 지니와 이별을 하는 걸 즐기게 됐다고나 할까. 매일 조금씩 지니의 죽음에 익숙해지면서 말이야.

'불가사리'가 비춰 보는 거울은 이미 자신을 비추는 객관적 반영물이 아니다. 이는 거울 속에 비친 자신을 '거울 속 여자'라고 호명하는 것과 같다. 그 여자를 바라보는 불분명한 '몽롱해진 더운 눈길'의 시선이 누구의 것인지 알 수 없다. 꽃처럼 열려지는 성기의 외설은 그녀가 지향하는 것이 자본주의 교환 원리의 상징인 '팔루스의 열락'임을 짐작하게 한다. 그녀의 소외는 깊어진다. 거울 속 여자는 '지니'의 유령이다. 이미 '지니'의 주검에 익숙한 '불가사리'는 주검/죽음의 영역에 가깝다. '불가사리'는 조금씩 죽어가고 있다. 그래서 '불가사리'가 죽인 것은 '지니'가 아니라 자신의 영혼이다. 이로써 이 소설은 지니/불가사리, 자연/도시, 미/추, 무한/유한, 여성/남성, 자유/규율, 휴식/피로의 명백한 대비로 맞선다.

그래서 이 확실한 구분으로 모든 것이 해결되었는가. 문제는 여전히 문제적이다. 어머니의 신화도 여성에게서조차 거부되는 이 시대에 절대적인 미의 여신의 부각은 우화성의 강조[14]와 그 의미의 심오함에도 불구하고 과도하거나 부적절해 보인다. '지니'의 모습은 고대 매춘의 개념이 존재하지 않던 시절 숭고한 성녀의 이미지이나, 시간 속에 일그러지는 미인처럼 불안하고 위태로워 보이는 것이 사실이다.

'지니'의 아름다움이란 무엇인가. 물론 이미 앞에서 살폈듯이 교환과 계산의 논리를 넘은 진정성/모성이라는 점은 명백하다. 어린 시절부터 발탁되었던 광고 모델 '지니'의 아름다움은 그녀의 절대적인(?) 미모와 고운 영혼이 빚어낸 예술품인 듯하다. 그러나 아름다움의 찬양은 여전히 애매하다.

---

14) 김경수, 「절대적인 것과의 소설적 만남」, 『마네킹』, 282쪽.

아름다움은 입을 열게 하고 말하게 하며 울게 하고 웃게 한다. 아름다움
은 사람들의 숨을 막히게 하지만 동시에 그들을 살아가게 한다. 아름다
움은 인간을 환자로 만들고 또 그 환자를 치유하는 약물이기도 한 것이
라고.

작가가 애정을 쏟는 '지니'의 아름다움의 부각은 그것이 소비사회의 병
폐를 역설하는 비유로는 적절하나 소비사회의 실체를 진단하고 처방하는
데에는 오히려 장애가 되고 있다. 이는 자본의 틀 밖에서 해방된 마르크
스 공산주의자가 자본주의 그 자체 속에 내재되어 있는 환상, 즉 가장 순
수하게 위반을 내적으로 지니고 있는 자본주의자라는 오류적 환상과 같
은 것이라는 지젝의 통렬한 비유와 연결된다.[15] 마치 종교와 같은 절대적
인 아름다움의 상(icon)은 소비사회의 본질을 놓치게 되는 하나의 장애로
이 지점에서 우상파괴주의적인 노력도 함께 찾아져야 할 것 같다. 환상은
객관적이지도 주관적이지도 않은 오히려 '객관적으로 주관적인 이상한 범
주', 사물이 객관적으로 보이지 않더라도 실제로는 객관적으로 보이는 것
같은 방식에 속한다[16]는 말은 새겨볼 만하다.

그러면 여기서 '지니'가 가진 아름다움과 소설의 대미로 장식된 죽음의
의미를 냉철하게 살펴보자. 말(언어의 체계)을 잃은 그녀가 몸말을 할 수
없다면 그녀는 무엇으로 자신을 증명할 수 있었을까. 본능적인 듯 주어졌
던 생명과 모성의 논리를 온몸으로 역설하는 것 말고 현실을 살 일체의 지
식과 지혜/요령을 갖지 못한 그녀의 아름다움은 '상어'의 지극한 우려처럼
시간이 지나면 시들까 두려운 한시적 자산이다. 그래서 그녀의 아름다움

---

15) 슬라보예 지젝, 김재영 역, 『무너지기 쉬운 절대성』, 인간사랑, 2004, 34-35쪽.
16) 슬라보예 지젝, 앞의 책, 126쪽.

은 소비적인 것이고 그녀가 속한 계층과 계급의 낮은 단계를 보증한다. 다소 삭막한 논리인 듯하나 '지니'가 다른 자본을 갖추고 있었다면 그녀의 운명은 다양한 동선의 역동성을 더하며 찬란하게 펼쳐졌을 것이다.

따라서 이어진 죽음은 그 심대한 의미에도 불구하고 패배적이다. 그것은 개인의 저항과 거부로는 도도한 소비사회의 팽배와 소외를 막을 수 없다는 것을 웅변하고 있다. 죽음은 이상과 현실의 괴리 속 주연과 명품의 욕망을 접고 건강한 짝퉁과 유사품으로서의 세속적 삶을 받아들인 씩씩한 다수의 대중들에겐 너무나 '숭고한' 선택이다. 오히려 살아남은 다수는 이 시대 배제의 상품논리를 뚫고 틈새에 자리잡은 '불가사리'에게서 생존의 가능성을 찾지는 않을까. '지니'의 진정성은 다수의 소외이다.

죽음은 이처럼 살아남고자 하는 현대인들에게 낯선 숭고함이다. 문제는 이 소비사회를 거뜬히 넘어설 수 있는 주체성의 견지와 지혜의 모색에 있다. 이 모색은 근대 이후 여전히 '소비'와 '양육'의 주체로 넓게 자리잡고 있는 보여지는 세상에 훈육된 마네킹의 적자(嫡子), 쇼윈도 앞에서 '몽환(夢幻)적 계산'을 자주 하는 꿈꾸는 그대, 우리 여성들의 반성과 자각에서 시작되어야 할 것이다.

기억의 '정체'를 생각하다
— 정우련의 『빈집』

1. 기억과 정체성

정우련 소설의 입각점은 분명하다. 가난한 이들의 삶과 세상 견디기의 과정을 세밀하게 그려내고 있다. 가난한 이들의 심각한 결핍은 이 소설집의 대부분의 화자-주인공인 '여성'의 경우에 예민하게 겹쳐진다. 작가는 출생의 근본문제를 가족/집과 연계하면서 소외의 극단에 처한 여성의 정체성을 조명한다. 비제도적 영역에 처한 '혼외자식'인 여성을 등장인물의 존재조건으로 설정하거나 이와 같은 극단의 경우가 아니더라도 가족과 집의 행복한 결합을 상실한 이들을 등장시켜 인물과 세계간의 불화를 첨예화하고 있는 것이다. 정우련의 소설에서 가족은 해체되고 여성 주인공들은 '버려진다'는 상처를 받는다. 일테면 '빈집'은 작중인물들이 맞닥뜨린 막막하고 부당한 세계에 대한 은유이자 실존의 상황이다.

정우련의 소설에서 일종의 가족 콤플렉스는 소설의 기저를 형성하며 여

러 차원으로 변형되어 작중인물들의 삶을 왜곡한다. 다시 말해서 출생 등
에 얽힌 근원적 상처가 과거와 현재의 삶에까지 지속된다는 것이다. 이 상
처는 기억의 형식으로 저장되어 인식과 존재의 근거가 된다. 그러나 등장
인물들이 되새긴 기억이 실체가 없는 '허구' 혹은 '망상'에 가까운 것으로
드러난다는 데에 소설세계의 놀라움이 있다. 이를테면 그녀가 가족의 결
핍을 이야기하면서도 가족의 허구성을 함께 이야기하고 있다는 것이다.
그러나 결핍의 과정은 길고 각성의 쟁취는 더디다. 이처럼 제도의 주변에
거한 여성주인공들의 정체성 획득을 향한 불안과 혼돈을 섬세하게 되짚
은 곳에, 정우련의 여성서사가 놓인다.

먼저 「자수정 목걸이」를 읽자. 이 소설의 화자-주인공 '난희'는 '첩의 자
식'이라는 출생의 상처를 안고 산다. 이러한 상처로 인하여 그녀는 가족과
공유된 삶의 기억체인 '집'을 갖지 못한다. 소설 속에서 집은 '아버지 집'이
거나 '할머니 집'이다. 어머니를 구분의 근거로 가족이 재편되고 있으나 실
상 어머니도 소설에서 사라진다. 가족 또한 '아버지 가족'과 '난희와 국희
자매'로 나눠진다. 이 소설에서 기억과 정체성의 문제는 첩의 자식인 주인
공이 아버지의 장례에 참석하는 과정을 통하여 표면화된다. '난희'는 '첩의
자식이라는 아무것도 아닌' 존재로, '먼지나 티끌' 또는 '갈잎을 먹어야 하
는 송충이'로 부모와 이복형제 모두에게서 부정된다. 가족 구성의 중심은
언제나 아버지를 정점으로 한 이복의 '매희'와 '큰어머니'이고, 그녀와 그
녀의 어머니는 항상 주변으로 밀려난다. 소위 '비체(Abject)'의 어머니를 둔
'난희'는 급기야 아버지에게서 '송충이적 삶의 방식'을 강요받기에 이른다.
이러한 모멸과 굴욕감으로 '난희'는 자신의 존재가 완전히 무너지는 깊은
상처(trauma)를 안게 된다.

이 소설의 기본 정황인 아버지 장례식에서 상처난 기억에 사로잡힌 '난
희'와 그렇지 않은 '매희'는 대비된다. 전자가 아버지가 던진 결핍과 치욕
스런 기억을 되뇌이며 좀처럼 장례의 슬픔에 동화되지 못하는 반면 후자

는 '상주' 역할에 충실하며 '깊은 슬픔'에 빠진다. 이러한 가운데 후자는 지속적으로 아버지의 공평한 사랑을 강조하며 전자를 아버지 이해의 장으로 불러들인다. 이는 크리스테바가 말한 '상상의 아버지' 아래로의 통합에 해당한다. '매희'의 시점에서 아버지는 그 깊이를 헤아릴 수 없는 '우리 모두의 아버지'이다. 이처럼 이 소설에서 '적서의 계보'를 확연하게 구별하고 증명하는 '기억의 차이'는 주목된다. 물론 '매희'의 적극적인 기억 조정에 의해 '난희'는 일시적이나마 슬픔의 예식에 동화되기도 한다. 하지만 주체와 객체, 적자와 서자의 위계는 이들 두 여성의 행동 양식처럼 분명하다. 이러한 점에서 '난희'가 아버지의 장례에 이르러 아버지와 화해했다고 보는 것은 성급하거나 안이한 해석이다. 아버지를 향한 증오의 감정과 집착은 화자-주인공이 아버지의 딸임을 증명하는 유일한 감각이다. 따라서 아버지와의 화해는 지연된다. 두 이복자매 사이의 '아버지 문제'는 어릴 적 다툼 없던 놀이 공간처럼 막연히 봉합될 따름이다. 과거의 구체성이 사라진 현재의 기억은 이처럼 무력하고 무의미하다.

한 사람의 존재를 규정할 수 있는 것은 무엇일까. "너는 네 자신에 관해 알고 있는 바로 그것이다"라는 규정처럼 인식론과 존재론은 구분되지 않는다. 소설이 진행되면서 화자-주인공 '난희'는 자신이 알고 있고 잡고 있었던 것의 허구성과 자신의 존재가 닿아 있음을 깨닫는다. 아무것도 확신할 수 없는 상황에서 그녀가 할 수 있는 말은 없다. 그냥 주어진 상황을 받아들일 뿐이다. 바흐친이 강조하듯 말의 양식은 화자의 존재방식이다. 또한 말은 상황을 개선하고 새롭게 창출해나갈 수 있다는 데 그 역동적 의미가 있다. 하지만 '난희'의 입장은 주체적이지 못하다. 이러한 점에서 누가 말했다는 것의 구분 없이 진행되는 이 소설의 서술방식은 정당하다. 현대소설에서 애용되는 방식이긴 하나 정우련의 다른 소설에서 부분적으로 차용하고 있는 이러한 기법을 이 소설에서 전면으로 채용한 것은 화자-주인공의 위치와 관련하여 적절하다고 하겠다. 그녀의 위치가 묵은 감정의 찌꺼기를 토로할 수도 없고 아버지를 잃고 또 다른 아버지를 잡을 수도 없는 노릇이기 때문이다. 기억과 확신의 차이는 곧 정체성의 위치감각으로 부각된다. 이 경우 이야기는 타인과의 진정한 의미의 설득과 교감을 전제한 것이 아닌 '독백'이 되어 서로를 '객체'로 만든다.

「자수정 목걸이」의 '난희'의 경우는 「빈집」에서의 '시은'에게도 해당된다. 이 소설의 주인공인 '시은' 역시 아버지와 어머니 모두에게 버림받는다. 그녀에게 아버지 부재는 '당연한 것'인 반면 어머니 부재는 공포에 가깝다. 그녀가 지닌 애증의 감정은 오직 어머니를 향해 있다. 어머니가 다른 남자와 결혼할 때마다 그녀를 '버린' 까닭이다. 이러한 그녀는 어머니 부재인 '빈집'의 기억, 생생한 어린 시절의 상처에 묶여 사고의 진전을 보이지 못한다. 어머니를 향한 그녀의 인식은 자식을 기르지 못했다는 비난의 가닥에만 모이는 고착을 드러낸다. 그녀가 반복하는 모성콤플렉스는 곧 어머니 이해 장애라 할 수 있다.

이 소설의 주인공 '시은'의 어머니는 양호교사이다. 교사라는 반듯한 직업을 가진 여성이 무너지는 과정은 거의 무차별적이다. 어머니가 보여주는 남자/남편 찾기의 과정은 어떠한 선택의 기준도 없이 쉬워 보인다. 도둑을 맞은 이후로 피신하듯 맞은 남편은 도둑들이 좋아할 만한 돈 많은 늙은 남자이다. 그러나 어머니는 늙은 부자 남편이 제공하는 큰집과 장성한 자식들 앞에 그저 망연해할 뿐이다. 딸과 어머니는 모두 과거와 현재의 '빈집'에 갇혀 있다. 딸과 어머니의 소통부재 속에서 술취한 어머니가 전화기에 음성 녹음을 남기며 딸에게 자신의 과거를 넋두리하듯이 털어놓는 장면은 황량하다. 이해와 승화는 없고 어머니를 그리워하는 듯한 포즈만 떠돌 뿐이다.

「빈집」에서 어머니 부재의 충격, 곧 '빈집'의 이미지는 "화해 조정을 받지 않은 망각"으로 평온을 찾지 못한 망자처럼 떠돌며 소설을 지배하고 있다. 기억은 이미지와 장소가 합쳐져 완성된다. 이미지는 기억의 내용을 명확한 형상으로 코드화한 것이고, 장소는 이 형상을 일정한 구조로 되어 있는 어떤 공간 속의 구체적인 장소에 대응하는 것을 뜻한다. 이럴 경우 '빈집'은 기억의 상징체이다. '빈집'은 주인공을 사로잡고 있는 강렬한 과거의 이미지이다. 그래서 무의미한 과거의 기억에 사로잡혀 현재의 삶은 앞으로 나아가지 못한다. 어머니와 관련한 지난 시간들은 폭력적으로 생략되는 반면 어머니 부재로 인한 손상된 자아에 대한 연민은 절절하기만 하다. 이러한 퇴행적 서술은 대학 강사의 위치에서 어머니의 재혼을 또 다른 '버려짐'의 한 양상으로 받아들이게 한다. 여기서 실체 없는 가족주의의 파시즘적 기운을 느끼는 것은 지나칠까? 가족의 내적 본질이 해체된 후에도 가족의 권위를 고집하는 데서 가족에 대한 구체적인 이해가 없는 추상성과 냉혹성이 드러난다. 실제로 가족에 대한 추상적 예찬엔 가족 인정을 통한 사회적 나르시시즘이 감추어져 있다.

2. 정체(停滯)된 기억과 통속성

　정우련의 소설에서 집과 가족의 행복한 결합을 상실한 여성들은 대부분 집을 나와 독립한다. 그녀들은 자기만의 방에서 삶을 영위한다. 스무 살 전후의 여성화자가 서사의 주인공이 되기에 만만찮은 현실에서 그녀들은 열등감과 자괴감에 시달린다. 한 번도 세상이 자신들에게 호의적인 적이 없었다고 생각하는 이들은 한결같이 우울하고 내성적이며 예민한 성격의 소유자들이다.

　이들 여성 주인공들이 공통적으로 직면하게 되는 것은 섹슈얼리티의 영역이다. 주목할 것은 그녀들의 섹슈얼리티도 결국 생활과 집의 문제와 연계해서 발생한다는 점이다. 「자수정 목걸이」, 「빈집」, 「브람스의 회상」, 「숲에서 나오니 숲이 보이네」는 여성주인공들의 과거/현재, 애인/남편, 동거/결혼의 경계가 해체되는 양상을 반복한다. 이러한 가운데서 나타나는 과거에 대한 고착은 정체(停滯)된 기억을 드러내는 형식이다.

「자수정 목걸이」의 '난희'는 선보고 잠깐 사귄 남자, 그것도 첩의 자식이라는 이유로 자신을 "딱지 놓고" 다른 여자와 결혼한 남자를 14년 만에 다시 만나 6년의 시간을 함께한다. 이들은 아무런 조건도 전제도 없이 경쾌하게 만남을 반복한다. 무엇이 그녀에게 "한 시간 정도면 되는" 사랑에 매달리게 하는 것일까. '은철'이 그녀를 '자수정'에 비유하며 '아름다운 여자'로 '인정'할 때 "이쯤에서 그와 헤어진다고 해도 아쉬울 것이 없겠다"는 독백은 이에 대한 답을 읽을 수 있게 한다.

「빈집」의 '시은' 역시 수동적이고 부정적인 섹슈얼리티를 보인다. 그녀는 '내키지는 않으나' 남성과의 만남을 지속한다. 이러한 관계에 대한 그녀의 긍정은 엄밀한 의미에서 긍정이 아니다. 왜냐하면 이러한 긍정에 의해 자신이 부정되기 때문이다. 가령 자기를 찾아온 '세헌'에게 "결혼 생활이 시들해져서 자신을 찾았느냐"는 '시은'의 질문방식은 그녀의 존재가 놓인 지점을 가리킨다. "결혼생활이 시들해지면 몇 년이 지난 뒤에도 찾을 수 있는 여자"는 무엇인가. 또한 자신과는 '생각이 다른' 남자를 '아무런 기대도 없이' 만남을 유지하는 그녀의 태도는 애매하다. '세헌'을 "남자들"로 일반화하는 그녀의 시각은 위악적이다. 남성의 요구에 따라 아무런 기대도 없이 자기를 허용하는 그녀는 누구인가. 이러한 수동성과 애매함은 정우련 소설에 묶여 있는 여성들의 공통된 태도이다.

「숲속에서 나오니 숲이 보이네」는 입사소설의 형식을 지닌 중편이다. 이 소설의 주인공 '우연수'는 오랜 동거생활을 한 옛 애인을 14년 만에 만난다. 돌발적으로 옛 애인이 보낸 선물은 그들이 즐겨 듣던 LP판으로 '슈베르트'를 담고 있다. 이 음반 한 장은 현실에서 미루적거리던 서사를 신속하게 과거로 회귀하게 한다. 현실 속 남편은 부도를 내고 잠적 중이고 화자는 자신의 생계수단인 서점도 정리할 상황에 있다. 그 와중에 그와 그녀는 재회한다. 그러나 몸체를 불린 중편에 이르러서도 반복되는 구성은 달라지지 않는다. 여기에 이르러 정우련 소설의 통속성은 심화된다. 즉 성의 관능성과 몽상의 환상성, 그리고 장식처럼 달고 다니는 출생의 비극과 가족 간의 불화는 감상성을 더하고 격정과 오해를 과장한 폭력의 선정성마저 보인다. 어린 시절 함께 들었던 추억의 음반을 매개로 옛 애인과의 만남을 연결한다는 소설적 설정은 다분히 낭만적이다. 필하모니에서 두 사람이 함께 들었던 '음악'은 힘겨운 시대를 견디던 두 남/여의 추억이자 가난 속에서 자신들을 위로한 유일한 풍요이다. 그러나 존재를 숨기며 듣던 음악은 슬픔의 정조로 일관한다. 슈베르트와 쇼팽의 녹턴으로 상징되는 음악은 감상적 낭만주의에 잠겨 있다.

『빈집』에서 음악은 소설의 복선과 화자가 처한 상황, 주제까지 뻗어 있는 중요한 제재이나, 소설집에 담겨 있는 음악은 단조롭다. 「자수정 목걸이」는 그리그의 '솔베이지의 노래', 「빈집」은 "세상에서 가장 슬픈" 비탈리의 '샤콘느', 「서른 즈음에」는 김광석의 '서른 즈음에'를 차용한다. 이들 노래들은 모두 작품과 주제적인 관계를 형성한다. 가령 「브람스의 회상」에서 브람스는 "어둡고 황량한 저 브람스의 첼로소나타"와 함께 한 실연의 여운을 그린다. 이처럼 자신의 감정을 충동적으로 다 소모해내는 낭만주의 음악의 본질은 자아의 몰입과 주관성을 통한 세계의 망각이다. 따라서 '외부의 음악', 객관세계의 음악이 필요한 것이다.

「숲속에서 나오니 숲이 보이네」의 섹슈얼리티 또한 명료하지 않다. 금기/위반의 열정 혹은 자의식 없는 섹슈얼리티는 무력하며 열정의 소진이자 냉정의 시작이라 할 수 있다. 이는 「가시고기의 집」에서 은행원인 남성 주인공의 돌발적인 섹슈얼리티와 비교해보면 확연해진다. 정리해고의 위기에 직면한 '나'는 아내와의 소통부재 속에 우연히 만나게 된 일본인 현지처와 가벼운 정사를 나눈다. 즉 정리해고의 강박을 피해 외도로 접어든 주인공은 주변에 자리 잡은 "지금 여기의 여자, 현지처"와의 돌발적인 만남이라는 변수를 연출한다. 그러나 이는 공회전의 헛바퀴처럼 요란하며 속도도 과정도 없다. 이 경우 "비윤리란 궁극적으로 희극적인 게 아닐까"라던 김승옥의 이른 성찰적 고백과 겹쳐진다. 무기력한 현실을 위로하기 위하여 기억의 무거움과 기억 부재의 가벼움을 편의적으로 적용하며 넘나드는 섹슈얼리티는 지속될 수 없다.

정우련 소설의 섹슈얼리티는 이처럼 열정적이지도 순결하지도 않다. 열정과 순결은 힘을 갖는 법이다. 그녀의 소설 속의 여성들이 자신의 사랑을 지켜내고자 했다면 인내와 용기로 창조적 시간을 창출했어야 한다. 전망도 확신도 없이 시작하던 어린 시절 동거수준의 섹슈얼리티는 피하거나 지속하는 모순의 양상을 드러낸다. 이는 그녀들이 비난한 부모 세대의 대책 없고 무책임한 사랑 방식의 모방이 되고 만다. 가장 애틋하고 아름답게 그려진 「브람스의 회상」의 경우도 사랑에 대한 확신이 더했으면 하는 아쉬움을 남긴다.

3. 반-기억의 생성

정우련 소설에서 극심한 자기 정체의 혼돈과 주변에 몰린 작중인물들이 삶의 전망을 갖기 위해 매진한 것은 문화자본의 취득이다. 먼저 어렵게 대학을 졸업한 남성들은 은행과 학교로 취직을 하거나 계속 학업에 정진하여 예술가, 학자가 되기 위해 끊임없이 자신을 갈고 닦는다. 그들의 자기 세계 추구는 치열하고 힘겹다. 여성주인공 또한 출구를 공부에 둔다. 이는 진정성의 관점에서 의미 있는 설정이다. 그러나 이러한 설정은 서사과정에서 주체에 대한 자긍과 열정의 미비로 그 진정성이 약화된다.

나는 이젤 위에 그림을 올려놓고 물끄러미 바라본다. 문득 그림 속의 삼

분의 일쯤 열려 있던 문이 삐거덕 소리를 내며 활짝 열리는 것 같다. 열
린 문 속으로 햇빛이 와르륵 쏟아져 들어오면서 어머니와 오빠가 활짝
웃으며 서 있다. 나는 눈을 감고 그림 속에 와락 얼굴을 묻는다.

—「빈집」에서

  그림에 대한 '시은'의 접근은 예술가의 경계에 머물고 있다. 동창생 '재
용'이 끝없는 자기 실험을 통해 열정을 견지하며 진전을 보이고 있는 반면
그녀의 시선은 학부 졸업반 때 "재용이 좋아했던" 자신의 그림에 머물러
있다. '재용'에게 느끼는 '신선함' 끝에 열등감과 시기심의 고통은 없다. 학
부시절에 그린 그림의 언저리에 머물며 재용을 만나고 온 이후 그녀가 그
림에 머리를 묻는 모습이 과연 무엇을 의미하는지 애매하다. 대학시절에
그녀가 그려놓은 그림은 상처 난 사실의 기록 이외에 이미 '아무것도 아닌
것'이다. 낡은 그림과 그 흔적을 넘어서지 못하는 것은 정체된 인식이다.
학문과 예술은 무엇인가. 예술의 진정성은 객관적인 자기인식과 그를 넘
어선 타인과의 소통에 있다. 학문은 개념을 통한 자연 지배를, 예술은 자
기해석을 목적으로 하는 것이다. 예술은 그런 까닭에 표현과 매체를 달리
한 현실에의 침투이다. 예술은 결국 생활 혹은 현실의 기저와 그 약동하는
변화를 훑어낼 수 있는 새로운 안목을 갖기 위한 투쟁이다. 그러나 '난희'
와 '시은'의 관심은 과거의 보수와 치장에 쏠려 있다. 치열한 예술 정신과
생활의 변화를 주체적으로 이끌어내지 못하고 있는 것이다.
  이러한 안타까운 협의는 「브람스의 회상」에서도 나타난다. 소설의 제목
이 하나의 시점이듯 이 소설은 남성의 시선을 따라가는 여성화자의 내면
을 반영하고 있다. 소설 안의 소설인 '브람스의 회상'은 화자의 선배이자
연인인 '장석균 선배'가 쓴 소설 제목이다. 그의 소설은 본 소설의 복선 혹
은 길라잡이 역할을 하고 있다. 남편과 불화 끝에 '집을 나온' 화자는 "문
득 다시 공부를 하고 싶어" 박사과정을 들어가고 "그와 같은 길을 걷게 된

것에 안도"한다. 여기에서도 장석균 선배는 "좋은 글을 쓸 수만 있다면 영혼이라도 팔" 정도의 열정과 재능을 견지하고 그것으로 인한 고통을 느끼는 사람이다. 그러나 여성주인공은 박사과정이라는 학문의 도정에 들어섰으나 공부를 향한 강렬한 결단이나 의지를 보이지 않는다. 치열하지도 명쾌하지도 않은 경계에 그녀와 그녀의 학문이 있다.

이 소설에서 진정한 가족이 끝내 발견되지 않는다는 것은 충격이다. 이러한 충격은 어머니를 부정한 딸이 어머니와 비슷한 삶을 재현하고 있다는 데 연유한다. 자식을 두고 집을 나간 어머니를 끝내 이해 못했던 딸은 '집 나오는 어머니'가 되어 돌아온다. 어머니 부재에 대한 충격을 그 딸이 어머니가 되어 다시 자신의 딸에게 반복적으로 물려주고 있는 셈이다. 삶의 방식의 비슷함은 죽음의 방식에 대한 상상마저 일치한다.

운전과실을 위장해서 추락하거나 베란다 창문을 닦다가 떨어진 척하면 자살했다는 소리는 안 들을 거라고 했다는 것이다.

—「빈집」에서

벼랑 끝으로 차를 몰아 사고사를 가장하면 자살한 것을 눈치채지 못할 테지. 암벽등반을 배워서 절벽에서 적당히 떨어져버리면 감쪽같을까 하는 따위의 소모적인 생각들이 끊임없이 머릿속을 맴돌았다.

—「브람스의 회상」에서

어머니가 자살을 극복할 방법을 거듭되는 결혼을 통해 실현했다면 딸은 학문과 옛 애인과의 만남을 통해 극복한다. 그러나 결혼은 해치워진 것이고 결혼 생활은 한결같이 불행하고 복원과 재건에 대한 소망과 의지도 보이지 않는다. 소설 속의 결혼과 집은 떠돈다. 어린 시절의 동거와 해치운 결혼, 사별, 이혼, 별거로 점철되거나 적어도 불화 중이어서 집은 분리되어 나눠지고 줄여지고 또 옮겨 가야 할 지경에 있다. 사실, 결혼의 의미가 첩의 자식/혼외자식인 여성, 이혼과 이민 등으로 가족해체의 결핍을 견딘 여성들에 의해서 끝없이 외면당하고 있다는 것은 일종의 아이러니다. 정우련의 소설집에서 결혼식 장면은 「자수정 목걸이」에서만 나온다. 그러나 아버지가 남기고 간 '흰 장갑'에 가려져 화자의 순백 '웨딩드레스'와 남편의 모습은 기억되지 않는다. 만약 이 지점에서 주인공이 아버지의 흰 장갑 대신에 어머니가 갖지 못했던 소중한 결혼과 그녀를 휘감고 있었던 순백의 웨딩드레스의 상징적 의미를 떠올렸다면 소설의 방향은 달라졌을 것이다. 결혼식에 아버지는 있으면 좋으나 없어도 어쩔 수 없는 존재이다. 그러나 주인공이 입은 웨딩드레스는 형식이자 내용으로 실체이고 어머니가 가질 수 없었던 지위를 뜻한다. 예나 지금이나, 웨딩드레스는 신부의 순결과 가족의 지위, 그리고 그 모든 것을 무리 없이 이끌어갈 수 있는 건강과 우아한 자질을 증명하는 것이다. 어쩌면 전 존재와 정성을 기울여 가꾸어야 할 결혼생활이 망각의 정치술로 흘려보내야 할 하찮은 연애 혹은 동거에 관한 좋지 않은 추억과 같은 무게로 놓여 있는 서술상황은 안타깝다.

　푸코가 역설했듯이 결혼생활에도 기술이 필요하다. 그러나 그 기술은 먼저 좋은 선택을 했다는 확신이 있을 때 가능하다. 그런데 정우련 소설의 여성인물들에겐 두 가지 요건이 다 결여되어 있다. 외로움을 견딜 수 없어 해치운 결혼 생활은 물질과 정서적 결핍으로 일관한다. 과거나 현재나 든든한 남근(phallus)을 원하는 그녀들은 그 자체로 결핍이고 결여이다. 그러나 어디에도 그녀가 찾는 남근은 없다. 연애의 과정이 가장 아름답게 그려진 「브람스의 회상」의 경우도 부재의 고통뿐이다. 「서른네 살의 다비장」에서도 전교조 활동을 한 "쌍꺼풀 진 선한 눈"을 가진 매력적인 남편은 경제적 무능과 지속되는 비현실적인 태도로 인하여 외면된다. 하여 서른네 살인 '나'는 자신의 삶을 "너겁"으로 규정한다.

이처럼 정우련 소설은 집/가족과 연결된 여성들의 정체성과 삶을 그리고 있다. 애초의 설정에서 부모 부정과 집과 가족의 부재라는 구도로 시작한 그녀의 소설들은 삶을 견디기 위해 섹슈얼리티의 이른 경사와 감상과 낭만을 결합한 환상의 서사 장치를 빌린다. 하지만 현실의 실상은 여전히 비정하며 위장과 봉합은 이러한 현실 앞에서 무력하다. 즉 모든 만남들은 "바람도 불꽃도 되지 못하고" 흩어진다.

이제 분명해졌다. 이처럼 어긋남과 타자성은 정우련 소설의 거점으로 확인된다. 제도와 남근의 논리인 '동일성의 반향경제(economy of sameness)'의 구조와 환영에 사로잡혀 자신의 삶을 되비추는 그녀들은 완전한 타자이다. 그러나 이제 동일성의 타자가 아닌 스스로 타자의 타자가 되어 자신에게 놓여진 삶을 끌어안을 수 있어야 한다. 타자의 타자는, 타자를 자신과 동일시하거나 다른 존재와 동일시하지 않으면서도, 항상 다른 존재와 이미 같이 있는 것으로 감싸 안는 긍정이다. 이러한 변신은 이상적이고도 혼란스러울 것이다. 그러나 모든 것이 분명해진 지금, 바로 이러한 전환은 시작되어야 한다. 다른 정체성은 다 잃어버려도 변화와 생성으로서의 정체성만은 잃지 않으려 한다는 것이 여성의 특징이라는 이리가레이의 말은 이 경우 도움이 될 듯싶다. 이는 망각능력, 반-기억(contre-mémoire)의 능동성에서 찾아지는 것이다. 반-기억 내지 대항-기억이란 이처럼 현재를 과거에 사로잡는 기억에 대항하여 기억을 지우며 다른 것이 되고 새로운 삶을 구성하는 그런 능력으로서의 망각 능력을 뜻한다. 기억된 것에서 탈영토화될 때에야 비로소 기억된 사실의 이용인 재영토화가 가능하다. 그것은 생성과 변화의 근원인 스스로 '-되기' 또는 '어머니-되기(devenir-mère)'에서 찾아질 것 같다. 스스로 정체의 근거인 어머니가 됨으로써 진정 자유로워질 것이다.

욕망, 무너지기 쉬운 절대성
―한강의 『채식주의자』

1. 연작인 욕망, 절대성의 변주

한강은 단편소설 「채식주의자」, 「몽고반점」, 「나무 불꽃」을 이어 소설집 『채식주의자』를 엮었다. 각 단편들이 충분한 미학적 완결성을 가졌음에도 불구하고 그 틈새의 간극을 이어 3부작 연작소설로 완성한 것은 이채로운 일이다. 연작소설은 그 속성상 전작을 환기하는 '대입시점'을 통해 결여와 잉여를 채우고 지우며 결말을 찾아가는 구도를 취한다. 작가가 완성을 연기하며 모색한 연작의지는 욕망 성취가 결코 쉽지 않은 작중인물들의 현실, '실재계'의 증거이다.

이 글은 『채식주의자』의 '욕망' 탐색을 목적으로 한다. 하나 욕망에 대한 접근과 해석은 용이하지 않다. 이는 소설의 작중인물들이 취하고 있는 욕망의 절대적 의미와 욕망의 현실인 '가족' 구도에서 비롯한다. 연작에서 욕망의 주체 '영혜'와 '그'는 처제와 형부지간으로 두 사람은 '언니'를 매개로 한 가족관계에 있다. 이 경우 '가족'은 실제이자 현실의 은유, 실재계의 의미로 확장될 수 있다.

주인공인 '영혜'와 '그'의 욕망은 공적/사적 경계에 걸쳐 있는 '예외적인 것'이다. '영혜'의 '육식 종언'과 '그'(영혜 형부)의 '예술선언'은 자신들의 실존에서 비롯한 욕망이나 개인적 차원을 넘어 공적이고 고유한 영역을 지향하는 절대적인 것이다. 살생과 살육에 대한 용인과 승인으로 이어지는 짐승 같은 세계의 불감증에서 홀연히 깨어나, 공모/공범 의식에 전율하며 채식과 식물의 시간을 살겠다는 '영혜'의 결연함은 주저와 불편을 무의식으로 밀어버린 문명의 냉혹함에 대한 날카로운 의혹이자 경계이다. 이는 억압된 무의식의 귀환이라는 울림을 갖는다. 주로 다큐만을 찍어왔던 비디오 아티스트인 '그'가 상식과 속화된 매너리즘을 돌파하고 절대적 순수성의 시적 구현에 붙들려 전 존재를 걸고 자신의 단계를 넘어서려고 하는 것은 예술의 고유지점이다. 하지만 예술과 외설의 경계를 넘고자 욕망하는 그의 '몽고반점'에 대한 도착, 일종의 '절편음란증(scopophilia)'에 영혜가 포획되면서 그들의 관계는 가상과 실제의 경계를 넘고 내쳐 달리다 파국을 맞는다.

한강은 연작을 통하여 욕망과 가족의 관계를 조망하고 비판한다. 욕망과 가족은 무관한 것이 아니고 상호 영향관계에 있다. 한강은 가족 안에서 잉태되고 충돌하며, 배제되는 욕망의 실체를 「채식주의자」, 「몽고반점」, 「나무 불꽃」의 시점(화자와 초점주체) 변주를 통하여 욕망의 절대성이 입장에 따라 다르게 해석되는 윤리적 단위임을 제시하고 있는 것이다.

연작의 방향은 선명하다. 「나무 불꽃」은 이러한 파국 이후 그들의 욕망에 대한 가차 없는 비판지점으로 자리한다. 가부장의 억압적 질서가 잉태시킨 욕망을 다시 '가족'의 질서로 단죄한 것이다. 우리의 욕망과 실존이 가족과 현실의 굴레, 윤리비평에서 결코 자유로울 수 없는 대상임을 역설하고 있다.

2. 욕망, 불편한 진실의 귀환

「채식주의자」는 아내(영혜)의 돌연한 '육식 종언'에 대한 부당함을 토로하는 서술자 '나'의 시점으로 서술된다. 연작소설의 서장 격인 이 소설은 '육식 종언'을 한 '아내'의 특별함에 대한 '고발장'이다. '나'의 몰이해는 아내를 자신의 피로한 삶을 배려하는 내조자 정도로만 생각하는 이기에서 비롯한다. 그래서 '나'는 부당과 불편을 토로하기에 바쁘고, 먹지도 자지도 못한 상태에서 '꿈'만 꾸는 아내에 대해 진정한 관심을 갖지 않는다. 영혜의 소외는 전반적인 것이기도 하다. '영혜'는 연작 소설 전체를 통하여 실질적인 주인공이나 '아내', '영혜', '처제' 등으로 대상화되며 그려진다.

「채식주의자」는 화자 '나'의 당당한 발화와 이탤릭체의 사선 안에 담겨 넘어질 듯 토로하는 영혜의 꿈과 독백으로 이어지는 '이중시점'[1]으로 서술된다.

> 가) 아내가 차린 저녁식탁은 상춧잎과 된장, 쇠고기도 조갯살도 넣지 않은 말간 미역국, 김치가 전부였다. "뭐야. 그래서, 그 꿈나부랭이 때문에 고기를 다 버렸다는 거야? 도대체 얼마어치를?"
>
> 나는 식탁의자에서 일어나 냉동실 문을 열었다. 텅 비어 있었다. 미숫가루와 고춧가루, 얼린 풋고추, 다진 마늘 한 봉지가 들어 있을 뿐이었다. (…)

---

1) 이중시점은 여성의 타자성을 부각하기 위해 여성작가들이 전략적으로 취하는 일종의 시점 전략이다. 실질적인 서사의 주인공인 여성을 3인칭화하고 남성을 화자 '나'로 설정하며 맞세우는 이중시점은 남성지배담론의 현실을 환기한다. 오정희, 은희경, 한강 등으로 이어지며 지속된다.

도대체 저렇게 자기중심적일 수가. 나는 아내의 얼굴을 똑바로 보았다. 눈을 내리깔고 있는 그녀의 표정은 어느 때보다 차분해 보였다. 뜻밖이었다. 그녀에게 저토록 이기적이고 제멋대로인 구석이 있었다니. 저렇게 비이성적인 여자였다니. (…)

말문이 막혔다. 요즘 채식 열풍이 분다는 것쯤은 나도 보고 들은 것이 있으니 알고 있었다. 건강하게 오래 살 생각으로. 알레르기니 아토피니 하는 체질을 바꾸려고, 혹은 환경을 보호하려고 사람들은 채식주의자가 된다. 물론, 절에 들어간 스님들이야 살생을 않겠다는 대의가 있겠지만. 사춘기소녀도 아니고 이게 무슨 짓인가. 살을 빼겠다는 것도 아니고, 병을 고치려는 것도 아니고. 무슨 귀신에 씐 것도 아니고.

나) 어두운 숲이었어. 아무도 없었어. 뾰죽한 잎이 돋은 나무들을 헤치느라고 얼굴에, 팔에 상처가 났어. 분명 일행과 함께였던 것 같은데, 혼자 길을 잃었나. 무서웠어. 추웠어. 얼어붙은 계곡을 하나 건너서, 헛간 같은 밝은 건물을 발견했어. 거적때기를 걷고 들어간 순간 봤어. 수백 개의, 커다랗고 시뻘건 고깃덩어리들이 기다란 대막대들에 매달려 있는 걸. 어떤 덩어리에선 아직 마르지 않은 붉은 피가 떨어져 내리고 있었어. 끝없이 고깃덩어리들을 헤치고 나아갔지만 반대쪽 출구는 나타나지 않았어. 입고 있던 흰 옷이 온통 피에 젖었어. (…) 그 헛간에서, 나는 떨어진 고깃덩어리를 주워 먹었거든 내 잇몸과 입천장에 물컹한 날고기를 문질러 붉은 피를 발랐거든. 헛간 바닥, 피웅덩이에 비친 내 눈이 번쩍였어. 그렇게 생생할 수 없어, 이빨에 씹히던 날고기의 감촉이. 내 얼굴이, 눈빛이. 처음 보는 얼굴 같은데, 분명 내 얼굴이었어. 아니야, 거꾸로, 수없이 봤던 얼굴 같은데, 내 얼굴이 아니었어. 설명할 수 없어. 익숙하면서도 낯선…… 그 생생하고 이상한, 끔찍하게 이상한 느낌을.

영혜의 '육식 종언'은 냉장고에 저장된 음식재료(소고기, 장어, 생선, 계란 등)를 비워내는 것으로 시작된다. 이러한 아내의 행동은 "도대체 얼마어치를?"이란 즉각적인 '나'의 계산을 거쳐 '낭비'로 평가된다. 과분한 것을 바라지 않는 '나'는 현실적인 성격의 소유자로 분수에 넘치는 행동은 결코 하지 않는 상식적인 사람이다.

나는 '꿈'을 꾼 후 돌연 채식주의자가 되겠다는 아내의 황당한 행동을 도무지 이해할 수 없다. '나'에게 아내는 '비이성적인' '사춘기 소녀'이거나 '들린 여자'에 불과하다. 그러나 설핏 그가 '살생을 않겠다는 대의'가 육식 종언과 연결된다고 이해하는 부분은 눈길을 끄는 부분이다. '나'는 육식 종언이 살생의 연결고리를 끊는 결단으로 스님 같은 고상한 수행자들이 '절'이라는 특수한 한정공간에서나 행하는 의식쯤으로 이해한다.

화자의 태도와 반응은 대다수의 사람들이 가질 수 있는 평범한 반응으로 상식이란, 곧 이데올로기라는 것을 알게 한다. '상식'은 세계 사회 그리고 개개인들에 대한 '기존 진실들'의 표현으로, 언어가 이데올로기에 의해 왜곡되지 않고 투명하며 진실된 것이라는 순박한 언어관에서 비롯하고 있다. 상식에 함몰된 '나'는 아내의 상처를 볼 수 없다.

이탤릭체에 담긴 '영혜'의 꿈은 비교적 선명하다. '영혜'는 그(남편)가 간과하고 있는 '살생에 대한 거부' 혹은 '고깃덩어리에 대한 깊은 혐오'로 전율하고 있다. '영혜'가 '거적때기'를 걷고 들어간 '헛간'은 아직 마르지 않은 붉은 피가 떨어지고 있는 생생한 현장으로, '도축장'인 듯하다. 대막대기에 수백 개의 커다랗고 시뻘건 고깃덩어리들이 매달려 있고, '덩어리'에서 '붉은 피'가 떨어지며, 흰 옷을 온통 피에 젖게 만드는 꿈은 선정적이고 도발적이다. 떨어진 고깃덩어리를 피를 묻혀가며 날 것으로 먹는 자신의 모습을 '헛간 바닥' '피웅덩이'에 비쳐 본 순간 '영혜'는 자기혐오를 넘어 자기부정으로 치닫는다.

그러나 '허구'처럼 전달된 '영혜'의 '꿈'은 꿈이 아닌 현실, 곧 '사실'이라는 데에 도저한 역설이 놓여 있다. '꿈'은 곧 끔찍한 살육의 현실을 냉정하게 반영한 '사실'이자 '불편한 진실'이다. '영혜'의 꿈은 도살을 용인하는 '불편한 진실'의 현장, 은폐된 '헛간(도살장)'을 공개하면서 시작한다.

전(前) 근대의 '고기-식사' 문화에서는 다른 생물들을 섭취하는 데 대해 속죄하는 일련의 의식행위들을 가졌다. 그러나 근대에 이르러 사람들은 양심의 짐을 덜기 위해 자신들이 잡아먹는 동물들로부터 가능한 멀리 떨어지도록 고안된 장벽들을 설정한다. 먹이가 되는 동물들과의 친숙한 관계를 없앰으로써 사람들은 생명체의 살해에 흔히 수반되는 공포, 수치, 혐오, 후회의 감정을 극복할 수 있었다. 동물을 사육, 비육, 도살, 포장하는 과정은 매우 합리적이고 실용적이고 편리하다. 음식재료 혹은 음식으로 바뀐 '고기'는 인간이 '최소한의 불편함'으로 소비할 수 있도록 포장 가능한 크기로 다듬어져 나오는 일상의 음식문화를 구성하게 되었다. 이는 근대적 세계관의 대부분을 일깨운 계몽주의 원칙에서 비롯된 '차가운 악(cold evil)'[2]을 탄생시켰다. 이런 악은 개인적인 특성이 없으므로 좀처럼 감지되지 않는다.

고기 먹는 세상, 사람들 속에서 '채식주의자'는 불편한 존재이다. '영혜'는 가족들의 저항과 비난을 당하고, 남편의 직장 상사 회동에서도 눈총을 받는다. 도살에 대한 공동적인 합의의 세계인 '상상계'에서 자신이 공모자라고 느끼며 겨우 모순에 눈을 뜨나, '상징계'로 접어드는 '실재계'인 현실에서 그녀의 각성을 실천하기란 지난하다. 남편을 비롯한 가족들조차 그녀의 행동을 못 견뎌 하며 이해하려고도 하지 않는 상태에서 영혜는 점점 소외된다. 이제 영혜는 '꿈'과 '사실'이 구분되지 않는 가운데 끔찍한 기억

---

2) '차가운 악(cold evil)'은 기술과 제도의 허울 속 깊은 곳에 모습을 숨기고 있으며, 그로 인한 제도적 결과는 때로 쉽게 사라지지 않거나 전혀 우연한 관계라고 의심되지 않는 가해자나 피해자들로 야기된다. 이는 무장강도, 강간, 고의적인 동물 학대 등과 같은 '뜨거운 악(hot evil)'의 범행에서와 같이 격렬한 분노를 불러일으킬 가능성은 거의 없어 보인다. 제레미 리프킨, 신현승 역, 『육식의 종말』, 시공사, 2002, 342쪽.

(트라우마)들을 쏟아낸다.

이탤릭체로 따로 구분되어 드러나는 '영혜'의 내면은 읽기도 듣기도 어려운 것이다. 격리된 예문의 배치는 그 자체로 '영혜'의 실존적 지점을 가리킨다. 모두 여섯 번으로 나눠 표기되는 '영혜'의 '독백'은 두 번은 꿈이고 네 번은 사실에 바탕을 둔 고백이다. '영혜'의 의식의 흐름을 파악하기 위해 예문과 내용을 섞어 간단히 정리해보면 다음과 같다.

'꿈 1'과 '꿈 2'는 모두 도살하는 현장, 현실에 대한 혐오와 '공포'에 관한 것이다.

1) 꿈1; 도살장에서 날고기를 먹는 자신을 발견하고 그 충격은 자기부정으로 치닫는다. '출구'를 발견하지 못한다.

2) 꿈2; 꿈1의 현상을 넘어 현실의 실체에 근접한 것이다. 누가 '사람'을 죽이고 감쪽같이 숨겼는데 자신이 살해자인지 피살자인지 구분이 안 됨. 확실한 건 '삽'으로 머릴 쳐서 죽임. 손잡이가 없는 문 뒤에 '갇힌 것 같은' 공포를 느낌.

'고백 1, 2, 3, 4'는 '꿈'을 꾸게 된 원인과 '꿈'을 꾼 후 달라진 자신의 내면변화를 절박하게 드러내고 있다.

1) 고백1; 나쁜 꿈을 꾸게 된 원인은, '남편의 재촉'에 급하게 요리를 하다 칼에 손을 베었고 들큰한 피를 빨아먹은 까닭이라 생각하고 싶어 함.

2) 고백2; 고기에 대한 식욕('다른 사람이 내 안에서 솟구쳐 올라와 나를 먹어버린 때')과 혐오 사이에서 분열.

3) 고백3; 아홉 살의 '나(영혜)'의 기억으로 상처의 실체를 드러낸다. 집에서 기르던 개에 다리를 물렸고 아버지는 '달리다 죽은 개가 더 부드럽다'며 오토바이에 개를 묶고 달림. 개의 입안 거품, 검붉은 피, 핏물이 고인 눈. 개죽음과 잔치. 고기국물에 밥을 말아먹는 자신(영혜), 아무렇지도 않

더군. 정말 아무렇지도 않았어.

　4) 고백4; 어떤 고함이, 울부짖음이 겹겹이 뭉쳐져, 거기 박혀 있어. 고기 때문이야. 피와 살은 모두 소화돼 몸 구석구석으로 흩어지고 찌꺼기는 배설됐지만 목숨들만은 끈질기게 명치에 달라붙어 있는 거야. 아무도 날 도울 수 없어. 아무도 날 살릴 수 없다.

　아이러니하게도 「채식주의자」에 드러난 '영혜'의 꿈과 고백은 소통되지 못한다. 후작인 「몽고반점」에서 형부와 잠시 부분적 이해를 나눌 뿐이다. '영혜'는 꿈과 현실에서 모두 '출구'를 찾지 못하고 혼자만의 세계에 '갇혀' 있다.

　'꿈2'에서 '도축'과 '살인'이 같은 의미로 겹쳐지고 있다는 사실은 주목을 요한다. 도축과 살인의 범죄에 '영혜' 자신도 가담하고 있다는 암시는 이어질 '고백3'에서의 죄의식을 예고한 것이다. '영혜'가 있는 곳은 살인 당사자는 감추어주고 살인의 도구(삽)만 그 살인의 증거로 남아 있는 부조리한 공간으로 실재계인 현실을 암시한다. '고백3'에서 어린 시절의 기억, 사실의 재현으로 이어지면서 보다 분명해진다. 아홉 살 딸의 시선 앞에서 음식의 재료인 '개'의 육질을 부드럽게 하기 위해 잔인하게 오토바이에 개를 묶어 함께 달리던 아버지의 잔인한 영상은 '뜨거운 악(hot evil)'이 펼쳐지는 생생한 현장이다. '영혜'의 꿈은 가부장인 '아버지'로 상징되는 질서 아래에서 순종하며 따르는 가운데 무의식으로 억눌러야 했던 불편한 진실, 그 '억압된 것의 귀환'이란 예사롭지 않은 의미를 갖는다. 아버지는 '도축'과 '살인'을 가족과 애국이란 이름 아래 선선히 행한 사람이다.

　부드러운 육질의 미각을 위하여 주인은 기르던 개를 잔인하게 죽이는 방식을 선택할 수 있다. 이를 예사롭게 감행하고 또 즐겁게 먹는 야만 가족의 식사풍경은 애국이란 구호 아래 '베트공 일곱'을 아무렇지도 않게 죽일 수 있게 하는 집단 마취, 승화되지 않은 집단적인 에로스인 파시즘과 같은 맥락이다.

　정신적 외상이 무의식에 깊숙이 감추어져 있을 때 일상은 평화로우나 그것이 폭발될 때에 현실의 평화는 언제든지 파괴될 수 있는 허약한 것이다. 라깡은 이 위태로움 때문에 '진리가 허구(꿈)처럼 구성'된다고 한다. '실제' 사건들을 허구(꿈꾸기)로 전치시키는 치환은 타협이나 이데올로기 순응적 행위에 해당한다.[3] 그러나 '영혜'의 '꿈'은 더 이상 의식에 밀린 무의식이 아니라 의식을 잡아먹는 '치명적인 기억'으로 살아 타협 불가능한 '존재전환의 욕망'을 매개한다.

　이로써 '나'와 '영혜'의 위치는 분명해진다. 나/영혜, 인간/동물, 근대/전근대, 의식/무의식, 상식/상처, 지배/종속, 육식/채식 등의 위계가 확인된다. '영혜'의 반란은 지금껏 지속되고 용인되어온 질서에 대한 저항, 반항의 의미를 갖는다. '영혜'에게 '남편'과 '아버지'의 폭력성은 가부장과 가족의 이름으로 일치한다.

　'아버지 부정'과 가부장의 폭압과 몰이해에 대한 거부로 이어지면서 「채식주의자」의 '영혜'는 마치 프로이드가 말한 '가족로망스' 속의 신경증환자의 반항의식을 갖는다.[4] 어린 시절의 일인 것을 마치 실제처럼 생생하게 느끼며 아버지에 대한 무의식적인 반항을 '신경증'으로 드러내는 그녀는 이를 남편에게로 전이(내조와 잠자리 거부)한다.

　'영혜'의 남편은 이기적인 사람임에 틀림이 없다. 자기중심적인 '나'는

---

3) 슬라보예 지젝, 김소연·유재희 역, 『삐딱하게 보기』, 시각과언어, 1995, 41쪽.

4) 프로이트는 오이디푸스 구조의 근원성을 밝히기 위해 『가족 로망스』에서 신경증 환자의 '무의식'에 대해 논의했으며 『토템과 타부』에서는 미개인의 원시적인 '행동'에 대해 고찰한다. 신경증 환자와 미개인의 공통점은 '심리적 현실'을 '실제적 현실'로 생각함으로써 사고와 행동을 통해 오이디푸스 구조의 근원성을 드러낸다는 점이다. 예컨대 신경증 환자는 가족로망스 속에서 아버지에 반항하는 환상을 갖게 되며, 미개인은 형제들이 힘을 합쳐 실제로 아버지를 살해한다. 나병철, 『가족로망스와 성장소설』, 문예출판사, 2004, 37쪽.

"이런 일은 나에게 일어나선 안 되기" 때문에 '영혜'를 병원에 데려가지도 않는다. 남편인 그가 '영혜'를 이해하기 위해 활용하는 자료는 처가 식구들이다. 모두 육식을 즐기는 처가 가족들의 무난한 성향에 견줄 때 아내의 돌연한 행동은 그에게 재고의 가치가 없는 일상의 반란일 뿐이다. 가족은 그가 '영혜'를 이해하는 데 장애로 작용한다. 가족을 경유한 '영혜'에 대한 접근은 그의 억울함에 대한 확신만 증폭시킨다. 가부장적인 장인과 헌신적인 장모, 그리고 아내보다 경제력과 성적 매력에서 나은 처형은 '나'의 무능한 형님에 대한 야릇한 질투와 겹쳐지면서 아내에 대한 이해를 차단한다. '나'의 이혼 결심이 처형이 새로 마련한 집들이 저녁 만찬에서 굳어졌다는 것은 예정된 수순에 가까운 것이다.

처가식구들, 즉 '영혜' 부모와 언니, 남동생의 경우도 마찬가지이다. 예전과 달리 변해가는, '해독될 수 없는 내면성'을 가진 '영혜'(그들의 딸, 동생인)를 가족들은 무시, 부정하다 끝내 처벌한다.[5] 아버지는 고기를 거부하는 '영혜'의 따귀를 때리고 '영혜'의 입에 고기를 넣으려는 시도를 반복한다. 이와 같은 반복된 행위는 애써 봉합하고 있는 그녀의 '상처'를 자극하고 마침내 저항의지를 칼로 자신의 동맥을 긋는 자해로 드러낸다.

끝내 '영혜'는 '신경증' 환자로 남을 수밖에 없다. '영혜'와 가족은 소통하지 못한다. 가족들에게 '영혜'의 알 수 없는 '내면성'은 일종의 '타자성'으로 반(反)가족적인 것이다. '영혜'에게 가족이란 내면성이 억압되는 상태에서나 강제적인 친목이 가능한 유기체적인 집단으로 '외면적 배려'만 가능한 허구이고 함정이다.

---

5) 가족의 조직원리는 내밀함의 소통 그리고 배려이나 개별적 내면성은 억압된다. 누군가의 내면성은 곧 가족적 친밀성으로부터 이탈된다는 신호이다. 이종영, 『성적 지배와 그 양식들』, 새물결, 2001, 30쪽.

3. 욕망, 환상과 위반

가족에게서 외면당한 '영혜'의 육식거부와 존재전환의 욕망은 「몽고반점」의 초점화자 '형부'(그)에 의해서 주목되며 이해된다. '그'는 '영혜'와 '영혜'의 욕망을 '동일시'한다. 동일시란 '인간 주체가 구성되는 작용 자체'[6]이다. 그는 '영혜'의 목숨을 건 절박한 저항, 자신을 다 던지는 치열한 생의 자세를 모방하고 내면화한다. 그와 그녀는 닮았다. 그녀로 인해 그는 존재전환의 계기를 갖게 되며 그의 욕망 실현의 매개로 '영혜'를 설정한다. 「몽고반점」의 '몽고반점'은 '영혜'의 엉덩이에 아직 남아 있는 파란 점으로 순수와 원시의 흔적으로 상징된다. '영혜'의 몽고반점에 대한 '그'의 욕망은 일종의 '절편음란증'으로 작용하며 이 소설을 파국으로 몰아가는, '도착'이다. 「몽고반점」의 '욕망'은 가족 안에서 싹트고 있는 탓에 그 경계가 느슨하고 모호하나 그런 까닭에 매우 위태롭다는 이중성을 갖고 있다.

아내와 별 애정 없이 결혼한 '그'는 처제를 보았을 때 자신의 취향을 '살짝 비껴가 있는' 아내의 결여가 '정확히 무엇인지'를 깨닫게 된다. 그녀에게서 아내와는 다른 '야생의 나무 같은 힘'을 느꼈다는 내면 고백은 그의 욕망이 결코 충동적인 것이 아님을 뜻한다. '그'에게 처제는 오래된 낯섦으로, 담백한 육체적 매력과 강렬한 이미지로 다가오는 이상적인 존재이다. 전작 「채식주의자」에서 '그'가 남편보다 먼저 '영혜'를 병원으로 업고 데려가는 순발력을 발휘할 수 있었던 이유가 후작 「몽고반점」에서 밝혀지고 있는 것이다.

처제에 대한 그의 욕망은 복합적이다. 처제가 그가 좋아하는 여성 이미지라는 것에 우선해서 그녀의 강렬한 저항의지가 그에게 예술적 영감을 불어넣으며 그의 전반적인 작품세계에 대한 재고와 전환을 촉발하고 있기

---

6) 딜런 에바스, 김종주 외 역 『라깡 정신분석 사전』, 인간사랑, 1998, 112쪽.

때문이다. 그에게 '영혜'는 절박한 예술적 동반자이다. 아내의 발화로 알게 된 처제의 '몽고반점'에 대한 예술적 영감과 성적 끌림, 육식을 권하는 장인에 맞서 칼을 들어 자신의 팔뚝을 그어버렸던 처제의 강렬성이 던진 '이미지', 그리고 피 흘리는 그녀를 업고 병원으로 가면서 닿았던 육체적 접촉은 그녀에 대한 구체적인 욕망의 원인들이다. 푸코가 지적하듯이 가정은 성적 욕망의 특권적 재화의 지점이다. 가족은 감정적 유대감과 밀착된 공간, 그리고 몸의 의심스러운 근접 등에서 '근친 상간적 상상력'이 발생할 수 있는 곳[7]인 '성소(性/聖所)'이다.

그는 더 이상 현실의 이미지들을 견딜 수 없었다. 다시 말해, 그것들을 다룰 수 있었을 때 그는 충분히 그것들을 미워하지 않았던 것 같았다. 혹은 충분히 그것들로부터 위협당하지 않았던 것 같았다. 그러나 그 순간, 처제의 피비린내가 코를 찌르는, 푹푹 찌는 여름 오후의 택시 안에서 그 모든 것들이 그를 위협했고, 구역질 나게 했고 숨을 쉴 수 없게 했다.

주로 생생한 다큐를 제작하며 현실을 비판해온 그는 현실에서 비켜선 예술가의 제3의 위치에서 '윤리적인 자유와 예언적인 도발'을 추구하려고 한다. 그에게 이것은 '감각적이고 지적인 역량의 흥분과 집중을 향한 윤리적이고 미학적인 자세'로 보인다.[8] 그런 까닭에 처제와 더불어 그가 추구하고자 하는 작업에 대한 자세는 연출가/형부(남성), 열정과 정욕 사이를 넘나든다. 형부로서 처제가 사는 '그녀의 방'(D 여대 근처의 다세대 주택의 자취방)을 찾아갔을 때 다 벗은 그녀의 몸을 보고도 그는 냉정하게 관찰할 뿐이다. 그리고 예술가의 심미안이 아니라면 볼 수 없는 감각으로 그녀의

---

7) M. 푸코, 이규현 역, 『성의 역사1-앎의 의지』, 나남출판, 1994, 122쪽.
8) 피에르 부르디외, 하태완 역, 『예술의 규칙』, 동문선, 1999, 112-113쪽.

몸과 영혼을 포착해내려 한다. 그의 구분이 되지 않는 욕망의 심급에는 이 모든 관계의 위험 혹은 관계라는 완고한 이데올로기를 넘어서라도 새롭게 그려내고 싶은 예술가의 부정 의식이 존재하고 있는 것이다. 이를테면 '영혜'라는 특수자를 통해 그는 에로스의 영역, 완벽하게 아름다운 가상세계를 재현하고 싶은 것이다. 예술은 세속적인 현존재의 관계망을 벗어난 '독자적이고 자기완결적인 영역'이기 때문이다.

1) 그는 이해할 수 없었다. 약간 멍이 든 듯도 한, 연한 초록빛의, 분명한 몽고반점이었다. 그것이 태고의 것, 진화 전의 것, 혹은 광합성의 흔적 같은 것을 연상시킨다는 것을, 뜻밖에도 성적인 느낌과는 무관하며 오히려 식물적인 무엇으로 느껴진다는 것을 깨달았다.(101쪽) 먼저 그녀의 어깨까지 흘러내린 머리카락을 쓸어 올리고, 목덜미에서부터 꽃을 그리기 시작했다. 자주와 빨강의 반쯤 열린 꽃봉오리들이 어깨와 등으로 흐드러지고, 가느다란 줄기들은 옆구리를 따라 흘러내렸다. 오른쪽 엉덩이의 둔덕에 이르러 자주빛 꽃은 만개해, 샛노란 암술을 도톰하게 내밀었다. 몽고반점이 있는 왼쪽 엉덩이는 여백으로 남겼다.

2) 목까지만 조명을 받아 캄캄해 보이는 그녀의 얼굴은 마치 잠든 것처럼 보였으나, 허벅지 안쪽을 붓끝이 스쳐갈 때 떨림이 전해져 오는 것으로 미루어 예민하게 깨어 있었다. 이 모든 것을 고요히 받아들이고 있는 그녀가 어떤 성스러운 것, 사람이라고도 그렇다고 짐승이라고도 할 수 없는, 식물이며 동물이며 인간, 혹은 그 중간쯤의 낯선 존재처럼 느껴졌다.

3) 찍지 않겠다고 약속했었으나 이제는 완연히 캄캄해진 창 쪽을 바라보고 있는 그녀의 얼굴을 클로즈업했다.

4) "아무도 모를 거야. 얼굴은 나오지 않는다니까. 그리고 이 여자, 만나
보고 싶지 않아? 너한테도 영감이 되는 작업일 거야."

5) "젠장, 한 번도 안 해봤어? 연기를 해봐. 가슴이라도 만져."(126쪽)

6) "그 자식이 마음에 들었던 거야?"
"그게 아니라, 꽃이……"
"꽃?"
순간 그녀의 얼굴은 무섭도록 창백해졌다. 깨물어서 붉어진 아랫입술이
보일 듯 말듯 떨렸다. 차근차근 그녀는 말했다.
"정말 하고 싶었어요…… 그렇게 하고 싶었던 적이 없었어. 그 사람 몸에
뒤덮힌 꽃이요…… 그게 날 못 견디게 했던 거야. 그것뿐이에요."

7) 벌거숭이가 된 그는 그녀의 가랑이를 힘껏 벌리고 그녀의 안으로 들
어갔다. 어디선가 짐승의 헐떡이는 소리, 괴성 같은 신음이 계속해서 들
렸는데, 그것이 바로 자신이 낸 소리라는 것을 깨닫고 그는 전율했다.
(…) 그녀의 이미 흠뻑 젖은 몸, 무서울 만큼 수축력 있게 조여드는 몸
안에서 그는 혼절하듯 정액을 뿜어댔다.

8) 그가 뒤에서 삽입한 후로는 외부 모니터에 비친 영상을 직접 확인하
며 섹스했다.
모든 것이 완벽했다. 그려왔던 대로였다. 그녀의 몽고반점 위로 그의 붉
은 꽃이 닫혔다 열리는 동작이 반복되었고, 그의 성기는 거대한 꽃술처
럼 그녀의 몸속을 드나들었다. 그는 전율했다. 가장 추악하며, 동시에
가장 아름다운 이미지의 끔찍한 결합이었다.

9) 이 이미지는 절정도 끝도 허락하지 않은 채 반복되어야 했다. 침묵 속에서, 그 열락 속에서, 영원히. 그러니까 촬영은 여기에서 마쳐야 하는 것이다.

　'그'는 자신이 지금껏 심각하게 '저항'하지도 고민하지도 않으면서 '현실적인 이미지'만을 복사해왔다는 사실에 대해 혐오한다. 이러한 혐오를 촉발시킨 이는 '영혜'다. 그는 이제 예술의 영역에서 스스로가 '만들어낸, 연출한 이미지'의 고유성을 지키겠다는 각오를 갖는다. 이는 지금껏 자신이 촬영해온 후기산업사회에 찢기고 마모되기 전의 인간상인 시원의 인간의 모습, 나아가 인간과 식물, 그리고 짐승의 경계를 넘는 '에로스'를 통해 연출하겠다는 것이다. 그러나 '에로스'의 다른 면이 '타나토스'이듯이 그의 작업은 포르노와 환타지의 경계에서 위태롭다. 즉 '사물들이 인간을 위한 사물로 왜곡되기 이전의 즉자적인 사물의 상태에서 발하는 태고의 향기 속에 은밀한 교감을 나누고 '무의지적 기억'을 통해 태고적인 형상들이 발산하는 분위기 속의 '아우라'[9]를 연출할 수 있어야 하는 까다로움이 전제된다. 예문(1)에서 알 수 있듯이 '시원의 존재'인 '영혜'의 몸은 전혀 성적인 느낌을 주지 않는 '묘한' 아름다움으로 어떤 '성스러운 것', '사람'과 '짐승' 혹은 '식물이며 동물이며 인간 혹은 그 중간쯤의 낯선 존재'로 예술적 이미지 그 자체이다. '영혜'에 매혹된 '그'의 시선은 사실 남다른 것이다. '그'를 제외한 그 누구도 '영혜'를 미인이라 생각하지 않는다는 사실이 이를 보증한다. 이를테면 '영혜'의 외눈꺼풀과 전혀 비음이 섞이지 않는 담백한 목소리, 남을 거의 신경 쓰지 않는 듯 별 호기심이 없는 멍한 시선과 자세, 그리고 군살 없이 마르고도 탄력 있는 몸매와 엉덩이에 감추고 있는 몽고반점은 그가 찾아 연출하고자 하는 고요하고 나지막하고 매혹적인 영상

---

9) M. 호르크하이머/Th. W. 아도르노, 김유동·주경식·이상훈 역, 『계몽의 변증법』, 문예출판사, 1995, 46쪽.

의 '대상', 오브제 쁘띠 아'(a)'일 뿐이다. 이 경우 '환상'은 '오히려 객관적으로 주관적인 이상한 범주'라는 지젝의 정의가 유용하다.[10]

자신이 처제에게 육체적으로 끌리고 있음에 대한 죄의식과 한편 그녀를 통해 자신이 바라는 이미지를 남기겠다는 예술가의 이기는 한 치의 양보 없이 팽팽하다. 아니 그 둘은 구분되지 않는다. 주목할 것은 그가 '영혜'에게 밀착해가면 갈수록 '영혜'는 점점 치료된다는 사실이다.

'영혜'는 그의 붓 끝을 따라 예민하게 반응하는 '정상적인' 몸의 감각을 되찾는다. 그와 '영혜'는 마치 하나인 듯 호흡의 일치를 보이며, '영혜'는 온몸에 아름다운 꽃을 장식하고 난 이후에 '꿈'도 꾸지 않고 시체 같은 '얼굴'도 보지 않게 되었다고 고백한다. '영혜'는 결코 미치지 않았으며 아직 상처(동물학대, 살인자와 피해자인 자신에 대한 혐오)에서 벗어나지 못했을 뿐이다. 일종의 '신경증'을 앓고 있는 '영혜'는 부드러운, 일종의 애무와 같이 온몸에 집요한 붓의 감촉을 받고 느끼며,[11] 물감의 냄새와 꽃의 아름다움에 강렬하게 취해 마침내 에로틱한 흥분을 느낀다.

그의 욕망에 절대적인 존재인 '처제'는 화려한 꽃 그림과 조명에 의해 점점 '이상화'되는 가운데 그녀에 대한 그의 욕망도 함께 고조된다. 그는 결국 그녀의 '얼굴'을 카메라에 담는다. 이는 파국의 전조이다. 예술과 현실 속에서 '얼굴'은 이중적이다. 그것은 영혼, 정체성을 상징하는 것이자 잘못되었을 경우 개인의 정체성과 위상이 죽어가는 것에 비유되는 것(얼굴을 잃는다)이다. 특히 포르노와 에로스의 경계에 머무는 이 작업에서 '얼굴'의

---

10) 슬라보예 지젝, 김재영 역, 『무너지기 쉬운 절대성』, 인간사랑, 2004, 126쪽.

11) 피부에서 느낀 것을 생식기로 연결하는 연쇄감각은 냄새라는 자극적인 효과가 신경체계라는 매개를 거쳐 생기는 것이다. 부드러운 접촉은 에로틱한 흥분, 특히 관념 작용을 불러일으켜 에로틱한 흥분을 보조하는 역할을 한다. 이는 특히 신경증에 속하는 히스테리 여성에게서 일어나는 평범한 현상이다. 왜냐하면 연쇄감각적 현상들은 히스테리 환자들에게서 매 순간마다 발견되기 때문이다. 기에탕 가티앙 드 클레랑보, 강응섭 역, 『여성의 에로틱한 열정과 페티시즘』, 숲, 2003, 86-87쪽.

포착은 마치 마그리트의 「강간」처럼 여성의 몸이 얼굴로 변형되어 인간으로서의 존재성을 파손하는 것[12]과 다를 바 없이 위험한 것이다. 여기에서 그치지 않는다. 결국 '그'는 온몸에 꽃을 그리고 그녀의 '방'에서 그녀와 '정사'를 나눈다.

위의 예문(6, 7)에서 알 수 있듯이 한강은 이 부분을 결코 과장하거나 감추지 않는다. 명백한 두 남녀의 성적 결합이고 둘은 함께 환희를 나눈다. 두 사람에게 도덕과 윤리는 멀고 예술과 외설의 경계는 벌써 무너졌다. 카메라에 담긴 동영상을 통해 본 두 남녀의 모습은 진정한 남녀의 결합, 예술이란 환상적 장치를 통해 낯설고 완벽한-끈질긴 애무와 완전한 결합-소통을 완성하고 있는 듯이 보인다. 그러나 현실은 이 모든 환상을 일순 환멸로 벗겨 내린다.

'얼굴을 드러내지 않는다'는 조건 아래 촬영에 임한 '제이'처럼 현실의 맥락에서 완전히 자유로운 예술은 존재하지 않는 법이다. 카메라에 예술로 담긴 처제와 형부의 성적 교합은 그의 아내이자 언니인 '그녀'에게 결코 용인되지 않는다. 카메라의 연출이란 잉여를 남기지 않고 예술과 정사를 완벽하게 일치시키며 내처 달린 그의 욕망이 끝내 '파멸'이라는 것은 실재계의 대타자이자 법의 집행자인 '아내'에 의해 분명해진다.

그는 이제야 자신의 벌거벗은 상체가 아내에게 혐오감을 불러일으키리라는 것을 깨닫고 다급히 셔츠를 찾아 두리번거렸다. 욕실 쪽에 내던져진 셔츠에 팔을 끼우며 그는 말했다.

"여보. 내가 설명할게. 이해하기 쉽진 않겠지만……"

아내는 갑자기 높아진 목소리로 그의 말을 막았다.

"구급대를 불러놨어요."

---

12) 정화열, 『몸의 정치와 예술, 그리고 생태학』, 아카넷, 2005, 43쪽.

"뭐라구?"

아내는 희끗하게 질린 얼굴로, 다가오는 그를 피해 뒤로 물러섰다.

"영혜도, 당신도 치료가 필요하잖아요."

(…)

"나쁜 새끼."

아내는 낮은 소리로, 눈물을 삼키며 중얼거렸다.

"아직 정신도 성치 않은 저런 애를…… 저런 애를."

라깡의 말처럼 진실은 허구처럼 전달되었어야 옳았다. 아내(언니)의 손으로 들어간, 두 사람의 모든 것이 다 들어가 있는 전혀 수정되지 않은 '원본' 테이프는 그녀에게 회수와 삭제가 불가능한 '괴물 같은 진실'이다. 모든 것을 알게 되면 사랑이 끝나듯이 삶도 끝이 난다.

바로 구급차를 불러 정신병원으로 후송명령을 내릴 수 있는 '그녀'는 공포의 권력자이다. 그녀의 권위적 발화 "나쁜 새끼", "아직 정신도 성치 않은 저런 애를…… 저런 애를."에 의해 그와 그의 모든 행위는 추문으로 전락하고 '영혜'는 죽음이 사슬을 풀어줄 때까지 정신병원에서 나오지 못한다.

그는 무엇을 설명하려 했을까. 설명은 가능한 것인가. 그것이 변명이라면, 그것은 그의 모든 것을 걸었던 예술에 대한 부정에 가깝지 않을까. 분명한 것은 아내에게, 그녀의 언니에게 이 모든 사실이 '객관적'으로 설명되어야 한다는 사실, 현실이다.

"성 관계는 존재하지 않는다."는 라깡의 핵심 통찰은 그와 그녀의 성적 위치에서 볼 때 사실이다.[13] 설명되어야 하는 성은 불가능한 실재(the Real)인 것이다. 그는 자신의 상상계에서 언어의 세계, 상징계로 진입하는 순간, 언어에 의한 소외/분열로 인해 항유를 박탈당할 수밖에 없는 것이다. 그

---

13) 슬라보예 지젝 외 지음, 김영찬 외 역, 『성관계는 없다』, 도서출판b, 2005, 9쪽.

는 '공포'를 느낀다. 그가 느끼는 '공포'의 구체성은 지극히 육체적인 것이다. 뜨거운 화합을 매개했던 그의 몸에 그린 '꽃'은 '미혹(lure)'이자 정사의 흔적인 '오물(abject)'[14]로 추락한다. 이것이 상상계를 벗어난 차가운 현실, 실재계의 엄혹한 논리이다.

다시, 그가 두려워 한 것은 무엇이었을까. 해답은 마지막 예문(8)에서도 발견할 수 있다. '그'는 분명 욕망에 빠져 파국을 맞은 순진한 남자는 아니다. 달리 말하면 그가 먼저 발견한 욕망의 종점을 그녀(아내)가 서둘러 파국으로 선언한 것에 불과한 것이다. 그는 깔끔한 엔딩의 순간을 아내에게 빼앗겼다.

그는 향유가 '침묵 속에서' 영원히 '반복'되기 위하여 촬영을 마쳐야 한다고 되뇐다. 여기서 쾌락원리가 욕망의 규제원리로 넘어가는 지점을 발견하게 된다. 욕망은 한계를 넘어가는 향유를 추구하지 않는다. 쾌락원리는 바로 어떤 한계를 넘어가는 흥분을 견딜 수 없는 불쾌로 변화시켜 욕망으로 하여금 그 흥분을 추구하지 않게 하는 규제원리로서 작동한다. 라깡은 이를 "향유에 그 한계를 부과하는 것은 쾌락이다"라고 한다.[15]

그가 궁극적으로 추구한 것이 '영혜'가 아닌 '예술'이었다는 것은 분명하다. 그는 정녕 예술과 외설의 경계를 가로지르는 진짜 향락을 재현하고 싶었고 그것을 가감 없이, 그리고 과감(果敢)하게 보여주었다는 사실에 공감한다. 이는 시뮬라크르의 재현 공간 안에서 확보된 그와 그녀의 진실이기도 하다.

그러나 현실의 그는 살아남기 위해 수개월에 걸쳐 자신이 정상임을 증명하려 애써야 하는 사회적 존재이다. '영혜'는 정신이상자로 어떠한 변명을 할 수도 없고, 할 필요도 없는 존재로 남는다. 그의 욕망에 대한 평가는

---

14) 비체(abjection)의 강조는 두려움과 공포를 조장하는 데에 있다. J. 크리스테바, 서민원 역, 『공포의 권력』, 동문선, 2001, 23쪽.

15) 이종영, 『욕망에서 연대성으로』, 백의, 1998, 170쪽, 재인용.

남겨진 현실 속 그의 행동반경에서 구해진다. 그는 '영혜'를 전혀 배려할 수 없다. 배려하지 않는다. 그의 방어 속에서 '영혜'의 사물화(事物化)와 대상화는 피할 수 없다. 그의 물음은 「나무 불꽃」에서 오직 아이에게만 한정된다. 그는 상징계의 질서에 편입되고자 한다.

욕망은 승화되어야만 하는가. 억압이 있는 곳에 욕망이 함께 있는 것이라면 욕망의 고통을 줄일 안전장치는 무엇인가.

4. 욕망 이후, 처벌과 고난

「나무 불꽃」은 욕망이 결국 진공상태, 비현실적인 맥락에 놓일 수는 없다는 실존의 엄혹함을 일깨워주는 도덕적 지평으로 자리한다. 마지막 연작인 이곳에 이르러 그의 '아내'이자 '영혜'의 언니인 '그녀'가 초점화자로, 실질적인 서술자나 다를 바 없는 자격으로 나선다. '영혜'는 정신병원에 갇혔고 남편은 수개월에 걸친 구명운동 끝에 유치장에서 풀려 나간 후 '값싼 추문'을 남기며 달아난 뒤이다. 부모도 자매를 찾지 않는 상태에서 '그녀'야 말로 가장 도덕적이고 지성적인 '신뢰할 만한 화자'이다. 남겨진 동생을 돌보기 위해 정기적으로 음식과 옷가지를 챙겨 '정신병원'을 찾는 그녀는 다함없이 선량한 모성적 존재이다. 그러나 그녀의 존재가 매개하는 것은 간단하지 않다.

그녀는 분명 '영혜'를 돌보는 보호자이나 '영혜'를 정신병원에 가둔 것도 그녀이고 결국 영원히 병원을 벗어나지 못한 채 '영혜'를 죽게 한 것도 사실상, 공포의 권력자인 '그녀'이다. 그녀의 흔들림 없는 첨예한 윤리적 판단은 신성 가족의 아우라에서 발생한다. '가족' 혹은 '가족 윤리'는 그녀가 동생과 남편, 둘 모두를 쉽게 용서할 수 없는 이유이자 '영혜'가 저만큼의 거리를 두고 정신병원에 오랫동안 갇혀 있어야 하는 까닭이다.

1) 축성 정신병원 가지요?
의심과 경계, 혐오와 호기심이 얽힌 그들의 시선을 그녀는 익숙하게 외면한다.

2) 생시에 느끼지 못했던 강렬한 혐오감 때문에 그녀는 흠칫 눈을 떴다가 다시 잠들었다.
거울 속 자신의 왼쪽 눈에서 피가 흘러내렸다.

3) 영혜는 축하한다는 말 대신 "처음 봐. 이렇게 작은 아이는…… 갓 태어나면 원래 이런 거야?" 하고 중얼거리듯 물었을 뿐이었다. 엄마 계신 J읍까지 혼자 안고 갈 수 있겠어? 운전이야 형부가 하겠지만…… 힘들 것 같으면 내가 같이 갈까?

「나무 불꽃」에 이르러 그녀들의 이름이 '김인혜'이고, '김영혜'임이 온전하게 드러난다. 언어는 질서의 기호이다. 이름은 둘이 자매지간으로 가부장의 질서(아버지의 성을 나눈) 안에 함께 묶여 있음을 분명하게 드러내고 있다. 완전한 이름(full name)은 두 사람을 함께 건넌 후 사라진 불완전한 '그'에 대한 비난을 함의한다.

예문(2)에서 알 수 있듯이 '인혜'의 시선 역시 외부 사람들이 '정신병자'를 대하는 시선과 크게 다르지 않다. 꿈을 통해 드러난 그녀의 무의식에서 알 수 있듯이 '인혜'는 '영혜'와 '영혜'의 육체에 대한 '강렬한 혐오감'을 갖고 있으며 '피눈물' 같은 깊은 상처를 받는다. 그리고 회상을 통해 슬금슬금 '영혜'에 대한 의구심을 갖는다. 예문(3)에서 보듯이 '영혜'가 자신을 질투했을 수도 있다는 것과 남편에 대한 애정을 일찍부터 가졌을 수도 있다는 것에 대한 의심이다. '영혜'가 두 편의 소설을 지나는 동안 형부에 대한 감정을 한 번도 드러낸 적이 없다는 점에서 '인혜'의 우회적 지적은 정보에 가깝게 들린다. 가족의 경계에 서 있는 형부가 유일하게 자신을 잘 이해해 주는 존재로 '영혜'가 정서적으로 의지하고 인간적으로 매력을 느낄 수도 있었을 것이라는 점은 충분히 수긍되는 부분이기도 하다. 왜냐하면 '영혜'는 아버지의 가부장적 질서의 강제 규정에 대한 저항 여지를 만드는 유일한 존재자이기도 한 까닭이다.

이것은 이후 '인혜'가 '영혜'가 미치지 않았음을 알면서도 그것을 부정하는 일관된 조치로 이어지는 이유이다. 그녀는 의사의 퇴원 권유에도 결코 응하지 않는다. 이 모든 불행은 '영혜'가 '성치 않은 상태에서' 퇴원한 까닭에 있다고 믿고, 믿고 싶은 까닭이다.

'인혜'에게 가장 소중한 존재는 '아이'이다. 자신의 가정이 '영혜'로 인해 무너졌다고 생각할 수 있는 상태에서 '영혜'는 가족일 수 없다. 엄밀한 핵가족 사회에서 법제적 의미의 '가(家)'와 정서적 의미의 '가정(家庭)'이란 개념에는 부부와 아이로 구성되는 '일가단란(一家團欒)'의 개념만 존재한다. 이는 외부와의 '분리성'을 강조하며 '내적 결집성'을 강조하는 것으로, 가정성의 이데올로기를 강조하는 것이다.[16] '영혜'에게 돌아갈 자리는 없다. '인혜'는 죄의식에 괴로워하나 결국 결단(영혜의 정신병원 잔류)을 보류하지 않는다.

'영혜'는 무엇을 보았을까. '인혜'에 의해 관찰 감시당하는 그녀가 '거식증'을 보임은 어쩌면 당연한 것이 아닐까. 식욕감퇴의 주체는 '아무것도 먹지 않는' 것이 아니라 오히려 적극적으로 욕망의 궁극적 대상, '무(공허)'를 원하는 것이라는 지적은 일리가 있는 듯하다.[17] 의사의 진단처럼 '영

---

16) 김혜경, 『식민지하 근대가족의 형성과 젠더』, 창비, 2006, 306-309쪽.

17) 다이어트를 하는 여성의 경우이나 아무것도 먹지 않고 물과 햇빛만이 필요한 나무가 되겠다는 생각은 실존의 '무거움'을 덜어 버린다는 면에서 상통하는 점이 있다. 슬라보예 지젝, 앞의 책, 43쪽.

혜'는 미치지 않았음이 틀림없다. 미치지 않은 '영혜'는 자신의 존재가 언니에게 상처가 된다는 것을 알고 있는 듯 보인다. 서술자에 의해 단 한 번도 내면을 드러낼 기회를 갖지 못한 '소외자'인 '영혜'는 가끔씩 의미심장한 '말'을 언니에게 건네나 제대로 전달되지 않는다. 정신병원에 갇혀 끝없이 주사와 약을 투여받고 언니의 보호 아래 갇혀 살아야 하는 '영혜'가 자신의 상황을 통해 깨달은 것은 깊은 '무기력'일 것이다. 드디어 '영혜'는 환영 속에서 자신의 감각의 원천이었던 '몸'을 축소하고 성(gender)을 다 지우는 '나무'로 변신하기를 원한다. 작정한 '영혜'의 행동은 마치 속죄를 통해 상황을 넘으려는 '고난'의 자처로 읽힌다.

1) 언니. ……세상의 나무들은 모두 형제 같아.

2) 난 몰랐거든. 나무들이 똑바로 서 있다고만 생각했는데…… 이제야 알게 됐어. 모두 두 팔로 땅을 받치고 있는 거더라구. 봐. 놀랍지 않아?

3) 꿈에 말이야 내가 물구나무 서 있었는데…… 내 몸에서 잎사귀가 자라고, 내 손에서 뿌리가 돋아서 땅속으로 파고들었어. 끝없이, 끝없이…… 사타구니에서 꽃이 피어나려고 해서 다리를 벌렸는데.

의식과 진실은 모두 말을 통해 드러난다. 결코 옛날로 돌아갈 수 없는 현실에 대한 '영혜'의 정확한 인식이 확인된다. 한 말과 하지 못한 말 사이에서 그녀가 정작 하고 싶은 말은 '용서'라는 단어가 아니었을까. 그러나 언니가 자신을 미쳤다고 감시와 처벌의 의욕을 거두고 있지 않는 상황에서 더 이상의 말은 '잉여'일 뿐이다. '나무'에 대한 영혜의 집착은 '그'와의 관계가 남긴 '흔적'으로 볼 수도 있겠으나 '나무의 상(icon)'에 대한 전복적 인식은 시사적이다. '영혜'의 열린 시선 혹은 시적 응시는 언니의 갇힌, 고정된 시선을 뒤엎으라는 전복의 권유는 아닌가.

이성보다는 몸의 감각에 충실했고 그 충실로 한 순간 자신을 짓누르던 망령에서 벗어날 수 있었던 놀라운 투명함의 시간, '몸-애무'의 시간을 살았던 자신의 경험을 언니와 나누는 것은 불가능한 것인가. 도덕과 법, 가족의 유폐구조 속에 갇혀 새로운 전환 방향을 마련하지 않는 것은 과연 타당한 것인가. 형부와 처제라는 가족의 망령을 매개로 한 절대적인 분노는 결국 남은 자신마저 삼킬 또 하나의 이데올로기는 아닌가.

그러나 '영혜'의 시도는 응답을 요구할 수 없는 이상한 행동 그것에 불과하다. 더 이상 언니가 자신의 삶의 질서, 가족의 울타리 안에 자신을 편입하려 들지 않는다는 것을 깊이 자각한 '영혜'의 결단은 '죽음'이다. 자신이 무기력하다는 의식은 고난을 낳는 기초가 된다. 무기력이란 자신이 어떤 행동을 하든 그것이 자기가 바라고 있는 결과에 아무런 영향도 미치지 않으리라는 느낌과 감정을 말한다. '관계상실'이란 마치 '죽음'과 마찬가지로 많은 상실[18]을 의미한다. 그녀는 대타자를 '죽음'으로 삼아 상상계의 어머니인 언니의 시선을 거두고 상징계의 질서에 복종하는 두 효과를 만족시키며 실재계의 대타자인 '흙'으로 돌아가려 한다. 끝내 주사를 거부하며 언니의 옷에 피를 쏟으며 죽어가는 '영혜'의 모습은 우리의 욕망이 결국 3인조 ISR(Imaginary-Symbolic-Real)의 회로를 벗어날 수 없다는 사실을 역설한다. 정신분석이 결국 윤리비평을 벗어날 수 없음은 한 번도 명료하게 자신을 변명하지 못하고 떠난(기회조차 주어지지 않은) '영혜', 끝내 귀환하지 않은(못한) '그'의 부재가 증명하고 있는 것은 아닌가.

---

18) 도로테 죌레, 채수일·최미영 공역, 『고난』, 한국신학연구소, 2002, 17-18쪽.

3부

생명과 희망의 서정

겨울 숲에 선 나무의 전언

— 이유경론

이유경의 신작시는 노년과 죽음에 대한 사유의 궤적을 담고 있다. 생명 있는 것, 태어난 모든 것은 반드시 시간의 질서에 따라 늙고, 병들고, 그리고 죽는다고 할 때 이유경이 포착한 시의 테마는 유한자인 우리, 궁극적 타자의 문제를 담고 있다 할 것이다. 절제된 시적 표현으로 현실에 대한 비판의식과 이웃에 대한 각별한 애정을 집요하게 그려내는 시인 이유경의 시가 이제 한 정점을 지나가고 있다.

장수와 젊음, 풍요를 과시하는 후기 자본주의사회에서 스펙터클한 이미지를 호흡하며 사는 우리들에게 늙음과 죽음은 어떤 모습으로 다가오고 있는가, 이를 맞는 우리의 자세는 어떠해야 할까. 세상은 이제, 인간 수명이 백 세를 구가하는 장수 시대가 도래했다고 아우성이다. 모임이나 회합에서 사람들은 "9988 234!"(구십구세까지 팔팔하게 살다가 2~3일 아프다가 죽자!)를 외치며 자신과 지인들의 무병장수를 기원하나, 아이러니하게도 어느 자리에도 정작 장수의 훈장을 받아야 할 '어르신'은 보이지 않는다. 우리 시대의 어르신들은 다 어디로 간 것일까? 노인대학, 요양원 혹은 볕 드는 놀이터에서 간혹 졸고 계시거나 우울이 드리운 골방에서 누워 칩거하고 있진 않을까.

"구구팔팔 이삼사"를 높이 쳐들어 외치는 장년들, '안티 에이징(anti-aging)'을 지향하는 그들의 꿈은 '늙은이 절멸'이 아닐까, 두렵다. 나이는 먹되 결코 늙지 않을 그들은 평생 청년을 꿈꾼다. 어디에도 노인을 환대하는 자리는 없거나 드물다. 불멸을 꿈꾸는 그들이 높이 치켜 든 건배는 '정년 연장'과 '재취업'을 시위하듯 흔들리다 원 샷으로 정리된다.

이유경의 시를 통하여 우리는 눈감고 보지 않을(/은) 듯 은폐하고 배제해버렸던 진정한 우리의 시간, 노화와 죽음의 시간들인 노년의 풍경을 생생하게 호출할 수 있을 것이다. 우리를 가장 낮고 겸손하게 하는 것은 죽음의 문턱이다. 이제 노년에 접어든 시인 이유경은 늙음과 병듦을 감추고 배척하는 소외와 소멸의 사시적 시선을 넘어 유한자인 우리 타자를 위한 치열한 응시와 위무의 시간을 마련한다. 진정한 삶을 위한 통렬한 성찰과 공감의 지평으로 우리를 이끈다.

1. 죽음, 폭력의 풍경

> 박물관에서 뼈만 남은 고검 한 자루를 본다
> 피투성이 시간들 녹슬어 떡이 돼 있고
> 첩첩한 어둠 한 가운데
> 無名 장수의 미라처럼 눕혀져 있지만
> 그의 뼈 속 어딘가 시퍼런 날이 숨어 있다

—「고검」 전문

「고검」에서 우리는 '죽음'에 관한 의식의 일단을 엿보게 된다. 박물관에 갇힌 '고검'은 결코 죽지 않았다. '고검'의 죽음은 그 시간들이 단지 녹슬어 떡이 된 까닭에 있다. 시인은 '죽음' 대신에 '녹슨 시간'을 대비하며 죽음 아닌 죽음을 증거한다. 죽음은 잊혀지고 버려진 것 혹은 지나간 것이다. 무명 장수의 미라처럼 누워 있지만 피투성이 시간들을 누비던 그의 기억은 생생하다는 역설이다. 하나, 녹슨 시간은 되돌아갈 수 없는 시간이다. 뼈만 남은 고검에게 '시퍼런 날'이 숨어 있다는 것은 가당치 않은 말이리라. '시퍼런 날'은 불멸인 '검의 영혼'을 말하는 것이리라. 과거/현재, 죽음/삶의 경계와 단절을 해체하면서 삶과 죽음의 접점을 찾고자 하는 시인의 사유는 계속된다. 이유경에게 죽음은 또 다른 삶의 경로를 추적하는 것이다.

그들 떠나고 있네 이승의 마지막 잔치 끝내고
우수수 찬비 휘날리는 하늘 가로질러
하나의 풍경에서 다른 풍경에로
어깨 부딪치며
자욱하게 떠나고 있네
꿈인지 생신지 어둑한 저녁 뜰이나
신 새벽 된서리 내리는
겨울 초입에 가서
다른 그들과 겹쳐 떨기 위해
그들 모두 약속이라도 한 듯 떠나고 있네

—「낙엽에게」 전문

「낙엽에게」에서 죽음은 집단적으로 찾아온다. 집단적인 죽음은 예외가 인정되지 않는 우리 모두의 필연적 행보를 의미한다. 낙엽이 된다는 것은 그들이 이승의 마지막 잔치를 끝내고 다른 곳으로 떠나는 것이나, 그것은 단지 '하나의 풍경에서 다른 풍경에로' 이동하는 것에 불과하다는 전언이다. 그러나 시의 전체적 분위기가 마냥 담백하게 와 닿는 것은 아니다. 낙엽이 '우수수 찬비 휘날리는 하늘'을 가로질러 가는 까닭은 '신 새벽 된서리 내리는 겨울 초입에 가서' '다른 그들과 겹쳐 떨기 위해'서이다. 초겨울의 스산한 풍경에 속한 죽음을 향한 낙엽들의 행보는 일견 집단적이고 동지적인 죽음으로 읽히기도 하나, 그들의 풍경은 결국 거부할 수 없는 운명의 수레바퀴에 어쩔 수 없이 함께 편승하는 행위일 뿐이다. 이처럼 기꺼움과 두려움을 함께 던지는 죽음의 의미는 양가적이다. 긴밀한 생의 감각으로 죽음을 진행되는 삶의 연속적 풍경으로 읽어내는 시인은 기실, 불가항력적인 죽음에 대한 강한 거부를 그 기저에 깔고 있다고 할 수 있다. 죽음 이후에도 지속되고 끝나지 않는 삶의 풍경은 결국 차마 눈감을 수 없는 생의 집착이 아니겠는가.

서슬 푸른 낫이 섬뜩섬뜩 초록을 지워 갔다
상처 난 풀냄새가 다른 풀들을 울게 하고
사람의 손이 그 울음을 젖히고 나갔다
그러나 베어진 풀들은 다소곳이 모여 앉아
아침 한 때의 이슬
포도주처럼 나눠 마셨다
실려 가면서도 춤추는 사도使徒들이여

교회의 종소리가 맑게 울리며 하늘로 돌아갈 때도
어느 귀 먹은 풀은
바람에 뒤척거리기만 한다
어떤 풀은 갈라진 목청의 기도를 하지만

정오의 햇살이 잘린 그의 목을 죄기도 했다

햇살 잦아드는 저녁 무렵

그들은 속죄양처럼 누워 있었다

—「使徒들」 전문

「使徒들」에 그려진 죽음은 장엄한 레퀴엠(requiem)처럼 울린다. '서슬 푸른 낫'과 '사람의 손'은 등가이다. 푸른 낫을 든 사람은 풀을 베어 죽일 수 있는 힘을 가진 자, 곧 '신'이다. 신의 입장에서 보면 풀은 생의 순환, 질서 재편성을 위하여 베어지거나 도려내어질 존재이다. 하여, 사람-신의 손길이 조금도 머뭇거릴 이유는 없다. 이유경은 '사람'과 '풀'의 대비를 통하여 절멸의 시간에 속한 풀의 체념과 저항을 부각한다.

죽음은 이유경이 자주 호명하는 '우리'처럼 모두에게 오는 것이나 그것을 맞는 순간은 개별적이다. 분리되고 개별화된 죽음의 체험은 죽음의 절대적 소외를 강조한다. 풀들은 마치 폭력의 구조에 대한 불복종과 익명적 힘의 표상인 비히모스(Behemoth)처럼 살아 꿈틀대며 저항성의 표지로 훨훨 살아난다. 죽음의 순간을 맞이하는, 풀이 감촉하는 죽음의 절망과 공포가 생동감 있게 다가온다. 죽음은 순식간에 지움의 그림자로 성큼 덮쳐들고 풀은 비릿한 풀냄새를 남기며 죽어갈 뿐이다. 죽음의 냄새는 어떠한가. 후각으로 전해지는 죽음의 절망적 낌새는 남은 풀들을 울게 하는 진동으로 퍼진다. 죽어가는 동료의 죽음 앞에 기껏 할 수 있는 것은 몸을 떨고 자신의 죽음을 슬퍼하며 우는 것뿐이다. 이유경에게 죽음은 어찌할 수 없는 소외와 단절이다. 동료이고 동기이나 각자가 감내할 생의 처절한 고독. 생의 한가운데에 뒹구는 널브러져 있는 죽음의 그림자이다.

죽음을 느끼고 죽음을 직시하며 기꺼이 죽음을 맞는 사제들은 소수에 불과하다. 시제(詩題)인 「使徒들」에서 짐작할 수 있듯이 화자는 사도들의 품위 있는 죽음의 자세를 강조하고자 한다. 그러나 죽음은 교회의 은은한 종소리처럼 하늘로 훨훨 타올라 갈 수 있는 것은 아니다. 진정 감각을 상실한 듯, 귀먹은 풀은 곁에 온 죽음을 알지 못한 채 아둔하게 바람에 뒤척이기만 하고, 어떤 풀은 갈라진 목청의 기도를 하지만 정오의 햇살은 그의 목을 간단하게 쥔다. 한 줌의 자비도 얻지 못한 채 죽음의 장에 던져진 풀의 자세를 이토록 다양하고 입체적인 시적 형상으로 구현해내는 시인의 섬세한 감각이 놀라울 뿐이다. 죽음은 돌이킬 수 없는 것이다. 누가 죽음을 막을 수 있을까. 엘리 엘리 라마 사박다니!(나의 하나님 나의 하나님, 어찌하여 나를 버리셨나이까!)

2. 죽음, 타자의 발견

늙어서 버림받은 수산누나여 많은 주검들을 보고 아이도

못 낳고 장터에서나 가끔 만나 보던 웃음 금이빨도 빼버린

텅 빈 비웃음 겨울인데도 비가 으스스 내려 장터의 시꺼멓게

언 흙 녹아 쌓이고 쌓인 恨 짓이기듯 내려, 들판으로 흘어

졌다가 다시 강으로 흘러가기도 하네.

버려진 아이 하나 주워 강아지처럼 키우며 살아가는 수산

누나여 겨울에 비 내리고 당신은 뽀얗게 분칠하고 귀신처럼

빈방 아랫목에 누워 혼자 앓는 늙어서 버림받은 외톨이 과부

—「守山누나」전문

이유경의 죽음을 향한 본격탐색은 노년에 처한 소외되고 외로운 노인들에게서 시작한다. 위의 시「守山누나」는 늙어서 버림받은, 외톨이 과부 수산누나에 대한 애틋한 마음을 그리고 있다. '수산'은 누나의 고향인지, 시집가 살던 지명에서 얻은 택호(宅號)인지 정확히 알 순 없지만, '장터에서나 가끔 만나 보던'에서 알 수 있듯이 현재 거주지가 아닌 그녀가 살았던 옛 지명을 일컫는 것임은 분명하다. 아마도 늙어 버림받기 전까지 살았던 장소를 일컫는 것이라 추측된다. '수산누나'는 그녀를 일컫는 온전한 기호가 될 수 없다. '수산'은 그녀의 과거이고 상처로, 그녀의 실존적 외부성을 환기한다.

그녀의 외로움은 과부에 있는 것이 아니고 그녀가 '늙어서 버림받은' 것에 있다. 늙어서 버림받은 여자는 아무것도 할 수 없다. 늙은 여자는 생산성을 갖지 못한 까닭에 꿈과 희망을 지을 수 없다. '늙어서 버림받은' 수산누나의 신산한 현실은 '많은 주검들을 보고' '아이도 못 낳고'의 이력으로 아프게 전해진다. 뼈 속에 스미는 외로움을 '버려진 아이 하나 주워 강아지처럼 키우며 살아가는' 것으로 다독이며 견디는 듯 하나 그녀의 낮과 밤, 밖과 안의 풍경은 사뭇 다르다.

시장에서 본 누나는 금이빨도 빼버리고 텅 빈 비웃음을 흘리곤 하나, 성(gender)의 구분을 지운 생활인으로 일견 담담해 보인다. 이빨이 빠진다는 것은 늙음 그 자체를 상징하는데 여성의 경우, 합죽한 입, 생기를 잃은 쭈글한 입은 텅 빈 자궁으로 말라비틀어진 노파, 여성성의 상실을 표상하는 것이다. 현실에 순응하며 괘념치 않은 듯 초탈해 보였으나, 그녀의 한은 장터의 시꺼멓게 쌓인 언 흙이 들판으로 흩어졌다가 다시 강으로 흘러가는 것처럼 소멸되지 않고 반복되고 있다.

그녀의 사라지지 않은 꿈, 한은 '화장'으로 드러난다. "겨울에 비 내리고 당신은 뽀얗게 분칠하고 귀신처럼 빈방 아랫목에/누워 혼자 앓는 늙어서 버림받은 외톨이 과부"에서 알 수 있듯이 화장한 그녀의 모습은 마치 곱게 염습(殮襲) 후 '화장(火葬)'을 남겨둔 모습처럼 섬뜩하고 낯설다. 산 것도 죽은 것도 아니며 수산누나인 듯도 아닌 듯도 한 '귀신'처럼 누운 그녀!

그녀는 왜 화장을 한 것일까. 여러 가지 추측이 가능하겠으나 그녀의 화장은 일차적으로 늙음에 대한 저항, 외로움을 떨치고픈 몸부림으로 와 닿는다. 마치 서정주의 '신부'처럼 버리고 떠난 정인이 다시 돌아올 날을 기다리고 있는 듯한 그녀 안에 잠들지 못한 내면의 신부, 사랑받고 싶은 여인의 욕망을 드러내고 있는 것은 아닐까. 그러나 '귀신처럼'이란 가혹한 언사를 통해 알 수 있듯이 화장한 늙은 '여자'의 몸은 '기괴(uncanny)'할 뿐이다. 기괴함은 노인을 성적 존재로 인정하지 않는 사회에서 그들이 성적인 존재로 드러날 때 발생하는 몸-이미지이다. 익숙하다고 생각한 노인이 불편하게 느껴질 때 발생하는 기괴함은 노인의 몸과 성에 대한 타인들의 고정관념이기도 하다.

여자에게는 아름다움과 노년이 구분되지 않는다. '화장'은 놀랍게도 노년에 대한 놀라움을 일깨우는데 화장을 포기하지 않는 늙은 여자를 비잔틴 시인 안티필로스는 "모든 것이 헛되도다! 당신은 웃음거리가 될지니…"라는 비웃음을 통해 조롱한 바 있다. 대개의 경우 남자들은 늙어가는 여자를 자기 자신의 경악스러운 모습으로 거부하고, 젊은 여자는 영원한 젊음의 꿈을 위한 형상을 투여한다. 그러나 노쇠와 죽음에 남자와 여자가 어찌 구분되며 예외가 있겠는가. 노년에 찾아온 늙음과 소외, 죽음 앞에서 누구도 자유로울 수 없다. 의학은 삶을 연장시키나 고통 또한 연장한다.

중늙은이 셋이 말기 암 앓는 고향친구를 찾아가 문병하고 있다
그들이 지갑에서 지폐 몇 장씩 거둬 환자에게 건네자,

-(환자, 버럭) 이거 뭐 하는 짓들이고?

-(친구1, 주눅 들어) 니 저승길 노잣돈에 보태라꼬…

-어이구 시팔, 사는 기 좆같다! (엉엉 운다)

네 명의 남자 병상 주위에서 어깨들 껴안듯 서 있고,

소독 냄새 묻힌 흰 연기 맴돌다가는 것을 잠시 보여주며 암전暗轉

—「동영상 하나」 전문

　위의 시 「동영상 하나」은 극시(Dramatic poetry) 형식을 취하고 있다. 극시는 시인이 죽음이라는 절대적 명제에 대한 재현 불가능성을 역설하기 위해 차용한 형식으로 읽힌다. 극적인 시는 서사시의 객관성과 서정시의 주관적 원리를 통합한 것으로 이는 서정시의 단순한 심정 기술, 직관, 감정 따위를 표시하는 것에 만족하지 않고 객관적 정황과 인물의 행동을 모방함으로써 서사시에서 볼 수 있는 실재성을 지향한다. 이유경은 병과 죽음에 대한 노인들의 소외와 불안을 극시에 담아 그 현실감을 생생하게 전달한다. 더 이상 감출 수 없는 노인들, '우리들'의 고통, 모두 죽을 수밖에 없다는 노인들의 소멸의식을 가감 없이 보여준다. '중늙은이', '말기 암', '저승 길', '노잣돈', '어이구 시팔', '사는 기 좆같다!', '소독 냄새 묻힌 흰 연기 맴돌다가는', '암전' 등의 시어는 장르의 장과 현실의 벽을 넘어 고통의 전언을 완수한다.

　가장 편안한 죽음은 노년의 말기에 이르러 담담하게 성숙한 죽음을 맞는 것이리라. 아무런 미련도 여한도 없이 다 익은 과일이 땅에 떨어지듯이 자연으로 돌아갈 수 있다면 그것만큼 복된 것은 없으리라. 그러나 '중늙은이'에 담기듯이 죽음 혹은 죽음의 그림자는 누구에게나 예상보다 빨리 찾아오는 것이리라. 준비된 죽음이란 과연 존재하는 것일까. '말기 암'에서 알 수 있듯이 들이닥친 죽음은 출구를 마련해주지 않는다. 친한 친구들이 할 수 있는 것은, 풀들이 그러했듯이 미구에 닥칠 자신들의 죽음을 슬퍼하며 눈물짓는 것 말곤 할 일이 없다. 이제 일선에서 물러난 경제력이 부족한 그들이 할 수 있는 일은 '지폐 몇 장씩' 거두어 '저승길 노잣돈'에 보태는 일뿐이다. "어이구 시팔, 사는 기 좆같다! (엉엉 운다)"의 대목은 시를 넘어선 증언의 완결이다. 죽음 앞에서 더 이상 어떤 언어적 기교, 조탁이 필요할까. 또한 시 행간에서 묻어나는 것은 병에 노출된 노인들의 고독이다. 병상을 지키는 것이 친구들뿐이라는 설정과 환자 본인 홀로 친구들을 맞는다는 것은 단순하지 않다. 이 상황은 고독에 처한 노인들의 운명을 드러낸다. 출산율의 저하, 이혼의 증가, 지리적 이동성과 연계할 때 노인 고독의 증가는 가속될 것으로 보인다. 이후 더 많은 노인이 홀로 살 것이다.

이유경의 노년 탐색 혹은 죽음을 향한 거침없는 질주는 여기서 멈추지 않는다. 죽음 이후의 저편과 이승 이곳을 아우르며 삶과 죽음의 나뉨, 그리고 떠난 자의 여운을 극대화한다.

3. 죽음, 그리운 넋의 노래

버려지던 길이 더욱 멀리 버려지는 풍경과
구름에 붙잡혀 머뭇거리던 하루 해
긴 어둠 속으로 묵묵히 잠기는 것
봤었지, 삼년 전 섣달그믐 저녁
내 친구 혼자 도둑처럼 사는 산골마을 가서

사람 다 떠난 집에도 아침볕 들어왔었고
언 잡초 비집고 몸 펼친 눈밭에선

낙엽들 초록 꿈 또 뿌릴 것이므로

그의 이승 끝! 방점 찍고 산골 떠났었다

우리 걸어왔던 길은 이제 풀밭 속에서나

흔적 남았겠지 봄이든 가을이든

그를 알던 사람들 찾지 못하게

길이 없던 저세상으로 되돌아가 있겠지

—「길 없던 세상으로」 전문

이유경은 근접 시점을 통해 죽음의 절대성(폭력성)과 노년의 타자성을 부각하고 다시 원거리에서 죽음을 조감한다. 시편들에서 읽었듯이 시인이 진정 희망하는 것은 의연한 죽음이다. 그러나 시인은 죽음을 맞는 타자들의 고통스런 표정을 놓치거나 외면하지 않는다. 의연한 죽음과 죽음보다 못한 노인들의 스산한 삶을 대비하고 죽음 이후의 풍경을 모두 아우르며 다시, 죽음을 해석하고자 한다.

「길 없던 세상으로」에서 새삼 확인하게 되는 것은 죽음의 타자성이다. 늙어 버려진다는 것은 비단 '수산누나'의 경우만은 아니다. 죽음은 결국 늙어 버려지고 잊혀지는 것이 아닌가. 죽음의 의미는 남겨진 우리가 그와 그녀의 버려진 자리 혹은 흔적 없는 자리의 무상을 애도하는 애무와 곁들일 때 새로워진다.

죽는 것이 이 풍경에서 저 풍경으로 바뀌는 것이라는 이유경에게 죽음은 '버려지던 길이 더욱 멀리 버려지는 풍경'이고 구름에 붙잡혀 머뭇거리던(머물 듯한) 해가 속절없이 어둠 속으로 어김없이 잠기는 것과 같은 이치이다. 이것을 거스를 자가 누구인가. 죽은 친구는 잠기는 해처럼 산골 마을에 도둑처럼 스민 것이다. 그러나 죽은 자도, 우리도 안다. 죽음 이후의 삶은 결국 너와 나, 떠난 자와 남은 자의 그리움을 엮어 잇는 시간이

라는 것을. 그의 떠남은 순리와 같은 것이어서 남은 이승에 아무런 영향
도 변화도 끼치지 못한다. "사람 다 떠난 집에도 아침볕 들어왔었고/언 잡
초 비집고 몸 펼친 눈밭에선/낙엽들 초록 꿈 또 뿌릴 것이므로/그의 이승
끝! 방점 찍고 산골 떠났었다"에서 확인하듯이 "사람 다 떠난 집"에도 천
진하게 아침볕은 함부로 들이닥칠 것이고 낙엽들은 초록 꿈의 기꺼운 밑
거름이 될 것이다. 하여, 어김없이 미련 없이 떠나는 것이다. 남은 자를 위
하여 떠난 자가 그를 알던 사람들이 자신을 찾지 못하게 길이 없던 저세
상으로 가 있다는 것이 화자의 생각이다. 그러나 이는 죽음과 삶의 단절
을 말하는 것이 아니다. 그보다는 죽음을 맞는 우리들의 자세, 나아가 삶
과 죽음을 오롯하게 서로 존재하게 하는 한 깔끔한 전략을 역설하는 듯
이 읽힌다. 떠나는 자는 미련을 두지 않고 떠나고 남은 자는 슬픔 대신 그
리움을 생성하는 것이다. 이 화해로운 죽음의식은 서로를 향한 끝없는 방
문이고 사랑이다. 죽음에 관한 총체적인 시선은 「겨울 숲에 선 나무의 전
언」에 압축된다.

우리와 함께 살았던 잎들은 모두 저승 멀리 가 있단다
그때 흘렀던 냇물 지금 바다 어디엔가 흘러가 있듯이
수없이 죽어가 태어나는 것 있으면 흙이나 물에서 뿐
썩는 향기 그리운 나이에 닿아 우리 여기 숨어
먼저 간 세월 한 올씩 헤기로 하자 그렇게 하자
차가운 비바람 몇 날 며칠 밤 저 고사리 밭 쑤신 다음
몸살 난 뿌리 굵은 새순 내밀 때 우린 악기처럼 만나서

잎들 위에 다른 잎들 썩고 또 새 잎 떨어져 맨 밑에
저승 천지 적막 죽은 짐승같이 누웠음 분명하지만
다들 한 알 모래 같은 비료로 돌아가느니 노래하고 싶지

꿈의 허무 서러운 기다림 씻겨 가 버린 나이 되면

우리 사랑하던 사람들 넋이나 되자 그렇게 되자

안개 자욱한 봄날 아침 그들 떠나온 도시와 길을 향해

있어도 없어도 좋은 이름으로 우리 나란히 서서

—「겨울 숲에 선 나무의 전언」 전문

「겨울 숲에 선 나무의 전언」에 실은 메시지는 심오하고도 그윽하다. 전언에 의하면 삶은 죽음으로 죽음은 삶으로 끝없이 순환하는 하나의 과정이다. 잎들은 저승에 가 있고 그 밑을 흘렀듯 냇물은 바다에 가 있다는 설정은 끊음이 아닌 이음이다. 화자는 "수없이 죽어가 태어나는 것 있으면 흙이나 물에서 뿐"이라고 부활을 단정, 확신하고 있다. 저승은 멀리 있는 것이 아니라 우리 곁에 깊숙이 썩어 들어간 낙엽이 머물고 있는 그곳이다. 깊숙이 앉은 저승은 새로운 생명을 틔우는 기반이 되고 있다. 썩는 향기를 맡으며 지나간 시간을 헤고 앉은 우리는 그리움과 만남의 시간을 예비할 수 있다.

"차가운 비바람 몇 날 며칠 밤 저 고사리 밭 쑤신 다음/몸살 난 뿌리 굵은 새순 내밀 때 우린 악기처럼 만나서", 이 부분은 절창이다. 침묵하며 가라앉아 있는 저승, 저승과 이승, 삶과 죽음의 경계를 하무는 것은 결국, 그것이 요동치는 생명탄생의 힘과 함께하는 순간이라는 환희로운 설정은 삶과 죽음을 조감한 시인만이 감득할 수 있는 경지이리라. 이유경이 노래하고자 하는 것은 죽음에 대한 동경 혹은 설렘이다. 새순 내밀 때 악기처럼 만나 흩어지며 청량한 여운을 던지는 리듬을 연주하는 삶은 삶을 삶처럼 죽음을 또한 죽음처럼 당당하게 맞는 증언자의 몫이다.

죽음의 관조와 성찰을 이보다 더 아프고 또한 싱그럽게 그려내긴 쉽지 않은 일이다. 이유경은 죽음의 소외와 고독, 고통을 넘어서서 죽음의 현실과 전망을 이야기하고 있다. 죽은 자는 죽음을 말할 수 없다. 오직 겨울 숲을 지키는, 사계의 순환을 함께한 나무만이 죽음을 이야기할 수 있다. 노래하고 이야기하지 않는 죽음은 죽음일 수 없으리라. 죽음은 삶과 더불어 온전하다. 하여 「겨울 숲에 선 나무의 전언」은 이별을 그리고 불시에 찾아올 죽음을 맞으며 삶과 죽음의 그리움과 설렘을 동궤에 놓고 있다. 삶을 치열하게 산 자만이 죽음을 이야기할 수 있고 그리고 죽음과 삶의 무게를 함께 내려놓을 수 있다. 죽음을 삶처럼 몽상할 수 있는 자는 삶을 치열하게 산 자가 내려놓는 환희의 경험일 것이다. 이유경이 우리를 향해 던지는 뜨거운 전언은 결국, 생의 사랑이다. 그의 시가 던지는 웅숭깊은 전언이 겨울 숲을 휘감을 듯하다.

탐미적 성찰의 흰 그늘

— 이우걸론

    이우걸은 시조시인이다. 그러나 그를 부르는 기호인 '시조·시인'은 맞선 듯 독자에게 낯설다. "그의 시조가 왜 시조인지 모르겠다"라는 이승훈 시인의 당혹은 이우걸 시조가 선 자리의 역설적 수긍이다.[1] 시조의 보수(保守)와 시의 생동감이 실로폰 소리처럼 퉁겨져 빚어지는 그곳에 애매(曖昧)가 비의(秘儀)로 살짝 장식된 이우걸의 독보적 시조가 있다. '현대시조의 고수', '일급의 서정시인' 이우걸. 그에게 몰리는 누구도 부정하지 못하는 수식은 그의 영광이자 굴레이다. 도대체 현대시조라니! '현대'는 시간의 개념으로도 모호하고 시조의 내용/형식 개념을 감싸 안기에도 부실해 보인다. 부적절한 듯 보이는 갈래를 적절하게 전범화하는 고단함을 자처한 수사(修士), 이우걸의 피로는 '힘겨운 시업'으로 고백된다.[2] 그곳엔 '시

---

1) 이승훈, 「시조와 현대적 상상력」, 이우걸, 『그대 보내려고 강가에 나온 날은』, 태학사, 2000, 106쪽.

2) 이우걸, 「시인의 말」, 『사전을 뒤적이며』, 동학사, 1996.

조'가 선취한 훈장도 '시'가 모던하게 마련한 깃발의 기개도 당장은 없어 보인다. 시조와 시의 경계, 그 틈새의 영역에서 오롯이 빛나는 이우걸 시조의 '소박한 울림', 그 비밀은 무엇일까. 알고 있듯이 이우걸은 『현대시학』 등단(1972) 이후 강물의 흐름처럼 그의 시세계를 지켜왔다. 첫 시집 『지금은 누군가 와서』(1977)를 시작으로 『빈 배에 앉아』(1981), 『저녁 이미지』(1988), 그리고 『그대 보내려고 강가에 나온 날은』(2000) 이후 최근에 나온 『맹인』(2003)에 이르기까지 그의 시력은 그칠 줄 모른다. 그중에서도 이 글의 텍스트로 삼은 『그대 보내려고 강가에 나온 날은』은 이우걸 시의 원형과 그 변화 과정을 압축해서 담고 있는 소중한 시집이다. 『그대 보내려고 강가에 나온 날은』에 실려 있는 이우걸의 시는 아름답고 슬프다. 아름답고 슬픈 것은 아름답고, 슬픈 것을 합치고 넘어선 그 이상을 말함이다. 아름다움은 자신과 세상에 대한 탐미적 성찰에서 비롯하고 슬픔은 그 성찰에 깔린 사랑의 무게에서 기인한다. 사랑의 길은 요원하여 그리움이 되고, 그리움이 깊어 비애도 된다. 그러나 멈출 수 없는 것이 우리네 삶이고 사랑이듯 이우걸 시업(詩業)의 고통은 지속된다. 과정에 절망과 생성의 풍요도 함께한다.

나는 이 행복한 모순을 '흰 그늘'이라 부르고 싶다. '흰 그늘'은 김지하의 멋진 표현으로, 이는 "상쾌하게 서늘하면서도 마냥 어둡지만은 않은 숲그늘, 한(恨)과 밝음의 일치를 통한 승화마저 배어 있는 곳"[3]을 말한다. 이우걸 시조 미학을 압축할 수 있는 적절한 표현으로, 나는 이우걸의 시조를 '탐미적 성찰의 흰 그늘'이라 부르며 간다.

---

[3] 이지훈, 『예술과 연금술』, 창비, 2004, 206-209쪽.

1. 물의 상상계, 초-시학의 감성

　이우걸은 '물'의 시인이다. 그의 시는 '물' 혹은 '물' 이미지로 가득하다. 안개와 샘물, 비, 강, 항구, 바다와 파도 등 그의 시는 '물'의 상상력으로 젖어 있다. 그의 시가 청아하게 울리다 문득 에로틱하고 또한 삶의 질펀한 현장을 모두 담아낼 수 있는 것은 시적 화자가 물과 함께 흘렀기 때문이다. 물은 이우걸 시조의 상상적 근간이고 질료이다. 물은 그의 시 속에서 움터 자연과 조응하고 우리의 감성과 교감하여 흘러 넘친다. 곧 이미지의 이미지로 거듭 태어난다. 이우걸은 자연의 근본적 질료인 물, 불, 흙, 공기를 맡고 느끼며 연결하는 그의 상상력을 통해 영혼과 근원을 탐색하는 시조 시학의 시작을 천명한다. 이는 자연과 생명의 순환처럼 연결되는 그의 조화로운 감성의 구현이자 유사함을 확장하여 세계를 인식하는 시인의 탁월한 연금술적 수사가 놓이는 지점이다.

　　샘물,

　　그 성찰의

　　차가운

　　마음의 샘물,

　　아침마다 가다듬는

　　이 정결한 빗질앞에서

　　거울은

　　늘 새롭구나

　　내 영혼 모두 비추네.

―「거울2」 부분

　나는 그대 이름을 새라고 적지 않는다.

나는 그대 이름을 별이라고 적지 않는다.
깊숙이 닿는 여운을
마침표로 지워버리며

새는 날아서 하늘에 닿을 수 있고
무성한 별들은 어둠 속에 빛날 테지만
실로폰 소리를 내는
가을날의 기인 편지.

—「비」 전문

「거울2」와 「비」 두 편의 시는 물에서 비롯하는 이우걸의 상상 시학의 시작과 울림을 잘 보여준다. 「거울2」에서 화자는 마치 나르키소스가 샘물에 자신의 얼굴을 비추듯 '샘물' 같은 '거울'에 자신을 비춰본다. 화자와 나르키소스는 아름다움이 계속되어야 한다는, 완성을 향한 아름다움에의 열망에 사로잡혀 있는 실존적 상황에서는 일치한다. 그러나 자기 인식의 과정과 결과는 다르다. 나르시시즘의 극치에서 황홀하게 갇혀 죽은 나르키소스와는 달리 화자의 자기 인식은 정확하고 치열하다. 「거울2」 속 화자가 거울을 통해 진작 보고자 하는 것은 자신의 영혼이다.

이처럼 이우걸의 물은 차고 맑고 깊다. 이 깊음은 곧 견고함이고 엄정함이다. 이우걸의 물, 거울은 한 치의 타협과 혼동, 나태를 용인하지도 용납하지도 않는다. 이어 '물'이 '돌'로 그 기호를 바꾸는 것은 자연스러운 의미의 전이이다. 돌은 물의 거울적 속성을 흡수하고 그 위에 굳어져 강해진다. "눈을 뜨면 이마 위엔/언제나 돌이 있다/그늘을 지우기 위해, 새로운 출발을 위해"(「돌」) 새롭게 비춰 새로운 출발을 도모하는 거울이 돌과 같은 의미에 놓인다. 물과 거울, 돌은 자기 성찰과 영혼의 아름다움을 치열하게 추구하는 시인의 상관물로 연결된다. 샘물과 거울의 시적 긴장은 파경(破鏡)의 매개인 「돌」의 경계(警戒)에 담아진다.

「비」에 이르면 물의 질료적 상상은 확장된다. 시인은 '비'를 '새'라'별'이라 적지 않는다고 강조한다. 이는 적지 않았을 뿐 시인의 비는 실상 새와 별이라 불러도 무방하다는 허여(許與)로 읽힌다. 이우걸의 '비'는 새처럼 가볍고, 별처럼 맑다. 그에 속한 물의 감성은 가두어질 수도 없고 스스로 흐른다. 이미지는 또 다른 이미지를 낳고 그것은 형성과 동시에 변형된다. 이는 모호함을 구체적 이미지로 연결하려는 시인의 노력이고 빛나는 감성이다. 이러한 이미지의 연결과 생성을 바슐라르는 초-시학이라 명명한다.[1]

이우걸에게 '비'는 물이자 불이다. 대지를 지향하여 내려앉는 물의 스밈과 수증기처럼 날아오르는 '불'의 속성을 함께 지녔다. 또 새에서 느낄 수 있듯이 '공기'의 기(氣)와 생명을 동시에 느끼게 한다. 생명을 가장 잘 느끼게 하는 것으로 공기와 새만 한 소재가 있을까? 시인에게 비는 새와 별을 모두 합친 그것이다. 시인의 낮고 느린 몽상 속에서 마침내 익어 숙성한 포도주의 은은한 향취. 그 아우라 끝에 비는 마침내 실로폰 소리의 긴 여운을 끌며 날아오른다. 금속성의 청아함은 문득 새소리의 지저귐과 겹쳐진다. 울려 멀리까지 전해지는 실로폰 소리, 새소리는 소통의 울림으로 만난다. '소통'은 이우걸 시의 궁극적 지향으로 비는 마침내 '가을날의 기인 편지'로 맺힌다. 이우걸의 독보적 감성이 응결되는 지점이다.

> 면경처럼 오늘밤 너는 내 얼굴을 비춘다.
> 내 얼굴을 비춘다 내 마음을 비춘다
> 독약의 불꽃이 되어
> 너는 나를 제련한다

---

1) 이지훈, 앞의 책, 90쪽.

산수유 열매로 내가 차츰 붉어질 때면

운명을 탄주하는 시간의 현금처럼

안개 낀 산정에 떠서

너는 나를 다그친다.

―「지리산 3-달」 전문

「달」에 이르면 '달'은 곧 '면경'으로 또 다른 '거울'이다. 달은 이 경우 불이다. 안개 낀 산정은 날아오르는 수증기, 즉 불의 기운을 머금었고 산수유 열매로 화자 역시 붉어진다. 분명, 화자는 붉은 산수유 열매로 담근 '술'을 마신 듯하지만 산수유 열매로 붉어졌다고만 한다. 맞기도 하고 틀리기도 한 진언이다. 화자가 취하지 않은 까닭이다. 마시지 않고 취한 까닭인가 더 또렷하게 달의 존재를 느끼고 있다. 맑고 차가운 물이 독약의 불꽃으로 바뀌었을 뿐 화자의 '달'은 앞의 거울의 이미지를 그대로 이어간다. 알콜은 불의 속성으로 달과 술은 '독약의 불꽃'으로도 일치한다. 화자는 술로 인한 정체성의 분열과 혼돈, 혹은 술이 가져다줄 수 있는 섣부른 대체와 위안[2]을 삼가고 거부하는 듯하다. 엄정한 자기 통제와 담백한 응시는 이우걸을 지배하는 사유체계이다.

그의 상상력은 형태적 이미지가 아닌 '물질적 이미지' 즉 질료적 이미지에 주목한다. 세상의 근원과 속성, 근본을 되새긴다는 점에서 그의 상상력은 과히 본질적이다. 또한 그 모든 대상을 통해 자신과 세상을 연결하고 대상과 대상을 연결하는 이미지를 창조해낸다는 것에서 성찰과 탐미의 시인이다. 그러나 그의 상상의 근원에 대한 탐색에서 알 수 있듯이 시조라는 장르의 범위를 넘지 않는다. 시조 종장 고수라는 금계(禁戒)를 뺀, 전부의

---

2) 알렉상드르 라크루아, 백선희 역, 『알코올과 예술가』, 마음산책, 2002, 56-62쪽.

자유를 그는 즐기고 탐미한다. 이는 그의 시조 내용과도 관계한다. 모든 사물에게서 그 소리를 읽고 그 소리에서 영감과 자기를 동시에 읽어내는 이우걸의 시는 자유로운 듯하나 언제나 종장의 첫 시작을 되짚어보는 시조의 문법처럼 변함없이 자신에게로 돌아온다. 늘 새롭게 아름답기를 바라는 젊은 나르키소스와 같은 시인 이우걸. 그의 시조가 단아하고 청아한 것은 언제나 그 중심에 서정적 자아의 자기 성찰과 완성을 향한 노력의 과정이 놓인 까닭이다.

2. 현실의 시인, 시인의 현실

이우걸이 자기 성찰의 자연적 합일, 그 우주적 조응을 지나 구체적으로 다가앉은 곳은 우리 이웃과 이웃의 현실로 곧 시인의 현실 속이다. 시인은 물의 상상계를 통하여 초-시학적 합일을 도모하고 구현했으나 현실계에서 그 합일은 멀다. 이우걸의 시조는 현실 참여적이라 또한 현실의 아픔을 예민하게 그려낸다. 현실적 갈등을 포착한 그의 시편들에서 현대시조의 건강한 가능성과 생동하는 미적 긴장을 함께 느낀다. 그의 시조는 당위와 존재의 현실적 간극을 선명하게 드러내며 대중적 친근과 구체로 다가선다.

이런 과정에서 똑같은 시적 대상 혹은 소재가 그 의미를 완전히 달리함을 목도하게 된다. 현실의 우수에 젖은 그의 시는 노을을 배경으로 한강변과 지하 계단, 그리고 칼바람 부는 판자촌 어귀에서 대상의 자아화를 통한 서정시의 뜨거운 결합을 시도한다. 그러나 그가 시도한 시적 합일은 현실계에선 요원하다. 현실은 버려지고 잊혀지고 떠나가고 흩어지고 어디로 가는지는 모르나 다만 분주할 뿐이다. 이우걸의 시선은 빈/부, 생/사, 노/소, 유/무, 만남/헤어짐의 현실적 장애 앞에 작은 것, 낮은 것, 여린 것,

약한 것, 버려진 것, 떠나야 하는 것들에 주목한다. 연민을 더해 그가 포착한 현실은 뜨거워 서늘하다. 「달맞이 꽃」, 「판자촌 입구」, 「나사」, 「비누」, 「비」 등은 현실과 현실의 비애를 소리 없이 웅변한다.

작은 웃음 보이며, 맑게 맑게 반짝이며
노을 속에 서 있는 산 개울가의 너는
장님이 데리고 가던
어느 딸애의 살결 같은 꽃.

—「달맞이꽃」 전문

가느다란 가지 끝에
앉아 있는 한 마리 새
칼바람 다시 와서
가지들을 흔들 때

저 새는
무엇을 향해
또 어디로 떠나야 할까?

—「판자촌 입구」 전문

위 두 편의 시는 잔잔하나 힘 있는 울림으로 다가온다. 여리게 반짝이는 '달맞이꽃'에서 시인의 눈길이 가장 오래 머문 곳은 장님애비와 함께 가고 있는 '딸애의 살결'이다. 여리고 보드랍고 어린 살결의 '딸애'는 자신을 지켜줄 애비의 눈도 갖지 못했다. 애비의 무게로 현실은 몽롱하고, 이 경우 애비와 딸애의 기호는 미끄러진다. 가끔 종아리가 접혔을, 여린 살결을 가진 아이의 행방이 궁금하고 불안하다. 「판자촌 입구」는 어떠한가. 시인은 가느다란 가지 끝에 온몸을 의지한 새를 주목한다. 새가 우리들의 가난한 이웃임을 물론이다. 가느다란 가지, 칼바람, 흔들리는 가지는 가난한 사람들이 더욱 힘들어지는 겨울 입구를 담고 있다. 시인은 염려와 막막함을 한숨 같은 행갈이를 통해 완화하며 자유시의 내밀한 서정을 함께한다. 이는 또한 한꺼번에 읽어 내릴 수 없는 막막한 현실을 드러내는 '의미-분위기'의 역할을 감당한다.[3]

이우걸의 시선은 확장된다. 병든 자본주의와 소외된 노동자의 버려진 현실을 건져 올린 곳에 절창 「나사」가 있다. 시인은 버려진 나사와 노동자, 그리고 자신을 동일시한다. 이는 연민과 관조, 성찰도 아닌 살결에서 감지되었던 바 구체적 삶이다. "내 얼굴 닮은 듯도 한"에서는 자본과 세월과 경쟁 속에 늙고 병들어가는 절대 고독에 던져진 화자의 실존적 무게를 느낄 수 있다. 그러나 이우걸의 시조는 현실의 폭력과 억압에 좌절하거나 압사당하지 않는다. 언제나 별빛을 우러르는 맑음과 희망으로 현실과 자존의 깊이를 짚으려 한다.

> 이 비누를 마지막 쓰고 있는 김씨는 오늘 죽었다.
> 헐벗은 노동의 하늘을 보살피던
> 영혼의 거울과 같은
> 조그마한 비누 하나.
>
> —「비누」 부분

「비누」는 지독한 역설에 담겨 있다. "이 비누를 마지막 쓰고 있는 김씨"와 "죽었다"는 맞선다. "쓰고 있는"의 현재 진행형과 "죽었다"의 돌이킬 수 없는 과거는 어울리지 않는다. 이우걸이 시제 불일치의 기교를 거의 사용

---

3) 디어터 람핑, 장영태 옮김, 『서정시: 이론과 역사』, 문학과지성사, 1994, 86쪽.

하지 않는 시인이란 점에 착안할 때 이는 미학적 의도로, 현실에 대한 무의식적 거부/저항으로 읽힌다. '저만치' 혼자 있는 죽음은 '사실'과 '실감'과의 거리에서 발생한다. 죽은 사람 앞으로 배달된 소포를 우체부가 눈길 한 번 주지 않고 태연히 던지고 가버릴 때, 이는 남은 삶의 영역인가 죽음의 이별 의식인가. 아직 삶의 장에 머물러 있는 김씨의 존재감을 시간 착오 기법으로 압축한 듯하다. 김씨의 몸피는 쓰다 남은 비누만큼이나 왜소하다. 그러나 시인의 연민은 어김없이 드높고 맑다. 김씨가 그 비누로 도모한 것은 노동의 하늘을 보살폈다는 것이다. 비누가 영혼의 거울이라니! 별빛의 일 획 같은 희망을 안고 때론 가혹한 현실을 청댓잎처럼 견디고자 했던 노동자의 소박하고 높은 자존감을 역설한 것으로 읽힌다.

> 그대의 블라우스가 바람에 나부끼고
> 실비를 맞으며 우산들이 분주하고
> 백화점 쇼윈도엔 닿지 않는 빗방울들
>
> 얼굴을 가리고 누군가가 들어가고
> 산부인과 병원 가까이 서 있던 영구차 하나
> 이승의 터널을 지나
> 어디론가 가고 있고.

—「오늘」 전문

「오늘」은 무심한 일상의 질서를 그리고 있다. 첫 연은 "그대의 블라우스가 바람에 나부끼고"로 시작한다. 블라우스의 감미로운 감촉과 그것을 간질이며 파고드는 바람은 들떠 있다. 둘의 율동이 스치듯 만나 그 자체로 선선한 생명의 기운을 만든다. 이어 실비, 백화점 쇼윈도로 연결되며 닿고 보고 만질 수 있는 즐거운/즐기는 삶의 장을 긋는다. 일상과 무심과 평안의 기운마저 감도는 도회의 삶. 그 삶의 명암을 드러낸 것은 다음 연이다. 화자는 얼굴을 가린 누구를 좇다 생/사의 경계에 멈춘다.

도회의 일상과 익명 그리고 만연한 소외를 가리킨다. 그러나 정작 이 시의 의도는 시인의 눈에 포착된 현실의 교차마저 무화된다는 곳에 있다. 빛과 어둠이 공존하고 그 의미마저 삼켜버리는 현실 속의 현실. 그날 많은 우리들은 우산을 쓰기도 그냥 걷기도 짜증나는 실비 아래를 황급히 제 발만 보고 가고 있진 않았을까. 마치 백화점 쇼윈도에 닿지 않는 빗방울처럼. 백화점에 들어설 자와 지나칠 자가 구분되어 있는 것처럼. 본 것도 같고 안 본 것도 같은 반복되는 일상 속에 얼굴을 가린 '누군가'는 그저 이승의 터널을 지나갈 뿐이다.

「비누」에서 노동자의 드높은 영혼과 소망에도 불구하고 그의 죽음이 한 노동자의 죽음 그 이상의 의미를 건질 수 없듯이 「오늘」의 현실 속, 빗방울은 소비 욕망을 자극하는 현실/환상의 경계에 놓인 백화점 쇼윈도의 깊은 곳을 조금도 건드리지 못한다. 비껴가는 현실, 닿을 수 없는 그곳이다. 「비」는 어떠한가. 이우걸이 편애하는 질료인 '비'가 이 경우엔 축축이 젖은 현실과 현실의 배경으로 그려진다.

구인 벽보판을 빗방울이 때리고 있다.
광포한 빗방울들이 자모를 때리는 동안
무노동 무임금주의의
깃발이 지나간다.

—「비」 전문

현실을 그려낸 이우걸 시편들의 탁월한 미학적 구도는 병립된 시선의 배치에 있다. 「비」의 화자는 애매하다. '구인' 벽보판을 응시하는 숨어 있는 화자는 노동자군(群)에 속해야 하는 실업자인 그/그녀인 듯도 하고, 암울한 현실의 풍경을 그대로 스케치하고 있는 또 한 사람의 우울한 지식인인 듯도 하다. 현실은, '구인(求人)'이란 희미하나 열린 가능성을 던지는 단어와 누구를 대변하는지 애매한 '무노동 무임금주의'의 깃발이 서로 스친다는 것이다. 각도를 좀 틀면 비슷한 의미를 만들 법도 한 이웃 단어들이 서로 스치는 상황 속 다만, 확실한 것은 화자가 '구인'이란 단어를 열지도 못하고, 깃발 아래에도 서지 못한다는 사실이다.

 '비'는 소속을 잃은 젖은 신발 같은 이 시대 다중(多衆)의 소외와 함께한다. 그러나 이우걸 시조는 아직 절망이라고 말하지 않는다. 현실의 막힘과 소외, 그리고 가난과 굴욕을 다 알면서도 그것을 꿰뚫을 한 가능성을 그는 열어놓고 있다. 현실 속에서, 현실 위에서 현실을 이길 방법을 삶의 여유와 깊이에서 그리고 있기 때문이다. 이우걸은 현실 속의 시인이면서 또한 시인의 눈으로 꿈꾸는 현실을 창조하는 시인이다. 시인은 가난한 현실 속의 노동자 한 명을 구할 수도 없다. 생사의 비밀을 엿볼 수는 있으나 그것을 좌우할 어떤 힘도 갖고 있지 못하다. 그러나 그는 자신의 시 속에서 인간의 높은 자존과 영혼의 고양을 꿈꾼다. 현실의 절망을 이길 방법을 현실을 그리며 그리고 현실을 거부하며 그 대안을 시적 완성 속에서 찾아가는 시인 이우걸. 그의 시가 연민과 우수로 깊어지는 것은 현실의 순응과 거부의 모순에서 비롯하는 까닭에, 계속된다.

3. 열린 꿈의 창, 시조의 흰 그늘

 이우걸의 시조에 있어 시적 페르소나가 가장 강렬하게 드러나는 경우는 시인 자신인 듯한 화자의 경우이다. 이우걸이 가장 정직하고 치열하게 세상에 직면할 수 있는 힘과 논리는 시인의 목소리로 드러난다. 이를 도모하기 위해 그가 벼리는 곳에 시어의 담금질이 있다.

처라, 가혹한 매여 무지개가 보일 때까지
나는 꼿꼿이 서서 너를 증언하리라
무수한 고통을 건너
피어나는 접시꽃 하나.

—「팽이」 전문

단시인 「팽이」는 이우걸의 시작 태도를 압축하는 절창이다. 시인은 시인 됨과 시적 구도의 자세에서 한순간도 자유롭지 못하다. 「팽이」에서 팽이 채를 잡은 사람과 가혹한 매를 견디는 팽이는 일치한다. 가혹한 채찍의 끝에 피어나는 꽃은 빛나는 시이다. 무지개빛 접시꽃이 피어날 때만 비로소 완성되는 증언의 기록, 시 탄생의 순간을 이토록 선명하고도 강렬하게 압축해낼 수 있다는 사실은 놀랍다. 「팽이」의 신비한 매력은 "처라"라고 시작하는 돌진하는 남성적 시간과 그 시간 끝에 흐르는 유순한 여성적 시간이 "접시꽃 하나"로 처연하게 피어올라 양면감정 병존 상태로 배치된 양성구유(androgynie)적 태도에서 빚어진다.[4]

그러나 이 시적 신비는 공포를 견딘 황홀이라는 모순 상태에서 건져진 '순간의 미학'이다. 이 순간의 결정을 위하여 시인은 얼마나 많은 시간을 벼려야 했을까. 그럼에도 불구하고 순간은 짧고 그리움의 시간은 길다. 이우걸의 시는 순간의 황홀보다 많은 기다림과 그리움의 고통으로 점철되어 있다. 이는 그가 틈새 없이 승화된 아름다움에 탐하듯이 자신의 시도 설명이 필요 없는 아름다운 시어로 결정되어 소통되기를 바라는 것으로 이어진다. 그래서 시인의 많은 시편들은 자신의 시작 태도와 시어 전반에 대한 가차 없는 비판적 태도로 불면(不眠)한다.

---

4) 가스통 바슐라르, 이가림 역, 『순간의 미학』, 영언, 2002, 150쪽.

무심한 마음에도 노을이 깔리는 시간
핀셋으로 건져둔 시든 낱말 몇 개
혹은 그, 허무를 향해
열려진 창의 꿈이여.

—「습작노트」 전문

아무도 내리지 않는 역이 하나 있었다.
상처뿐인 과거 몇 행, 그리움에 찌든 문맥
뜰 앞의 은행나무는
그런 은유로 졸고 있었다.

—「역」 전문

「습작노트」에서 알 수 있듯이 시인은 자신의 시가 무력함을 잘 안다. 핀셋으로 건져둔 시어가 무력함을 역설하는 시인의 표정이 쓸쓸하고 진지하다. 그러나 멈추지 않는다. 시는 곧 허무로 끝날 수 있으나 멈추지 않고 반복되는 쉼 없는 삶의 작업으로 우리를 이어주는 유일한 소통의 창구이기 때문이다. 이는 '열려진 창의 꿈'으로 툭 열려, 시인과 시인의 시적 향방을 아우르고 있다. 「역」에서 시인은 자신의 시가 사람들이 오고 가는 활발한 역이 되고 휴식처가 되기를 갈망한다. '아무도 내리지 않는 역', 올 사람도 갈 사람도 없는 '역'은 역(驛)에 역(逆)한 개념이다. 소통을 향한 꿈과 그리움을 실현하고자 하는 시인의 몸부림은 '열려진 창의 꿈', '그리움', '역'이란 단어에 담긴다.

이우걸에게 시는 시인의 소박한 개성의 발로에서 그치지 않는다. 그의 시는 자연의 아름다움과 자기 성찰이 맞선 듯 빚어진 자연-자아의 조응이었으며, 그 넘어 현실을 고발하고 증언하는 사랑의 채찍이었다. 그리고 다시, 시는 우리를 이어주는 하나의 창구로서 존재한다. 이우걸의 고민은 이 출구를 향한 애타는 조바심과 집착에 있다. 소통의 매개인 시와 시어가 날이 무뎌 무력해지진 않을까를 늘 경계하고 두려워한다. 이우걸의 시조는 서정적이며 동시에 참여적이며 더하여 지독한 관계의 욕망을 드러내고 있다. 이우걸은 사랑의 시인이다.

> 내 혼이 귀소하는 열두 점 여울목엔
> 생각도 만경창파로 표류하는 돛배 하나
> 잃어서 얻은 저 목숨 노를 휘어 건지고 싶다.
>
> 잠긴 문 앞에서, 등 돌린 바람 속에서,
> 무심히도 바라뵈던 이승의 문패 아래서
> 수없이 나를 결별한 내 이마를 건지고 싶다.
>
> 어두운 창을 열고 새로 맞는 한 세상은
> 사멸(死滅)의 눈길 안에도 초록의 운(韻) 돋는데
> 율따라 선이 못 되는 내 언어의 지병이여.
>
> —「밤에 쓰는 시」 전문

　시를 향한 시인의 구도 정신은 격렬하고 선명하다. 그것은 '잃어서 얻은 저 목숨'으로 압축된다. 그에게 시가 이토록 절실함은 무슨 까닭일까. 시는 모든 거부의 세상에서 한 세상을 새로 열고 쓰는 도구이자 목적이다. 잠긴 문, 등 돌린 바람, 그리고 이승의 문패 아래에서 이곳이 아닌 저곳까지 울림을 가질 언어를 갖고 탐구하는 그는 '운명적' 시인이다. 죽어가는 세상, 혹은 죽음의 논리가 자욱한 이곳에서 시인은 초록의 운(韻) 돋음을 본다. 다시, 운명이다.

이우걸이 추구하고 웅변하는 시어는 "문"과 "열린 창"이다. 또한 그가 가장 행복해하는 순간은 지인과 정인에게 '편지'와 '엽서'를 쓰거나 그들로부터 소식을 받을 때이다. 그의 감추지 않는 천진한 기쁨은 수국(水菊)이다 문득 돋아난 그 사람 목소리는"(「엽서」)에 환하게 그려진다. 반면 시인이 혐오하는 단어는 '음모', '간계', '넥타이', '교활한 헛바닥', '제 노래'란 비슷한 단어들로, 줄을 꿰어 한 칸에 비치하고 있다. 이우걸은 도회의 삶과 도회적인 매끈한 격식 속에 진실과 사랑이 배제된 음모 가득한 인간관계를 혐오한다. 동시에 도시의 터널을 빠져나가는 자신의 모습도 풍자한다. 도회의 문법에 따른 기교적 언어에 대한 거부감은 일상과 시에 이르기까지 그가 못 견뎌 하는 기만의 실체이다. 자연에서 시적 영감을 추구하고 작고 여린 것에서 연민을 토해내던 그 모습의 연장이다. 순수와 진정을 추구하는 시조시인 이우걸, 기억될 그의 시가 순간의 진실과 오랜 절제의 긴장에서 건져낸 감성의 이미지로 여운과 여백을 장식했다는 사실로 증명된다.

시어가 언제나 식상하지 않은 생명의 언어로 차고 넘쳐 거부의 손짓만이 기성을 부리는 이 세상을 따뜻하게 만들고 싶은 시인, 그의 시는 절망 속에서 희망을, 육체에서 영혼을, 물에서 불을 느끼고 찾으며, 대립 속에서 유사와 조화를 그리고 갈등 속에서 승화의 지점을 찾으려 했다. 그래서 그의 시는 아름답고 슬프고 그것을 합친 이상이다. '흰 그늘'의 명암, 그래서 그의 시는 때론 종교적으로 다가온다.

새로 여는 이승 하늘을 기도 같은 음성 하나
그 파신(破身)의 울음이 절며 찾아나선 세상에는
희디흰 거부의 손만 버섯처럼 눈을 뜬다.

문 열어라 문 열어라 문 열어라 문 열어라

십리 밖 가슴 속까지 병이 되어 깊어와도
철망의 우리 담장엔 살을 에는 바람이 산다.

결국은 동구밖쯤서 물소리로 섞이고 마는
우리네 가슴에 와선, 한 번 물어보지도 못하는
때 없이 선량하기만 한 저 공복(空腹)의 종소리.

—「새벽 종소리」 전문

「새벽 종소리」에서도 목도할 수 있지만 이우걸은 「문」이란 시조에서도 "문 열어라 문 열어라 문 열어라 문 열어라"로 한 행을 다 채우고 있다. 시인의 절박한 구도는 문(門)과 문(文)의 경계에서 문득 일치한다. 문(文)으로서 문(門)을 열고 싶은, 또는 그 비밀의 문법 말곤 달리 알 길이 없는 시인의 목전에서 공복의 절실함과 겸손으로 더욱 청아하게 울렸을 새벽 종소리의 구도적 자세를 주목한 것은 예사롭지 않다. 여기서 그가 열고자 한 것은 진정 무엇일까. 종소리의 울림을 통해 그가 진정 닿고자 한 것은 무엇이었을까. 창조와 향수를 통한 주체와 타자의 미학적 소통, 거부의 손짓을 내리고 느낌으로써 통하는 감이수통(感而遂通), 즉 감통(感通)일 것이다.[5] 시조의 흰 그늘 아래에서 미학적 감동과 깨달음의 위안과 휴식을 꿈꾸며 새로운 원형을 꿈꾸어보는 것, 이우걸 시조의 궁극이다.

---

5) 김지하, 『흰 그늘의 미학을 찾아서』, 실천문학사, 2005, 450쪽.

파문, 생명으로 날다

— 김명인과 문성해의 시

1. 시인(詩人), 시인(視人), 시인(是認)의 자리

우리 현대시사에서 굵은 획을 긋고 있는 중견시인 김명인과 그에 비하면 아직 신인인 여성시인 문성해의 시를 함께 읽는 것은 낯선 경험이다. 우선 두 시인 간의 젠더가 다르고, 시공간의 상이한 배경을 바탕으로 한 삶의 체험과 그것의 연장인 작품세계를 견줄 수 없기 때문이리라. 그럼에도 불구하고 필자는 두 시인의 시를 읽으며 시 혹은 서정의 정체가 또렷하게 잡히는 투명한 지점을 엿볼 수 있었다. 이것은 가슴 설레는 감미로운 경험이다. 시가 갈수록 어려워지고 자의식 과잉의 독백으로 치닫고 있는 현 시단의 흐름 속에서 '소통'의 술렁임, 그 '파문'을 향해 치열한 시 작업을 지속하고 있는 두 시인과 시들은 그 자체로 우리 시단의 종요로운 존재방식을 보여준다.

서정시의 기본 원리는 '세계의 자아화'이다. 세상과 만물을 시인 안에서 동일시하며 해석해내는 서정의 작업은 그러하기에 절제와 균형을 전제하고 있어야 한다. 조그마하고 하찮아 보이는 마음의 무늬를 질료로 해서 성립되는 '서정시'의 경우(유종호) 그것이 '인지의 충격'이란 감동과 생명으로 살아남기 위해서는 세상과 사물, 무엇보다 시인 스스로에 대한 거리를 갖춘 '통찰체험'을 통과해야 한다. 이러한 통찰은 시인의 오랜 기다림과 검토라는 '응시'에서 성취되는 것이다. 김명인과 문성해 두 시인은 이러한 시적 과정과 성취를 오롯이 보여준다.

김명인의 시세계는 다양하고 깊어 간단히 말할 수 없다. 『동두천』, 『머나먼 곳 스와니』, 『물속의 빈집』, 『물 건너는 사람』, 『푸른 강아지와 놀다』, 『바닷가의 장례』, 『길의 침묵』, 『바다의 아코디온』과 최근에 나온 『파문』에 이르기까지 성실의 견지로 쌓아온 그의 30여 년에 걸친 시 작업은 과히 열정적이라 할 것이다. 그의 시적 관심은 전쟁과 아픔이라는 민족사의 고난과 함께하며 시작된다. 웅혼한 남성화자의 격정적 톤으로 민족의 고통과 아픔을 한의 정서로 토로하며 출발한 그의 시는 개인의 '상처 난 기억'으로 내면의 속살을 드러내며 깊어지다 가족과 타인으로 넘어가고 다시 민족과 역사에 대한 모색으로 뻗어나가면서 광활하고 깊게 흐르고 있다. 그와 그의 시를 무엇이라 부를 수 있을까. 한곳에 머무르지 않고 끝없는 모색의 길을 찾는 그를 '길 위의 시인'(하응백)이라 호명하고 어떤 이는 고난에 잠식당하지 않고 새로운 생성을 모색하는 '희망의 시학'(구모룡)으로 부르며 또 한 이는 섬세하고 예리한 시선으로 사물의 본질을 포착해내는 '표현미학의 한 경지'(이숭원)로 압축하기도 한다.

김명인을 무엇이라 달리 부르듯 김명인 시의 감동은 어느 시를 읽어도 고른 시적 성취를 갖춘 견고한 형상미와 그 안에 녹아 있는 사물과 세상에 대한 따스한 통찰의 시선에서 기인한다. 그의 시는 여러 빛깔을 한데 흡수하고 뭉쳐 더욱 투명해진 견고한 단순성으로 우리에게 다가온다.

문성해 시인은 등단한 지 오래지 않았으나 『자라』와 『아주 친근한 소용

돌이』라는 시집으로 문단의 주목을 받고 있는 여성시인이다. 그녀의 시는 주변의 여러 생명들과 함께 소통하는 가운데 생성되나 여타의 여성시인들의 시세계와는 단절된 듯 진행된다. 여성 시인들의 도발적이고 젠더과잉적인 몸의 수사와 자기 고백적 단계라는 한계를 넘어서는 성찰적이고 이지적인 그녀의 시세계는 '묵직하고 단단함'(문혜원)으로 정리된 바 있다. 감각과 지성이 균형을 이루며 그녀가 포착해내는 이미지의 명료함은 남들이 보지 못하는 부분을 먼저 발견하여 섬세하고 날카로운 결로 읽어내는 시인(視人)인 시인(詩人)의 진면목을 알게 한다.

2. 문성해: 화(和)에서 화(化)의 시학으로

　문성해에게 시는 '소통'이다. 그러나 '소통'은 쉽게 찾아오지 않는다. 그래서 소통을 향한 생명 있는 것들의 몸부림은 먼저, '울음'으로 표상된다. 시인은 이러한 울음의 계보를 '풀'과 '올챙이', '인어'와 '페트병을 물고 뜯는 개'를 지나 '나'에게로 잇는다. 그들이 모든 것을 견디고 많은 것을 잃은 뒤에 가진 '울음'의 언어는 '흔들림'의 몸 언어와 조우하여 '득음'과 '술렁임'으로 깊어진다. 시인은 만물에 깃든 소통의 욕망을 읽고 함께하며, 시작(詩作)한다.

　「흔들린다」에서 화자는 흔들리는 '풀'을 보고, 그들의 몸짓을 느낀다. 개의 쉰내를 견디고, 팔차선 도로의 매연과 소음을 견딘 풀, 천변에서 올라오는 악취 또한 견딘 그들, '풀'은 흔들림이란 소통의 몸짓으로 살아 있음을 증명한다. 중단 없는 '풀'의 흔들림은 마침내 '술렁임'의 파문으로 번진다. 소통과 생명이 한 길인 것이다. 생명 있는 모든 것의 운명이 소통으로 통함은 「올챙이」에서 보다 분명해진다.

오래된 연못 속에 올챙이들이 바글바글하다
버둥거리는 네 다리가 자라나오느라
막대기 같던 꼬리들이 잘록해져 간다

앞으로 태어날 울음들이
태풍 전야처럼 고요하다

울음을 내뱉기 전
저 몸은 고요한 공명통인데
소리가 빠져나갈 틈 하나 없이 완벽한 살 주머니인데

올챙이는 다리를 얻는 대신
평생 울음을 팔고 살아야 하는가 보다
女息을 만석지기에게 팔고 평생 울음을 파는 소리꾼인가 보다

지난 해
전국의 이름난 폭포에서 得音을 한 소리꾼은 몇 명인가
울울창창한 초록의 비명을 이기고
득음을 한 올챙이는 또 몇 마리인가

—「올챙이」 전문

  '올챙이'와 '개구리'는 '울음'을 얻기 전/후의 존재로 나뉜 한 몸이다. 올챙이는 '공명통', '살주머니'이고 개구리는 '소리꾼'이다. 개구리가 된 올챙이는 다리를 얻는 대신 울음을 팔고 살아야 하는 소리꾼의 운명에 던져진다. 그런데 소리를 팔아야 하는 개구리가 된 올챙이는, 올챙이를 벗어나기가 여간 어렵지 않다. 선택의 여지없이 개구리의 운명을 살아야 하는 올챙

이를 '여식을 만석지기에게 팔고 평생 울음을 파는 소리꾼'의 스산한 운명
에 비유한 것은 예사롭지 않다. 소리꾼은 무엇인가. 절연의 비장을 가슴에
품은 까닭에 더 큰 한을 절절히 뽑아 올릴 수 있었던, 아이러니한 운명을
사는 소리꾼은 예술가의 고독한 삶을 웅변한다. 개구리의 운명에 놓인 올
챙이의 '결박'과 자신만의 소통 어법을 찾아야 하는 시인의 '절박'은 모두
그들이 '득음'의 성취에 이를 때 풀려날 수 있는 것이다. 그러나 자기를 다
던지고 하나를 얻으려 하는 소망자의 결의와 결단이 쉽게 실현될 수 있는
것은 아니다. 사사로움을 벗어난 진정한 소리꾼의 울음인 '득음'은 "초록
의 비명"을 넘긴 거의 절명 상태에서 성취되는 까닭이다.

　이는 「아랫도리」에서 번득이는 '인어'의 배치에서도 알 수 있다. 다리를
얻은 대신 울음을 팔아야 하는 '올챙이'와 사랑을 얻기 위해 목소리를 잃
은 '인어'의 운명은 동궤에 있다. 그러나 올챙이가 추구하는 득음과 인어
가 소망하는 사랑이 현실에서 성취되는 것은 요원한 일이다. 사랑을 얻기
위해 아랫도리의 저린 아픔을 다 견뎠으나 지속 불가능한 사랑은 인어공
주의 영혼을 거품처럼 사라지게 한 허무처럼 무거운 것이다. 초록의 비명
과 시퍼런 파도는 거대한 세계로 하나이다.

　그러나 시인은 세계의 비대와 존재의 비소로 대비되는 현실의 조건을
분명히 하면서 다른 한편 알 수 없는 생의 전복적 질서를 나란히 드러낸
다. 「능소화」에서 '능소화'의 낭창한 영원은 이를 역설한다.

담장이건 죽은 나무건 가리지 않고 머리를 올리고야 만다
목 아래가 다 잘린 돼지머리도 처음에는 저처럼 힘줄이 너덜거렸을 터
한번도 아랫도리로 서 본 적 없는 꽃들이
죽은 측백나무에 덩그랗게 머리가 얹혀 웃고 있다

머나먼 남쪽 어느 유곽에서도

어제 밤 그 집의 반신불수 딸이 머리를 얹었다고 한다
그 집의 주인여자는 측백나무처럼 일 없이 늙어가던 사내 등에
패물이며 논마지기며 울긋불긋한 딸의 옷가지들을 바리바리 짊어 보냈
다고 한다

어디 가서도 잘 살아야 한다

우둘투둘한 늑골이 어느새 고사목이 되어도
해마다 여름이면 발갛게 볼우물을 패는 꽃이 있다

—「능소화」 전문

측백나무에 '머리가 얹혀 있는' 능소화와 반신불수 딸의 결혼을 '머리를 얹다'로 비유하며 둘의 불구적 유사성을 강조한다. 고혹적이고 우아한 여성 이미지로 줄곧 상찬되는 '능소화'를 '아랫도리로 서 본 적 없는 꽃'의 부실한 이미지로 포착한 것은 놀랍다. 울긋불긋한 옷가지와 패물을 안고 늙은 사내에게 얹혀가던 반신불수 딸의 '장애'와 덩그렇게 머리가 얹혀 웃던 그로테스크한 능소화의 '기생(寄生)'적 면모의 이음도 날카롭다.

꽃과 여성이 아름다움과 가냘픔의 미적 소재로 활용되는 것을 생각할 때 시인의 상상은 상투와 피상의 순환을 넘어선 것이다. 측백나무에 의지하며 늘어뜨린 능소화의 줄기를 돼지머리의 '힘줄'에 견주고 있는 것 또한 비유를 넘어선 것이다. '힘줄'은 시인이 주변과 중심의 경계를 희화하고 지울 때 쓰는 전략적 시어이다.(「외곽의 힘」) 늑골이 고사목이 되는 시간을 지나고, 해마다의 여름을 거르지 않는 성실을 다해 발갛게 피는 능소화는 젊고 아름답다. 고사목을 배경으로 삼은 능소화의 당당함은 주체(늑골)와 객체(능소화)의 위치를 전도시킨다. 그러나 해마다 볼우물을 패며 피어나 늘 생생한 능소화의 이미지는 '조화'인 듯 이물스럽다. 문성해는 조

화 혹은 조화적 꽃 이미지를 즐겨 차용하는데 이는 일상과 분리되는 유약
하고 한시적인 생명체인 꽃 이미지를 넘어서려는 시인의 의도로 읽힌다.
능소화는 생화와 조화의 경계에서 영원하다. 시인의 통찰은 조화(造花) 같
은 능소화의 조화(調和)로운 삶에 머문다. 이것은 오랜 시간의 기다림 끝
에 포착된 믿기지 않는 삶의 비밀, 시인이 부려놓은 '조화(造化)'이다.
  불가해한 현실의 역설은 「공터에서 찾다」에서도 발견된다.

      페트병 한 개와 물고 뜯는 시간, 나는
      이것을 단순해지기 위한 노력이라 부른다
      썩은 고깃덩이로 던져진
      이 도시에서 단단한 무기질의 희망
      얻기가 그리 쉬운가
      누르기만 하면 입 발린 언약들
      당장이라도 쏟아내는 자판기들아

                                    —「공터에서 찾다」 부분

  위 시의 화자는 '개'이다. '나'는 페트병을 뼈다귀인 줄 알고 씨름하는 도
로(徒勞)의 시간을 보낸다. 그러나 '도로'라는 표현은 필자의 우위적 시점
일 뿐이다. 화자인 '나'(개)가 단단한 페트병을 향해 질주한 까닭은 식욕에
있기보다 무료를 떨치고 집중하기 위한 '단순해지기 위한 노력'이다. '나'
가 단단한 것을 벼르는 노력은 '입발린' 언약들을 쉽게 쏟아내는 부박한
세상의 허를 겨눈 저항이다. 그래서 '나'는 고기가 아닐지도 모른다는 '의
심'에 오히려 맹렬한 '식욕'을 느끼는 이상한 가역반응을 보인다. 개의 시
점을 통해 전투적 모순의지를 드러냄으로써 세상의 기만적 논리에 익숙한
푸석한 자동언어를 깨부수는 효과도 아우른다.
  문성해는 인간/동물, 중심/주변, 주체/객체의 서열을 인정하는 듯 교란

하고, 흔들면서 바로 세운다. 시인은 세계의 자아화란 서정의 논리로 주체
중심의 압도적 동일성을 추구하기보다는 만물을 모두 중심에 놓고 그들
의 소리(울음)에 귀 기울이는 성찰의 자세를 견지한다.

　　썩은 개울가에 몰래 털이 버려지고
　　커다란 도마가 서둘러 씻겨지는 외곽에서
　　짐승들은 쉬지 않고 새끼를 낳아 기른다
　　무법지와도 같은 그곳
　　아직 비포장인 도로를 한참 들어가면
　　음식 찌끼 냄새와 분뇨내가 코를 찌르는 곳

　　구레나룻 사내 손목에서
　　끝끝내 내젓던 모가지의 불거진 힘줄,
　　중심에서 밀려나고 밀려나도
　　끝내는 더 넓은 외곽으로 세를 넓히는
　　외곽의 힘은 바로 저런 것이 아니었을까

―「외곽의 힘」 부분

　도시 중심에 사는 사람들은 자신들의 보양을 주변에서 찾으며 그곳에
사는 짐승들을 죽이고 취한다. 그러나 외곽의 짐승들은 음식 찌꺼기와 분
뇨내가 넘치는 무법지에서 태연히 죽을 때까지의 영원을 살고 있다. 새끼
를 낳고 죽고, 죽으면서도 삶의 희망인 '힘줄'을 명줄이 끊어질 때까지 내
젓는다. 죽어가는 '힘줄'의 무분별은 무지막지한 생명의 요동이다. 이 요
동으로 외곽 혹은 외곽의 삶은 지속되고 죽음은 삶의 재생산으로 거듭난
다. 이것은 죽음의 공포에 죽음으로 맞서는 것이 아닌 담대한 생의 논리로
생을 낳고 용서를 낳으며 그래서 서로를 죽이는 듯 살리고 밀리는 듯 넓

혀가는 엄중한 생의 순환 논리를 역설한 것이다.

그런 까닭인가. 이제 문성해는 인간과 자연과의 동등한 조화보다는 자연을 닮아서 더욱 깊은 인간(시인)이 되려 하는 적극적 자기 변신의 의지를 보인다. 이러한 깨달음(득음)은 인간중심적인 사유, 자아가 지워지는 가운데 형성된 생명의 소통, 교섭에서 비롯한 것이다. 이제 시인은 화(和)의 시학에서 새로운 존재로 거듭나려는 역동적 화(化)의 시학을 염원한다.

오늘 나는 국화 우려난 물을 마시는 사람
꽃잎이 물에 씻겨서 물에 불어서 우려 놓은
해를 마시고
달을 마시고
새를 마시고
나비를 모시는 사람이니

긴 장마 속에
흘리는 빗물을 다 받아 모시는 땅처럼
저녁 기도를 위해 가는 향을 피우는 사제처럼
긴 복도처럼
고요하고도 깊은 가슴이니

—「국화차를 달이며」 부분

신작시 「국화차를 달이며」는 그녀가 지금껏 견지해온 생명간의 소통을 담고 넘어서고 있다. 이 시에서 화자는 국화차로 자신의 존재를 지우고 또다시 그리려고 소망한다. 국화에 우려 놓은 '해', '달', '새'를 마시고 '나비'를 '모시는 사람'으로 또한 '빗물'을 다 받아 모시며 땅으로 향을 피우는 '사제'로, '긴 복도'와 '고요하고 깊은 가슴'으로 자신을 호명한다. 위에서 아래로 내려앉은 우주 만물의 기본에서 아래에서 위를 다 받아 모시는 토대에 이르기까지 시인은 마시며 모시며 '사람'과 '사제'로, '복도'로 '가슴'으로 자기를 낮추고 비워 한없이 깊고 따뜻해져 드높아지려 한다. 문성해가 우려 마신 자연의 기운은 생명을 잉태하고 생명을 끝없이 낳는 여성의 원형을 품고 녹은 듯 웅혼하다. 국화를 담은 찻잔은 정녕, 우주를 품은 자궁이었나.

이것은 그냥 찾아온 시인의 비견(鄙見)은 아닐 것이다. 개의 쉰내를 견딘 미미한 풀의 흔들림에 같이 흔들리고 그것의 소리를 들으며 깨달은 것, 현실의 용렬함을 넘고자 불끈 솟구쳤던 힘줄과 함께 뜨겁게 요동쳤던 시인의 오랜 응시 끝에 피어났던 바람, 이를 안 바람이 스친 전언의 화두일 것이다. 문성해의 새로운 시들이 기대된다.

3. 김명인: 비산(飛散)하는 감각의 시학

우리 현대시사에 김명인 만한 시인이 있을까. 감히 단언해본다. 단절 없이 빚어내는 그의 시의 오래된 낯섦은 속화된 세상의 논리와 격절(隔絶)하고 천천히 쌓아 올린 시성(詩城)의 숭고에서 발현된다. 그의 시세계는 개인의 상처에서 가정, 사회, 그리고 민족의 깊숙한 애환에 이르기까지 치열하게 펼쳐졌으나, 물기를 다 빨아들인 '질펀한 소금더미'처럼 촉촉하나, 견고하다. 그의 시가 갖춘 흐트러짐 없는 결정미는 격정과 격조가 서로 깍지 낀 균형에서 발현되는 '투명성과 견고한 단순성'의 고전 미학을 세우고 있다.

시인의 신작시는 그가 견지해오던 단아한 서정미학을 펼치고 있으면서 한편 새로운 변화를 시도하는 듯이 보인다. 시들에서는 부재와 현존의 경계를 가볍게 넘어서는 '소멸'하는 것들에 대한 담담한 응시와 몸에 대한

새로운 각성, 감각의 세계에 대한 재진입을 시도하고 있다. "인간의 미에
는 소멸이 그 배후에 자리 잡고 있는 것이다"란 시인의 말처럼 '소멸'하는
것들에 대한 포착은 시인의 오랜 자세이다. 다만 그것을 읽고 해석하는 자
세에 훨씬 여유가 있어 보인다. 그러나 그 과정이 결코 쉬운 것은 아니다.
「집과 길」의 화자는 길 위에 선 '집 떠난 사람'의 처지에서 떠나온 '옛집'
을 그리워한다. 김명인에게 길과 집은 익숙한 소재이다. '옛집'은 추억, 기
억, 그리움으로 표상되는 원(原)공간이다. '옛집'은 어린 시절의 허기와 갈
증, 젊은 날의 꿈의 좌절이 서린 곳이고 어머니에 대한 사랑과 연민이 함
께하는 곳이다. 「집과 길」의 화자의 '삶'은 '예전의 숙박'인 익숙함에 묶여
멀리 가지 못한다.

> 삶은 자꾸만 예전의 숙박으로 돌아서기만 해서
> 불현 강철 아지랑이로 묶어놓는
> 집 떠난 사람의 적막 들판 까마득하게 번져나간다
> 그러니 꽃은 이울었지만 뿌리가 꿈쩍도 않는
> 줄기에는 잎이 내려설 자리가 없다는 것
>
> 뼈를 태워 천리를 접는 통증이여,
> 마음 서랍에는 시든 화판만이 쟁여져 있어서
> 날려도 날려도 돌 속으로 주저앉는 화문(花紋)인 것을,
> 갓 전지된 생목이 진액 뿜어대는 울타리 위로
> 꽃 대궁 부러진 장미 한 그루 막 기어오르고 있다
>
> —「집과 길」부분

이 시에서 그리움의 정조는 어느 시편보다 절박하나 생성적인 역동적
이미지로 마무리되고 있다는 점이 인상적이다. 김명인의 그리움은 강렬하

고 불멸하는 것이다. 그것은 '살(몸)'에 스민, '강철 아지랑이'에 묶인 절대적인 적막이며 꽃이 이울어도 뿌리가 꿈쩍도 않는 줄기에 잎이 내려설 자리(여지)가 없는 절박함으로 '뼈를 태워 천리를 접는 통증'으로 호소되는 현재적 의미의 생생한 고통이다. 그러나 이 생생한 고통의 그리움은 단절적이기보다는 관계적이고 연계적으로 뻗어가며 의미를 생성한다. 마지막 행에 이르러 "갓 전지된 생목이 진액 뿜어대는 울타리 위로/꽃 대궁 부러진 장미 한 그루 막 기어오르고 있다"에서 알게 되듯 아픔과 결핍이 서로를 부르고 의지하는 생성의 힘이 되어 함께 새로운 생명의 '길'을 닦게 하는 승화의 의미로 포착된다. 화자의 '화문(花紋)' 같은 적막은 기실 여러 생명에게도 깃들어 있는 실로 아름다운 적막인 셈이다.

김명인의 '옛집'은 화자의 지난 기억과 추억의 회상을 위해 동원되는 것에 그치는 것이 아니다. 그것은 어머니에 대한 시인의 사랑에서 비롯하여 타자에 대한 연민으로 이어지며 다시, 꽃 대궁 부러진 장미가 막 기어오르는 생명의 애착에 힘을 보태는, 새로운 시작을 소망하고 가능하게 하는 따스한 적막이다.

'옛집'의 절절함은 어머니의 존재감에서 비롯한다. 가족의 생계를 책임지느라 뼛골 빠지신 어머니는 포근한 모성의 존재라기보다는 한 집안을 꾸려나가던 대모(大母)적 이미지를 보인다. "평생 업혀보지도 못한 어머닐 등짐 지듯 차에 태우고"(「등」)에서 알 수 있듯이 화자의 어머니 지향은 아이러니하게도 어머니의 정을 흡족하게 느껴보지 못한 어머니 결핍에서 비롯한다. '결핍'은 영원히 사는 '욕망'을 생산하는 법이라 했던가. 그의 시 곳곳에서는 오래 함께하지 못한 '나'의 어머니와 '또 다른' 어머니들과 조우하게 된다. 시인은 옛길을 삼아 새 길을 만들어가는 향도에 '어머니'가 있음을 환기한다.

　　당뇨로 시력을 잃었다는 여자가

어머니와 병실을 나눠 쓰고 있었다

시렁인 듯 침상 위에

뽕잎 대신 담요를 뒤집어 쓴 누에가 간간이 뒤척거렸다

이쪽의 말소리 때문일까 저도 무어라 환한 추억을

숨 가쁘게 뱉어낸다

비단길 거쳐 온 버거운 실낱이

여자의 입에서 꾸역꾸역 흘러나와 흩어져 갔다

고치를 풀어내는 물레를

누가 잣는 것일까

그래, 그럼, 어머니가 맞장구를 칠 때마다 말들이

팽팽해졌다 느슨해졌다 한다

어머니의 연줄을 감는 얼레는 또 누가 들고 섰는지

까마득해 안 보이고 안 보이는 연을 보려고 두 누에가

이따금씩 고개를 들어 허공을 더듬거린다

—「누에」 부분

　'당뇨로 시력을 잃은 여자'가 캄캄한 어둠 속에서 나올 수 있는 시간은 '추억'과 함께할 때이다. '여자'의 추억을 불러 나눌 수 있는 사람은 '어머니'이다. 여자가 '환한 추억'이기도 하고 '버거운 실낱'이기도 한 자신의 추억을 향유할 수 있는 것은, 고치를 풀어내는 물레를 잣듯 그녀의 말길을 열어주는 '어머니'가 있기 때문이다. 어머니는 그녀의 기억이고 추억이며 동시에 이를 추동하는 '얼레'이다. 과거의 기억이 현재를 살게 하는 힘이 되고 있다.
　「누에」에서, 시력을 잃은 여자가 암울한 상황을 극복해나가는 초연의 과정은 보이는 것과 보이지 않는 것이라는 현상의 구분적 경계를 무화시키고 확장한다. 과거와 현재는 단절되어 있는 것이 아니라 현실 속에서 소통되는 가운데 새롭게 그 의미를 만들어가며 살아 있는 것이다. 이는 김명인의 신작시 여러 편에서 소멸하고 변화하는 것들에 대한 시인의 선뜻한 수긍과 판단 보류, 유연한 태도로 증명된다. 「도가네 식당」과 「맨드라미」에서 시인은 속화된 '입맛'과 '맨드라미' 꽃의 뜨거운 사랑에 대한 담담한 소회를 드러낸다. 「도가네 식당」에서 '인터넷'에까지 소문이 난 식당의 매운탕 맛은 화자가 기억하는 '옛 맛'이 아니다. 하나 옛 맛을 기억하는 사람 또한 별로 없다. 기억하지 않는 한 그것은 이미 아무것도 아닌 것이며, 화자의 '새 맛'은 이를 처음 즐기는 자들에겐 그들의 고유한 '옛 맛'인 셈이다. 저수지엔 이미 '베스라나'와 같은 외래종이 점령해 있다. "새 맛은 옛 맛을 덮으며 올 뿐!", 혀에 배인 미각의 고유를 주장하지도 집착하지도 않으며 변해가는 것들에 대한 선뜻한 수긍을 보인다. 「맨드라미」의 경우 "붉은 벽에 손톱으로 긁어놓은 저 흔적의 주인공은 이미 부재의 늪으로 이사 갔겠다"로 영롱하고 매혹적인 '꽃'의 아름다움 역시 시간의 흐름 속에 흔적/부재의 경계를 훌쩍 뛰어넘는 것으로 담담한 시선을 견지한다. 변하는 것들을 담백하게 받아들이는 시인의 태도는 세사의 원리를 꿰뚫고 있는 혜안을 느끼게 하는 것이나 시간의 위압에 압도당한 듯 무력감을 느끼게 하는 것이기도 하다. 「맨드라미」의 경우, 시인은 시간의 질서에 떠밀려 옮겨 간 '맨드라미'의 부재를 확신하느라 '손톱으로 긁어놓은' 생의 흔적을 놓치고 있다는 생각이 든다. 이미 지나간, 지나갈 과거형으로 갈무리를 하고 있는 초연의 몸짓은 「독창」에서 가장 두드러진다.

　「독창」은 김명인 시에서 잘 발견되지 않던 '연애시'이다. 눈이 확 뜨이는 이 연애시는 기대에 부응하지 못한다. 연애는 이미 과거로 정리된 '허물'인 까닭이다. 강렬한 남성 화자의 톤으로 뜨거우나 시인의 고백은 절제의 덫에 갇혀 소통이 어렵다.

　치명(致命)에 들려서라도 돌파하고 싶었던
　연애가 있었다 하자, 그 찌꺼기까지

기꺼이 받아 마실 어떤 비굴함도

뱃바닥으로 끌고 가면서

할 수 있다면 나, 독배(毒杯) 끝까지 놓고 싶지 않았다

아편에 저린 듯 자욱한 몽롱을 헤쳐 나왔지만

문제는 난파한 뒤에도 오랫동안 거기 계류되어 있었다는 것

이명처럼 흔들어서 나를 깨운 것은

누구의 부름도 아니었다

한 구덩이에 엉켜들었던 뱀들

봄이 오자 서로를 풀고 구덩이를 벗어났지만

그 혈거 깊디깊게 세월을 포박했으니

이 독창 내가 내 몸을 후벼 파서 만든 암거(暗渠)!

서로에게 흘려보낸 저의 독으로

마침내 지우지 못할 흉터를 새겼으니

허물 벗은 뱀은 제 허물이더라도

벗은 허물 다시 껴입을 수 없는 것을!

—「독창(毒瘡)」 전문

　이 시에서 화자는 "치명에 들려서라도 돌파하고 싶었던 연애가 있었다 하자,"라고 이상한 '고백'을 시작한다. 고백의 준거는 사건 유무와 진위 여부에 있다. 이럴 경우 화자의 태도는 고백의 방식을 거스른다. '찌꺼기', '비굴', '뱃바닥'의 엄포를 지나, 연애는 '독배(毒杯)'의 비장에 이르나 비장미가 스며들 여지는 차단된다. 치명에 들려서라도 돌파하고 싶었던 연애에 대한 인상은 '아편에 저린 듯 자욱한 몽롱'인 무중(霧中)이다. 깊은 몽환과 환각 상태인 무중상태 속 연애 이미지는, 이어지는 '난파'와 '계류'라는 사회과학적 이성언어에 의해 포획, 삭제된다. 이별의 이유 또한 간명하

다. 그들이 헤어진 것은 단지 "한 구덩이에 엉켜들었던 뱀들/봄이 오자 서로를 풀고 구덩이를 벗어났지"에서 짐작되듯이 자연스러운 몸 풀림, 예정된 이별로 간단하게 정리한다. '혈거', '암거', '흉터'의 오랜 상처는 가뿐하게 빠져나간 듯한 '허물 벗은 뱀'과 만나면서 순간 머쓱해진다. 그의 고백은 충분하지 않다. 고백의 정치는 고백하는 자의 고통과 상황을 듣는 자가 함께 생생하게 공감할 때 성립되는 것이다. 그때 비로소 고백 혹은 상처는 빗장을 풀고 날아 떠날 수 있는 허물이 된다. 허물 벗은 매끈한 뱀의 살결로 '허물'을 견줄 수는 없는 것이다. 그러하기에 연애의 '순간'인 진정은 얼마나 긴 것인가.

김명인 시가 갖는 절조와 품격, 절제된 균형감각은 아무리 강조해도 지나치지 않을 것이다. 「독창」에서 시인은 여전한 시적 성취를 보이고 있다. 하나 이 시에서조차 일관된 절제와 격정의 품격에 그친 점은 아쉬움으로 남는다. 한 번쯤 김명인이 균형을 풀고 감각의 물꼬를 터뜨리며 '정서의 응혈'인 연애의 과정을 추적할 수 있는 시를 생산하길 기대해본다. 한편에선 변화의 조짐이 벌써 시인에게서 시작되고 있다고 알려준다.

그의 신작시 「낡은 집」과 「감각의 세례」에서 '몸'의 정직한 반응을 통한 시적 전환을 기도하는 시인의 모습을 보게 된다. 「감각의 세례」에서 화자는 자신이자 곧 자신을 견뎌온 실체인 몸에 찬 물을 끼얹는다. 그에게 스며 있는 익숙한 외로움을 취하는 듯 버리는 듯하며 이순의 아침을 맞는다. 그가 스스로에게 세례(洗禮)를 행하듯 정갈하게 맞는 이순의 새벽은 뜨겁고 담대하다. 나를 살고 나를 벗어나고자 하는 시인의 모습은 시인이 시와 함께 영원히 사는, 살 수 있는 비결을 짐작하게 한다.

날벌레들이 피어오르는지
은빛 물고기들이 수면 위로 튀어오른다
물안개를 뚫고

무수한 동심원을 밀어내는 새벽어스름

방죽을 걸어 만보로 돌아오면 온몸이 땀으로 절어

뒤란으로 돌아가 맨살에 두레박을 끼얹는다

소름으로 비산(飛散)하는 감각의 세례!

얼음에 비비는 듯 시리다가도

거듭하면 견딜 만하니

무감각이란 생살을 잠재우는 것이 아니라

몸의 현실을 마취시키는 것,

열두 해 전 나는 이미 연해주에서

뼈저린 외로움도 무덤덤하게 겪어냈었다

이제 이순의 아침에

온몸을 벗어 제치고 맨살에 얼음물 끼얹느니

나라는 근원에서 멀리 달아나는

이 감각의 동심원 어디까지 번져갈 것인가

─「감각의 세례」 전문

「감각의 세례」는 투명한 상승의 이미지로 가득 차 있다. '날벌레'와 '은 빛 물고기'들은 조응하듯 함께 튀어 날아오른다. 그 생동은 물안개도 뚫고, 파문의 동심원을 증명하고 새벽을 맞는다. '새벽'이란 낯섦을 밟고 '나'는 땀으로 절은 맨살에 '얼음물'을 끼얹는다. '물'은 시인이 즐겨 사용하는 시적 질료이다. 이처럼 차고 뜨거워서, 온몸이 마취되는 감각의 충만으로 차오르는 '성수(性/聖水)'의 물 이미지에 닿기는 처음인가, 아득하다.

"온몸을 벗어 제치고 맨살에 얼음물 끼얹느니 나라는/근원에서 멀리 달아나는/이 감각의 동심원 어디까지 번져갈 것인가", 시인의 낮은 독백은 방죽을 휘감는다. 그 속에 튀어오를 시들이 예감된다. 비산(飛散)하는 감각으로 비상(飛翔)을 꿈꾸는 그의 몸은 푸르스름한 빛에 쌓여 아늑하다.

뜨거운 소금의 목소리
— 이광석과 정일근의 시

저 흰 꽃 사이 새로 돋는 새 혀와
뜨거운 소금의 목소리로 나는 노래하려니
끓어라 소금아 끓어라 아픈 혀들아
— 정일근의 「소금을 끓이다」에서

1. '마산'의 시인, 이광석과 정일근

　이광석과 정일근은 '마산'의 시인이다. 굳이 지역적인 것을 강조함은 두 시인의 문학적 원공간(原空間)이 민주화의 성지라 불리는 마산, 그 무의식의 그늘에서 출발하고 있다고 생각되는 까닭이다. 김주열과 합포만, 그리고 3·15와 4·19, 부마항쟁 등으로 점철되었던 현대사의 질곡의 지점이었던 '마산'. 마산의 시인으로 현장에 있었고, 그 현장을 살고 있다는 사실에서 결코 자유로울 수 없는 두 시인에게 마산은 상처(trauma)이다. 마산은 민주, 자유의 상징적 의미이자 동시에 이상의 좌절이란 양가적 의미를 갖는 것으로 억압적 무의식으로 기능한다. 무의식으로 드러나는 '마산'은 현실과 이상, 허위와 진실을 구분하고 밝히는 준거이자 첨예한 대결의식과 치열한 현실인식의 창구이다.

　기억을 공유한 두 시인의 행보와 시세계는 다르다. 이광석이 마산에 터

잡고 앉아 상처를 깊게 아로새기면서 상징적 의미를 증폭했다면 정일근은 마산을 떠났다 다시, 문학적 고향과도 같은 이곳으로 귀환한다. 이광석이 천자(薦者) 유치환의 계보를 잇는 주의시(主意詩)로 '순수의지'의 강렬성을 그 기조로 삼았다면 정일근은 시를 향한 순수한 열정으로 변화와 탐구를 지속하는 서정시인으로 여전한 도정(道程)에 있다.

이광석에게 '마산'은 대결의식으로 작동한다. 마산의 좌절은 곧 자유, 민중의 패퇴를 의미하는바 시인은 시 전반에 걸쳐서 이에 대한 회복의지를 드러낸다. 현실과 세속의 허약한 언어를 떠나 강렬한 생명성과 불변의 의지를 지닌 자연과 더불어 사유한다. 정일근에게 마산은 '붉임의 바다'로 그는 '녹색바다'를 지향하며 인간다운 삶이 가능한 '그리운 나라'를 대항명제로 내세운다. 시-삶의 치열한 변증을 통하여 스스로 새로운 나라 질서를 세우는 주체로 거듭난다. 시인은 시와 자연 안에서 마침내 그리운 나라를 회복하는 쾌거를 거둔다.

두 시인은 현실 속에서 시적 반란을 꿈꾸는 시인, 시 안에서 현실의 변화를 꾀하는 시인이라는 점에서 각별한 의미로 다가온다. 시가 혁명이 되지 못한 시대에 여전히 시적 혁명을 꿈꾸며 '뜨거운 소금이 목소리'로 희망을 말한다.

2. 이광석: 애도(哀悼)의 역설, 버림과 바람의 타전(打電)

이광석의 기억-상처는 두 가지이다. 유년 시절의 가난과 자유를 향해 들끓던 열망이 그것인데 개인의 차원을 넘어 그 시대의 존재양식이라는 점에서 공적인 기억에 가깝다. 시대와 세대에 걸쳐 있는 상처는 무욕(無慾)의 사유를 갖게 하는 기제로, 바른 세상의 도래를 향해 결의를 다지는 대결의식으로 그의 시 속에서 주조된다. "보릿고개 누렇게 부황(浮黃)

든 햇살/하루 종일 돌아앉아 훌쩍거렸다"(「풍금이 있던 기억」)와 "가난 한 대접으로/행복 반 대접과 바꾼/무욕의 반란"(「섬, 혹은 무욕」)에서 드러난 상반(相反)을 초월적 의지로 승화시켜 나가는 그는 '순수의지'의 소유자이다.

하나, 그의 시를 읽는 것은 버겁고 힘겨운 작업임을 고백하지 않을 수 없다. 자본의 탐식과 이기(利己/利器)를 누리며 오직 자기 성취와 현실 문제에만 골몰해 있는 이 시대 다수들에게 이광석의 명제는 '숭고한 이데올로기'로 다가올 수 있는 까닭이다.

> 그날 1960년 4월 11일 오전 11시 30분…….
> 너는 바닷속 깊은 곳에서 나를 향해 걸어 나오고 있었다. 물 위에 반쯤 떠 있는
> 너의 머리가 처음에는 바가지처럼 예사로 보였다. 1분, 3분, 10분…….
> 그렇게 눈 먼 시간이 내 무료를 찍어 누를 때 바다 너는 천근 같은 음모를 감춘 파도 자락을 가르며 한 발 또 한 발 부둣가로 다가왔다.
> 드디어 내 눈높이에 너의 주검이 닿아 왔을 때 나는 후딱 몸을 일으켜 세웠다. 얼굴 중심부에 큰 쇠붙이 덩이가 박힌 채 너의 눈은 아직도 부릅뜨고 있었고 너의 두 주먹은 불끈 쥐어 있었다. (…) 순간 나는 달렸다. 콜롬비아 다방을 향해 숨가쁘게 달렸다. 카운터 밑으로 전화기를 숨긴 채 마산일보의 B기자에게 이 사실을 통보했다. 그리고 또 달렸다. 제일여고 뒷산으로 도망치듯 달렸다. 30분쯤 지나자 신마산 부둣가는 수천 명의 성난 군중들로 꽉 메워졌다. (…)
> "마산의 정신, 마산의 민주는 지금 어디에 있느냐"고.
> 구암동 허름한 야산 3·15의거 영령 유택에서 김주열金朱烈은 지금도 마산 시민을 향해 전화를 걸고 있다.
>
> —「김주열사설」부분

전제했듯이 시인의 선연한 대결의식은 3·15와 4·19, 그리고 5·16으로 얼룩졌던 상처에서 기인한다. 「김주열사설」은 이를 증거한다. 김주열로 상징되는 상처는 김주열을 앗긴 죽음, 그 애도(哀悼) 부재의 시대가 낳은 우울의 산물이다. 위의 시에서 시적 화자와 시인의 일치 여부는 중요하지 않다. 문제는 시의 화자가 30여 년이 지난 지금 현장에 서서, 그 역사적 순간을 잘 보관된 필름을 돌리듯이 선명하고 생생하게 그려내고 있다는 사실이다. 이광석의 시 전체를 통하여 이처럼 생동감 있게, 시간을 분침으로 육화하여 재현한 경우는 찾기 힘들다. 시에 따르면 화자는 김주열의 주검을 발견하고 죽음을 알린 최초의 교신자이다. 화자는 민주주의의 성지인 마산과 김주열의 주검을 등가로 놓으며 폭력 앞에서 꺾이지 않는 민중들의 의지, 생명력을 증거하기 위하여 지칠 줄을 모른다. 이후, 마산 앞바다는 4·19의 함성으로 뒤덮이지만 민중들의 성취는 그대로 권력의 장물(臟物)로 전락한다. 김주열은 완벽하게 죽은 것이다. 그러나 이 시에서 김주열은 시인의 몸을 빌려 다시 태어난다.

"마산의 정신, 마산의 민주는 지금 어디에 있느냐"고 "구암동 허름한 야산 3·15의거 영령 유택에서 김주열(金朱烈)은 지금도 마산 시민을 향해 전화를 걸고 있다."에서 우리는 김주열을 알리기 위해 몰래 전화를 하던 화자와 아직도 전화를 걸고 있는 김주열의 영상이 겹쳐짐을 목도한다. 시인과 김주열이 하나이다! 충분하지 않은 애도가 낳은 우울은 상실한 대상을 떠나보낼 수 없는 깊은 애착에서 발생한다. 우울증(melancoly)은 끝나지 않고 지속되는 슬픔으로 정체성 형성에 핵심적 역할을 수행한다. 상실된 대상을 에고로 합체(Incorporated)하면서 정체성이 형성되는데 이때 에고는 정신이 아니라 몸이다. 몸을 가진 에고만이 상실된 대상과 합체를 할 수 있기 때문이다.

물론 이광석=김주열의 등식이 성립되는 것은 아니다. 이광석에게 김주열은 김주열이자 김주열로 상징되는 꿈을 앗긴 모든 것, '상처'로 해석할 수 있다. "희망이 셔터를 내리면/우리 상처의 영혼은 어디로 빠져나갈까"(『산수유를 기다리며』)에서 알 수 있듯이 시인이 호명하는 '상처'는 아이러니하게도 '희망 안에 거하는 영혼'으로, 불멸하는 것이다. 집요한 상처가 시인을 시인으로 살게 하는 것이나 정작 상처 입은 영혼이 도모할 수 있는 일은 없다. 결연한 대결의식은 이 경우 이미 패배가 전제된 비극적 세계인식을 역설하는 것이 아닐까. 그런 까닭일까. 이광석 시에서 '겨울'로 환기되는 현실을 사는 전략은 그냥 버티거나 견디는 것으로 드러난다. 도회의 삶에 지친 탓인지 이웃은 자신의 영역만을 지킬 뿐 마음을 열지 않는다. 그래서 이 도시는 사람이 사는 '빈 집'이다.(『사람의 빈집』) 어쩌다 '동네 목간통'에서 경계를 풀고 소식을 나누는 순간이 가능할 뿐이다.(『동네 목간통에서 들은 얘기』) 이웃과 소통을 마련하지 못한 그에게 손자 세대와의 소통은 더욱 어려운 것이다. 소통불능의 세상을 탄식하나 시적 화자는 손자들의 인터넷 언어를 배우려고 하지 않는다. 그가 하는 것은 고작 우리 시대에는 '그리움이라는 간이역'(『낡은 흑백 사진첩』)이 있었다며 자신의 '역사'(歷史/譯舍)를 지킬 뿐이다. 하여, 소통방식을 찾을 수 없고 지상에 편히 가꿀 땅조차 어머니와 딸에게 양보한 '허허한 가슴'의 시인은 '헛소리의 무게'를 부릴 곳 없는(『잡초는 낫을 두려워하지 않는다26』) 울을 벗어나 '자연'을 찾아 산행에 나선다.

  시인이 '산'으로 간 까닭은 그가 초연해서도 세속에 관심이 없어서도 아니다 기억과 정서를 나눌 이웃, 함께 들끓었던 그날의 친구가 남아 있지 않은 이유이다. 시인은 바위, 나무, 바람, 잡초, 강, 별, 꽃 등에서 그가 영원히 갖고 지키고 싶었던 의지, 자존, 겸손, 온유 그리고 저항과 영원한 생명을 읽고 찾는다. 그러나 이러한 자연의 사물 역시 시인의 우울한 시선, 비극적 세계인식에 갇혀 자연성을 오래 견지하지 못한다.

강물은 자신의 깊이에 세상의 헛소리들을 묻는다.

—「겨울 낙동강4」 부분

아직은 투명한 언어로 이승의 고통을 인출하는
한 마리 작은 겨울새여

—「환절기」 부분

항상 제자리에 있어
높고 낮음이, 깊고 얕음이
물처럼 그대로인 저 넉넉한 온유
외로움도, 기쁨도, 사랑도, 미움도
따로 읽지 못하는 눈 먼 장승.
나무는 오늘 밤 별이 되는 꿈을 꾼다.

—「나무5」 부분

밤마다 목타는 울음
안으로 토하는
침묵의 꽃

—「바위2」 부분

침묵은 귀양길에도 세상의 소리를 멀리했다

—「침묵론1」 부분

이광석의 자연은 모두 말을 잃고 침묵에 잠겨 있다. 자연이 견지한 침묵
은 훨씬 강하고 뜨거운 말이다. 침묵은 허사와 실언이 태반인 세상의 '헛
소리'를 넘어서 새로 태어난다. "침묵의 꽃"은 '빛의 분노', '빛의 함성', '상

소문', '양심선언'의 시행착오를 거쳐 '세상의 어느 소리보다도 강한' 것으로 피어난다. 일테면 침묵은 말의 완성인 셈이다. 그러나 침묵은 미래를 갖지 못한다. "아직은 투명한 언어로 이승의 고통을 인출하는/한 마리 작은 겨울새여"(「환절기」)에서 '아직은'이 함의하고 있듯이 '투명한 언어'를 견지해나간다는 것은 쉬운 일이 아니다. 침묵은 현실을 견디기 힘든 말이 투항한 곳이라는 혐의를 지울 수 없다. 투명한 언어는 이승이요 침묵은 저편의 것이란 도식이 구성된다.

문제는 침묵이 반복적으로 강조 인용됨으로써 하나의 작동원리로 전반화되고 있다는 사실이다. 반복되는 침묵 찬양론은 말하려는 시도, 소통하려는 열정에 장애가 되는 또 다른 억압적 허사, 기만적 함정이다. '침묵은 나쁜 말의 정수기' '침묵은 말의 사리(舍利)'라는 구절은 과히 압도적이다. 말이 아니면, 언어가 아니면 무엇으로 진실을 포착하고 허위를 증언할 것인가. 상처 입은 '아픈 혀'를 놀려 말하는 것은 삶과 세상을 향해 다하지 않은 절박한 욕망과 애끓는 사랑을 수행하는 작업이다. 발화하는 순간, 우리는 소외와 분리라는 간극을 깨닫지만 이 틈새가 도저한 주체와 실재인 현실을 포착하는 창구가 되는 것이 아닌가.

시인은 세상에서 이루지 못한 친근과 조화를 자연에서조차 이루지 못하고 있다. 침묵의 언어에 녹은 불멸의 영혼, 생의 의지로만 남은 경직된 자연에서 정작 우리가 목도하는 것은 죽음 이미지이다. "외로움도, 기쁨도, 사랑도, 미움도/따로 읽지 못하는 눈 먼 장승"인 '나무'는 산 것이 아니다. 아이러니하게도 현실의 환멸에서 반동한 침묵은 침묵과 말의 서열을 형성하면서, 사유와 행동의 자유를 구속하고 생동하는 자연의 다양한 표정을 하나로 조정하는 담론체계로 작동한다.

산은 늘 그렇게 혼자 산다
버릴 건 모두 다 버리고 혼자 버티는

겨울의 가장 중심부에 서서

갖는 자의 충족보다는

버리는 자의 절제된 겸허가

그가 택한 최선의 양심인 것을

산은 누구보다도 먼저 안다

산은 하루에 한번씩 하산한다

—「하산연습」 부분

‘산’은 흙과 바위, 나무와 물, 새와 바람 등이 모여 구성되는 ‘자연’이다. 산은 모든 만물이 더불어 사는 곳이고 그들이 일군 삶의 터전이다. 이광석의 집단적 사유는 ‘산’을 단독자로 드러낸다. 이런 까닭에 ‘겨울산’의 모습은 계절에 따른 만물의 생존 방식이 아닌 결정권자 산(혹은 시인)의 반영인 ‘최선의 양심’에 따른 것으로 표상된다. 여기서 표상이라 함은 시인의 무의식을 드러낸 것이라 생각되기 때문이다. 즉 권력의 오만과 폭압에 따른 상처와 강박을 드러낸 것이라 할 수 있다. 그는 산을 통해 높은 것, 정상에 선 자, 권력을 가진 자가 취해야 할 자세를 말하고자 한 것이다. 따라서 위의 시에서 확연히 드러난 시인의 무의식은 이미 무의식의 한계를 극복한 의식, 명료한 언어이다. 무의식의 그늘은 그것을 직시하는 순간, 그 위력이 상실되는 까닭이다. 이는 그가 잡초, 꽃, 새 등 작고 나약해 보이는 생명체에서 강렬한 의지를 읽고 끌어내려 하는 데에서 이미 반증된 것이기도 하다. 시인의 신작시 「들꽃이야기」, 「바다변주곡」에서 침묵에서 말로 독백에서 대화의 창구를 물색하는 모색이 주목된다. 시인은 높고 큰 것, 그리고 초월적 의지로 자신을 가두는 숭엄한 자연의 이미지에서 돌아와 생동하는 그리고 아파하는 자연을 우리 곁에 찾아 부려놓으며 만남의 장을 열고자 한다.

「들꽃이야기」에서 시인은 ‘들꽃’을 “작아도 할 말 다하는 당찬 꽃”이라고 추켜세운다. 들꽃에서 다시 찾은 ‘야성의 생명력’을 찾고 이를 ‘조선의

여인'으로 호명함 또한 예사롭지 않다. 나무, 낫, 바위, 별, 겨울새 등에서
느낄 수 있었던 남성 이미지, 세상과 겨루는 날선 권력의지(phallus)에서 감
성과 목소리, 말, 여인, 꽃으로 옮겨 가며 그의 겨울이 따스한 양수 같은
봄의 간질임으로 풀리고 있다. 이는 「바다변주곡」에서도 마찬가지이다.
「바다변주곡1」에서 해독할 수 없었던 바다의 속살, 바다의 언어, 내밀한
신음소리를 마침내, 알게 된다.

> 바다는 제 혼자 다니는 길이 있다
> 고급 세단 같은 상어가 다니는 길을 비껴
> 토종 전어 고등어떼 마실 다니는 작은 골목길을 달빛으로 간다
> 세월의 파편이 된 낡은 기억들 하나 둘 사라지고
> 돌이킬 수 없는 낯선 길 앞에 바다는 지금 아프다
> 보아라 뭍 어디에도 너가 적실 그리움은 없다.
> 각혈하듯 시의 꽃을 피우던 가포 겨울바다도
> 조개껍데기처럼 개펄에 엎드려 있다
> 바다가 마지막 종점인 사람들에겐 바다는 더 이상
> 내 줄 어깨가 없다 세상의 집들이 어둠에 업혀
> 잠들 때 밤새 뒤척이던 바다는 제가 숨겨놓은
> 옛길 하나 불러낸다 그 길섶에 문신처럼 박힌 통증,
> 등지러마 날 새운 쪽빛 너울로 환급받고 싶다.

—「바다변주곡」 전문

'바다'가 바다에 거하는 까닭은 '뭍 어디에도 적실 그리움이 없는 까닭'
이다. 이 대목에서 시인이 산에 오르는 이유와 바다가 바다에만 사는 이
유가 일치함을 목도한다. 바다와 시인은 정작 닿고 싶은 곳은 따로 있으
나 그곳에 이르거나 함께할 방법을 찾지 못한 것이다. 바다는 자신이 오래

전에 보낸 불투명한 언어가 '먼 나라에서 보내는 암호 같은 소리'라 전달되지 않았음을 깨닫는다. 늙고 지친 바다는 시인의 새로운 어법에 담아 절절한 마음을 토로하고자 한다. "바다가 마지막 종점인 사람들에겐 바다는 더 이상/내 줄 어깨가 없다"에서 우리는 "어깨를 내어달라!"는 바다의 절박한 요청을 듣게 된다. 바다의 상처, 환부 치료는 절절한 말 이후에 올 것이라는 사실은 분명하다.

이제, 시인에게로 돌아가자. 바다에서 찾은 해법으로 시인을 만날 수 있으리라. 버려야 한다는 생각에 낯설어진 낡은 서가(「서가(書架) 앞에서」)를 이제 정리하고, 이곳을 아직 한 번도 읽지 않은 새로운 책, 할 말을 다하는 '들꽃' 같은 당찬 책들로 꾸며봄은 어떨까. 이곳에서 시인은 새로운 언어로, 한 번도 상처받지 않은 자의 무모한 열정으로 합포만을 다시 그려볼 수 있지 않을까. 꼭 합포만이 아니어도 좋다. 그의 '황홀한 상처들', '타서도 재가 되지 않는 고뇌의 불씨들'이 새 몸과 목소리에 담겨 전혀 새로운 타전인, 바람(希望)의 시로 메아리칠 날을 기대해본다.

3. 정일근: 녹색문자, 그리움의 나라

정일근의 시를 살짝 문지르면 초록빛 물이 배어난다. 초록빛 물은 천천히 마르다 내 지문에 '시인'이란 녹색문자로 남는다. 잉크 냄새가 여전한데, 문신(tatoo)처럼 새겨진 언어는 쉽게 지워지지 않을 것 같다.

정일근의 시를 간명하게 말하긴 어렵다. 소월시문학상 수상자인 시인에게서 짙은 서정과 리듬을 찾을 수 있을 것이고, '6하 원칙의 하드보일러 영토'에다 시를 담은 '취재수첩'이 남긴 참여시의 강렬함을 떠올릴 수도 있을 것이다. 이어, 경주 남산을 답사하듯 집요하게 그려낸 『경주남산연작장시집』에서 산문과 시의 경계를 넘나들던 진전을 말할 수도 있으리라. 또한 요즘 들어 그가 고구하는 쉬운 시, 짧은 시를 통해 변화의 진폭을 말할 수도 있을 것이다.

정일근의 생동하는 시세계는 "시인이란 시와 사람이 하나가 되었을 때 얻을 수 있는 자연의 이름"임을 되새기며 시와 삶을 하나의 일상으로 엮어낸 수확이다. 그는 한곳에 갇혀 있지 않고 흐른다. 진해, 마산, 부산, 서울, 울산, 그리고 다시, 마산에 이르는 여정에서 그는 어디든 자신이 사는 공간을 시의 장소로 문패를 달아 건다. 정일근처럼 각별하게 자신이 살고 있는 곳을 시의 무대로, 손금 보듯이 꿰뚫어 시로 만들어야 직성이 풀리는 시인도 없을 것이다. 그래서 마치 손만 닿으면 황금을 만드는 '마이더스의 손'처럼 정일근이 스친 곳, 눈길 닿은 곳, 그가 산 고장은 시로 다시 태어난다. 시를 낳고 시를 사는 시인이 '시인'이다.

그럼에도 불구하고 정일근의 시세계를 관통하며 변하지 않는 것이 있으니 그것은 '그리움' 이란 정조이다. 그리움은 시를 끝없이 생산해 내는 그의 기저이다. '그리운 나라'를 염원하고 마침내, 이제는 스스로 그 나라를 짓고자 하는 시인에게 그리움이란 무엇인가. 그의 그리움의 연원을 따르는 작업은 마치 모태로 돌아가기 위하여 물살을 거스르는 연어의 생동처럼, 황홀한 시적 체험을 가능하게 한다.

선생님은 녹색 잉크로 글을 쓰셨다. 하얀 원고지 위 푸른 새 잎들마냥 팔랑팔랑 씌어졌다 엷게 번져가는 선생님의 녹색 글씨가 나는 좋았다. 마치 흰 꽃이 지고 막 눈을 뜨는 진해의 7만 벚꽃나무들 연초록 건강한 잎맥에서 엽록소란 엽록소는 남김없이 뽑아낸 듯 선생님의 녹색 글씨에 나는 온몸이 푸르게 물들어버렸다. 꽃 지는 그해 4월 아버지를 잃은 내 슬픔의 모세혈관 하나하나광합성을 일으켜 폭죽으로 터져나가고 언제나 슬픈 내 유년의 꿈속에까지 따뜻한 녹색 바닷물이 밀려 들어왔다.

—「녹색 잉크」 부분

시인 정일근을 낳은 모태는 '녹색 잉크'이다. 녹색 글씨에 온몸이 푸르게 물드는 순간이 소년의 시인 세례식은 아니었을까. 나는 정일근의 그리움이 여기, 이곳에서 솟아났다고 본다. 순수한 아름다움, 번짐, 녹색 글씨를 따르면서 슬픔이 폭죽처럼 터지고 상처가 데워지는 경험은 문학의 오래된 존재방식이자 치유방법이다.

정일근 시의 근원을 아버지의 부재, 어머니의 눈물에서 찾을 수도 있겠으나, 시인을 직접적으로 이끈 것은 교실에서 새긴 초록빛 문자, 문신(tatoo)에서 찾아야 한다. '푸른 새 잎들마냥 팔랑팔랑' 씌어져 '흰 꽃이 지고 막 눈을 뜨는 진해의 7만 벚꽃나무들', '엽록소란 엽록소는 남김없이 뽑아낸 듯 선생님의 녹색 글씨'. 이것이 슬픔의 덩어리로 웅크려 있던 아버지를, 소년을 일으켜 세우고 슬픔을 빛나는 시로 날아오르게 했다. 이러한 환희의 순간을 무엇이라 할까. '녹색 문자'를 좇다 상처가 폭죽처럼 터지고 마침내 울림을 주는 시적 제재로 변주될 수 있었던 것은 '녹색 엽록소의 생명을 수혈'받은 소년의 꿈속이 따뜻한 녹색 바닷물에 잠긴 까닭이다. 녹색 바닷물은 상처를 치유하고 꿈을 키우는 모태라는 비유가 가능하다. 그리운 나라는 어머니의 자궁을 닮았다.

그의 문학적 관심과 지향이 응축되어 있는 첫 시집인 『바다가 보이는 교실』에서 제자의 상처를 어루만지고 골고루 그들의 꿈을 키우려 애쓰던 한량없는 시인의 모습은 소년을 시인으로 이끌었던 시인의 선생님을 닮았다. '죄인', '죄많은 하느님'을 부르짖으며 그가 되뇌었던 '그리운 나라'는 아이들을 가능한 무엇으로 만들 수 있는 곳, 꿈이 영글어지는 녹색 글씨 퍼지던 '교실' 같은 나라이다.

썩어 둥둥 떠오르는 바다 죽음의 바다
혁명가 한 사람 키우지 못하는 바다

젊은 시인 한 사람 기르지 못하는 바다

사내들은 더 이상 바다의 이름을 부르지 않는다

—「불임(不姙)의 바다」 부분

　정일근은 교실과 마산을 떠난다. 사랑하는 제자들의 곁을 떠나 그가 찾고자 한 것은 '시적 혁명'이다. 이러한 단서는 「불임의 바다」에서 드러난다. "혁명가 한 사람·젊은 시인 한 사람"의 대등한 호명은, 시인과 혁명가를 기실 하나로 보고 있는 시인의 (의)무의식을 드러낸 것이다. 시인과 혁명가는 하나이다. 시인과 혁명가를 키우지 못하는 바다는 바다가 아니다. 바다를 향한 깊은 분노는 사실 자신을 향한 것이다. 혁명을 닮은 힘 있는 시를 쓰지 못하는 시인은 자신을 못 견뎌 하며 불임의 바다를 떠난다. 그가 꿈꾸는 '푸른 바다' 아이들에게 '해방과 자유의 지느러미를 달아'(「바다가 보이는 교실4」) 건널 수 있는 '가임(可姙)의 바다'와 '불임의 바다'는 공존할 수 없다. 하여, "부끄럽다 팔십년대여/작은 풀잎 하나 흔들지 못하는 나의 노래여"(「팔십년대와 시인2」)를 부르며, 마산을 돌아보며 마산을 떠난다.

　정일근이 마산 바다를 떠나며 그의 시세계 역시 변화한다. 초기시에서 보인 이상과 관념이 많이 잦아들고 대신, 구체적 일상과 개인사의 기록이 시편을 풍성하게 채운다. 가족과 친척 이야기, 여행지의 단상 그리고 서민의 애환과 생활로 시판을 새롭게 구성한다. 교사에서 기자로 직장을 옮기며 그의 시는 날카로운 현실 감각과 서정이 묻어나는 '취재수첩'들을 남긴다. 90년대에 들어 포스터모던의 기류와 함께 모든 도식과 구분에 대한 회의, 새로운 형식 실험이 시인들에게 요구되던 시기에 정일근은 시와 시인의 삶이 구분되지 않는 듯 조화를 이룬 시들을 생산하며 시대감각과 시의 한 형식 지평을 열어간다.

　정일근의 시에서 보이는 이상과 낭만은 7, 80년대에 순수와 지성을 모토로 삼은 지성인의 삶의 한 양식이라 할 수 있다. 개인의 세속적 영달보다는 자유, 민주, 통일, 민족이란 큰 화두를 가슴에 안고 이를 수호하려 했고 그것이 가능하다고 믿었던 시절이 낳았던 뜨거움이다. 이에 이데올로기에 따라 민족이 나뉘고, 자본의 논리에 따라 계급이 분열되는 현실을 목도하면서 시인이 끓어오름은 피할 수 없는 일이었으리라. 따라서 그의 이상적 현실, 그리움은 다만 시에서만 지속적으로 직조될 뿐이다. 교실처럼 녹색바다처럼 분명 생생하나, 실재계에서 찾을 길 없는 그리움의 대상, 그의 '그리운 나라'는 하나로 합쳐야 할 분단된 조국, 통일된 조국을 말하는 것이자, 꿈을 이룰 수 있는 그곳이고 또한 이러한 모든 것이 가능할 수 있는 전제인 관계의 진정성, 사랑을 함의한 것으로, 영원한 시적 '대상'이라 할 수 있을 것이다.

선생님에서 사회부 기자로 '탈(persona)'을 바꿔 쓴 시인은 교실에서 세상 밖의 거친 문법과 맞서 싸우며 현실을 직시하고 시를 지켜낸다. 그가 지속적으로 찾는 것은 그리운 나라의 현주소임은 물론이다. 이를 '취재수첩'이란 시명의 형식에 담아 현실과 이상, 진짜와 가짜, 사실과 진실의 간극을 묻고 토로한다. "저 무미건조한 6하원칙과 설명문의 영토 위에도/ 내 시는 호시탐탐 서정의 뿌리 내리고 있다"(「취재수첩-익명의 시인」)며 시인이고자 하는 자신을 대상화하고 "김만철", "기념사진" "이인모", "자장면 값 인상에 대한 보고서", "다시 5월에", "권은해 여성공산당원", "강경대 치사사건" 등에 이르며 부조리한 국가와 서민의 애환을 풍자와 해학에 담아 역설하고, 장기수 미전향자에 대한 경의와 광주를 향한 애도, 그리고 알려지지 않은 정치적 사건의 비화를 후일담 양식에 담아 전달하며 결코 도래하지 않을 듯 요원한 '그리운 나라'를 향해 끝없이 질문하며 갈등한다.

알 듯이 시인은 생사의 고비를 넘어, 다시 시인으로 돌아온다. '은현리'에 터 잡고 살면서 시인은 자신이 그토록 찾던 그리운 나라를 새삼 발견하고, 다시 건설하는 놀라운 성취를 이룬다.

이 땅 어느 산을 올라도
모든 길은 백두에 닿는다는
백두대간의 큰 꿈을 아는가
첫눈 내리는 날 한반도 모든 산줄기들
흰털 하얗게 곤추세워
하얀 능선 위를 달려가고 있으니
그놈의 등에 덥석 올라타는 꿈이여
겨울산과 한 몸의 날렵한 산짐승되어
지리산에서 백두산까지 튼튼한 등뼈를 밟고
한걸음에 달려가는 즐거운 꿈이여

—「겨울산」 부분

살아 숨쉬는 것들
은현리에서는 모두 식구(食口)다
짐승과 남새밭, 풀꽃의 안부 묻고 사는
은현리 사람들에게
한 물 먹고 사는 소는 식구다
개도 고양이도 한 식구다
두메부추 구절초 쑥부쟁이도
솔발산이 차려주는 한 밥상을 받는
한 입 가진 정겨운 식구다

—「식구 1」 부분

두 편의 시는 정일근의 변화된 넉넉한 시선을 보여주는 예시이다. 개인 적인 사건을 겪고 자연으로 돌아오면서 그의 시 역시 자연을 닮아간다. 자연의 원리와 의미를 깨닫고 이를 내면화하는 과정에서 깊어진다. 깊어짐은 자아의 무거움을 버리고 스스로 그러함을 새기는 과정에서 자연의 일부임을 깨친 자의 편안함이다. 「겨울산」은 이를 알게 한다. '겨울산'은 눈으로 하얗게 자신을 거두고 가렸을 때 '산'의 본색을 드러낸다. 이 도저한 아이러니를 무엇이라 설명할까. '흰털 세운 한 마리 산짐승' 같은 겨울산은 산길 따라 세차게 달려갈 듯 웅혼한 기상을 지녔다. 산의 역동적인 형상을 통해 깨달은 시인의 각성은 분리와 분열의 현상 너머를 보지 못한 인간의 한계이다. "이 땅 어느 산을 올라도/모든 길은 백두에 닿는다는/백두대간의 큰 꿈을 아는가"에서 알 수 있듯이 산은 한 번도 나뉜 적 없이 그대로 존재한다. 나뉜 것은 사람의 마음이고 분할된 것은 국토의 이름이다! 시인이 자신의 눈을, 자신의 한계를 가렸을 때 진정한 자연의 눈, 세상을 읽는 천 개의 눈을 갖게 된다는 진리! 눈 덮힌 겨울산은 그 자체로 통일의 길 아니 통일된 조국의 길을 보여주고 있다. 웅혼한 시적 울림으로 다가서는 '겨울산', 정일근의 그리운 나라가 저기에 걸린 것이다.

「식구」에 이르면 사람과 동물의 구별이 없다. 정일근에게 '살아 숨쉬는 것들'은 모두 식구다. 사람과 사람, 사람과 만물의 대등, 대동이 은현리에서 가능하다. '은현리의 물값은 사람 머릿수를 더하여 셈하는 것'으로 도회의 셈법과는 차원이 다르다. 시인이 내내 염원했던 '그리운 나라'가 이곳이 아닐까.

신작시는 그의 변화된 시세계를 계승하면서 한층 쉽고 짧아지며 반복적 리듬을 통해 노랫가락을 만들고 있다는 특징을 갖는다. '시에 노래를 담고 싶다'는 시인의 오랜 열망을 반영한 의도적 노력으로도 읽히지만, 무엇보다도 자연을 살며 자연인 인간, 인간인 자연과의 농밀한 관계를 지속 가능하게 하는 비밀을 생동적인 리듬에서 포착한 결과이다.

올해는 콩국수 말지 못한다고 거절하네

지난 해 콩 농사가 흉년이었다, 고

콩보다 작은 목소리로 대답하며 부끄러워하네

콩 농사 잘못이 자신의 잘못인 듯

콩국수 먹으로 찾아온 손님에게

—「산 너머 밥집」 부분

할아버지 앞산 천성산에 땅 한 평 가지지 못했다

아버지 고향 천성산에 땅 한 홉 가지지 못했다

나 역시 뒷산 천성산에 송곳 하나 꽂을 땅 가지지 못했으나

사랑하는 그 사람에게 나 죽으면 수목장도 답답할 것이다

—「천성산(千聖山) 푸른 하늘」 부분

「산 너머 밥집」에서 콩 농사가 흉년이라 콩국수를 팔지 못한다고 말하는 주인의 부끄러움은 주인/손님, 팔고/사고의 개념으로 설명될 수 없다. '콩보다 작은 목소리로' 말하는 주인은 콩을 닮은 소박한 '둥근 두레밥상'을 차려내지 못하는 것을 부끄러워하는 것이리라.

「천성산 푸른 하늘」의 경우는 어떠한가. 천성산을 중심으로 대대손손 땅 한 평, 땅 한 홉, 송곳 하나 꽂을 땅을 갖지 못했으나 무소유는 좌절처럼 무겁지 않다. 시인의 혜안은 소유가 죽음에 이르러 어떠한 의미를 갖는가 하는 철학적 문제로 이어진다. 유한자를 자각하게 하는 죽음은 무한한 욕심을 경계한다. 차라리 훨훨 뿌려져 푸른 하늘에 묻히는 것이 낫다는 시인의 주장은 순간인 세속보다 영원한 자유와 그리움을 얻고자 하는 진정한 욕심이다.

세속의 계산법, 물질의 구속에서 벗어났을 때 진정한 인간관계 그리고 자유로운 인간적 삶이 열린다는 생각은 젊은 시절과 지금에 이르기까지 정일근의 변함없는 철학이다. 오랜 화두인 죽음을 기억하는 삶(Memento

Mori)에 대한 그의 생각은 「날아오는 상(喪)」에서 삶 혹은 생명에 대한 경외가 죽음을 다루는 형식, 방식에 있음으로 환기된다. 조직에서 조직원에게 일괄적으로 발사되는 부고장은 죽음을 '스팸'으로 분류하게 한다. 가벼움과 무거움의 대비를 통해 점점 깊이가 사라지는 현실, 인간관계를 일침한다.

이렇듯 날카로운 순수의 견지는 시인이 시를 대하는 한결같은 자세에서 연유한다. 아직도 스승의 죽비를 맞으러 선방에 드는 수도승처럼 그는 시를 향한 구도의 자세를 흩뜨리지 않는다. 「그해 겨울부터 들었다」에서, 드러난 것과 모르는 것의 지극한 경계를 살짝 보여주면서 시를 향한 경외(敬畏)와 경해(謦咳)를 향한 여전한 갈구를 알게 한다. '오직 시'를 안고 흐르는 정일근이 우리에게 던지는 초록빛 그리움은 시를 핥고 부비며 생명의 등불을 밝힌 후에야 내보내는 모성처럼 고래(孤來)한 사랑의 전언이다. 그의 시 안에서 가능한 '이상의 현실'이 '현실의 이상'이 되는 그날까지, 정일근의 시는 계속될 것이다.

참회와 수정의 결의
— 김승희의 『희망이 외롭다』와 김수복의 『외박』

김승희와 김수복, 두 중견시인의 새 시집은 세상을 향한 불면의 고뇌로 가득하다. 김수복의 아홉 번째 시집 『외박』과 김승희의 아홉 번째 시집 『희망이 외롭다』는 유감없는 시적 내공으로 가득하나 그들이 포착한 세상은 가히 절망적이다. 김수복 시인은 1975년 등단 이후 순정한 시선으로 품격 있는 서정시를 가없이 생산하고 있고, 김승희 시인은 대표적인 여성시인으로서 1973년 등단 이래 시 작업과 더불어 소설 창작도 함께하고 있다.

두 시인이 진단한 지금 여기는 입구는 있으나 출구가 보이지 않는 '골목'이거나 자존을 지키기 위해 뛰어내릴 수밖에 없는 '절벽'으로 그려진다. 출구가 보이지 않는 골목, 절벽인 세상에서 시인은 바다 한가운데 서서 '외박'하거나, 외설이 된 희망을 부여안고 "희망이 외롭다"고 읊조린다. 절망의 늪 같은 세상에서 두 시인이 함께 찾은 대안은 "자유를 향한 열망"이다. 희망의 종신형을 끝내 부여잡고, 혁명이 사라진 새벽하늘에 참회의 눈을 박으며 수정(修正)의 결의를 다진다. 시와 삶은 이토록 질기고, 모질다.

1. 김수복의 『외박』: 새벽하늘을 수정하며 새들이 날아오른다

저녁때가 되자 골목은 더욱 깊어졌다

덜컥, 몸이 잠기고
마취된 골목

골목 안의 평화가 잠시 다녀갔다

아득한 길,

내장으로 은밀하게
기쁘게 혹은 슬프게 드나들었던
발자국 소리가 들린다

이제 그 골목길은
가택연금되었고,
그렇게 집으로 가는 모든 길이 잘려나갔다

노을이 물드는 골목을
필사적으로 빠져나온다

골목 입구에 나서서
허위와
암세포와
모든 절망의 과거를 폭로한다

지나온 모든 민족주의와 자본주의와
사회주의와 맑스와 레닌과 모택동과
그러나 김구와 소월과 윤동주,

그러나 모든 상처는
몸과 거리로 통하는 출구,

골목 안에서 사유를 하고
혁명을 꿈꾸고 권력과 맞서
고독한 쓰레기통 속에서
침을 뱉어 진흙을 눈에 발랐다

눈이 멀어야 눈을 뜰 수 있었다

밖으로 나가는 길은 보이지 않는 법,
들어오는 길만의 고독한
저 먼,
억압의,
목을 치던 꿈속의 길들도

이제는 눈을 뜨고

아득한 골목이 되었다

—「골목」 전문

「골목」은 김수복 시인의 『외박』을 대표하는 시다. 그는 '골목'을 통하여 '장소상실'과 '소통부재'인 현실을 고발한다. 우리는 불시에 덜컥 문이 잠긴 '마취된 골목'에 갇힌다. 무시로 드나들었던 '골목길'은 가택연금되고, 집으로 가는 모든 길이 잘려나가는 아찔한 공포에 휩싸인다. '골목'은 부조리한 세계의 구도, 미로공간의 표상이다. 노을이 물드는 골목을 필사적으로 빠져나왔다고는 하나, 골목 입구를 벗어나지 못한다. 골목 입구에 나서서 허위, 암세포, 모든 절망의 과거를 폭로하지만 이러한 외침을 듣는 자가 보이지 않는다. 그렇다면 이건 꿈이 아닐까. '골목'은 억압과 폭정의 시대를 건너온 자에게 드리운 상처, 꿈길 구석구석을 따라 다니는 집요한 트라우마의 그물을 말하는 것일까. 골목의 함의는 의외로 넓다. 골목이 민족주의와 자본주의, 사회주의와 맑스, 레닌과 모택동, 김구와 소월과 윤동주를 품을 수 있었던 것은, '골목'이 은밀하게, 기쁘게 혹은 슬프게 드나들 수 있는 우리들의 장소, 아지트이기에 가능했다. "그러나 모든 상처는/몸과 거리로 통하는 출구."에서 확신할 수 있듯이 '상처'는 몸과 거리로 나갈 수 있는 출구, 소통의 통로다. 상처는 나의 몸에 신호를 보내는 감각원이자 타자와의 교감, 공감으로 이끄는 동력원이다.

시인은 골목을 기억하기 위해 다시 골목으로 들어가고자 한다. 상처가 몸과 거리로 통하는 출구라고 확신하는 까닭이다. 이는 골목이 사라진 시대, 억압이 여전한 이 시대를 시인이 온몸으로 느끼고 진단하고자 하는 열망이자, 시인의 태생적 한계를 역설하는 것이기도 하다. 시인은 투사일 수 없다. 다만 과거를 재현하며 현실을 모색하고자 한다. 그것이 태초에 우리가 느꼈던 골목다운 골목의 풍경, '아득한 골목'을 적어도 기억하거나 재현하는 방식이 될 수 있다고 믿기 때문이다. 하여, 혁명의 탄생을 낳은 무모한 기초, 침을 뱉어 진흙을 바르는 수작업을 계속할 듯싶다. 눈이 멀어야 눈을 뜰 수 있었던 참담한 그 시간을 기억하고 어둠을 몰아내던 그 순수한 열정과 다시 소통하기 위해.

아무에게도 기쁘게 일용할 양식이 되지 못하는,
볼로냐 숲에서
나무들은 늦은 시간의 젖을 빨고 있다
해의 젖을 빨고 서서
아득한 숲 속으로 사라지는
어머니를 생각한다

모두 저 숲으로 가서 죽거나
아침 해로 다시 태어나리라

그러나 저문 인생의 가게에서
떠나간, 먼저 떠나간 사람을 그리워하지 않으며,
다시 떠오를 해를 기뻐하지도 않으며,
나무들은 짙은 안개의 숲 속에서
무덤이 된 젖을 빨고 있다
　　　　　　　　　　　　　　　—「나무들은 무덤의 젖을 빨고 있다」 부분

　그러나 문제는 골목을 나선 이후에 있다. 「나무들은 무덤의 젖을 빨고 있다」에서 시인이 포착한 세상은 "무덤"이다. 무덤은 이상도, 대화도, 웃음도, 울음도 싹 거둬 가버리는 죽음의 공간이 아닌가. "볼로냐 숲"은 일용할 양식조차 제공하지 못한다. 어린 나무들이 늦은 시간, 해의 젖을 빨고 서서 아득한 숲속으로 사라지는 "어머니"를 생각하는, 이곳은 도대체 어디인

가. 어머니 부재, 어머니가 숲으로 사라진 세상은 빌어먹을 젖도 말라버린 곳이다. 세상은 전반적으로 감각이 죽은 "저문 인생의 가게"같이 황량한 곳이다. 젖이 말라버린 세상엔 그리움도 기쁨도 없다. 나무들은 오직 한 치 앞도 보이지 않는 안개의 숲 속에서 무덤이 된 젖, 공갈젖만 빨 뿐이다. 이곳에서 우리가 무엇을 꿈꾸어야 하나!

> 자유에선 피의 냄새가 난다고 했었던가
> 그 자유에는 피의 혁명도
> 새벽하늘도
> 없다
> 해가 다시 떠오르는 먼동에는
> 참회의 눈이 있다고
> 새벽하늘을 수정(修正)하며 새들이 날아오른다
>
> —「새」 전문

　죽은 무덤이나 빨고 있는 이 세상에서, 시인이 어떤 행동을 하여야 한다면, 그것은 '시인' 김수영의 반영(反影) 때문이다. 김수복은 '김수영'을 좋아하고 학생들에게 그를 말한다. 하나, 김수복은 김수영일 수 없다. 김수영도 온전한 김수영일 수 없다. 수영 또한 시인과 자신 사이의 간극에 분노하며 자신의 작음을 혐오하지 않았던가. 자유도, 피의 냄새도, 피의 혁명도 없는 새벽하늘에서 무엇을 읽고 건져야 하나. 건져야 하는 당위를 길어 올리는 길에 놓인 김수영은 유용하다.

　일용할 젖을 생산할 수 없는 숲, 어머니의 부재와 죽음, 이 곤궁한 세상에서 그래도, 시인은 모색을 멈출 수 없다. 그것은 자유를 망각한 자들이 진정 용기 내어 치러야 할 '참회'로 드러난다. 시인은 새벽하늘을 머리에 드리우고 떠오르는 먼동을 지렛대 삼아 참회의 눈을 마련한다. 화룡점정

(畵龍點睛)! 이윽고 새들이 날아오름을 목도함은 새로운 눈을 뜬 까닭일까, 생을 향한 또 한 번의 눈부신 긍정인가.

2. 김승희, 『희망이 외롭다』: 자유는 죄의 깡통을 들고 피를 빌어 먹더라

남들은 절망이 외롭다고 말하지만
나는 희망이 더 외로운 것 같아,
절망은 중력의 평안이라고 할까,
돼지가 삼겹살이 될 때까지
힘을 다 빼고, 그냥 피 웅덩이 속으로 가라앉으면 되는
걸 뭐……
그래도 머리는 연분홍으로 웃고 있잖아, 절망엔
그런 비애의 따스함이 있네

희망은 때로 응급처치를 해주기도 하지만
희망의 응급처치를 싫어하는 인간도 때로 있을 수 있네,
아마 그럴 수 있네,
절망이 더 위안이 된다고 하면서,
바람에 흔들리는 찬란한 햇빛 한 줄기를 따라
약을 구하러 멀리서 왔는데
약이 잘 듣지 않는다는 것을 미리 믿을 정도로
당신은 이제 병이 깊었나,

희망의 토템 폴인 선인장……

사전에서 모든 단어가 다 날아가버린 그 밤에도

나란히 신발을 벗어놓고 의자 앞에 조용히 서 있는

파란 번개 같은 그 순간에도

또 희망이란 말은 간신히 남아

그 희망이란 말 때문에 다 놓아버리지도 못한다,

희망이란 말이 세계의 폐허가 완성되는 것을 가로막는다,

왜 폐허가 되도록 내버려두지 않느냐고

가슴을 두드리기도 하면서

오히려 그 희망 때문에

무섭도록 그 희망 때문에

무섭도록 더 외로운 순간들이 있다

희망의 토템 폴인 선인장……

피가 철철 흐르도록 아직, 더, 벅차게 사랑하라는 명령

인데

도망치고 싶고 그만두고 싶어도

이유 없이 나누어주는 저 찬란한 햇빛, 아까워

물에 피가 번지듯 ……

희망과 나,

희망은 종신형이다

희망이 외롭다

—「희망이 외롭다1」 전문

김승희의 「희망이 외롭다」는 '희망'이 사라진, 그리고 희망이 절망의 근

원이 된 회색빛 도회 속에서 어찌할 바를 모르는 시인의 깊은 고뇌를 담고 있다. 시인은 희망이 절망보다 더 잔인하다고 생각한다. 절망은 중력의 평안, 비애의 따스함이라도 있지만 희망은 "응급처치"에 불과하다. 사전의 단어가 다 달아난 순간에도 희망은 남아, 그 희망으로 죽음의 순간에도 편히 죽을 수 없고 병이 깊은 우리들은 희망 때문에 구차한 삶을 연장할 수밖에 없다. 희망은 세계의 폐허가 완성되는 것을 가로막는 것이고 그런 희망은 종신형으로, 진정 외로운 것이다. 희망의 무모함, 모순을 이보다 더 절절하게 잘 드러낸 시인이 그 누구인가!

김승희가 포착한 우울한 도시는 환멸과 부조리로 가득한 죽음의 공간이다. 시인은 자살로 생을 마감한 발터 벤야민의 추락을 존엄한 결단으로 읽어낸다. 우리의 삶은 절벽 앞에서 생사를 숙고할 만큼 절박하다. 폭력과 부조리로 뭉친 이곳은 우리를 자살(사실은 타살)로 내몰고 있다. 김승희는 종신형인 희망을 탓하며 삶이 지속되어야 한다고 다독인다. 희망이 외설(猥褻)이 된 세상에서 생을 유지하려 한다면 그 방식은 패설(悖說)에 가깝지 않겠나. 자존을 위하여 자살을 감행하듯이 생존을 위하여, 나를 죽이는 자살을 반복할 수밖에 없다. 손바닥 뒤집듯 유연한 해석 위에, 이 순수한 모순을 안고 진창에서 나뒹굴자고 선동한다. 그럴 때 시인은 '자유' 혹은 '자유인'이라는 도저한 역설이 탄생된다고 말한다. 위악을 극한 곳에 선의 분수령을 예비하는 김승희의 생명력, 야성의 바람이 휘몰아친다.

자유인……
그건 오해야.

땅끝에서 바다를, 바다의 끝에서 하늘을
그렇게 도화지를 다 지워버렸다고.
처음인 양 푸른 파도, 흰 구름, 갈매기를 바라보고 있다고

그건 오해야,
홀로 가는 구름은, 새는, 파도는 자유를 어쩌지 못해

자유는 그런 데서 오지 않더라,
죄의 깡통을 들고 피를 빌어먹더라,

장터에서 지는 싸움을 다 싸우고
시선으로 포위된 땡볕, 장마당 한복판에
피 흘리는 심장을 내려놓았을 때
징 소리가 울리고
막이 내리고
그런 패배를 견뎌야 자유인이 되더라

소금을 뚫고
꿈,
미친년의 머리에 꽂은 꽃 같은 거더라

—「자유인의 꿈」 전문

　하여, 김승희의 담대한 '자유'는 어떻게 오는가. 시인에게 자유는 섣부른 이미지나 표상으로 대변될 수 없는 궁극의 소산이다. 대상을 부정하고 지운다고 자유인이 될 수는 없다. 세상을, 대상을 단지 새롭게 읽어내는 시적 시선의 높이로 혹은 구름, 새, 파도의 메타포로도 자유를 쟁취할 수 없다. 김승희의 자유는 이 모든 이미지, 이미지의 이미지를 다 지우고 나 자신도 버리고 '미친 척', 아니 미칠 듯 내 안의 정신과 피를 다 바꿔낼 수 있는 처절한 오체투지 이후, 피 흘리는 심장을 내려놓았을 때 확보될 수 있다. "미친년의 머리에 꽂은 꽃 같은" 자유는 제 정신을 살짝 내려놓은 무아지경의 상태, 완전히 자신을 내려놓고 새롭게 나를 구성할 때에나 가능한, 꿈 같은 것이다. "자유는 그런 데서 오지 않더라,/죄의 깡통을 들고 피를 빌어먹더라"와 같은 구절이 역설하듯이 피 흘리는 심장을 내려놓았을 때, 패배를 견뎌야 자유인이 된다. 자유인은 무엇인가. 지는 싸움을 싸우고, 패배를 인정하고 다시 '희망'을 선택하는 순간 어쩔 수 없이 맞닥뜨리게 되는 조롱의 운명을 기꺼이 사는 자이다. 그래서 살아야 한다. 절벽 앞에서 돌이킬 수 없었던, 돌이키지 않았던 발터 벤야민의 담대함처럼 우리도 우리 앞에 놓인 생을 곧장 밟아 나가야 한다. 생의 길을 돌이킬 수 없다.

세상에서 말 한마디 가져가라고
그 말을 고르라고 한다면
'가슴'이라고 고르겠어요,
평생을 가슴으로 살았어요
가슴이 아팠어요
가슴이 부풀었어요
가슴으로 몇 아이 먹였어요
가슴으로 산 사람
가슴이란 말 가져가요
그러면 다른 오는 사람
가슴이란 말 듣고 와야겠네요,
한 가슴이 가고 또 한 가슴이 오면
세상은 나날이 그렇게 새로운 가슴이에요
새로운 가슴으로 호흡하고 맥박 쳐요

— 「가슴」 전문

피 흘리는 심장마저 내어놓은 자유인에게 김승희는 '가슴', 그것도 '새로운 가슴'을 선물한다. '가슴'은 심오한 의미를 갖는다. '가슴'은 젖이기도 하고 뜨거운 마음, 그리고 진정한 삶의 자세, 방법을 모두 함의한 대안이다. 김수복이 '젖'에서 희망과 절망을 동시에 읽었다면 김승희는 젖의 유선을 넘어 마르지 않고 늘 생생한, 교체 가능한 '젖-기계'인 기관, 영육을 아우르는 튼실한 메타포 '가슴'을 들이댄다. 절벽인 세상, 출구 없는 세상에서 우리가 기대할 것은 우리의 몸이다. 이 경우 몸과 영혼은 구분되지 않는다. 더 이상 세상-외부가 던지는 상처에 주눅 들거나 시들어 마르지 않는 담대한 살 길은, 미친 듯이, 미칠 듯이 새롭게 살아내는 일이다. 우리에겐 넘쳐나는 새로운 '가슴'이 있지 않은가. 외로운 희망은 새로운 희망으로 교체되어 새로운 가슴으로 요동쳐야 한다.

김승희의 아홉 번째 시집『희망이 외롭다』는 화사한 봄빛을 담은 홍매화 표지로 눈부시다. 희망이 외롭다는 전언이 섣부른 가설(街說)이며 희망이 새삼 가설(佳設)임을 서늘하게 느끼며 그녀의 시집을 끌어안는다. 봄빛의 희망을 담아 위안의 세상을 마련하고자 가슴에 불이 환하다.

시의 숲, 신과 인간 사이의 길
— 유재영과 박서영의 시

1. 시인의 자연, 자연인 시인

사르트르는 시와 산문을 구분하면서, 존재와 참여의 문학으로 나누었다. 두루 알듯이 시는 '존재의 문학'이다. 존재의 문학인 시는 현실에 앞선 시적 질서의 완전함을 추구할 수 있다. 산문(소설)이 현실의 타락한 논리를 추수하고 그 상동(相同)인 이상과 현실의 괴리를 부각하는 것과는 달리 시인은, 시 안에서 완전한 이상향을 꿈꿀 수 있는 권리를 가진다. '시성(詩城)'안에서 시의 문법인 '시성(詩性)'이 가능한 것이다.

시인 유재영과 박서영의 관심은 번다한 세사에 머물지 않는다. 그들의 시선은 '지금-여기'의 현실을 벗어나서 현상 너머의 궁극적 삶의 질서를 탐색한다. 유재영은 자연과 자연 안에 사는 생명체들의 조응, 그 생동적 질서를 통하여 생의 그러해야 함을 되비추는 반면에 박서영은 인간 생사의 엇갈림, 그 틈새의 간극에 놓인 집요한 죽음 탐색에서 시작하여 자연인 생명의 논리에 이른다. 자연 안에서 삶과 죽음의 진정한 의미가 재생산되고 있다. 이처럼 두 시인의 모색과 방법은 다르나 그들이 도달하는 해법은 시적 질서인 '자연' 안에 수렴되고 있다.

자연이 갖는 시적 소재와 제재의 의미는 아주 오랜 전통과 같은 것이나 자연을 우회한 자기 과시와 표출에 가까웠다. 동화(同化)와 투사(投射)를 통한 자연의 인격화는 '감상적 오류'로도 불리는바(김준오), 자연 그 자체보다도 자연에 대한 시인의 관계가 더욱 중요시되는 까닭이다. 유재영의 시편들은 자연을 시적 주제로 전면에 내세우며, 자연을 오롯하게 구현하는 가운데 진정한 '자연시'를 창조하고 있다. 시인은 자연을 익숙한 원경(遠景)으로 배치하지 않고 '근시(近視)'인 응시를 통하여 가까이 보이고 크게 들리는 자연의 생동하는 리듬을 '반영'한다. 응시와 반영, 곧 '모방(mimesis)'의 치열한 과정을 거치면서 유재영의 자연시는 자연을 통한 세사의 이치, 자연의 '진리'를 구현하고 있는 것이다.

박서영은 등단 이후 지금껏 집요한 열정으로 '죽음'의 문제를 고구(考究)하고 있다. 지독하게 해석되고 있는 죽음은 삶과 생명, 그리고 유한한 인간에 대한 시인의, 참을 수 없는 연민과 사랑에서 비롯한다. 박서영의 죽음은 죽고 또 죽어 주검이 삶의 토대로 다시 살 때까지 계속된다. 박서영의 시에서 삶과 죽음의 경계는 무화된다. 생사가 소통하는 친밀한 과정은 '몸'과 '무덤'이란 제재를 통하여 구현된다. 신작시 「숲의 무덤」 연작에 이르러 죽음의 탐색은 변화를 보이고 있다. 죽음이 생태계 전반의 문제로 확대되고 심화되며 생사의 의미가 분명하게 갈리고 있는 것이다.

신작시를 통하여 두 시인은 조우한다. 자연과 인간의 만남을 죽음 안에서 맞세우며 해석하고 있는 것이다. 이는 자연주의에의 일치이자 귀결이다. 유재영과 박서영의 시를 읽는 동안 우리는 세사의 번다함 속에 몰각하고 살았던 '신과 인간 사이의 시간', 자연이라는 시(詩)를 되찾는 '순간'과 '영원'을 함께 꿈꿀 수 있을 것이다.

2. 유재영: '은빛 시인', 고욤꽃을 세어 듣다

유재영의 시는 맑고 가벼워, 사방에 환하게 스미듯 퍼진 은빛 햇살을 떠올리게 한다. 존재하나 숨은 듯 환한 빛의 시선은 만물을 드러내는 자연의 언어이다. 유재영의 시편은 빛을 닮았다. 유재영을 '은빛 시인'이라 불러본다.

시조집 『네 사람의 얼굴』(1983)과 『햇빛시간』(2001), 시집 『한 방울의 피』(1983)와 『지상의 중심이 되어』(2000)를 번갈아 상재하며 시조와 시의 경계를 넘나드는 유재영은, 시적 긴장을 향유하는 시인이다. 자신을 낮게 감추고 투명한 시적 이미지만을 분사하는 유재영의 미학은 까다로운 두 장르를 관통하며 도달한 정수(精髓)이다. 시인은 시조와 시, 두 개의 문을 동시에 열 수 있는 비밀번호를 순수와 절제의 여운으로 삼은 것일까. 연잎에 찰랑 담기는 이슬 같은 시성만을 취하겠다는 염결이 유재영의 시를 자유롭게 한다.

유재영의 시편은 감각의 촉수로 경계를 넘은 자가 갖는 비상의 가벼움, 잠자리 날개의 반짝임, 문득 기온차를 못 견뎌 내뿜는 운무의 몽환, 천천히 소멸하며 말갛게 개인 여운의 리듬으로 변주된다. 세사의 번다와 번민을 '은입사(銀入絲)' 같은 한 줄의 시로 심으며 별똥별의 여운에다 시선을 옮기는, 그의 절제된 시편은 참을 수 없이 무거운 현실을 우회하여 종종 자연 속에 오래 머문다.

'전원 심상'과 '식물적 상상력', 그리움과 적막의 정조로 '미완의 사랑시학'(김재홍)을 감각적으로 그려내는 탁월한 서정시인이라는 평을 두루 받고 있는 시인은, 2005년에 상재한 시집 『고욤꽃 떨어지는 소리』 이후 한층 더 투명해진 시심으로 자연시의 경도를 보인다. 이는 시인의 고백, "내가 고욤꽃 떨어지는 소리를 세어 듣는 나이가 되다니…"에서 짐작되듯이 자연과 더불어 나이를 먹으며 자연 안에서 삶의 이치를 터득해가는 시인의 혜안이 자연스레 반영된 결과이다.

'자연'은 유재영 시의 기본 토대이지만 동서고금을 막론하여 가장 오래된 시적 소재이다. 유재영의 자연은 고대와 현대적 자연관이 혼용되며 구현된다. 고대의 자연은 본래 우주 전체를 지칭하는 것이었으나 현대에 들어와 자연은 인간과 대립되는 것이거나 인간을 둘러싼 환경을 지칭하는 좁은 의미로 사용된다. 유재영의 자연은 인간 현실세상에서 벗어난 자연으로, 좁은 의미인 현대적 자연관을 띠고 있으나 생명의 터전(산, 강, 바다 등)인 '자연'을 바탕으로 그 안에 사는 모든 생명체들(동물, 곤충, 식물, 나무 등)의 관계를 입체적으로 탐구하는 가운데 '스스로 그러함(自然)'인 '생의 진리'를 역설하는 성찰과 탐구의 자세를 견지한다. 유재영에게 시는 정녕, 자연의 모방인 것이다.

자선시 「다시 맑은 날」, 「이런 고요」, 「백년의 그늘」, 「장화리의 봄」, 「쇠똥구리는 힘이 세다」, 「와온의 저녁」, 「누리장나무 아래에서의 한 때」, 「고요하다」 등은 모두 자연의 속내를 그린 시들이다. 자연이 곧 생명이고 우주인 유재영의 시는, 자연을 경유해 생의 진리와 삶의 모순을 깨닫는 데 이른다.

먼저, 유재영의 자연은 고요이고 평화이다. 「다시 맑은 날」에서 확인되듯이 시인의 '맑은 날'은 생명체들이 그들의 태연한 일상을 회복하여 그 반복을 사는 날이다. '개개비 새끼들'이 제 입보다 큰 벌레를 함부로 삼키고 '청개구리'가 살찌며 '유난히 꽃이 고운 복숭아 집'의 '둘째 딸'의 혼사가 임박한 '맑은 날'은 축복이다. 고운 복숭아와 둘째 딸의 서열은 자연이 먼저인 시인의 편애를 은연중 드러내는 대목으로 보인다. '맑은 날'은 또한 시인이 시인일 수 있는 시간이다. '시'를 읽는 순간을 '나뭇잎 그림자가 잠시 신과 인간 사이를 스쳐 지나'가는 시간이라는 데서 시인이 추구하는 세계가 과히 어떠한 것인가를 짐작하게 한다. 세사의 안부인 편지를 잠시 멀리하고 자연이 바로 선 시간 속에서 시를 읽는 시인의 영상(影像)은 그 자체로 자연이다.

자연을 바로 보고 인간의 영성을 회복하는 '순간'은 영원을 사는 시간이다. 예언자인 칼릴 지브란의 시를 읽는 시간은 속화된 세상과 거리를 둘 때 비로소 가능한 인간의 예지와 성찰의 능력이 익는 그윽한 시간이다. 유재영에게 자연은 먼저 보이고 크게 들리는 친밀한 생명공간이다.

「이런 고요」와 「고요하다」 그리고 「쇠똥구리는 힘이 세다」는 「다시 맑은 날」의 연장에 서 있는 시들로 자연 속의 생명체 하나가 곧 우주요 바다만큼의 무게를 갖는다는, 도저한 자연관을 알게 한다. 그에게 '생명'은 '가족단위'로 파악되는 특징을 보인다. '개개비 새끼들'(「다시 맑은 날」)과 '오소리 가족'(「먼 길」), '구름 가족'(「이런 고요」), '달랑게 가족들'(「장화리의 봄」), '쇠똥구리 부부'(「쇠똥구리는 힘이 세다」)에서 알 수 있듯이 이들은 사랑의 소속 단위로 묶여 있다. 생명체들을 가족 단위로 파악함은 자연에 한갓된 생명은 없으며 모두 실핏줄 같은 인연으로 얽혀 있는 심대한 존재자임을 환기하는 것이다. 이는 유재영이 자연에 사는 생명체들의 이름을 정확히 호명하며 그들을 시폭 전면을 누비며 각광받는 행위 주체로 구현한 의도이기도 하다. 유재영에게서 진정한 자연시의 탄생이 목도됨은 당연한 귀결이다.

어린 물살들이 먼바다에 나가 해종일 숭어 새끼들과 놀다 돌아올 시간이 되자 마을 불빛들은 모두 앞다퉈 몰려나와 물길을 환히 비춰주었다.
―「와온(臥溫)의 저녁」 전문

어린 장지뱀이 갓버섯 퍼지는 모습에 놀라 달아나고 변성기 막 끝낸 수꿩이 낮은 봉분 너머에서 몇 번인가 울었다 갑자기 초롱꽃이 왁자한 것

을 보아 이는 필시 두눈박이 쌍살벌이란 놈이 들어간 것임에 분명하다
착하게 엎드린 퇴적암을 사이에 두고 개암들이 실하다 올해는 해걸이
나무에도 열매가 많이 달리려나 보다 주인 없는 유혈목이 허물이 죄 많
은 세상을 향해 날아가는 시간, 멀리 보이는 인간의 집 한 채 쓸쓸하다
—「누리장나무 아래에서의 한 때」 전문

　자연을 읽는 화자의 시선은 따스하다. '어린 물살'과 '어린 장지뱀'에서
알 수 있듯이 화자에게 '자연'은 '어린 자식' 같은, 애틋한 사랑의 대상이
다. 「와온의 저녁」에서 잔잔한 저녁 바다를 물들이는 마을 불빛들은 놀다
돌아오는 자식들을 반기러 나온 부모들의 열띤 모습과 일치한다. '물살'과
'불빛'이 조응하여 빚어내는 아름다움은 배려와 사랑이란 선(善)의 속성과
연결되며 파문을 던진다.

　진정한 의미의 유재영의 자연, 혹은 자연시의 울림은 생동감 있게 자연
을 재배치해내는, 연금술사인 시인의 능력 안에서 발현한다. 「백년의 그
늘」과 「누리장나무 아래에서의 한 때」는 스스로 운동하며 성장하는 '자연'
을 포착해내는 시인의 탁월한 감각을 알게 한다. 이리하여 유재영의 시는
제2의 자연으로 거듭난다. 「백년의 그늘」에서 '새 똥'은 언어이고 신호'탄
(彈)'이다. 반짝하며 떨어지는 똥은 포식의 여유를 부리던 '버마재비'의 태
도를 돌연 바뀌게 하는 작동으로 속옷을 내보이며 달아나는 버마재비의
몸짓이 천진하고 사랑스럽다. '금빛어리표범나비'의 날갯짓은 '금강초롱'
꽃을 피우게 하는 자극이다. 햇살의 '팽팽'과 그늘의 '펑펑'은 시인의 생동
하는 감각이 건진 탄력적인 배치이다. 자연의 '아름다운 기교'에 대한 화
자의 탄식은 시인의 정교한 손길 아래에서 '제2의 자연'으로 탄생되며 '울
림'인 감동을 낳는다.

　「누리장나무 아래에서의 한 때」는 어떠한가. '누리장나무 아래'는 성장
과 변화로 충만한 자연의 다양한 표정과 의미가 사는 곳이다. '어린 장지

뱀'과 변성기를 끝낸 청소년 '수꿩', 있는 듯도 없는 듯도 한 노년기에 접어
든 '퇴적암', '해걸이 나무' 등이 어우러져 있는 곳이다. 그의 시는 '소리'와
'놀람', '접촉'과 '반응'이란 조응방식, 오묘한 배치를 통해 거듭난다.

 '장지뱀-갓 버섯', '초롱꽃-쌍살벌', '퇴적암-개암', '유혈목-허물'의 대
비와 '변성기의 수꿩'의 호출에 의해 숲속은 다양한 표정과 의미의 지도
를 만든다. 어린 장지뱀이 놀랄 일이 얼마나 많을까. 어쩌면 낙엽 밟는 사
람의 '와작' 하는 발소리에 더욱 놀랄 것이다. 하나, 시인은 '장지뱀'의 놀
람이 '갓 버섯'의 퍼지는 모습에 기인한 것이라며 숲의 표정에 각의 음영
을 새긴다. 길고 매끈한 자신의 맵시를 지상에 각인시킬 듯 호기롭게 유영
하던 뱀의 진로를 일순 멈추게 견제할 수 있는 것은 뱀과는 다르게 옆으
로 확 퍼지며, 그만큼의 그늘을 생산해내는 갓 버섯의 '폭'이다. 뱀의 길이
와 갓 버섯의 폭은 은연중 우열을 겨룬다. '이동'과 '정주'의 대비는 발견이
다. 길게 날렵하게 뻗은 매끈한 몸으로 이동하며 견문을 넓혀갈 뱀과 한곳
에 정주하며 위로 옆으로 온몸을 확장하며 자신을 지키고 세워가야 할 갓
버섯의 기품은 맞서듯 대비되며 서로 간의 성장에 자극이 될 것이다.

 '초롱꽃'과 '쌍살벌'의 집요한 엉킴은 어떠한가. 청순한 초롱꽃을 '두눈
박이 쌍살벌'이 놓칠 리 없다. 두 눈에 불을 켠 듯 달려드는 '쌍살벌'은 초
롱꽃을 죽일 듯 자신이 죽을 듯 맹렬하게 돌진해 들어간다. 초롱꽃의 와
자함은 무슨 의미일까. 생(에로스)/사(타나토스)의 넘나듦 끝에 피어나는
'환희'의 탄성일까. '초롱꽃'과 '쌍살벌'의 이름의 조어방식도 한 재미를 더
한다. 'ㅊ'으로 시작하여 'ㅊ'으로 마무리된 것의 단아함과 꽃과 쌍의 경음
화 현상 역시 이 시의 생동과 긴장을 드높이는 것이다. 쌍-'살벌'의 'ㄹ-ㄹ'
의 연결은 매끄럽고 집요하게 꽃 속을 침으로 파고드는, 죽일 듯 '살벌'한
'쌍살벌'의 맹렬한 의지를 닮았다. 초롱꽃의 순결한 매혹과 그 매혹에 대
응하는 '쌍살벌'의 야성이 돋보인다. 초롱꽃과 쌍살벌의 어우러짐, 꽃잎을
여는 와자한 생명 투쟁이 싱그럽다.

'변성기의 수꿩'은 그 자체로 자연이다. 수-꿩을 발음할 때 'ㄲ'은 모음 사이(ㅜ/ㅓ)를 통과하면서 약간 부드러워진다. 또렷하나 단조로웠던 경음이 비음을 살짝 담아 수려한 청년 수꿩의 성적 매력을 부각한다. 곧 변성기를 끝낼 수꿩은 성숙한 울음으로 숲속의 아리따운 암컷의 가슴을 분홍빛 머플러 빛깔로 젖어들게 할 것이다. 숲속은 이처럼 다양한 성장과 매력이 발산되는 경쟁과 자극의 장소이다. 유재영은 다양한 표정과 다의적 의미를 생성하는 자연을 창조한다.

자연이 생동과 조응, 반응과 발견의 장소만은 아니다. 없는 듯이 있는 오래된 관계 '퇴적암'과 '개암'의 무심함은 익숙한 부부의 덤덤함, 혹은 오래 묵힌 과제처럼 시큰둥하나 편안한 영원이 뒹구는 곳이다. 유재영의 단상은 여기에서 그치지 않는다. 자연의 조화와는 거리가 있는 현실인 '인가(人家)'에 대한 염려에서 자유롭지 못하다. "주인 없는 유혈목이 허물이 죄 많은 세상을 향해 날아가는 시간, 멀리 보이는 인간의 집 한 채 쓸쓸하다"로 쏟아진 화자의 '독백'은 쓸쓸하다. '주인 없는 유혈목이 허물이'로 이중 주어를 취한 파격과 과격을 더한 수사의 당사자 유혈목(流血木)은 '허물'인 화자이다.

유재영이 독보적인 자연시의 한 영역을 일구었음은 부정할 수 없다. 하나 그의 자연시는 숭고한 미적 천착에도 불구하고 인간과 자연을 이분하는 현상을 낳고 있어 아쉬움의 여지를 남긴다. 자연은 '조화로운 기교'를 가진 우주이고, '허물'인 인간이 사는 세상은 '죄 많은 세상'으로 이분됨은 부자연스럽다. 한없이 사랑스러운 자연, 어린 자식과도 같은 자연의 모습은 인간 우위의 시선을 역설하는 것은 아닐까. 자연의 생동과 조화, 그것에 미치지 못하는 인간의 허물로 인간과 자연의 거리는 오래 지속될 듯싶다.

신작시 「성 수요일」에서 우리는 죽음 안에서 함께하는 자연과 인간의 조우를 목도하게 된다. 그러나 이도 완전하지 않다. 어린 팔레스타인 소년

병사는 어미를 잃은 순진한 동물(오소리)과 별반 다를 바 없기 때문이다.

유재영 시는 맑고 따스한 한 폭의 수채화이다. 이제 그의 순결한 시폭(詩幅)이 천진한 아이의 함부로 난 발자국 같은 용감함으로 인간의 세사를 깊게 새기고 덧칠하는 강렬한 유화로 진해지길 바라본다. 선선한 가을로 이어질 그의 시가 세상 속의 인간적 고민으로 뜨거워지고 더욱 그윽해졌으면 한다.

3. 박서영 : 영매(靈媒), 초혼(招魂)과 해원(解冤)을 가르다

박서영의 시적 탐색은 생사라는 궁극에서 발원한다. 한 번 태어난 생명체가 반드시 죽음을 맞는 것은 자연의 이치이다. 하나, 시인은 예고 없이 찾아오는 죽음을 받아들이지 못한다. '허공'이 후려치는 순간 "갑자기 찾아오는" 죽음으로 인해(「네트워크는 어디든 있다」) "생은 모두 낯선 집게에 걸려 파닥거리다가 멈추는"(「무덤 박물관 가는 길」) 것으로, 한순간 단절과 격리의 나락으로 떨어지는 까닭이다. 이로써 멈춘 '생'과 찾아온 '사'는 한 몸에 깃든 회한으로 섞인다. 박서영은 생사가 섞인 한 몸을 '무덤' 안으로 불러 초혼(招魂)의 제를 마련한다.

박서영이 천착하고 있는 '무덤'은 생과 사의 부당한 거리, 그 간극에 대한 저항과 성찰의 의미를 함의한 곳으로, 생떼 같은 목숨과 부당한 주검이 서로 화해하며 소통하는 '장소'이다. 이런 까닭에, '무덤박물관'은 삶이 죽음으로, 죽음이 삶으로 넘나들기 위해 설정된 가교이다. 이 다리는 녹슬지 않은 '기억'이란 단단한 질료로 구축되어 영원을 예감하게 한다. 생사의 틈새를 직시한 시인의 예리한 통찰 아래 '무덤 박물관'은 무덤의 콘센트가 은밀하게 있는 '땅의 배꼽'으로, '복제보다 아름다운 기억들'이 펑펑 터지는 탄생의 공간으로 거듭난다. 이는 박서영 안에서 가능한 시인의 특별한 감성의 증거이다.

꽃과 잎사귀가 만나는 가지 끝에
나비가 날아와 앉는다
꽃과 잎사귀가 칼처럼 뾰로통해졌는데
벌레 한 마리가 그 위에 알을 낳는다
날카로운 한끝을 붙잡고
아슬아슬하게 생을 건너가고 있는 것들
꽃과 잎사귀의 네트워크인 저 나뭇가지들
공중누각인 우리의 방을
지상과 은밀하게 연결해놓은 것은 허공이다
이 세상에 허공의 만다라처럼 무덤이 열려있고
우리는 그 속으로 들어간다
우리는 삶에도 죽음에도 사로잡혀 있다
사로잡힌다는 말이 연결해놓은
너와 나

—「네트워크는 어디든 있다-무덤 박물관에서」 부분

　시인은 죽음을 삶과 동일선상에 놓으며 '무덤'과 '자궁'이란 대립공간을 모두 생명의 애틋한 장소로 환치해내는 놀라운 가설을 세운다. 무덤과 자궁, 배꼽과 탯줄이 일치하며 안과 밖, 밖과 안의 경계가 무화된다. '배꼽'과 '탯줄'은 박서영이 생명의지를 표방하기 위해 즐겨 사용하는 은유이다. '탯줄'이 모체와 아이를 연결하는 영양분의 통로, 생명줄이듯이 '땅의 배꼽'은 죽은 목숨이 그 '줄'을 잡고 안에서 밖으로 나올 수 있는 '기억의 길'이다. 박서영 안에서 생/사의 단절은 극복될 듯하다.
　그러나 위의 시에서 알 수 있듯이 생과 사의 친연성이 영육의 밀착이란 단순성에서 비롯하고 있는 것만은 아니다. 아이러니하게도 이는 삶의 영역이 죽음의 지대보다 결코 나을 것이 없다는 비극적 세계인식에 기반한 균질(均質)감에서 비롯한다. 친밀한 죽음은 가혹한 삶의 증거인 셈이다. 시인의 현실인식이 날카롭다.

전망부재인 현실의 위태로운 삶은 "공중누각인 우리의 방"에 함축된다. 살아도 사는 것 같지 않고 죽어도 죽은 것 같지 않을 생은, 곡예하듯 아슬아슬하게 "날카로운 한끝을 붙잡고" 허공에 매달린 삶인 까닭이다. 무덤 안에서 화자는 비로소 삶과 죽음의 의미를 가리고 죽음을 맞을 여유를 찾는다. 무덤을 관람하며 나온 화자에게 죽음은 이제, 조심스러우나 반가이 맞아야 하는 '손님'으로 그 의미를 새롭게 새긴다.

그렇지만 여전히 생사의 갈림은 용이하지 않다. 죽음이 가상체험을 통해 선행학습의 예비적 지식을 마련해야 하는 낯섦이듯 현실의 삶 역시 덜어지지 않는 버거운 무게일 뿐이다. 그래서 생존 전략은 부재한다. 그저 견디는 것뿐이다. 이제는 여성의 상징이지도 않은 듯한 '노파의 젖가슴'을 시인은 "반은 내보이고 반은 감추고 살아온 어떤 생애"(「반달가슴」)의 고단함으로 읽어낸다. 이는 기실 "시멘트를 처바르고 봉해버린 눈물"로 드러난 자기고백과 다를 바 없다. 우리의 생은 절반이 죽은 듯 견디는 것이라는 인식은 비장하다. 이는 '시멘트', '들판의 사람'으로 이어지는 석화(石化) 이미지로 구체화된다.

석인상은 기다리고 있다
몸 밖으로 자라는 배꼽을 허물면서
무덤 속에서 누군가 태어나기를
배고픈 꽃이 피어나기를

나를 기다렸니?

아니!
석인상은 심장을 깊이 감추고 있다
만나는 자리마다
허공이 불룩불룩하다

—「들판의 사람」부분

　반은 살고 반은 죽은, 견디는 것이 절반인 생의 문법은 죽음의 경우에도 똑같이 적용된다. 삶과 죽음은 모두 완전하지 않다. 삶은 죽을 것 같은 고통에 사로잡혀 죽음이 절반이고 죽음은 기억과 잠들지 않은 의식(영혼)과 기억으로 태반이 고통이다.

　그럼에도 불구하고 죽음과 삶의 거리는 사실, 아득한 것이다. 박서영은 이제 자연인 질서아래 어김없이 찾아오는 피할 수 없는 심원한 생사의 지점, 기억과 영혼의 힘으로 소통을 매개하고 싶고, 할 수 있는 형이상학적 죽음을 넘어 일상이 되어버린 죽음, 인간에 의해 생산되는 죽음의 서열을 장을 달리하여 고구한다. 죽음과 삶을 구분하고 죽음의 의미를 자연적인 것과 인위적인 것으로 세분하고 있는 것이다. 이는 「아마존의 부엌」에서 여성 젠더를 환기하는 '부엌'과 '음식'을 매개로 일상에서 생산되는 삶과 죽음의 순환으로 드러난다.

　요리가 멈춘 부엌, 밥이 썩어가는 냄새가 멈춘 부엌은 주부의 역할도, 생산 활동도 멈춘 곳이다. 주부는 자신의 역할을 멈춘 이 시간 속에 "잃어버린 날들이 쌓여/무덤 한 채 태어나면 어쩌나"하며 탄식한다. 삶과 생명을 위한 요리를 멈춘 부엌은 무덤이라는 인식은 섬뜩하다. 살기 위해 요리는 계속되고 죽음은 인간을 위해 소비되고 생산되어야 하는 그것이다. 그래서 인간은 "붉은 등딱지에 감추고 있는 노랗게 꽉 찬 자궁"과 "텅 비면 죽는 아마존지역"(「꽃게」)을 끝내 파먹고 만다. 생사에 대한 박서영의 응시가 자연의 본연적 질서에서 일상의 논리로 치열하게 심화되고 있다.

인간 중심으로 모든 문명이 재편되는 과정에서 다른 생명체에 대한 존중과 배려는 이미, 사라졌다. 살생과 살육에 대한 주저와 불편도 음식문화로 깔끔하게 정리되어버린 까닭에 존재하지 않는다. 박서영은 이런 무감각(cold evil)을 향한 날카로운 경계와 의혹을 드러낸다. 박서영은 이승과 저승의 아득한 거리를 피식자(被食者)와 포식자(捕食者)의 비정과 이기의 위계적 관계로 예리하게 포착해내고 있는 것이다.

나의 목숨이 너의 목숨(중심)을 파먹음으로써 유지된다는 준엄한 자기검열은 인간의 이기와 파괴본능, 파괴적 죽음인 생태계의 훼손으로 그 시선이 확장되는 방어기제이다. 박서영의 신작시는 '파괴인 죽음'에 대한 분명한 제시와 비판적 통찰로 가득하다.

신작시 「숲의 무덤」 연작은 죽음과의 별리를 선언하고 있어 주목된다. 지금껏 죽음이 삶과 동일선상에서 해석되며 기억이란 생·사의 끈을 놓지 못하던 것에서 벗어나 박서영의 죽음이 삶 안에서 나뉘고 죽음 안에서 구별되며 치열해지고 있는 것이다. 이러한 죽음에 선뜻한 긍정은 기실 죽음의 황폐성과 파괴성에 대한 부정이다. 죽임의 폭력은 생태계의 파괴로 드러나는 심각한 공포이다. 이는 전작인 「아마존의 부엌」과 「꽃게」에서 피식자와 포식자의 비정한 거리, 그 함부로 뻗어가던 인간의 무절제한 식탐에서 그 징후가 포착된 바 있다. 박서영의 죽음 탐색은 자연적인 영역을 벗어난 인위적인 훼손인 생태계의 응시로 확장된다.

이제 박서영은 삶과 죽음, 생과 사의 영역을 구분, 구별한다. "버려진 것들은 버려진 것들과 밀교"하고 "나의 연애는 버려진 피아노와 함께 어두컴컴한 숲에 파묻히게 될 것"(「숲의 무덤1」)[1]으로 '추억의 무덤'은 '초분'에 갇힌다. 지금껏 '무덤'이 생사를 넘나드는 기억으로 점철된 '터널'이었다면 이제는 추억을 묻은 무덤인 것이다. 생의 기억은 무덤에만 있어야 한다.

---

1) 시인은 번호를 붙이지 않았으나 동일 시명이라 분석의 편이를 위해 목차 순서에 따라 시 번호를 매김.

'초분(草墳)' 속 "싱싱한 숲의 시간 속에서 점점 야위어가는 고통을 알지"라는 발화는 비정하나, 구별 속 죽음이 갖는 긍정적 의미, 선뜻한 분리와 그 의미를 역설한다. 「숲의 무덤2」에 이르면 인간의 숲은 이제 더 이상 아름답지 않다. '숲에 버려진 냉장고'는 주검의 질료가 '돌(石物)'에서 '광물(鑛物)'로 확장되며 그 파괴성이 강조된다.

「숲의 무덤3」에서 죽음은 현재 진행 중인 심각한 파괴, 훼손적 의미로 명료하다. 생과 사는 이제 조화롭게 섞일 수 없다. 죽음의 숲속엔 영혼이 깃들지 못한다. 영혼이 깃들 수 없는, 영성(靈性)을 상실한 숲은 주검이고 생명의 토대인 자연일 수도 없다. 숲은 '죽은 염소의 뼈가 시간을 견디는' 곳이고 '해체'와 '멸종', '울음을 게워내는' 곳이다.

시간이 백년에서 천년으로 넘어가버리자
나는 집으로 돌아오는 길을 잃어버리게 되었다
숲에서의 어둠은 갑자기 밀려온다
새들이 갑자기 붐비기 시작하자
어둠이 와버렸다
내가 염소의 흰 뼈 옆에 앉아 졸았다는 것을 깨닫는 순간
시간은 핏방울 하나를 떨어뜨렸다
계곡물이 불어나면
그것도 이 저녁에!

저녁 6시에 숲에서 뛰쳐나갔지만
밤 10시가 지나도 나는 돌아오지 않았다
내 추억의 일부는
영원히 사라져버린 시간이 된 것이다.

—「숲의 무덤3」 부분

화자는 집으로 돌아오는 길을 찾지 못한다. 소통을 막는 전반적인 파괴의 현장인 '숲'은 영혼을, 구천을 떠도는 '유령'으로 만들고 있다. 생태계의 파괴는 현재진행형이다. 파괴에 넋을 잃고 있는 동안에도 숲은 '핏방울'을 흘리고 있다. 전면적인 죽음인 생태계의 파괴를 시인은 두려워하나 죽음의 진행을 막을 수 있는 결의를 놓치지도 않는다. "내 추억의 일부는/영원히 사라져버린 시간이 된 것이다."

신작시 「염쟁이」에서 시인은 죽음의 망령을 영원히 죽음의 영역으로 돌려보내는 죽음의식을 감행한다. 망자의 영혼을 훨훨 날려 보내는 해원(解冤)의식은 죽음의 종언이다.

저 숲 어딘가에서
짐승의 사체를 염하고 있는
바람과 공기여

그들은 완벽한 염쟁이다
헝겊으로 칭칭 동여매지도 않고
이승과 저승의 경계를 넘어
깨끗하게 보내주는

아무도 없는 곳에서
혼자 사라진 아이
풍화된 아이
바람과 공기가 이미 염해버린
착한 아이

바람과 공기는 그 아이를
부모의 심장 속에 염해버렸다
스쳐가고 지나간 날들이 있었으나
심장 안으로 모두 들어갔다

―「염쟁이」 전문

　박서영은 등단 이래로 지금껏 죽음과 삶의 문제에 대한 열정적 천착을 보였다. 인간의 근원적 고통의 문제인 생사를 정면으로 응시한 것이다. 죽음에 대한 집요한 고찰은 박서영에게서 이제, 한 체계를 만들어나가고 있는 듯하다. 유한자인 인간의 근원적 공포인 죽음에서 인간이 만들어가는 죽음에 대한 비판으로 옮겨가다 생태계의 심각한 훼손에 대한 의미로 넓혀 심화되고 있는 것이다. 이는 진정한 의미의 생명과 삶에 대한 긍정을 드러내는 것과 다를 바 없다.

　죽음의 끝, 영혼의 힘을 통해 시간의 먼 곳을 탐사하고 돌아온 박서영의 시는 생의 긍정적 힘과 모성의 진정성을 채우는 시들로 풍요로워질 것이라 예감된다. 오롯한 삶의 영역 안에서 생의 의미를 다양하게 요리하고 먹이며 아이와 생명을 되찾고 생의 환희를 표방한 새로운 시들을 지독하고 뜨겁게 그려낼 것이다.

벼림과 버림의 수사학

―최영철과 조말선의 시

1. 낯선 세상, 날선 시인

최영철과 조말선의 시는 사뭇 다르다. 두 시인이 놓인 세상이 닮은 지점에 있다는 점에서 이들의 다름은 더욱 선명하다. 최영철의 '한 푼 뉘우침의 빛도 없는 신문'과 조말선의 '오물이 넘치는 티브이'가 매개하는 현실은, 부조리하다. 닮은 세상을 각기 다르게 접촉하는 두 시인은 차이가 빚는 언어의 매혹을 알게 한다. 또한 차이가 빚은 이질의 매혹이 동질의 환멸, 곧 부조리한 현실에 기반한 저항과 전복 의지에서 촉발된 것이라 이해될 때 두 시인의 수사적 배경에 대한 정치적 해석이 요구된다.

낡고 익숙할 법도 한 부조리의 세상이 시인에겐 여전히 '낯선 세상'이다. 두 시인이 부조리한 현실을 이기고 넘어서기 위해 취하는 겨룸의 시적 방식을 '벼림과 버림의 수사학'이라 묶어본다. '벼림'은 부조리한 세상을 직시하고 그 안에서 오롯한 자신의 질서를 다시 세우려는 남성 최영철의 의지를, '버림'은 세상의 허위적 질서와 이면을 드러내고 그 안에 속한 자신마저 부정하는 여성 조말선의 반란을 함의한다.

두 시인의 수사적 배후엔 젠더 전략이란 실존적 고민이 장착되어 있다. 최영철이 위압적 현실을 넘어설 방법을 '남근(phallus)'에서 마련하는 반면 조말선은 모성 공간 '코라(chora)'에서 찾고 있기 때문이다. 젠더 트러블(Gender trouble)이라는 문제제기가 말하듯이 젠더가 규범이 되어서도 안되지만 젠더의 원형이 억압되거나 그 현실적 맥락이 간과되어서도 안 된다는 것이 필자의 생각이다. 두 시인의 시편들은 그 자체로 남성과 여성, 남성성과 여성성의 견지와 수정이 곧 현실을 사는 실천적 모색임을 잘 보여준다.

최영철은 등단한 지 이십여 년이 넘는, 단단한 시력(詩歷)을 갖고 있는 중견시인이다. 시집『아직도 쭈그리고 앉은 사람이 있다』,『가족사진』,『홀로 가는 맹인 악사』,『야성은 빛나다』,『일광욕하는 가구』,『개망초가 쥐꼬리망초에게』,『그림자 호수』그리고 최근에 상재한『호루라기』등에 이르기까지 그는 오직 시와 글쓰기로 생을 버텨온 우리 시대의 오롯한 '시인'이다. 시인으로만 생업을 한정했던 최영철의 시 속에는 가혹한 현실과 가난한 서민들의 생활세계로 가득하다. 그의 시는 '일상시'라 불린다. 최영철이 빚어내는 일상시의 범상치 않은 매력은 현실을 앓고 뒹굴면서도 결코 현실 논리에 침몰하지 않는 '힘'을 품고 있다는 데 연유한다. 세속의 내부에서 외부를 말하는 그의 일상시는 소주(燒酒)의 메타포 그대로 '이슬처럼 차고 뜨거운 장르', '범속한 트임'을 도모하는 '구체성의 확보'로 견실하게 매김된다.

조말선은『매우 가벼운 담론』과『둥근 발작』의 두 시집을 통해 신선하고 특이한 감성의 언어구사로 주목받는 여성시인이다. 첫 시집의 제목이자 표제시인「매우 가벼운 담론」에서 시인은 새장에 갇힌 새의 생사를 건 질문—"우리는 언제 날 수 있죠? 언제 대답이 되죠?"—으로 도도한 시의 포문을 열었다. 대답을 기대할 수 없는 세상을 향한, 죽어가는 새의 불편한 질문은 조말선의 시 안에서 여전히 현재진행형이다.

그녀는 난해한 이미지와 상징 그리고 우울증을 앓고 있는 이해하기 어려운 독백의 발화 방식으로 우리를 상처받은 영혼의 내면으로 이끈다. 현실의 경계를 흐릿하게 지우며 경계에서 또한 주절대는 조말선의 시들은 기실 압도적인 전경인 현실에 대한 반동, 위압적 현실에 대한 증언이자 저항인 셈이다. 최영철과 조말선 두 시인이 뿜어내는 벼림과 버림의 수사 전략을 따라가며 우리는 이 시대를 사는 남성/여성 시인의 치열하고 고통스러운 시적 과정을 확인하고 공감할 수 있을 것이다.

2. 최영철: 음지근육, '야성'의 푸른 푯대

최영철의 「이 저녁에 땡전 한 푼 없이」는 당대 현실의 오래된 내용증명이다. 80년대산인 이 시는 시간을 격한 지금 읽어도 낯설지 않다. 그럼에도 이 시는 젊은 화자의 입체적 시선에서 발원하는, 새로운 의미의 낯섦으로 다가온다. 이 시의 화자는 '비'와 '실직의 바람'으로 환기되는 경제논리가 지배적인 현실공간과 하늘 푸르고 새들 지저귀며 벚꽃 피어나는 생명논리가 지배적인 자연공간의 교차지점에 서 있다.

> 땡전 한 푼 없이 비가 내린다 비가 내리고 오늘은 실직의 바람이 분다
> 동에서 남으로 새들은 지저귀고 꽃들은 생기발랄하다 한 푼 뉘우침의
> 빛도 없이 신문의 활자는 엎드려 중얼댄다 엎드려 이 와중에도 부동산
> 은 힐끔힐끔 눈치를 살핀다 눈치를 살피다니 오 아름다운 우리의 산과
> 들 눈치를 살피다니 팔십년대는 재빠른 스타트를 끊었다 이미 가슴이
> 설레기 시작했다 보무도 당당하게 국민소득은 높아가고 하룻강아지 범

무서운 줄 모르는 하늘만 여전히 푸르다 뒤도 돌아보지 않고 다시 새들
은 지저귀고 생기발랄하게 민주는 꽃 핀다 꽃 지고 땡전 한 푼 없이 벚
꽃은 피고 흰 꽃 이파리에 가려 우리는 다정다감하다 명상에 젖어 혀 꼬
부라진 소리로 안심하는 이 저녁에 땡전 한 푼 없이 바람은 불고.
—「이 저녁에 땡전 한 푼 없이」 전문

돌이켜, 우리의 80년대는 이상했다. 고압적인 정치를 언론은 고답적 자
세로 지켰으며 치열한 민주화 열망은 치졸한 경제 정책으로 흩뜨렸다. 80
년대 폭압적인 상황에서 비켜서 있는 화자는, 담담하다. 오히려 눈치를 보
는 것은 '부동산'이고 납작 엎드려 중얼거리는 것은 '뉘우침의 빛' 없는 '신
문'이다. 80년대를 '재빠른 스타트'와 '보무도 당당', '국민소득'으로 수식
하는 화자는 국가기구의 기만적 수사를 훤히 꿰뚫고 있는 비판적인 입장
을 지녔다. 이는 '하룻강아지 범 무서운 줄 모르는 하늘만 여전히 푸르다'
라는 복화술(複話術)에서 포착된다. 말하자면 '하늘'은 밟아도 밟아도 다
시 머리를 쳐들었던 김수영의 '풀'과 같은 의미를 내포한다. 이럴 때 '하룻
강아지 범 무서운 줄 모르는 하늘'은 협박과 회유로도 쉽게 다스려지지
않는, 민중들의 끈질긴 저항의식 혹은 저항의지를 빗댄 것이라 할 수 있
다. 세상이 아무리 혼탁해도 하늘은 천연덕스럽게 푸르고 그런 하늘을 닮
은 민중은, 태연한 삶을 툭툭 시작하는 것이다. 이러한 독법은 세상을 아
래에서 위로 치올려 바라보는 화자의 시선에서 가능하다. 위에서 읽는 시
선을 바로 낚아채 아래에서 위로 받아 치올리며 되받는 저항은 그의 민중
이 사는 방식이다.

땡전 없는 화자는 어느새 무관한 세상을 등지고 '벚꽃'과 더불어 '우리'
가 된다. "뒤도 돌아보지 않고 다시 새들은 지저귀고 생기발랄하게 민주는
꽃 핀다 꽃 지고 땡전 한 푼 없이 벚꽃은 피고 흰 꽃 이파리에 가려 우리는
다정다감하다"고 되뇌는 낭만적인 화자에게서 우리는 허세의 포즈를 읽

을 수도 있다. 하나 도도한 자연의 질서는 '땡전 한 푼 없이' 가질 수 있는 것으로, 경제논리를 벗어난 숭고의 차원에 놓이며 민중의 생명력을 우회적으로 역설한 것이라 할 수 있다. 이럴 경우 허세의 포즈는 하나의 전략일 수 있다. 이것을 최영철의 '결기(結氣)' 혹은 '남근'에의 의지라 함은 어떠한가. 이에 대한 단서는 「일광욕하는 가구」에서도 거듭 확인된다. 「일광욕하는 가구」에서 시인은 홍수에 젖은 세간들을 햇살에 말리고 있는 풍경을 "지난 홍수에 젖은 세간들이/골목 양지에 앉아 햇살을 쬐고 있다"며 이를 '일광욕'이라 칭한다. 일견 반어적 표현으로 읽히는 '일광욕'은, 허사가 아니다. '무의식은 언어처럼 구조되어 있다'는 라깡의 말은 언어에 의해 주체가 구조된다는 의미이다. '일광욕'은 젖은 세간/젖은 삶/젖은 사람을 분리하지 않고 하나로 실팍하게 묶으며 사는 시인의 본질을 드러내는 기호이다. 아이러니의 미학적 지점은 "여기까지 오게 한 음지의 근육들/탈탈 털어 말린 얼굴들이 햇살에 쨍쨍해진다"에서 확연하다. 폐기처분될 낡은 세간에서 화자는 세월을 버텨온 '음지의 근육'을 확인하고 일광욕을 통해 다시 '쨍쨍'해지는 복원의 순간을 목도한다. '음지의 근육'은 지난한 세월 속에서 단련되고 형성된 내공인 셈이자 생명의 근원인 페니스이거나 팔루스인 남근의 비유임을 상상하기 어렵지 않다.

최영철의 쨍쨍한 남근 의지는 곧 절망 속에서 희망을, 억압과 소외의 지점에서 자유와 연대의 무모한 포즈를 취하게 하는 근원적인 힘으로, 세월 속에 늙지도 낡지도 않으며 웅혼하게 깊어진다.

아이들 뜀박질이 앞장서고 우렁찬 구령이 뒤따르고
호룩호룩 추임새에 펑펑 터지던 환호성들
호루라기 이제 싱그러운 가슴팍이 아니라
늙고 병든 저 할머니 머리맡에 걸려 있네
좋은 시절 다 보낸 빈털터리

할아버지 발치에 놓여 있네

호루라기 소리 나면 자다가도 벌떡 일어난 때 있었지

얼굴 닦는 둥 마는 둥 밥숟갈 어서 놓고

이빨 닦는 둥 마는 둥 한달음에 달려나간 때 있었지

시퍼런 청춘을 목에 걸고 힘차게 불어제끼면

먼 산이 일렬횡대로 뛰어오고

졸고 있던 새들이 푸드득 날아올랐지

이제 호루라기 달려나가기 위해 있는 게 아니라

느릿느릿 해 기우는 저녁으로 가기 위해 있네

가장 첫자리 새벽녘을 울리는

말발굽 소리로 오는 게 아니라

엉금엉금 기어가는 해소천식으로 일어나기 위해 있네

게으름 피고 늘어졌던 것들

일제히 불러일으키며 오는 게 아니라

뒷전으로 아래로 슬슬 몸을 빼기 위해 있네

호루라기 이제 설레는 아이들의 가슴에 있지 않고

무허가 냉방 빗물 떨어지는 비닐 하꼬방에 있네

자식 가고 영감 할멈 먼저 가고 덩그러니 남은

한 많은 세월의 대못 자리 위

사지를 늘어뜨리고 있네

—「호루라기」 전문

「호루라기」에서 시인은 '호루라기'라는 한 대상물을 우리 안에 가로놓인 소외와 단절의 심연을 넘을 수 있는 매개물로 삼는다. 이는 무엇보다 시간의 질서 속에서 꿈을 잃고 늙어가는 유한자 인간에 대한 시인의 참을 수 없는 연민에서 발원한다. 호루라기 소리는 아이들/노인들, 아침/저녁, 달리기/기울기, 가슴팍/발치, 말발굽 소리/해소천식 등으로 확연히 대비되며 앗긴 꿈과 죽음의 그늘이 드리운 현재를 환기한다. 그러나 이러한 대비는 사실, 분열과 가름을 위한 것이 아니라 적막과 소외를 떨치기 위한 수사 전략이다. "먼 산이 일렬횡대로 뛰어오고/졸고 있던 새들이 푸드득 날아올랐지", "가장 첫자리 새벽녘을 울리는/말발굽 소리"라는 수식은 작은 호루라기에 담아내기에 지나치게 웅장하다. 시인의 이 같은 파토스적 언어는 현실 너머 잃어버린 먼 원형의 시간을 향한 것으로, 현실논리에 마모되고 소모된 본디 생명력의 회복을 지향한다.

최영철은 인간의 힘으로 어쩔 수 없는 죽음을 제외하고 현실 속에서 자행되는 관계의 단절을 넘고자 한다. 먼저, 고향, 근원의식의 복원을 통해 공동체 연대감을 형성한다. 「공친 날의 풍년가」는 시인의 이러한 의도를 재현한다. "깡마른 들판"으로 상징되는 가난한 농촌 고향을 뛰쳐나온 도시의 일용직 노동자들은 뿌리 뽑힌 자들이다. 도회에서의 그들의 삶은 "땀을 받아먹지 못해 빳빳해진 작업복"에 담기듯 갑갑하다. 그러나 하루 일당을 놓치게 한 '비'가 그들이 버리고 온 원(原)공간, 생산기능이 정지된 "깡마른 들판" 고향을 적셔 풍년 들게 할 수 있을 거란 상상으로 그들은 신이 나고 하나가 된다. "먹다 만 라면 국물 동그란 파문으로 깨어나/주섬주섬 옷 입고 하늘로 올라가던 훈김들이/빗줄기에 덜미가 잡혀 처음 자리로 돌아오고 있었다."에서 알 수 있듯이 개인적 시간은 흩어지고 '처음 자리'로의 회귀, 공동체 지향과 연대의식을 위한 군무(群舞)로 오래 어우러진다. 이를 이상적이고 낭만적 화합이라 꼬집을 수 있을 것이다. 그러나 강퍅한 현실을 자연 혹은 이웃과 함께 어우르며 나가고자 하는 것은 최영철의 근본 태도이며 이는 그의 시에서 근원 혹은 근본의 복원의지로 깊게 변주된다.

신작시 「비자금 만원」과 「미인계」는 '아버지'로, '남성'으로 품위를 세우며 관계의 아름다움을 지켜내려는 시인의 바람으로 가득하다. 「비자금 만원」에서 화자는 '비상금 만원'이 '생의 다급한 순간'을 막아준 소중한 비자금이라고 은밀히 고백한다. '느닷없이 찾아온 동무에게 막걸리 한 잔 대접'할 수 있는 비자금, 그는 이것을 '생의 든든한 신주단지'라며, 재벌들의 음흉한 '축재'를 넌지시 풍자한다. 비자금 만원이 '축제'가 되는 소박하고 따스한 시인의 내면과는 달리 「미인계」의 바람은 강렬하다.

삼백년은 되어 보이는 이웃 밭 소나무
탐난다 우리 밭에 놀러오라고 나하고 살자고
꼬드겨도 묵묵부답
살살 어루만지고 끌어안아도 팔 하나 잡아당겨도
끄떡없다 아침저녁 쓰다듬고
이쁜 놈 이쁜 놈 엄청 이쁜 놈 노래 불러도
뾰족한 침 거두지 않는다
눈웃음 살살 치며 막걸리 한 사발 권했더니
단숨에 비우고는 입 싹 닦았다
안 되겠다 우리 밭 끄트머리
이쁜 자태의 아낙 소나무 한 그루
심었다 이러고도 흔들리지 않으면
넌 사내도 아니라고 연지곤지 찍었다
아침저녁 잊지 않고 그렁그렁
눈물 한 바가지 맺히도록 외진 언덕배기
소나무 그림자 닿을락말락한 거기
품에 쏙 들어오는 아낙 하나 심었다

—「미인계」 전문

화자는 왜 '이웃 밭 소나무'를 가까이 두지 못해 안달인 것일까. 그는 막

걸리를 대접받고도 입 싹 닦고 끄떡도 않는 '삼백년 묵은' 거목의 묵중함, 그 기상을 욕망한다. 여의치 않자 '사내'인 소나무를 확실히 유혹하기 위해 닿을락말락한 곳에 '아낙'을 심는다. 여기서 '소나무'가 '남근'이자 그가 버리던 세상을 향한 '침'임을 상상하기 힘들지 않다. 우리는 「미인계」에서 젊은 날의 시인의 가슴에 품었던 날선 결기가 이제는 가파르고 외진 언덕배기에도 거뜬히 터 잡고 앉아 강렬한 생명의지를 보여주는 소나무의 우람한 기상에 대한 흠모로 옮아가고 있음을 목도한다. 그가 「이 저녁에 땡전 한 푼 없이」에서 '푸른 하늘'을 원망(遠望)했듯이 이제는 우람한 남근인 소나무를 가까이, 비스듬한 시선 안에 담으려 '원망(願望)'한다. 놀라운 일이다. 최영철의 욕망은 늙지도 낡지도 않으며 더 깊이 뿌리를 내리고 있는 것이다. 우리 시대 한 아버지로 진정한 삶의 푯대를 세우고 펼치려 하는 최영철의 푸른 욕망은 그의 시가 오래도록 우리 안에서 큰 뿌리를 내리고 살아남을 것임을 예감하게 한다.

3. 조말선: 비체(abject), 본질을 묻는 전복의 실체

> 사과는 사과나무의 신경증이다.
> 포도는 포도나무의 신경증이다.
> 은행은 은행나무의 신경증이다.
> 「자화상」은 고흐의 신경증이다.
> 「자위하는 자화상」은 에곤 실레의 신경증이다.
> 마릴린 먼로는 앤디 워홀의 신경증이다.
>
> ―「과일」 전문

조말선은 모든 만물에 '신경증'이 깃들어 있음을 폭로한다. 현상 이면을 주목하는 조말선의 언어는 복잡하고 까다롭다. 신경증은 정신병과 대립되는 신경장애의 전 범위를 지칭하는 정신의학적 용어이다. 상징계의 억압에 대한 주체의 부적응, 분열을 드러내는 신경증의 구조를 라깡은 "본질적으로 하나의 질문"이라 해석한다. 라깡의 말을 살짝 비틀어 조말선 시의 신경증을, 세상을 향한 '본질적인 질문'으로 바꾸어 불러도 무방하지 않을까. 만물과 만상에 깃든 조말선의 신경증 선언은 신경증을 생산하는 세상을 향한 공격적 질문이기 때문이다.

조말선은 『매우 가벼운 담론』과 『둥근 발작』의 두 시집을 지나는 동안 '아버지의 이름'으로 자행되는 상징계적 질서와 권력을 폭로하며 저항해 왔다. 조말선의 시가 보여주는 역설과 반어 그리고 강박에 가까운 반복은 분열의 언어로, 중력의 안정성을 욕망하지 않는다는 점에서 '정치적'이라는 평을 받은 바 있다. 그녀의 시에서 지속적으로 변주되는 신경증은 우리 현실의 억압과 모순 구조가 쉽게 사라지지 않는 것에 기인한 것이다. 반복되는 신경증은 타당한 문제제기라 할 수 있다.

조말선의 시세계를 간단히 나눠보면, 첫 시집 『매우 가벼운 담론』에서 발화하기 시작한 신경증 담론은 '아버지'의 권위를 증명하는 반복과 번복에 불과한 것이었다. 아버지 부정이 생성의 기반이지 못했다. 두 번째 시집 『둥근 발작』으로 이어지면서 조말선의 세계는 조금씩 '코라'적 글쓰기를 표방한다. 여성의 몸에서 한 거점을 찾은 것이다.

상징계의 질서에 봉합되지 못하는 경계에 선 여성의 반복적이고 강박적인 언어는 원초적 리비도가 작용하는 전복의 공간인 '코라'(기호계를 가능하게 하는 어머니/아이의 수습할 수 없이 뒤엉킨 모성의 육체적 공간—자궁 같은—을 말한다. 코라는 비체the abject로 명명된다. 조말선이 신작시에서 차용한 비체는 오물, 쓰레기, 진정에 이르지 못한 언어, 관계 모두를 함의한다.)와 연계되며 조말선의 시는 과감해지기 시작한다. 현상의 질서보다 몸 혹은 원초적 욕망으로 옮겨가면서 새로운 혁명의 언어가 시작된 것이다.

　조말선의 신작시 역시 우울증 환자의 그것처럼 단조로운 구문이 반복과 단절을 거듭한다. 전작을 이은 저항의 흔적을 드러내며 또한 변화를 도모하고 있어 주목된다. 이 변화의 지점은 '코라'의 확장과 변형으로 해석할 수 있는 '앱젝트(abject)'를 통해 구현된다. '앱젝트'는 신작시를 관통하는 메타포이다. 이는 위선과 가식의 질서를 무너뜨리고 매너리즘에 빠진 관계를 지우고, 나아가 지우고자 하는 욕망을 지우고, 욕망을 품은 '나'를 지우고 다시 찾고자 하는, 전복의 매개물로 확장된다.

비둘기는 날아서 너덜너덜
비둘기는 낡아서 너덜너덜
상징은 낡아서 너덜너덜
아침이면 창문마다 쓸모없는 헝겊들이 너덜거린다
비둘기는 한 마리 두 마리 늘어난다
한 마리는 쓸모없고 두 마리는 쓸모없고 세 마리 네 마리 늘어나서 쓸모
없어진다
비둘기는 한 조각 두 조각 세 조각 늘어나서 너덜너덜 해진다
비둘기는 상징을 띠려고 한 마리 두 마리 세 마리 늘어난다
비둘기는 한 마리 두 마리 세 마리 낡은 헝겊을 이어 붙인다
날개 하나에 너덜너덜이 한 조각 두 조각 세 조각
상징이 한 조각 두 조각 세 조각 누더기가 되어간다
고양이가 되어버린 한 조각 두 조각 세 조각
물고기가 될 수도 있는 한 조각 두 조각 세 조각
비둘기는 비둘기처럼 늙지 않는다
고양이는 비둘기처럼 늙을 수도 있다
헝겊이 되어버린 비둘기
낡아버린 비둘기

상징을 띠려고 한 마리 두 마리 세 마리 이어 붙은

고양이는 낡아서 너덜너덜

—「너덜너덜」 전문

언어는 질서의 기호이다. 시 「너덜너덜」은 완고한 언어의 질서를 흔들어 놓으며 시작한다. 날아서/낡아서는 동음이의어도 아니다. 받침 하나를 더 했을 뿐인데 '날아서'와 '낡아서'는 전혀 다른 의미를 갖는다. 그러나 언어 의 질서 역시 자의성에서 기원한 것이라 할 때 시인의 자의적 어법을 딱히 문제 삼을 것도 못 된다. 자의적으로 빚은 언어의 질서는 사실 우연성에서 출발하고 있기 때문이다. 날아서/낡아서, 되어버린/될 수도 있는 늙지 않 는다/늙을 수도 있다는 어긋남은 비둘기가 고양이로 물고기로 그리고 형 겊이 되기도 하는, 될 수도 있는 비 본래적인 것으로, 시인 안에서 어긋남 이 아니거나 아닐 수 있는 것이다. 언어의 요람을 흔드는 해체의 손길은 질서, 권위, 상징을 향한 '본질적 질문'이다.

「더러워지는 목련들」의 "티브이는 고장 난 변기처럼 이미 오물이 넘치 고"에서 알 수 있듯이 우리는 대중매체, 압도적인 미디어인 티브이가 매개 의 기능을 제대로 담당하지 못하고 진정성을 잃어버린 현실과 만나게 된 다. 진정성을 상실한 말들은 말이 되지 못하는 '오물'이다. 현실에 대한 날 카로운 진단은 자기비판과 자기검증으로 이어진다. "내 변기는 감사와 찬 사의 오물을 받아내느라 너무 빨리 고장 나 버린 것이다"에 이르러 시인 은 진정성을 상실한 언어가 결국 관계의 허구성과 기만성을 드러내는 것 임을 역설한다. 이 매개에 자신이 존재함을 고백한다. 도저한 부정의 언어 는 조말선이 진정한 '나', 나를 찾고자 하는 자기-의식에 대한 욕망과 연 결됨을 알 수 있다. 타자, 혹은 대타자의 시선을 무시하고 오롯한 자신을 찾고자 하는 욕망은 세계부정, 허위적 관계에 대한 인식과 단절 의지로 실현된다. 단절에 앞서 조말선은 나를 이은 또 다른 나, '연인'을 통해 새

로운 관계를 모색하고자 시도한다. 하나, 이 또한 생산적 관계로 발전하
지 못한다.

    얌전한 입 속의 혀 때문에 우리는 사귀었다

    혀는 돌돌 악취를 말아 쥐고 있었다

    그리고 전혀 얌전하지 않게 되었다

    연인이 되자마자 변기로 돌변했다

    출산도 갈등도 없었으므로

    생산적이지도 못했다

    반성하지 않고

    의심하지 않고

    제 입가를 닦아야 했으므로

    악취는 깊이 증식했다

    연인이 된 후

    우리는 서로의 변기로 변모했다

    내 위와 아래와 가운데를

    논평없이 빨아들였으므로

    그의 시각은 낙후되어갔다

    그의 거짓말과 변명과 심드렁함을

    논평없이 빨아들였으므로

    나의 시각은 낙후되어갔다

    그쯤에서 우리는 개발을 멈추었다

    서로를 위해서 사라지게 했으며

    서로를 위해서 사라질 수 없었다

    난감해하던 손마저

    변기의 손잡이가 되었기 때문에

보다 쉽게 서로의 그림자까지 빨아들였다

—「내향적인 변기」 전문

　사랑의 과정은 나 이외에 또 다른 나를 설정하는 것이다. 그러나 악취를 숨긴 얌전한 입에서 시작한 사랑은 입이 곧 변기로 등치되는 도착의 매너리즘으로 전락한다. 비판기능을 배제한 '입'은 성기를 넘어서 변기가 된다. '감사와 찬사의 오물을 받아내느라 너무 빨리 고장 나 버린' 변기가 그대로 오버랩된다. 다시, 나는 나를 찾기 위해 나의 또 다른 나인 연인 곧 타자를 죽여야 한다는 딜레마에 직면한다. 곧 죽여야 하는 타자는 바로 나 자신이다. 개발을 멈추고 기만 속에서 서로의 변기로 갈 것이냐 아니면 다시 새로운 시작을 향한 결별을 할 것인가. 이러한 경계에서 자의식은 분열되며 자기혐오로 떨어진다.

　「등록」과 「기억」은 자기상실과 자기혐오의 나락에서 빠져나와 다시, 엄정한 자기인식과 허위적 관계를 냉정하게 훑어내는 화자를 대면하게 된다. 「등록」의 경우 소모적, 소비적인 남녀의 허위적인 섹슈얼리티를 화자는 '야채밭의 기교'에 담아 비판한다. 솎아진 이후에도 또 다시 생명, 야채를 올려주는 '야채밭'의 부단한 생산성은 이기적인 관계인 소모적 계산방식으로 가늠할 수 있는 것이 아니다. 그래서 "사라진 너를 위하여 사라질 너를 준비하는 병렬적인 나 사라진 나를 위하여 사라진 나를 대신하는 나 우리는 고맙게도 유월의 야채밭처럼 절대적이지 않다"에서 소모와 이기의 '병렬적'과 생산과 헌신의 '절대적'의 의미는 분명하게 갈린다.

　조말선은 상징이 되지 못하는, 되어서도 안 되는 상징 부재의 세상에서 오직 우연성과 유사성의 체계만 왕왕 떠돎을 직시한다. '야채밭의 기교'와 '변기가 된 입'은 본질과 실체라는 진정에 이르지 못하는 허위 혹은 무의미의 반복을 반박하는 수사이다. 이를 넘어서기 위하여 시인은 또 한 번의 가혹한 자기 부정을 치러야 할 것이다. 급기야 화자는 스스로를 변기에 떠도는 배설물, 배설물의 총체, '나'라고 칭한다. 다시 말해서 "수면 위 난처하게 떠 있는/나, /이 잉여물의 총체성"(「기억」)이란 참담한 증언에 이르게 된다. 물론 출구가 없는 것은 아니다. "손잡이를 힘껏 누르면/몰래, 지저분한, 더러운, 당혹스러운, 코를 찌르는/따위들이 탄성을 지르며 사라지고"에서 알 수 있듯이 전면적 부정(否定)을 통해 일시적 진정을 찾을 수도 있으리라. 그러나 끝은 쉽게 끝나지 않는다. 오물이 어렵지 않게 생산되는 까닭이다.

'앱젝트'는 배설물에 그치는 것이 아니라 비천한 인간(Abject)의 말과 생각을 통해 언제든지 생산되는 산물(abject), 분신이기 때문이다. 고단한 진정을 토로하기보다는 만만한 허사를 부려쓰기가 훨씬 쉬운 것이다. 하나, 조말선 안에서 이것은 그대로 넘어가지 못한다. 다시, 우리는 허사(虛辭)가 빚은 '잉여'를 목도하게 된다.

캔버스를 물감으로 지우고

노랑을 초록으로 지우고

사과를 빛으로 지우고

하루, 이틀…… 시간을 빛으로 지우고

내가 쌍태아를 지운 것처럼

지워서 쌓이는 불결

은행나무가 은행잎을 지워도

지워지지 않는 그늘

언젠가는 이놈의 밑둥을 싹둑 잘라야지 잘라야지

잘라야지 하는 엄살이 무엇이라고

바보들!

전시장에서 돌아온 s의 그림 때문에

작업실이 비좁았다

내 입으로 뱉어낸 태아들이

철벅철벅 발목을 더럽혀왔다

—「나의 세계: 화가 s의 작업실에서 바라본 풍경」 전문

이 시에서 화자는 지우고 비웠다고 생각한 앱젝트가 여전히 다시 생산되고 있다는 사실에 경악한다. 여기서 지움은 생산에 반(反)하는 무책임이나 유기와 다른 것이다. '지우고'를 반복하는 동안 화자는 진정성을 상실한 허사가 잉태하고 낳은 자신의 분신 's의 그림'을 발견한다. 이 그림을 "내 입으로 뱉어낸 태아"라는 화자의 선언은 괴기스럽다.

「노이즈」는 오물을 제거한 공간에 아름다운 음악 소리를 채울 수 있을까? 기대하게 한다. 그러나 이것 역시 낙관적이진 않다. "왜 문을 열어달라고 아우성치는 음악을 못 본 척 하는 거죠" "그리고 내 앞에 뒤에 옆에 목구멍 속으로 무자비하게 아름다움을 밀어 넣는다"에서 짐작할 수 있듯이 우리가 '음악'과 '아름다움'을 알고 채울 때까지의 시간은 의외로 오래 걸릴 듯하다. 그 이후, 우리는 안정을 꿈꿀 수 있을까. 조말선은 아름다움이 추함으로 변하는 순간, 바로 변기로 달려가 머리를 처박고 오물을 다 토해낼 것이다.

조말선이 더욱 치열해질 것을 안다. 동시에 조말선의 '구역(區逆)'이 언제까지 지속될까 걱정스럽다. 시인이 부정의 부정의 배설 논리 속에 순환/순항하고자 한다면 나르시시즘의 곤경과 관계의 매너리즘에서 결코 자유로울 수 없을 것이다. 이는 부정의 부정을 통해 진정을 추구하고자 한 시인의 시정신과도 정면으로 배치되는 것이리라. 잉여의 버림이 진정을 생산하기 위한 전희(前戲)라면, 이제는 본령인 대안(代案)을 고민해야 할 듯하다. 첨예한 바늘구멍, 그 생명의 틈새만 남긴 자리로 아버지의 유령과 어머니의 관능을 차례로 넘기고 지우며 온전한 자신의 언어로 조말선을 정직하게 드러내어야 할 것이다.

잎맥의 필라멘트, 푸른 혀의 시

— 신용목과 전다형의 시

신용목과 전다형 두 시인의 신작을 읽는다. 젠더와 세대, 시적 이력이 다른 두 시인의 사뭇 다른 개성적 발화 앞에 잠시, 길을 잃는다. 다른 듯 닮은 두 사람의 시는 세상에 대한 시적 모색으로 모아진다. 시적 모색은 세상을 향한 시적 응전이라 말할 수 있으리라. 이들은 '시가 세상을 밝히는 푸른 빛'이어야 한다는 숭고한 결론을 향해 오랜 여정을 함께할 듯하다.

시가 빛이 되는 세상이라니! 이 가당찮은 명제를 당기기 위해 그들이 취하는 방법은 현실적/시적 '거리' 설정이다. 신용목은 도시와의 동거, 교류를 통하여 도회의 문법에 섞일 수 없는 차별화된 자신의 언어를 지키고자 고투 중이고, 전다형은 현실의 맥락을 떠나 시적 응대, 시적 완전성을 향해 등을 보인 자세로 현실의 부조리를 간파한다.

속도와 생산의 시대, 계량화/수량화되는 자본의 세상에서 무르익어 터지는 자신의 시적 세계, 언어를 견지하기란 쉽지 않다. 쉼 없이 쏟아지는 대량의 잡지와 시인들, 시들에 둘러싸여 우리는 집단적 상호 표절이란 공모의 세상에 들린 듯 불모의 시세계를 살고 있진 않은가. 똑같은 이론을 써서 비슷한 결론을 짓기 위해 바쁜 담론 세례와 거푸집에서 나온 시를 확인하는 것도 힘겹다. 두 시인이 경멸한 자본, 도시의 문법에서 시인들은 과연 자유로운가. 다투어 모방하고 있진 않은가. 시인이여! 빛이여! 이 주문은 가능할 것인가.

신용목과 전다형은 시적 방황을 접고 순수의 결단을 짓고자 진지하다. '잎맥의 필라멘트'가 터지는 순간, 입안에서만 맴돌던 말을 '푸른 혀'로 발화하길 소망한다. '시퍼렇게 독이 오른 시', '서슬 퍼런 작두날을 받아 낸' 단단한 결정인 시를 구도 중이다. 나는 이들이 꿈꾸는 시를 '푸른 혀의 시'로 부르며 가고자 한다. 어지러운 세상에 진정한 시인으로 살기, 경지를 향한 시인의 몸부림은 무차별적인 도시의 불빛에 맞서는 오롯한 시적 불 밝히기가 아닌가. 진정성은 고사하고 현실감마저 실종될 것 같은 지금 이곳에서 시적 진정성을 찾아 현실을 새롭게 읽으려는 두 시인의 각성이 반갑고 두렵다. 이 두려움은 아직도 남아 있는 문학을 향한 촌스러운 외경인가! 오랜만에 되찾은 설렘인가!

1. 신용목: 한 걸음 너머에서 동행하기

신용목은 '이미지의 과적을 즐기는 기예의 시인'이라 불리나 그의 시적 기교는 과하지 않는 화장술처럼 세련되다. 한 듯 안 한 듯 세련된 '누드 화장술(nude make up)'처럼 어려운 듯도 하고 쉬운 듯도 한 그의 시는 투명한 시의 결로 은은하다. 화장비법을 밝히기 위해선 피부 결 안쪽에서 차오르는 탄력의 기저를 피부 톤에서 역추적해내는 기민한 작업이 필요하다.

그의 신작시는 불감증에 젖어 있는 현실에 함몰되지 않고 끝없이 생의 호흡 리듬을 불러내고자 감각 깨우기의 작업으로 치열하다. 시인은 결코

화해할 수 없는 느슨한 세상의 부조리와 결코 용납될 수 없는 스스로를
향한 매서운 일침으로 날이 서 있다.

오후 두 시다 오후 두 시는

몇 살일까?

오후 두 시가 되면

오후 두 시의 얼굴이 나타난다

나는 번번히 그의 얼굴을 알아보지 못했다 사실은

그의 얼굴을 지나쳤던 것

오후 두 시였으므로 나는

늦은 약속을 위해 홍대행 버스 능곡 눈 덮인 들판의 차창에 앉았거나

깜빡 졸았거나

동네마다 똑같은 간판을 내걸고 들어선 가게에서

가장 싼 커피를 주문하였을 것

오후 두 시가 되면

오후 두 시의 무덤이 생겨난다

그것을 알고 있다 모든 사람의 머리가 펄럭이는 무덤이고 저 인파 공동묘지

다행히 망각에는 묘비가 없고

끝없이 이장하는 행렬 속에 나의 시체가 없다는 것

오후 두 시는

몇 살일까?

그러나 망자는 나이를 세지 않는다

망자는 약속을 어기지 않는다

오후 두 시였으므로

망자는 줄지 않는다

나는 그때쯤 망자의 얼굴을 앞에 두고 커피를 마신다

얼굴이 그대로이십니다
사실은 이렇게 물어야 한다 나는 지금까지
오후 두 시를 만난 적 있는가?

―「두 시의 시」 전문

　김지하는 일찍이 「새벽 두 시」를 "아무것도 할 수 없다/새벽 두 시다/어중간한 시간/이 시대다"라고 부르짖은 바 있다. "어중간한 시간"인 '새벽 두 시'는 아무것도 하진 못하나, 적어도 깨어 있는 자와 잠든 자가 구별되고 시대를 향한 성찰 방향이 분명하다. 그러나 신용목의 '오후 두 시'는 망각, 망자의 시간이다. 두 시가 되면 두 시의 얼굴이 나타나나 '나'는 그의 얼굴을 알아보지 못하고, 지나친다. '지나친다'는 것은 무지하다는 사실조차 모르는 야만의 상태, 완벽한 무지를 말한다. 신용목의 '두 시'는 존재하지 않는 혹은 존재할 수 없는 시간으로 '망각'의 늪과 같다. 잃어버린, 잊어버린 두 시로 인해 시인이 깨달은 것은 '무덤'인 현실이다.

　"그것을 알고 있다 모든 사람의 머리가 펄럭이는 무덤이고 저 인파 공동묘지/다행히 망각에는 묘비가 없고/끝없이 이장하는 행렬 속에 나의 시체가 없다는 것/오후 두 시는/몇 살일까?" 이토록 통렬한 시간, 시대인식이 있을까. 모든 사람의 머리가 무덤이고 저 인파가 공동묘지라는 선언은 섬뜩하다. 그러나 행일까 불행일까, '망각'에는 기록/기억의 흔적인 '묘비'마저 없어 우리는 망자를 떠올릴 근거를 상실하고 끝없는 망각의 시간에 방치된다. 산 것과 죽은 것이 구분되지 않는 세상은 삶의 구체적 실감을 느낄 수 없는 곳이다. 애초에 소통이 가능하지 않은 곳으로 진정성이 상실된 세상을 말한다.

　물들지 않으니, 추억이 없겠다 그러나 사철나무에게는 아직 하지 못한 말들이 더 많아

푸른 혀,
입안에서만 씹고 다닌 그것

잎맥의 필라멘트가 터지며
환해지는 그것

그러나 나는 일기를 쓰지 않지, 가로등이면 또 몰라라 씹지 않아도 쏟아
지는
붉은 빛,
물들지 않아도 물든 그것

멀리까지 물들이며 간다,

닫힌 것은 푸르고 벌어진 건 붉다고
상처에 대해서

오토바이가 지나가고 전단지가 뒤집힐 때, 입을 잃은 혀가 검은 바닥을
핥을 때
이빨들은 모두 보도블록 부딪칠 때마다
구둣발 소리를 내며

불이 켜진다

이 추억은 내 것이 아니야, 그러나 누가 믿어줄까 환한 필체가 한 장씩
도시를 넘기는데
말하지 않은 것을 받아적었으니

아무도 읽을 수 없지

입 속에서 터지는 그것
몸 전체가 켜지는 그것

어둠 속에서 오토바이가 가방을 낚아챈다, 그때마다 가방은 벌어지지
닫힌 입을 찢으며
일기장이 떨어지고
가로등이 붉은 피를 토하고

사철나무에 불이 들어온다

―「멍」 전문

「멍」은 보다 선명한 비유, 대비로 무덤이 된 세상, 도시를 조감하고, 풍자한다. "무덤" 같은 세상은 비단 오후 두 시에만 찾아오는 것이 아니고 "아무것도 읽을 수 없는" 도시의 본질과 상통한다. 도시의 획일적 리듬은 진정한 말, 개성적 발화를 원하지 않는다. 자동생산라인처럼 켜져 도회를 밝히는 '붉은 빛'은 '물들지 않아도 물든 그것'으로 '멀리까지 물들이며' 뻗어가는 일방적 주도의 빛이다. 이 빛은 "씹지 않아도 쏟아지는/붉은 빛"이고, '내 것이 아닌' 추억으로, '부조리'하다. 도시를 그린 환한 문체는 '말하지 않은 것을 받아적은 것'으로 '아무도 읽을 수가 없는 것'이다. 이러한 가파른 인식은 결국 죽은 언어의 재생산을 무력하게 바라보는 사라진 시인을 향한 애도, 비판이다. 이 비판의 당사자인 시인은 만성 우울의 늪에 빠져 병약하다. 도회의 불빛에 물들지 않으며 적절한 변화를 생산해내지 못하는 느린 '사철나무'는 심각한 시인의 초상이 아닐까.

하지만 '사철나무'의 존재는 만만하지 않다. 사철나무는 '아직 하지 못

한 말'을 품고 있고 도시의 불빛이 덮을 수 없는 '눈(目)'을 가지고 있기 때문이다. 도시의 '불빛'과 다른 자신의 말을 가진 사철나무는 이를 발산할 순간을 기다리고 있다. 사철나무의 푸른 혀가 터지는 순간은 도회의 이면이 일그러지며 그 실재가 포착되는 시간이다. 이 순간의 포착은 결국 무난한 일상, 침묵하던 현실에 빗금을 긋는, 시적 진실이 탄생되는 지점이다. "입을 잃은 혀가 검은 바닥을 핥을 때", 쏟아진 "이빨들"이 "보도블록을 부딪칠 때마다/구둣발 소리를 내며" 온몸으로 나뒹굴며 진실을 증언하고자 한다. '입안에서만 씹고 다닌 그것'이 '잎맥의 필라멘트'를 터뜨리며 환하게 쏟아지는 순간이다.

도회의 불빛은 오토바이가 가방을 탈취하는 사건을 막을 수 없다. 이 도발적 사건은 가방과 입이 찢어지는 아픔에 이어 일기장이 쏟아지고 가로등이 피를 토하는 고해성사의 장으로 장면전환을 유도한다. 푸른 혀가 작동하며 사철나무의 발화가 시작되고 진정한 언어가 돋아 살아난다. 이 시간이 있어 멍이 든 듯 사나 사철나무는 존재할 수 있다. 시인의 존재 또한 그러하지 않을까.

그렇게 읽은 까닭일까. 「일요일에 출발한다」에서 만난 시인의 도시 삶은 한층 경쾌해 보인다. 이것을 도시를 향한 그리고 우리의 도회적 삶을 향한 시인의 긍정이라 한다면 섣부른 것일까. 적어도 사라지지 않을, 사라지지 않고 생동할 푸른 시를 향한 사철나무의 열망이 존재하는 한 시인의 도시 긍정은 당당하리라는 확신이다. 이제 도시를 살고 도시를 떠나며 도시로 귀환하는 시인을 만나는 것은 힘들지 않다.

밤, 기차, 차창에 비친 내 얼굴을 가로등이 치고 간다 그때, 일요일이 시작된다 멀쩡하게

그것은 밤의 일이고 기차의 일이고 차창의 일, 나의 일이었다가 너의 일

이 되는 밤, 기차, 차창

한 걸음 너머에서 동행하기

거울이 깨졌을 때 내 얼굴이 찢어지는 일이거나 차창 밖이 환해져 감쪽
같이 내가 사라지는 일

일요일의 고향이거나 일요일의 생일이거나 일요일의 일곱 번째 일요일
을 가로등이 치고 간다

기다려, 일요일에 출발할게

—「일요일에 출발한다」 전문

시인은 이제 도시를 사랑하게 된 것일까. '한 걸음 너머에서 동행하기'는
도시의 일상을 사는 그리고 시를 사는 시인의 삶을 여실하게 상상하게 한
다. 도시의 논리를 그대로 따를 수도 그렇다고 시적 언어만을 고집할 수도
없는 것이다. 뒤섞이는 와중에 진실, 진정을 담아 삶을, 시를 탐색하는 것
이리라. 그래서 도회에 찾아오는 일요일은 반갑다. 밤, 기차, 차창의 행렬
은 도시의 문명이 시작된 이래 그대로 우리와 함께하는 익숙한 여정의 장
치이다. 이 도시의 배치는 일요일을 일요일일 수 있게 하는 근거이다. 도시
가 있기에 고향이 있다. '도시-밤-기차-차창-고향'은 하나로 연결되어 있
으나 존재하는 듯 존재하지 않는 듯 긴밀하고도 아득한 이음이다. 돌아올
수 있기에 떠나는 도시는 가까이 있기에 시적 거리를 두고 제대로 보고 느
껴야 하는 그것이다. 이제 밤기차에 몸을 실은 시인과 도시는 한 몸-장소
로 구분되지 않는다. 차창에 눈길을 주는 시인의 시선은 끈질긴 애무처럼
촉촉하다. 그러나 시인은 애써 다시 무심한 척 거리를 두고자 한다. 이 거

리가 시와 도시를 함께 사는 동행의 윤리라 굳게 믿는 까닭이다.

2. 전다형: 치명적 시, 불혹의 구도

『수선집 근처』라는 친근한 제목의 첫 시집으로 시단의 주목을 받고 있는 전다형 시인의 신작시는 시인의 순수한 열정으로 가득하다. 신용목이 부조리한 세상에 놓인 불감의 감각을 시적 여운의 수사를 통하여 환기하고 그 실마리를 봉지에 담아 둥둥 띄우며 요원한 세상의 이법을 문제제기로 풀고 있다면 전다형은 이 거리마저 용인하지 않을 듯 보인다. 시인은 우리를 사유의 극점까지 휘몰아가며 성찰의 자리 '심지'를 가리킨다. 전다형은 시 대상에의 몰입을 통해 현실과의 거리를 창출하고 또 시와 시인과의 동일시를 통하여 유기적 구도를 완성하고자 한다.

연못 나사못 돌쩌귀 고리못 거멀못 무두못 족임질못 광두정 곡정 철정
못가家를 읽는다

별 볼일 없다 돌아앉은 사이 볼 것 다 봤다 패를 읽은 사이 티격태격 밀
땅 엉거주춤한 사이 가망 없다 뿔뿔이 돌아 선 사이 벌어진 틈 사이

서로를 당겨 앉힌 자리 그를 싸 에워싸는 자리 두루 뭉실 끌어안는 자리
네 내 한자리 끌어다 앉히는 자리 세상 틈새 꺾이고 벌어진 자리 끌어안
은 자리 끌린 자리 끌어당긴 자리 뿌리친 자리 마음아귀 벗어난 자리

못된 못난 못한 것들의 은수자 뒤처진 세상자리 단단히 움켜진 손아귀
힘 툭 불거진 힘줄 지나간 자국마다 무두 정 맞은 흔적 족임 절임으로

걸은 흔적 박고 박은 생의 등교선 목리를 따라가다 만나는 간극 틈새를
족임 절임 한 수 없이 치고 박은 눈물겨운 생의 옹이,

―「못論」 전문

　전다형의 시는 시인의 초심과 발랄한 순수성 그리고 생의 실감을 그윽
하게 담은 깊은 시적 면모를 동시에 발휘하고 있다. 이 예사롭지 않은 미
덕은 생에 대한 긍정, 시인의 믿음에서 발현한다. 신작은 시에 살고, 시를
통해 삶의 의미를 찾고 현실의 어둠을 밝히고자 하는 문학적 열망으로 가
득하다. 이는 치열한 구도자의 모습을 방불케 한다. 세상의 속악과 난관을
이미 본 자(見者), 시인이 다시 거울 앞에 앉아서 시적 믿음을 펼치고 있다
는 것은 예사롭지 않다.「못論」이 주목되는 대목이다. 전다형은 '못'의 역
할과 의미 그리고 그것이 남긴 생의 이력과 아픔을 쓰다듬고 있다. '못'은
못이기에 '못할 짓'밖에 없다. 이것은 '못'으로 호출된 자의 운명이다. '못
가(家)'들의 못의 자리는 벌어진 틈 사이를 끌어당겨 안은 불편한 자리이
다. 좁힌 자리를 잇기 위하여 그곳에 스며들어 벌려놓는 듯 박을 수밖에
없는, 못할 짓 이후가 바로 못의 자리이다.
　이 아이러니는 '못論'의 반짝이는 '대못' 아니 '대목'이다. 온갖 벌어진 틈
새를 끌어다 앉혀 '자리'를 만들었으나 그 자리는, "단단히 움켜진 손아귀
힘 툭 불거진 힘줄 지나간 자국마다 무두 정 맞은 흔적 족임 절임으로 걸
은 흔적 박고 박은 생의 등교선 목리를 따라가다 만나는 간극 틈새를 족
임 절임 한 수 없이 치고 박은 눈물겨운 생의 옹이"로, 나를 박아 너를 치
고 만든 상처의 여정이다. "눈물겨운 생의 옹이"는 읽는 우리의 가슴에 못
을 박는다. 하나, 못은 못의 자리, 바탕인 곁을 벗어날 수 없다. 벌어진 것
을 좁혀야 하고 좁히기 위해서 못에 못질을 해야 한다는 엄정한 논리는 결
국 희생과 헌신의 논리이다. 이음을 위하여 끊어짐의 고통, 자기가 무화되
는 고통을 감내해야 한다는 논리는 전다형의 신작에 흐르는, 면면한 붉은

전언이다.

불의 뿌리

촛불 호롱불 등불 횃불 모든 불꽃의 중심에 외발로 선

극지까지 부싯돌로 내몰아 잦은 한 줄 人실오라기

수미산 꼭대기까지 치명적 詩로 켜는 봉홧불

—「심지論」 전문

시인의 의지는 근본의 자리, 불의 뿌리를 살피는 「심지론」에서 다시 확인된다. '심지'는 불꽃의 중심을 외발로 서서 지키는 고독한 자리이다. 심지의 운명은 그것이 타고 또 타서 극지에 '人' 실오라기로 남을 때까지 계속되는 것이라, 시인은 단호하다. 불의 뿌리, 그리고 태우고 태우고 난 뒤에 마치 사리(舍利)인 양 남은 심지가 '人' 실오라기로 사람의 형상을 닮았다는 것은 복합적 해석을 요한다. 사람이 아닌 사람 '人'은 곧 시인이 아닌가. 시인은 사람이 아니다. 詩人은 言의 절(寺)을 지키는 자로 우선, 수도자나 구도자로 불림이 마땅하다.

하여, 망설임 없이 태워야 한다. 전다형은 이 심지가 수미산 꼭대기까지 치명적 시로 켜는 봉홧불이라는 믿음과 포부를 감추지도 저버리지도 않는다. 눈물겨운 생의 옹이가 어쩔 수 없이 읽어낼 수밖에 없는 못의 자리이자 산 흔적이라면 시인의 시는 탈 대로 타서 치명적 시의 환한 봉홧불로 살아남아야 하리라 믿는 것이다. 그러나 그것이 결코 쉬운 것이 아니다. 치명적 시는 부싯돌이 한 줄 人실오라기가 될 수 있는 모질고 긴 시간을 태운 후에나 가능한 것이다.

그녀의 지독한 사랑, 일편단심의 질주는 「동백혈서」와 「퇴고」에서 확인
된다. 시인에게 시란 타협이나 협상의 대상이 아니다. 동백의 낙화는 "죽
음을 필사한 서정시 한 편"으로 함축된다. 시와 생사의 무게는 그 경중을
가릴 수 없다. 「퇴고」의 각고(刻苦)는 각고(覺苦)에 이르는 과정이다. 시인
에게 시적 구도는 생명을 감하는 것이자 지극히 주관화된 언어를 통해 울
림을 그리고 진언을 전달하기 위한 구도의 과정이다. 전다형이 주문한 "뼈
만 남긴 시 시퍼렇게 독이 오른 시 서슬 퍼런 작두날을 받아 낸 시 세상 낯
뜨거운 꼴 다 견뎌 낸 시 대추나무 가지가 한 순간 벼락을 움켜진 시 벽조
목에 새긴 시 낙죽을 들인 시 피 말리는 형벌도 견딘 시"는 주술처럼 휘몰
아치듯 솟아지며, 시퍼런 작두를 타도 베이지 않을 듯한 신명이 오른 무당
의 서릿발처럼 힘 있는 시의 결정이다. 이러한 시적 구도에는 세속의 욕심
이 스며들 여지가 없다. 최선을 다하여 날아오르는 것, 비상의 솟구침, 그
황홀한 자유! 그 이상도 이하도 아니다. 그것이 시가 그리고 시인이 사는
방식이라고 믿는 까닭이다.

> 길을 풀었다 감았다 배꼽에 맨 얼레를 풀었다 감았다 지구 끝까지 달아
> 났다 하늘 끝까지 날다 꼬리 떨어진 연 탱자나무가시 위에 꼬꾸라졌다
> 붉은 피 철철 흘리면 겨울 무논에 머리를 쳐 박고 신음하는 연 가을걷이
> 끝난 벼 밑둥 파란 두아豆芽가 두 눈 크게 뜨고 지켜봤다

> 迷惑 풀었다 허공을 부축한 바지랑대가 뽑히고 난관 밖을 서성이던 바
> 람이 고삐를 묶었다 아스라한 공중 길 얼레 줄 뚝 끊고 惑 사라졌다

> 不惑이다

—「혹惑 떼다」 부분

「혹惑 떼다」에서 우리는 시를 향한 정진 과정에 한 치의 불순이 개입함을 허락하지 않는 시인의 마음을 알 수 있다. 이는 연놀이의 놀이성, 단박에 '혹惑'을 떼는 놀이의식에서 발견된다. 무한히 솟구쳐 오르는 연, 지구 끝까지 하늘 끝까지 멀리 달아났던 '연'이 일시에 꼬리 떨어지며 탱자나무 가시 위에 붉은 피 흘리며 꼬꾸라진 이후, 놀이는 발견된다. 발견된 놀이는 연을 애써 날린 화자의 반응, 시인의 관여가 깔끔하게 삭제된 지점에서 탄생된다. 신음하는 연에게 눈길을 준 것은 가을걷이 끝난 무논의 벼 밑동 파란 두아豆芽일 뿐이다. 연의 비상과 추락은 한 궤에 놓인 놀이일 뿐이다. 이는 곡식을 가득 채운 가을 논이 곧 벼 밑동 파란 두아를 남기는 세상의 이치처럼 자연스러운 것이다. 바로 이것이 아닐까.

문학의 구도를 향하는 곳에 얻은 서슬 퍼런 시는 그 자체로 완전한 것이다. 연놀이가 연의 향방과 이후를 전제하지 않듯이. 자신을 태울 듯 타오르는 시적 구도의 향연 이후의 목적과 의미를 질문하는 것처럼 어리석은 일은 없으리라. 하여, 우리가 아는 것은 분명하다. 연은 멀리 멀리 가없이 날아야 하고, 시는 훨훨 태워 빛을 발하여야 한다는 것을. 그래야 연놀이가 놀이가 되고 시가 쾌락을 주는 우리들의 놀이, 축제의 도구가 될 수 있다는 것을. 그 이후에 혹여, 무논의 벼 밑동 파란 두아(豆芽)를 닮은 푸른 시가 돋아남을 두 눈 크게 뜨고 지켜볼 수 있다면 그것은 희망이리라. 시여, 초원의 빛이여!

오래된 정원의 합창
— 손영희의 『불룩한 의자』

1. 소금 꽃과 까치집

손영희의 첫 시집엔 한 여자가 시인에 이르는 아픈 시간의 궤적이 기록되어 있다. 시인은 상처 입은 한 여자가 자신을 넘어서 주변과 세상으로 시선을 확장하고 마음을 넓히며 성숙해가는 여로를 치열하게 그려낸다.

여성서사의 특징은 자전적 체험과 고백, 구체적인 일상의 기록에서 비롯한다. 여성시의 경우 이 같은 개인적 구체성은 '몸'과 '장소', 혹은 '몸인 장소'를 통해 발현되는데 손영희도 예외가 아니다. 손영희의 시적 페르소나인 '그 여자'는 고통과 환멸로 가득 찬 삶을 몸을 통해 고백한다.

손영희의 '여자'는 먼저 아버지에게 버려진다. 아버지는 "목마른 천수답 하늘 물꼬를 기원"(「오동나무는 오늘도 징징거린다」)하며 여자를 허공을 향해 던진다. 부당한 권력의 가부장은 제사장이고 딸은 희생공희의 제물인 셈이다. 딸은 허공에 내던져져 허방을 짚는 사이에 '검은 꽃씨'로 숨겨

둔 꿈을 상실한다. 이 '여자'는 아버지의 버려진 딸이자 앗긴 꿈의 실체인 우리 시대의 타자로 확대 해석될 수 있다. 손영희의 여자는 부당한 운명에 던져진 타자로 공감되고 결핍으로 우리에게 다가온다.

손영희 시에서 정서적 물리적 단위인 '가족/가정'은 없다. 아버지와 어머니는 각기 존재할 뿐, 그녀의 여자는 원공간의 부재 속 마치 운명처럼 아이와 가족을 갖지 못한다.

> 내 안에는 바람 살 들고나는 문이 있다.
> 바다로 향해 있는 그 문이 열릴 때마다
> 소금 꽃 하얗게 묻어나는 녹슨 경첩이 삐걱인다.
>
> —「문」부분

물을 부르기 위해 내쳐진 여인은 물을 부정하지도 외면하지도 않은 채 물을 향해 흐른다. 여자는 종종 자신의 몸을 수로(水路)라 부르기도 한다. 여자에게 '물'은 '눈물'이고 '비'이고 '양수'이고 또한 '상처 난 기억의 환유'이면서 '외롭고 뜨거운 몸/삶'의 은유로 변주된다.

모질게 살아남은 여인은 "바람 살 들고나는 문"을 갖고 있다. 수태한 적 없으나 보송한 가슴을 가졌고 바람 들고나는 문을 가진 여인의 몸은 바다를 향해 벌려 있다. 바람 들고 짭조름한 습기가 스치듯 앉으니 여자 몸 가에 소금 꽃이 피는 것도 무리는 아니리라.

그러나 여자의 문은 '녹슨 경첩'으로 인해 유연하지 못하다. 소금 꽃 묻어 있는 녹슨 경첩의 문은 유폐된 삶을 역설하는 장치가 아닐까. 여자의 문은 늘 열려 있으나 실상에서 닫힌 문과 같다. 이 문을 통해 진정 원하는 만남을 갖지 못한 까닭이다. 여자가 자신의 문 안에 진정 들게 하고 싶은 것은 소금기 묻은 바람은 아닐 것이다. 밤새 신열을 앓는 "순진무구의 거침없는 여자"로서 "달디단 모반의 사랑"을 꿈꾸는 뜨거운 여인. 하지만 일

인용 식탁에 혼자 오래도록 앉아 기다려야 하는 일상의 변화를 갖진 못한
다. 바람 들고 젖어 있어 밤마다 제 살의 비린내를 맡고 핥아야 하는 여자
의 고통은 그래서, 갑절이다.

   1.
부엌 창문으로 빨간 의자가 보인다* 여자 둘이 담소
하는 파란 잔디 위, 아이가
놓쳐버린 풍선을 뒤뚱거리며 따라간다

헐벗은 느티나무 속 까치집이 보인다, 새끼들 입 속
으로 어미가 넣어주는, 피묻은
살점이 보인다, 텅 빈 허공이다

   2.
권태롭게 눈뜨는 새벽 토해본 적 있니, 꾸역꾸역 입안
으로 칫솔을 밀어 넣다, 짠 눈물 메마른 목구멍에 삼켜본
적 있니!

   *김길라 시에서 차용

—「있니!」 전문

   부엌 창문을 통해 엿보는 남의 집 가족 풍경은 스펙터클하다. 빨간 의
자, 파란 잔디의 보색 대비 속 놓쳐버린 풍선을 따라 뒤뚱거리는 아이의
삽입은 마치 광고의 연출된 평화로움처럼 이질적이다. 이 경우 창문은 마
치 TV화면과 같은 장치로 여자가 갖지 못한 가정의 요원함을 역설한다.
이어, 느티나무 속에 지은 '까치집'의 풍경, 새끼들에게 '피묻은 살점'을 먹

여주는 곡진한 모성을 목도하면서 화자는 "텅빈 허공이다"라고 말한다. 시야를 하나로 꽉 채우나 화자가 갖지 못한 풍경에 마음을 빼앗긴 탓이리라. 이래서 '있니!'라는 표제는 '없다!'라는 부재/결핍 선언과 다를 바 없다. 짠 눈물만을 삼켜야 하는 권태로운 새벽의 환기나, 일인용 식탁의 메뉴가 '가시'(「일인용 식탁」)뿐이라는 절절한 고백과도 연결되는 대목이다. 여자가 갖지 못한 것은 비단 가정, 아이, 가족만이 아니다. '젖은 신발'로 비유되는 상처와 소외는 행복한 추억을 지니지 못한 상실의 유년을 의미한다.

하나, 이 근원적인 결핍은 오히려 세상을 휘둘러보며 세상과 타자에 대한 관심을 갖게 하고 이해하게 하는 힘이 되는 것이다. 여자의 시선이 자신의 유폐된 삶에서 주변으로 옮겨가며 고독과 우울인 자신의 처소에서 벗어나게 된다. 제 몸에 묻은 소금 냄새를 잘 맡는 예민한 후각을 가진 여자는 자신이 살고 있는 곳인 '태백동'을 돌며 날카로운 시선으로 목매게 힘든 외로운 생을 발굴한다. "음각된 활자들은 비문처럼 우울하고/늙은 여자의 비애가 읽혀질 내일신문에/또 누가 밧줄을 걸고/나무아래 서 있나"(「태평동1」)에서 시인의 시선은 도처에 좌절과 상실로 힘들어하는 사람들이 있음을 떠올린다. 손영희의 도시는 알몸 시위와 주검의 침묵 등이 깔려 있는 비애의 공간으로 풍요로운 생활의 터전이 되지 못하는 곳이다.

> 초저녁 불빛을 타고 명동에 바람이 분다
> 쌀가마니 깔고 앉은 성당입구 그 사내가
> 고향에 홀로계신 아버지 그 모습을 닮았다
> 예전에 논이었을 불빛 출렁이는 저자거리
> 서식지를 잃어버린 유랑의 새들처럼
> 낙엽이 떼 지어 술렁이다 낟알처럼 흩어진다

—「명동에서」 전문

여자는 명동 도시의 한가운데서 조우한 사내에게서 아버지를 발견한
다. 완강하고 폭력적인 제사장의 절대적 권위를 가졌던 가부장인 아버지
도 도시에서는 한갓 스러진 농촌의 촌부에 불과하다. 경쟁력을 상실한 농
촌과 늙은 아버지의 일치 안에서 아버지 역시 타자인 것이다. 이제 무력한
아버지에게 자신의 운명을 탓할 수도 물을 수도 없다. 시인은 어렵게 아버
지와 화해한다. 이러한 도시는 새들의 서식지도 되지 못한다. 유랑의 새들
이 도시에서 낙엽처럼 흩어지듯이 여자는 이 도시를 떠나고자 한다. 여자
는 소금 꽃 묻은 몸의 외로움을 해결하지도 까치집을 짓지도 못했으나 삶
의 의미를 스스로 탐색하기 위해 길을 떠난다. 여자가 이 무력한 적막을
깰 수 있는 유일한 방법으로 찾은 것은 '기차'와 자신의 동일시를 통한 도
시의 탈주이다.

2. 물과 바람의 여로

마침내 여자는 이곳을 "박제된 도시"라 일갈하면서 기차를 "빙하의 사
막을 건너온/고단한 순례자여"라 애틋하게 호명하며 함께 떠난다. 기차의
움직임은 '생경한 문장에 밑줄을 긋는' 질문이고 '기차'와 '나'는 '박제된
도시'를 떠나는 낭객(浪客)으로 한 몸이다.
고향도 애틋한 장소도 갖지 못한 낭객인 여자에게 떠날 곳 역시 정해지
지 않았다. 애초에 아무런 기대도 목적도 없는 여행은 고단뿐인 여정이다.

기차는 아직도 이곳에 닿지 않았다

해 묵은 선로만 시린 발을 끌고 와

창문을 기웃거리고

나는 짐처럼 놓여있다

갈 곳 잃은 전화번호와 헐벗은 상념들

한 줌의 값싼 희망 주머니에 구겨 넣은 채

바람의 갈피 속에서

들썩이는 잠이여

나를 깨우는 건 언제나 냉혹한 시간*

완강한 어둠을 덧문밖에 밀쳐놓아도

저 만치 유배된 내일이

복병처럼

달려든다

*김남조의 '겨울바다'에서

—「남문산 역에서」 전문

　여자의 탈주가 갑자기 행해진 것은 아니다. 시인은 물을 배경으로 한 여러 편의 시편(「달밤」, 「부레옥잠이 핀다」 등)에서 꿈/현실의 경계를 넘나들 듯 '몽유(夢遊)'의 시적 장치를 통해 여자의 탈주를 시도했다. 마침내 여자는 '파란 대문'의 출구와 현실에서 갖지 못한 '오래된 집'을 찾는 것으로 드러난다. 그러나 현실 속의 여로는 어떠한 환상도 전제되지 않는다. '갈 곳 잃은 전화번호'와 '값싼 희망'은 애초에 존재했으나 갈 곳이 없는, 거절당한 부재이다. 현실의 적막을 견딜 수 없어 짐을 싸고 장도(壯途)에 오르듯 호기롭게 길을 나섰으나 그녀가 확신할 수 있는 것은 아무것도 없다. 갈 곳이 없는 까닭일까. 여행지는 의외로 이곳저곳으로 광활하게 뻗어나간다.

　　　통통 불은 실핏줄 하반신만 내어 놓고
　　　서낭당 빛바랜 새끼줄 늘어놓듯
　　　제 몸 속 허연 내장들 가지마다 펼쳐놓고

　　　(…)

　　　깊고 푸르던 몸의 견고한 뼈를 더듬어
　　　헝클린 백리 길을 울먹이며 따라 간다
　　　너의 그, 침묵 앞에서 바람도 숨이 멎는다

　　　상류에 다 와서야 물빛이 한숨을 놓고
　　　목숨의 한 고비 건너가는 황새여울
　　　노 젖는 '된 꼬까리 떼' 만선의 아라리여

　　　　　　　　　　　　　　　　　　　—「그 여름의 외출-동강」 부분

귀를 열어놓고 집 쪽으로 몸 뉘이는
소문이 무성한 사람들
눈시울 붉히는 소리

―「정자리 詩篇」 부분

땅은 메마르다.

―「구례 산동을 가다」 부분

손영희의 시에서 생과 생명은 모두 고단하고 힘들다. 눈물을 뿌리게 하는 연민이 몰리는 대상은 살고자 애쓰며 살아남은 질긴 목숨에 있다. 최선을 다하듯 죽을 듯이 자신의 한 생을 엮어가고 있는 것이다. 이는 그녀의 시편에서 확인되는 공통점이다. 고단한 여행을 통해 여자는 자신의 상처에서 나와 세상 밖 타자와 고통을 응시한다. 멀리서 볼 때 평화롭게 흐르는 듯한 '동강'은 사실 목숨을 걸고 강을 건너고 있는 것이다. "상류에 다 와서야 물빛이 한 숨을 놓고/목숨의 한 고비를 건너가는 황새여울"이라는 탄식은 시인의 깊은 혜안을 반영한다. 「정자리 시편」에 이르면 화자는, 자신이 그녀를 찾아올 사람 혹은 세상의 소리에 신경이 몰리는 외로운 사람이라는 사실을 발견한다. 마침내 "돌담에 바람 드는 소리/우물 속 마르는 소리"가 훤히 들리는 '정자리'는 깊고 넓게 확장된 여자의 몸과 일치한다. 생명 있는 것은 모두 외로운 존재라는 사실을 알고 깊은 공감에 이른다. 어디 그뿐인가. 자연의 품은 모두 어미와 자식의 관계로 긴밀한 영향 관계에 있다. 모든 희귀한 생명을 품고 다듬어온 "우포 늪"은 자식 많은 어미의 속처럼 속내를 끓이며 자신 안에 다 담아 다독이며 품고 가는 '무쇠 솥'이다.

시인이 찾은 것은 무엇인가. 자연과 생명은 조화와 균형을 조금만 잃어도 살기가 힘든 것으로 자연과 사람, 사람과 사람은 서로 호흡처럼 스미고 섞여야 산다, 아프고 외로운 생명은 서로 소통하여야 한다는 사실이

아닐까. 시인은 이제 협소한 가족과 가정의 의미를 벗어나 친자연적인 공
동체의 의미를 되새긴다. 물 따라 바람 따라 떠돌며 시인이 얻은 것은 물
처럼 바람처럼 기억되고 지속되는 사랑과 생명의 영원성이다. 서로를 향
한 배려와 관심을 나누는 사랑만이 생명을 키울 수 있는 까닭이다.

> 시간이 등을 돌린 머나먼 샹그리라
> 지나간 미래로 페달을 돌리고 있는
> 한 종지 곰삭은 햇살이
> 그와 열애 중이다.
>
> —「오래된 미래」부분

> 오래 전에 죽은 자를 생각하는 5월이
> 생의 기쁨을 느끼게 하는 4월에게
> 바람의 속삭임을 들으며 위엄있게 절하고
>
> —「일테면」부분

> 돼지 죽통에 오줌을 눈 그 사람이 믿을 만 하다고
> 아이들 미래를 맡긴 안동고을 권정생선생
>
> 강아지 똥* 만한 그 그늘이
> 어디 민들레에게 만이랴
>
> *권정생의 동화제목
>
> —「약속」부분

시인이 찾은 대안은 독서와 성찰, 여러 인생 선배들과의 깊은 대화를 통

하여 마련된다. 「오래된 미래」는 헬레나 노르베리 호지 여사의 『오래된 미래』라는 책과의 대화를 통해 쓰인 시이다. 무분별한 속도와 개발 경쟁으로 내모는 세계화에 브레이크를 걸고 고유하고 독창적인 라다크 사람들의 삶의 자세를 담은 '오래된 미래'를 시인은 희망한다. 또한 「일테면」에서는 '류시화'의 시에서 차용한 인디언 달력의 기록, 기억되고 지속되어야 하는 영원한 우리들 시간의 염원을 이곳으로 다시 불러낸다. 「약속」은 어떠한가. 시인은 '권정생'의 동화에서 영감을 받아 '강아지 똥'만 한 그늘, 맑고 밝은 순수한 시간을 물려주고 싶어 한다. 이제 시인은 생물학적인 어머니의 자격, 그 결핍을 넘어서 자연의 품처럼 우리 아이들과 미래를 걱정하는 넉넉하고 여유로운 사랑의 자세를 견지한 진정한 어머니, '어머니-되기'의 자세를 갖춘 여자를 우리 앞에 세운다.

3. 오래된 정원과 시인의 터

손영희 시에서 다시 찾는 생의 의지는 어머니에게서 비롯한다. 주목할 것은 어머니와 자연의 품이 거의 구분 없이 함께 드러난다는 사실이다. 아버지에 대한 연민과 화해가 고향의 쇠락과 함께 이루어졌다면 어머니의 되새김은 자연의 영원성과 함께 드러난다. 그녀의 '여자'가 세상을 주유하는 동안 지금껏 지속된 삶이 어머니 혹은 자연의 웅숭깊은 그늘 덕분이란 사실을 뒤늦게 깨달은 것이다.

아궁이 불쏘시개 지천으로 널려있다

구름이 새를 쫓는 장복산 떡갈나무 숲

아침녁 수제비 떠 넣는 무쇠 솥이 끓고 있다

어머니 몸 그 몇 배 높이 쌓은 성채 하나

살신殺身을 꿈꾸는 조붓한 저 등허리

산 하나 통째로 이고와 햇살로 부려놓는다

잘 썩은 고요와 잘 마른 그늘이

오늘도 까시래기 내 배냇잠 부풀린다

저 손이 떠먹여주는 밥맛이 뭉클하다

―「오래된 정원」 전문

  여자의 귀환은 장소의 발견과 함께한다. 시인은 '장복산 떡갈나무 숲'을 "어머니 몸 그 몇 배 높이 쌓은 성채"로 명명한다. 장복산은 진해의 산이다. 시인의 제2의 고향이기도 한 자연은 오늘의 시인을 만든 모태와 같은 곳이리라. 이 숲을 시인은 어머니와 동일시한다. 생사의 윤회를 고스란히 안고 있는 장복산은 '잘 썩은 고요'와 '잘 마른 그늘'이 쌓인 한 지경을 이룬 곳이다. 숲은 어머니의 조용한 헌신인 살신(殺身)을 묻은 곳이다. 자연이 생명을 소리 없이 안았듯이 어머니의 희생은 무조건적인 헌신으로 완벽하게 아름다운 영상을 드리운다. 장복산 떡갈나무 숲과 어머니의 동일시는 이곳을 이제 안전과 애정을 느낄 수 있는 고요한 중심, 장소로서 마음에 새기는 것이다. 여자는 이제 이곳에서 굳건히 터 잡고 앉아 새로운 삶을 설계할 수 있을 듯하다.

어머니의 슬픈 밭둑
몇 꿈을 돌아와도 이랑은 너무 길어
꽃핀 저녁밥상이 환해서 아픈 시(詩)여
수면에 떠오르는 봄
경건히 받든다

—「제비꽃 물김치」부분

　앞에서 살폈듯이 손영희 시의 출발은 앗긴 꿈의 실체, 타자인 여성에서 기원한다. 그렇지만 세상과 소통하고 공감하면서 모든 생명체에 깃든 고통과 고독을 응시하고 공유하는 가운데 결핍의 여인에서 벗어난다. 이제 귀환하면서 '여자'는 자신을 키운 것은 자연의 품, 어머니 사랑의 그늘이었음을 고백한다. 이 깊은 성찰은 새로운 생에 대한 애착과 의지로 다져진다. 이제 '제비꽃 물김치' 하나에도 여자는 자연의 섭리와 어머니의 노동이 함께함을 알고 경건히 받든다. 그러나 자연의 무구한 생산성과 어머니의 숭고한 삶의 가치, 자연 혹은 영원성에의 의지는 초월적인 가치일 뿐 구체적인 삶의 방법이 될 수는 없을 것이다. 이상을 구체로 실현할 길은 시인 스스로가 만들어가야 할 험난한 과제로 남는다. 살신의 희생이 오래된 정원의 넉넉한 품을 만든 원리이듯이 시인은 이제 자신의 방식으로 자신의 정원을 만들어 '어머니-되기'를 실천해야 할 듯하다. 시인의 어머니-되기란 무엇인가. 바로 언어의 숲, 정갈하고 풍요로운 자신만의 색깔을 갖춘 숲을 만들고 가꾸는 길일 것이다. 그러나 시인이 내고자 하는 길은 결코 녹록하지 않다.

난타의 휘몰이다
바람 타는 다듬이돌

입 돌아간 어머니
이끼긴 세간살이

오동꽃 눈시울 붉히며
봉창으로 뛰어든다

한낮의 싸늘한 적막
비명처럼 쏟아지는

사금파리 혼령들이
깨춤 추는 돌담 위로

까치집 품은 감나무
살을 뚝뚝 내린다

하얗게 마모된
시간의 그루터기

녹슨 대문 열고
마른 발을 내딛으면

그 옛터 주춧돌이
불쑥, 불쑥 손 내미는…

—「터」 전문

「터」는 이제 시인이 혼자 힘으로 스스로 가꾸어나가야 할 냉혹한 시적 출발점으로 읽힌다. 「터」는 황량하고 괴기스럽기조차 하다. 어머니의 슬픈 실루엣과 비명처럼 쏟아지는 적막, 사금파리 혼령들이 깨춤을 추고, 까치집 품은 감나무가 살을 뚝뚝 내리는 이곳은 마모된 시간의 흔적만을 남긴 황량한 공간이다. 녹슨 대문도 갈고 옛터 주춧돌도 과감하게 빼서 처분하며 새로운 기반을 다지기 위해 지대도 평평하게 골라야 할 듯하다. 어머니의 고단한 초상은 장롱에 넣어두고 건강하고 이제 새 터의 어머니인 시인의 젊은 초상을 걸어야 한다. '오래된 정원'은 '잘 썩은 고요'와 '잘 마른 그늘'이 함께하는 평화로운 맑은 기운의 텃밭이다. 오랜 시간 공을 들여서 웅숭깊은 자신의 정원을 가꾼 자만이 그런 숲을 지닐 수 있고 또한 오래도록 물려줄 수 있을 것이다. 「터」는 이제 첫 시집을 내는, 장도에 홀로 선 시인의 마음을 대변하고 있는 듯이 보인다. 현대 시조시인으로서 시대적 감성과 장르적 고유한 특징의 구현이란 두 지평을 만족하기 위해서는 시인의 남다른 각오가 있어야 할 듯하다.

손영희가 피 묻은 살점을 자식에게 떼어주는, 한 지경에 이를 풍요로운 시인이 되기 위해서 첫 시집은 묵은 짐을 털고 가는 시작에 불과하다. 벼리는 칼날처럼 자신을 다듬고 다듬어 시인의 터를 가꾸어야 할 것이다. 새로운 터에서 오래된 정원의 합창이 울릴 수 있도록 새로운 시작을 준비하길 바란다. 자신의 색깔과 감성 그리고 치열한 이미지의 연결을 다시 가다듬은 마음으로 천천히 자신의 창작 방식을 삼을 수 있을 때 시의 늪 속에서 온전히 살아남은, 우리와 함께하는 영원한 시인, 손영희의 오래된 미래를 꿈꿀 수 있을 것이다. 다음의 시는 이후 이어질 손영희의 치열한 창작 방향을 예고하는 듯하다. 시인이 건승하길 바란다.

　　쑥과 향을 사르고

　　맑은 물 받쳐든다

떠도는 거친 혼객
이슬 털어 길닦음하는

작둣날 튀는 불꽃이
가슴으로 흘러든다.

설움의 한 발은
지상에 걸쳐두고

격정의 한 발은
하늘에 가 닿도록

고 하나
풀릴 때마다
또 한 잎 붉어지고

―「월아산 진달래」 전문

찾아보기

크리스테바 106, 110, 133-135, 152,
  190, 218
큰타자 29

타
타나토스 105, 214, 311
타자성 75-76, 89, 147, 199, 202,
  209, 237
탈승화 82

파
파시스트적 감성 32
파시즘 27, 61, 140, 151, 192, 208
팔루스(phallus) 86, 96
패러디 68, 79, 83
페미니즘 20, 27, 35, 84, 134, 147
페티시즘 26, 215
표상 38, 56-58, 60, 63, 67, 69, 78,
  106, 149, 231, 233, 260, 268, 282,
  296, 302
표성배 36, 46, 51, 54
푸코 28, 99-100, 198, 211
프로이트 208

하
하성란 15, 21, 23-25
하위주체(subaltern) 42
한강 15, 18, 21, 200-202, 216, 247
환유 47, 70, 109, 351
황성희 74, 76, 86-87, 89
후일담 46, 143, 288